LA TRILOGIE NOSTRADAMUS

Tome 1

Les Prophéties perdues

Mario Reading

LA TRILOGIE NOSTRADAMUS

Tome 1

Les Prophéties perdues

TRADUIT DE L'ANGLAIS
PAR **FLORENCE MANTRAN**

COLLECTION **THRILLERS**

cherche **midi**

Vous aimez les thrillers étrangers ? Inscrivez-vous à notre newsletter pour suivre en avant-première toutes nos actualités :
www.cherche-midi.com

Direction éditoriale : Arnaud Hofmarcher

Titre original : *The Nostradamus Prophecies*

23, rue du Cherche-Midi
75006 Paris

Prologue

La place de l'Étape, Orléans

16 JUIN 1566

De Bale hocha la tête, et le bourreau actionna la poulie. La machine laissa entendre un gémissement tandis que la crémaillère commençait à soulever du sol le chevalier de La Roche Allié, revêtu de son armure. L'exécuteur avait prévenu de Bale de l'éventualité d'une forte tension et des conséquences que cela pourrait entraîner, mais le comte avait riposté :

– Je connais cet homme depuis l'enfance, maître bourreau. Sa famille est l'une des plus anciennes de France. S'il désire mourir dans son armure, c'est son droit le plus strict.

L'homme savait qu'il valait mieux ne pas discuter. Ceux qui s'aventuraient à argumenter avec de Bale finissaient généralement sur la table de torture ou plongés dans un bain d'alcool bouillant. De Bale avait l'oreille du roi et la bénédiction de l'Église. En d'autres termes, ce vendu était intouchable. Aussi proche de la perfection qu'un mortel puisse l'être sur cette Terre.

Le comte leva les yeux. Pour avoir commis un crime de lèse-majesté, La Roche Allié avait été condamné à être suspendu à quinze mètres au-dessus du sol. De Bale se demandait si les ligaments de son cou supporteraient la contrainte de la corde et des quarante-cinq kilos d'acier dont ses écuyers l'avaient ceint avant l'exécution. Cela ferait mauvais effet s'il se cassait en deux avant l'écartèlement. La Roche Allié avait-il envisagé cette possibilité lorsqu'il avait fait sa requête ? Avait-il prévu tout cela ? De Bale n'en croyait rien. C'était un naïf – un homme de la vieille génération.

– Il a atteint les quinze mètres, monsieur.

– Bien. Redescends-le.

De Bale regarda s'abaisser vers lui la silhouette inerte et cuirassée d'acier. L'homme était mort, cela ne faisait aucun doute. D'ordinaire, la plupart de ses victimes se débattaient farouchement, à cet instant. Elles savaient ce qui allait se passer.

– Le chevalier est mort, monsieur. Que voulez-vous que je fasse ?

– Parler plus bas, déjà.

Il se tourna vers la foule. Ces gens désiraient du sang. Du sang huguenot. S'ils ne l'obtenaient pas, ils s'en prendraient à lui et au bourreau, et n'hésiteraient pas à leur arracher les membres.

– Écartèle-le.

– Je vous demande pardon ?

– Tu m'as bien entendu, maître bourreau. Écartèle-le. Et fais en sorte qu'il tressaute, qu'il manifeste de la douleur. Hurle par le nez, si tu le dois. Joue les ventriloques. Et applique-toi sur les entrailles. La foule doit penser qu'elle le voit souffrir.

Comme les deux jeunes écuyers s'avançaient pour débarrasser le chevalier de son armure, de Bale les arrêta d'un bras autoritaire.

– Le maître bourreau s'en chargera. Rentrez chez vous, maintenant, tous les deux. Vous avez fait votre devoir. Nous allons faire le nôtre.

Le visage blême, les écuyers reculèrent.

– Ôte-lui seulement le hausse-col, le plastron et la braconnière, bourreau. Laisse en place les jambières, les cuissards, le heaume et les gantelets. Les chevaux feront le reste.

L'exécuteur obéit puis annonça :

– Nous sommes prêts, monsieur.

De Bale acquiesça d'un signe de tête, et l'homme procéda à la première incision.

Maison de Michel de Nostre-Dame, Salon-de-Provence

17 JUIN 1566

– De Bale est en chemin, maître.

– Je le sais.

– Vous le savez ?… C'est impossible. La nouvelle nous a été apportée par un pigeon voyageur il y a tout juste dix minutes.

Le vieil homme haussa les épaules et souleva sa jambe ravagée par l'œdème afin de la délasser sur le repose-pied.

– Où est-il, à présent ?

– À Orléans. Dans trois semaines, il sera ici.

– Trois semaines seulement ?

Le valet s'approcha puis déclara en se tordant les mains :

– Qu'allez-vous faire, maître ? Le Corpus maleficus interroge tous ceux dont la famille était autrefois de confession juive. Les *marranos.* Les *conversos.* Les bohémiens, aussi. Les Maures, les huguenots… Tous ces gens qui ne sont pas nés catholiques. La reine elle-même ne peut vous protéger ici.

Avec un geste agacé, le vieillard rétorqua :

– Quelle importance, maintenant ? Je serai mort avant que ces monstres n'arrivent.

– Oui, maître. Bien sûr.

– Et toi, Ficelle ? Te plairait-il de te trouver loin d'ici lorsque le Corpus viendra nous chercher ?

– Je resterai, quoi qu'il arrive, à vos côtés, maître.

Le vieil homme sourit.

– Tu ne me serviras que mieux en accomplissant ce que j'attends de toi. Je voudrais que tu entreprennes un voyage pour moi. Un long voyage, semé d'embûches. Accepteras-tu de faire ce que je te demande ?

Le valet baissa la tête et répliqua :

– Tout ce que vous me demanderez, maître, je le ferai.

Le vieil homme le considéra quelques instants, semblant le jauger du regard, puis articula :

– Si tu échoues, Ficelle, les conséquences seront plus terribles que celles que de Bale – ou le diable dont il est l'esclave sans le vouloir – pourrait inventer.

Il hésita, une main posée sur sa jambe grotesquement enflée, puis ajouta :

– J'ai eu une vision. Si claire qu'elle éclipse le travail auquel j'ai jusque-là consacré ma vie. J'ai refusé de publier cinquante-huit de mes prophéties pour des raisons que je ne révélerai pas – elles ne concernent que moi. Six d'entre elles ont un but secret – je t'expliquerai comment en user. Personne ne doit te voir. Personne ne doit rien soupçonner. Les cinquante-deux autres quatrains doivent être dissimulés dans une cachette précise que seuls toi et moi devons connaître. Je les ai glissés dans cet étui de bambou.

Il baissa la main vers le bas de son fauteuil et saisit le tube enveloppé et scellé.

– Tu placeras cet étui-là où je te le dirai, et de la manière exacte que je t'indiquerai. Tu ne dévieras pas d'un pouce de mes recommandations. Tu obéiras rigoureusement à mes instructions. M'as-tu bien compris ?

– Oui, maître.

– Te conformeras-tu exactement à mes consignes, et suivras-tu mes directives à la lettre ?

– Je le ferai.

– Alors, tu seras béni, Ficelle. Par des gens que tu ne connaîtras jamais, et par une histoire que ni toi ni moi ne saurions envisager.

– Mais vous connaissez l'avenir, maître. Vous êtes le plus grand voyant de tous les temps. La reine elle-même vous a honoré. La France entière connaît vos dons.

– Je ne sais rien, Ficelle. Je suis comme cet étui de bambou. Condamné à transmettre des choses sans jamais les connaître. Tout ce que je puis faire, c'est prier que d'autres viennent après moi et soient plus aptes à accomplir ce que je me suis toute ma vie efforcé de faire.

Première partie

1

Paris. Saint-Denis. De nos jours.

Achor Bale ne prenait plus plaisir à tuer depuis bien longtemps. Il considéra le bohémien avec le genre d'émotion que l'on éprouve en regardant descendre d'un avion une personne dont on est sur le point de faire la connaissance.

L'homme était en retard, bien sûr. Un regard suffisait pour voir l'orgueil sourdre de chacun de ses pores. Sa moustache à la Zorro, sa trop luisante veste de cuir achetée cinquante euros aux puces de Clignancourt, ses chaussettes rouge vif, sa chemise jaune au col démesuré, son médaillon en faux or à l'effigie de sainte Sara, tout cela lui donnait l'allure d'un dandy sans goût, aussi reconnaissable par l'un des siens qu'un chien l'était par un autre chien.

– Vous avez le manuscrit ?

– Vous me prenez pour un demeuré ?

Loin de là, songea Bale. *Un demeuré est rarement aussi content de lui. Celui-là porte sa vénalité comme un badge.*

Il remarqua les pupilles dilatées, la sueur qui luisait sur ce beau visage taillé au cordeau, les doigts qui pianotaient sur la table, les pieds qui tapotaient nerveusement sur le sol. *Un drogué*, pensa-t-il. Étrange, pour un bohémien. Ce devait être pour cela qu'il avait tant besoin d'argent.

– Vous êtes manouche ou rom ? Gitan, peut-être ?

– Qu'est-ce que ça peut vous faire ?

– À votre moustache, je dirais manouche. Un descendant de Django Reinhardt, peut-être ?

– Je m'appelle Samana. Babel Samana.

– C'est votre nom tzigane ?

– C'est un secret.

– Moi, je m'appelle Bale. Il n'y a pas de secret, là.

Les battements des doigts sur la table redoublèrent. Les yeux de l'homme étaient partout, maintenant – sur les autres buveurs, sur les portes, semblant même évaluer les dimensions du plafond.

– Vous en voulez combien ?

Aller droit au but. C'était ainsi qu'il fallait faire avec ce genre de personnage. Bale vit la langue du Tzigane pointer pour humecter ses lèvres fines, artificiellement virilisées.

– Un demi-million d'euros.

– Entendu.

Bale sentit un calme profond s'installer en lui. Très bien. L'homme avait réellement quelque chose à vendre. Ce n'était pas juste un produit d'appel.

– Avant de vous payer une telle somme, il nous faudra une bonne inspection du manuscrit. Pour nous assurer de son authenticité.

– Et le mémoriser, c'est ça ? Je connais le truc. Une fois que le contenu en sera dévoilé, il ne vaudra plus rien. Sa valeur vient justement du fait qu'il est totalement secret.

– Vous avez raison. Je suis très heureux que vous preniez cette position.

– Il y a d'autres gens que ça intéresse. Ne pensez pas que vous êtes le seul à lorgner ce manuscrit.

Les yeux de Bale se fermèrent lentement. Il allait donc devoir tuer ce Gitan. L'interroger puis le tuer. Il craignit un instant que le tremblement au-dessus de son œil droit ne le trahisse.

– Puis-je au moins le voir ?

– D'abord, je parle à l'autre homme. Peut-être qu'à vous deux vous allez faire monter les enchères.

Bale haussa les épaules.

– Où devez-vous le rencontrer ?

– Pas question de vous le dire.

– Dans ce cas, comment s'y prend-on ?

– Vous restez ici. Moi, je vais lui parler. Je vais voir s'il est sérieux. Ensuite, je reviendrai vers vous.

– Et s'il n'est pas sérieux ? Le prix baissera ?

– Bien sûr que non. On reste à un demi-million.

– Je vous attends donc ici.

– C'est ça.

Le Tzigane se leva. Il respirait lourdement, à présent, la sueur lui trempant la chemise au niveau du cou et du sternum. Lorsqu'il se retourna, Bale nota que la chaise avait laissé une empreinte sur sa veste bon marché.

– Si vous me suivez, je le saurai. Ne croyez pas que je ne m'en apercevrai pas.

Bale ôta ses lunettes de soleil et les posa sur la table. Puis il regarda son interlocuteur et sourit. Il savait l'effet glaçant que faisaient sur les âmes sensibles ses globes oculaires totalement noirs.

– Je ne vous suivrai pas.

Sous le choc, Babel Samana le considéra d'un air horrifié. Cet homme avait le *ia chalou* – l'œil du diable. Sa mère l'avait si souvent mis en garde contre ces gens. Dès l'instant où vous les regardiez – dès l'instant où ils vous fixaient avec leurs yeux de basilic –, vous étiez perdu. Quelque part au plus profond de lui-même, le Tzigane comprit son erreur – comprit qu'il avait ouvert les portes de sa vie à celui qu'il ne fallait pas.

– Vous ne bougerez pas d'ici ?

– Ne craignez rien. Je vous attendrai bien sagement ici.

Dès qu'il fut sorti du café, Babel prit ses jambes à son cou. Se perdre dans la foule. Oublier tout cela. Mais à quoi pensait-il donc ? Il n'avait même pas le manuscrit. Juste une vague idée de l'endroit où il se trouvait. Quand les trois Parques s'étaient penchées sur son berceau pour régler son destin, pourquoi avaient-elles décidé que les drogues seraient sa faiblesse ? Pourquoi pas la boisson ? Ou les femmes ? *O Beng* avait investi son corps et lui avait envoyé cette cockatrice pour le punir.

Babel ralentit le pas. Aucun signe du *gadjé.* La malveillance de cet homme, ses yeux terribles n'étaient-ils que le fruit de son imagination ? Peut-être avait-il halluciné. Ce ne serait pas la première fois qu'il aurait été la proie d'un délire dû à de la came mal coupée.

Il regarda l'heure sur l'horodateur du parking. D'accord. Le deuxième homme était peut-être encore en train de l'attendre. Avec un peu de chance, il allait se montrer plus cordial.

De l'autre côté de la rue, deux prostituées commençaient à se disputer quelques mètres carrés sur le trottoir. C'était samedi après-midi. Le jour des maquereaux, à Saint-Denis. Babel surprit son reflet dans la vitrine d'un magasin. Il se gratifia d'un sourire tremblant. Si seulement il parvenait à conclure cette affaire, il pourrait peut-être s'offrir une fille ou deux. Et une Mercedes. Couleur crème, avec des sièges en cuir rouge, des porte-verres, et la climatisation. Il pourrait aussi se faire manucurer dans l'une de ces boutiques où des *payos* blondes en blouse blanche vous regardent avec langueur par-dessus la table.

Chez Minette n'était qu'à deux minutes à pied. Il pouvait au moins glisser la tête dans l'entrebâillement de la porte et voir si l'autre homme était là. Le pousser à lui verser un acompte – la preuve qu'il était intéressé.

Puis, les bras chargés d'espèces et de cadeaux, il retournerait au camp et apaiserait sa *hexi* de sœur.

2

Adam Sabir avait depuis longtemps compris qu'il suivait une fausse piste. Samana avait cinquante minutes de retard. Seule sa fascination pour l'atmosphère louche de ce bar l'avait poussé à rester. Comme il continuait d'observer les gens autour de lui, le cafetier se dirigea vers la porte d'entrée pour en abaisser les stores.

– Quoi ? Vous fermez ?

– Pas du tout. J'isole tout le monde à l'intérieur. On est samedi. Tous les macs arrivent en ville par le train. Ça fiche le bazar dans les rues. C'est comme ça qu'il y a trois semaines j'ai perdu mes vitrines. Si vous voulez sortir, c'est par la porte de derrière.

Sabir haussa un sourcil. D'accord, ce devait être là une nouvelle manière de garder sa clientèle. Il saisit sa tasse et acheva son troisième café. Déjà, il sentait la caféine battre contre son pouls. Dix minutes. Il donnait encore dix minutes à Samana. Puis, même s'il était techniquement en vacances, il irait au cinéma voir *La Nuit de l'iguane*, de John Huston – passer ainsi le reste de l'après-midi avec Ava Gardner et Deborah Kerr… et ajouter un autre chapitre à sa liste personnelle des cent meilleurs films de tous les temps.

– Une pression, s'il vous plaît. Mais finissez ce que vous faites.

D'un geste de la main, le barman lui indiqua qu'il avait compris et continua de dérouler le store. Au tout dernier moment, une leste silhouette se glissa à l'intérieur puis se redressa en s'appuyant à une chaise.

– Ho, tu veux quoi, toi ?

Babel ignora la question et balaya la salle d'un regard fiévreux. Sa chemise était trempée sous sa veste, et la transpiration gouttait des lignes anguleuses de son menton. Légèrement ébloui par la brillante lumière intérieure, il observa chaque table avec une intensité farouche.

Comme convenu, Sabir tenait un exemplaire de son livre sur Nostradamus, avec sa photo bien en vue. Le Tzigane avait donc fini par arriver. Mais il s'apprêtait à être malgré tout déçu.

– Je suis là, monsieur Samana. Venez, je vous attends.

Dans sa hâte à le rejoindre, Babel trébucha sur une chaise. Il reprit son équilibre, puis continua en boitant, non sans tourner un visage tordu vers l'entrée du bar. Mais il pouvait être tranquille, pour l'instant. Les stores étaient baissés et il était isolé du *gadjé* menteur aux yeux diaboliques. Ce *gadjé* qui lui avait certifié qu'il ne le suivrait pas. Ce *gadjé* qui lui avait néanmoins emboîté le pas dans la rue jusque *Chez Minette*, sans même chercher à se cacher parmi les passants.

Sabir se leva et posa sur lui un regard interrogateur.

– Qu'est-ce qui se passe ? Vous avez l'air d'avoir vu un fantôme.

Le masque de terreur qui figeait les traits du Tzigane lui assura qu'il ne se trompait pas de beaucoup.

– C'est vous, l'écrivain ?

– Oui, répondit Sabir en lui montrant son livre. Vous voyez ? C'est moi, sur la quatrième de couverture.

Babel s'approcha de la table voisine et attrapa un verre de bière vide. Le brisant avec force sur la surface de bois, il écrasa sa main sur les débris acérés. Puis il saisit celle de Sabir dans sa paume sanguinolente et souffla :

– Désolé…

Sans lui laisser le temps de réagir, le Tzigane lui aplatit alors la main sur les bris de verre.

– Bon sang ! Espèce d'enfoiré… lâcha Sabir en tentant de retirer sa paume blessée.

Mais l'homme la retint de force et la plaqua sur la sienne, jusqu'à ce que les deux se rejoignent en une poignée sanglante. Puis il pressa la paume de Sabir sur son propre front, où elle laissa une empreinte écarlate.

– Maintenant, vous allez m'écouter !

Sabir parvint enfin à arracher sa main de celle du Tzigane. C'est alors que le barman émergea de derrière le comptoir en brandissant une queue de billard raccourcie.

– Deux mots. Rappelez-vous. *Samois. Chris.*

Babel recula devant le cafetier qui approchait, tenant devant lui sa paume ensanglantée comme en signe de bénédiction.

– *Samois. Chris.* Vous vous souviendrez ?

Il jeta une chaise dans les genoux du barman et profita de l'effet de surprise pour filer vers la sortie.

– *Samois… Chris…*

Le doigt pointé sur Sabir, le regard figé par la peur, il répéta :

– N'oubliez pas…

3

Babel courait pour fuir un danger mortel. Un danger plus que certain. La douleur de sa main était aussi violente que cette certitude. Il avait les poumons en feu, chacune de ses respirations le déchirant comme si elles étaient hérissées de clous.

Posté une cinquantaine de mètres plus loin, Bale l'observait. Il avait le temps. Le bohémien n'avait nulle part où aller. Personne à qui parler. Il suffirait d'un seul regard aux agents de la sécurité pour qu'ils lui passent une camisole de force – la police ne se montrait pas des plus charitables avec les Roms de Paris, encore moins avec un Gitan couvert de sang. Que s'était-il passé dans le bar ? Qui avait-il vu ? Il ne mettrait pas longtemps à le découvrir.

Il repéra le monospace Peugeot blanc presque immédiatement. Le conducteur demandait sa direction à un nettoyeur de vitres. Celui-ci lui indiquait Saint-Denis, derrière lui, tout en semblant ne rien comprendre au français de l'autre.

Bale jeta violemment le chauffeur sur le côté et grimpa au volant. Le moteur tournait encore. Il passa la première et accéléra brutalement, sans même jeter un regard dans le rétroviseur.

Babel avait perdu de vue le *gadjé*. Il stoppa, regarda derrière lui puis fit demi-tour et reprit sa course dans l'autre sens. Les passants l'évitèrent, estomaqués par son visage et ses mains maculés de sang. Il s'arrêta et demeura ainsi, hors d'haleine, tel un animal aux abois.

La Peugeot blanche grimpa sur le trottoir et vint s'écraser contre la cuisse droite de Babel, lui brisant les os. Il rebondit sur le capot avant de chuter lourdement sur la chaussée. Presque aussitôt, il se sentit soulevé par des mains puissantes agrippant sa veste et l'arrière de son pantalon. Le temps d'apercevoir une portière ouverte, et il se vit précipité dans le monospace. Il perçut un cri affreusement aigu et constata alors que c'était de sa gorge qu'il émanait. Puis il leva les yeux, à l'instant précis où le *gadjé* lui assénait un violent coup sous le menton.

4

Babel s'éveilla avec une douleur atroce dans les cuisses et les épaules. Il leva la tête pour regarder autour de lui, mais ne vit rien. Alors seulement, il réalisa qu'il avait les yeux bandés et qu'il était attaché, debout, à une sorte de cadre métallique, les jambes et les bras en croix, le corps penché en avant, comme s'il se déhanchait au cours d'une danse particulièrement explicite. Il était nu.

Bale tira de nouveau sur le pénis de Babel.

– Ça y est, j'ai enfin ton attention ? Bien. Écoute-moi, Samana. Il y a deux choses que tu dois savoir. Un : tu vas mourir – il est impossible que tu te sortes de là en me rachetant ta vie avec des informations quelconques. Deux : la manière dont tu mourras dépendra entièrement de toi. Si je suis content de toi, je te couperai la gorge. Tu ne sentiras rien. Et je ferai en sorte que tu te vides de ton sang en moins d'une minute. Si je ne suis pas content de toi, je te ferai du mal – bien plus de mal que ce que je te fais maintenant. Pour te prouver que j'ai l'intention de te tuer – et que, vu la position dans laquelle tu te trouves, il n'y a aucune échappatoire pour toi –, je vais te sectionner le pénis. Puis je cautériserai la plaie avec un fer brûlant afin que tu ne meures pas un peu trop tôt d'une hémorragie.

– Non ! Non, ne faites pas ça ! Je vous dirai tout ce que vous voulez savoir. Tout…

Bale tenait son couteau plaqué contre la peau tendue du sexe de Babel.

– Tout ? Ton pénis contre les informations que je désire ?

Il haussa les épaules puis ajouta :

– Je ne saisis pas. Tu sais que tu ne t'en serviras plus jamais. Je me suis pourtant bien fait comprendre. Pourquoi chercherais-tu à le garder ? Ne me dis pas que tu as encore l'illusion d'un espoir ?

Un filet de salive s'échappait de la bouche de Babel.

– Qu'est-ce que vous voulez savoir ?

– D'abord, le nom du bar.

– *Chez Minette.*

– Correct. Je t'ai vu y entrer. Qui y as-tu vu ?

– Un Américain. Un écrivain. Adam Sabir.

– Pourquoi ?

– Pour lui vendre le manuscrit. J'avais besoin d'argent.

– Tu lui as montré ce manuscrit ?

Babel émit un rire déstructuré avant de répondre :

– Je ne l'ai même pas… Je ne l'ai jamais vu. Je ne sais même pas s'il existe.

– Oh, merveilleux.

Bale lâcha le pénis de sa victime et se frotta le visage.

– Tu es un très bel homme. Les femmes t'apprécient. Mais la plus grande faiblesse d'un homme, c'est son orgueil.

De la pointe de son couteau, il dessina sur la joue de Babel une profonde entaille en forme de croix.

– Tu n'es plus aussi séduisant, maintenant. Vu d'un côté, ça fait encore de l'effet. Mais de l'autre, c'est carrément Armageddon. Et, tu vois, je peux même enfoncer mon doigt dans ce trou.

Babel poussa un cri.

– Arrête. Ou je te marque l'autre côté.

Il cessa aussitôt. De l'air sortait maintenant de sa joue trouée.

– Tu as fait la promo de ce manuscrit. Deux acheteurs se sont montrés intéressés. Je suis l'un d'eux. Sabir est l'autre. Qu'avais-tu l'intention de nous vendre pour un demi-million d'euros ? Du vent ?

– J'ai menti !… Je sais où on peut le trouver. Je vais vous y conduire.

– Et où est-ce ?

– C'est écrit.

– Récite-moi ce qui est écrit.

– Je ne peux pas, fit-il en secouant la tête.

– Présente-moi ton autre joue.

– Non ! Non ! Je ne peux pas. Je ne… sais pas lire.

– Alors, comment sais-tu que c'est écrit ?

– On me l'a dit.

– Qui possède ces écrits ? demanda Bale, le visage incliné de côté. Où est-ce qu'on peut les trouver ? C'est un membre de ta famille qui les cache ? Ou quelqu'un d'autre ?

Il y eut un silence, puis il poursuivit :

– Oui, c'est bien ce que je pensais. Je le vois sur ta figure. C'est un membre de ta famille, n'est-ce pas ? Je veux savoir qui. Et où.

Il saisit violemment le pénis de Babel.

– Donne-moi un nom.

Le Tzigane laissa tomber sa tête. Du sang et de la salive gouttaient du trou de sa joue. Qu'avait-il fait ? Que lui avaient fait révéler sa terreur et sa stupéfaction ? Maintenant, le *gadjé* irait trouver Yola. Il la torturerait. Ses parents morts le maudiraient de n'avoir pas su protéger sa sœur. Et son nom à lui deviendrait impur – *mahrimé.* Il serait enterré dans une tombe sans aucune inscription. Tout cela parce que son orgueil était plus fort que sa crainte de la mort.

Sabir avait-il compris les deux mots qu'il lui avait lancés dans le bar ? Son instinct au sujet de cet homme avait-il été bon ?

Babel savait qu'il avait atteint le bout de la route. Après avoir passé sa vie à construire des châteaux en Espagne, il ne connaissait que trop bien ses propres faiblesses. Encore trente secondes et son âme finirait en enfer. Il ne lui restait qu'une chance de faire ce à quoi il songeait. Une seule chance.

Utilisant tout le poids de sa tête, le Tzigane tendit le visage en le levant au maximum vers la gauche puis le redescendit brusquement en décrivant un demi-cercle vers la droite.

Surpris, Bale fit un pas en arrière, mais se ressaisit aussitôt et empoigna sa victime par les cheveux. Sa tête pendait mollement, à présent, comme privée de ses amarres.

– Non ! éructa-t-il en la laissant tomber. C'est impossible…

Il recula d'un pas, contempla le cadavre durant quelques longues secondes et s'approcha de nouveau, leva son couteau vers le visage de l'homme et lui taillada l'oreille. Puis il fit glisser le bandeau qui lui recouvrait les yeux et, du pouce, lui souleva les paupières. Son regard était éteint, sans la moindre lueur de vie.

Bale nettoya son couteau sur le morceau d'étoffe et s'éloigna en secouant la tête de dépit.

5

Le capitaine de police Joris Calque se passa sous le nez sa cigarette encore éteinte puis la replaça à regret dans son étui métallique, avant de glisser celui-ci dans la poche de sa veste.

– Au moins on a affaire à un cadavre frais. Je suis surpris que le sang ne lui coule pas encore de l'oreille.

Du pouce, il tapota la poitrine de Babel et scruta le corps afin d'y déceler un éventuel changement de couleur.

– Pratiquement pas de lividité. Ça ne fait pas une heure que cet homme est mort. Comment l'a-t-on découvert si vite, Macron ?

– Un monospace volé, monsieur. Garé dans la rue. Le propriétaire a fait une déclaration, et un gendarme qui faisait sa ronde est tombé dessus trois quarts d'heure plus tard. Si tous les vols de voiture étaient aussi faciles à résoudre…

Calque ôta ses gants de latex.

– Je ne comprends pas. Notre meurtrier enlève ce Gitan en pleine rue, aux yeux de tous, dans un monospace volé. Il se rend tout droit ici, ligote sa victime à un sommier qu'il a au préalable cloué au mur, la torture un peu, lui brise la nuque puis disparaît en laissant le véhicule garé dans la rue comme pour signaler sa présence. Ça a un sens pour vous ?

– On a aussi des traces de sang qui ne concordent pas.

– Comment ça ?

– Tenez, regardez la main de la victime. Ces entailles sont plus anciennes que les autres blessures. Et il y a du sang étranger mêlé au sien. Ça se voit nettement au spectromètre portable.

– Ah. Donc, non content d'avoir abandonné le monospace bien en vue, le meurtrier nous laisse aussi un indice avec ce sang.

Calque haussa les épaules puis ajouta :

– On a affaire soit à un imbécile, soit à un génie.

6

La pharmacienne acheva de bander la main de Sabir puis déclara :

– C'était sans doute du verre de mauvaise qualité, vous avez de la chance de ne pas avoir besoin de points. Vous n'êtes pas pianiste, au moins ?

– Non, écrivain.

– Oh, ça ne demande donc pas une adresse particulière…

Sabir éclata de rire.

– On peut dire ça. J'ai écrit un livre sur Nostradamus. Et, maintenant, je fais de la critique de films pour des journaux régionaux. Mais c'est à peu près tout. Une vie gaspillée, quoi.

La jeune femme se plaqua une main sur la bouche.

– Je suis désolée… Ce n'est pas ce que je voulais dire. Bien sûr que les écrivains sont pleins d'adresse. Je voulais parler… d'adresse des doigts, qui vous oblige à vous servir de vos doigts. Enfin…

– Ce n'est pas grave, sourit-il en se levant pour remettre sa veste. Les plumitifs comme moi ont l'habitude des insultes. Nous sommes tout en bas de l'échelle. À moins d'écrire des best-sellers, bien sûr, ou de découvrir le moyen de devenir célèbre, et alors on se retrouve comme par magie propulsé au sommet. Mais même là, quand on ne peut plus suivre, on replonge au plus profond de l'abîme. C'est un métier qui vous prend la tête, vous n'êtes pas d'accord ?

Il cacha son amertume derrière un immense sourire avant de demander :

– Combien vous dois-je ?

– Cinquante euros. Si vous pouvez vous le permettre, bien sûr.

– Bien vu !

Sabir sortit son portefeuille et y chercha quelques billets, non sans continuer de s'interroger sur l'attitude du Gitan. Pourquoi s'en prendre à quelqu'un qui vous est totalement étranger ? Quelqu'un susceptible de vous acheter un objet de valeur, qui plus est ? Cela n'avait aucun sens. Cependant – et cela malgré les encouragements du barman et des trois ou quatre clients témoins de l'agression – quelque chose l'empêchait d'aller à la police. L'affaire lui semblait plus importante qu'elle n'y paraissait. *Samois* et *Chris* ?…

Il tendit son argent à la pharmacienne.

– Est-ce que le mot Samois vous parle ?

– Samois ? répéta-t-elle avant de secouer la tête. À part la ville, vous voulez dire ?

– La ville ? Quelle ville ?

– Samois-sur-Seine. C'est au sud-est d'ici, à une soixantaine de kilomètres. Juste au-dessus de Fontainebleau. Tous les dingues de jazz connaissent l'endroit. Chaque été, les Tziganes y organisent un festival en l'honneur de Django Reinhardt. Vous savez… le guitariste manouche.

– Manouche ?

– Oui, c'est une tribu tzigane. Ils ont des liens avec les Sinti. Ils viennent d'Allemagne et du nord de la France. Tout le monde sait ça.

– Madame, vous semblez oublier que je ne suis pas « tout le monde ». Je ne suis qu'un écrivain.

7

Bale n'aimait pas les cafetiers, une espèce nuisible, selon lui, qui vivait de la faiblesse des autres. Toutefois, dans l'espoir de récolter un maximum de renseignements, il était prêt à faire des compromis. Glissant dans sa poche la carte d'identité volée, il demanda :

– Alors, ce bohémien l'a agressé avec un verre ?

– Oui. Je n'ai jamais rien vu de pareil. Il est entré, dégoulinant de sueur, et il a foncé droit sur l'Américain. Il a cassé un verre et il a écrasé sa main sur les débris.

– Celle de l'Américain ?

– Non, c'est ça qui est bizarre. C'est sa propre main qu'il a écrasée dessus. C'est après, seulement, qu'il a agressé l'autre.

– Avec le verre ?

– Non, non. Il a pris sa main et a fait la même chose qu'avec la sienne. Ensuite, il a plaqué la paume de l'Américain sur son propre front. Il y avait du sang partout.

– Et c'est tout ?

– Oui.

– Il n'a rien dit ?

– En fait, il n'arrêtait pas de crier : « Souvenez-vous de ces mots. Ne les oubliez pas… »

– Quels mots ?

– Alors là, vous m'en demandez beaucoup. Ça ressemblait à quelque chose comme *Sam*, *moi* et *Chris*. Peut-être qu'ils sont frères, je ne sais pas…

Bale réprima un sourire de triomphe puis hocha tranquillement la tête.

– Des frères, oui…

8

Le cafetier leva les mains dans un geste théâtral.

– Mais je viens de parler avec un de vos hommes. Je lui ai dit tout ce que je savais. Vous voulez peut-être que je change vos couches, aussi ?

– Et à quoi ressemblait ce policier ?

– Il était comme vous tous. Vous savez…

Le capitaine Calque indiqua le lieutenant Macron et demanda :

– Comme lui ?

– Non, rien à voir.

– Comme moi, alors ?

– Non. Pas du tout comme vous, non plus.

– Comme George Clooney ? soupira Calque. Woody Allen ? Johnny Hallyday ? Ou alors, il portait une perruque, peut-être ?

– Non, non. Il n'avait pas de perruque.

– Qu'est-ce que vous avez dit d'autre à cet homme invisible ?

– Oh, pas de sarcasme. Je fais mon boulot de citoyen. J'ai essayé de protéger cet Américain…

– Avec quoi ?

– Hum… ma queue de billard.

– Où gardez-vous une arme aussi dangereuse ? ironisa Calque.

– Où est-ce que je la garde ? D'après vous ? Derrière le bar, bien sûr. On est à Saint-Denis, pas au Sacré-Cœur.

– Montrez-la-moi.

– Écoutez, je n'ai frappé personne avec. Je n'ai fait que la brandir devant le Manouche.

– Et, ce Manouche, il a répliqué ?

– Ah, merde.

Le barman ouvrit un paquet de Gitane avec un pic à glace, sortit une cigarette et l'alluma.

– J'imagine que vous allez me coffrer pour avoir clopé en public, maintenant ?

Il souffla un nuage de fumée par-dessus le comptoir.

Calque le regarda faire puis, sans le lui demander, s'autorisa à lui prendre une cigarette. Il la tapa sur le dos du paquet et se la passa langoureusement sous le nez.

– Vous ne l'allumez pas ?

– Non.

– Putain, ne me dites pas que vous avez arrêté.

– J'ai une petite faiblesse du côté du cœur. Chaque cigarette m'ôte un jour de vie.

– Ça vaut le coup, pourtant.

– Vous avez peut-être raison, soupira-t-il. Donnez-moi du feu.

Le cafetier lui tendit le bout de sa cigarette puis lâcha soudain :

– Attendez, je me rappelle, maintenant. Au sujet de votre policier.

– Qu'est-ce que vous vous rappelez ?

– Il y avait quelque chose de bizarre, chez lui. De très bizarre.

– Et c'était quoi ?

– Le truc, c'est que vous n'allez pas me croire, si je vous le dis.

– Essayez toujours, fit Calque en haussant un sourcil.

– Hum… Il avait les yeux… les globes oculaires complètement noirs.

9

— L'homme s'appelle Sabir. S. A. B. I. R. Adam Sabir. Il est américain. Non, je n'ai pas plus d'infos pour le moment. Cherchez-le dans votre ordinateur. Ça devrait suffire, croyez-moi.

Achor Bale reposa son téléphone puis s'autorisa un bref sourire. Cela devrait régler le problème Sabir. Le temps que la police française ait fini de l'interroger, lui-même aurait disparu depuis longtemps. Créer du chaos se révélait toujours être une bonne idée. Le chaos et l'anarchie. Il suffisait de les déclencher pour obliger les forces de l'ordre à piétiner.

La police et les représentants de la loi étaient entraînés à penser de façon linéaire. En termes informatiques, hyper était l'opposé de linéaire. Bale se félicitait de son habileté à penser de façon hyper – à sauter d'un endroit à l'autre, là où bon lui semblait. Il faisait ce qu'il voulait, quand il le voulait.

Il saisit une carte de France et l'étala soigneusement sur la table devant lui.

9

10

Adam Sabir comprit que la police s'intéressait à lui lorsqu'il alluma la télévision dans l'appartement qu'il louait sur l'île Saint-Louis, et qu'il découvrit son visage en gros plan sur son écran plasma.

Écrivain et journaliste occasionnel, il était obligé de se tenir au courant de l'actualité, une véritable mine de sujets de roman, d'idées en tous genres. La situation de son marché potentiel dépendait de celle du monde, et tout cela, bien sûr, le concernait. Depuis quelques années, il s'était habitué à une existence plus que confortable grâce à un seul et étonnant best-seller, *La Vie privée de Nostradamus.* Le contenu ne possédait aucune originalité, mais le titre à lui seul était un trait de génie. Aujourd'hui, il lui fallait absolument une suite sinon le robinet à dollars se tarirait, et il pourrait dire adieu autant à son public de lecteurs qu'au luxe tranquille dans lequel il baignait.

C'est ainsi que, deux jours plus tôt, l'annonce de Samana dans le grotesque torchon que constituait ce quotidien gratuit avait captivé son attention, tant elle lui avait paru incongrue :

Besoin d'argent. J'ai quelque chose à vendre : Prophéties perdues de Notre Dame (sic). Toutes écrites noir sur blanc. Vends cash au premier acheteur. Authentiques.

Sabir avait éclaté de rire en voyant cette annonce, manifestement rédigée par un illettré. Mais comment un illettré pouvait-il connaître les prophéties perdues de Nostradamus ?

Personne n'ignorait que ce voyant du XVIe siècle avait écrit près de mille poèmes de quatre vers, publiés pour la plupart de son vivant, et dans lesquels il prévoyait avec une précision quasi surnaturelle le cours futur des événements du monde entier. Mais peu savaient, en revanche, que cinquante-huit de ces quatrains avaient été cachés au dernier moment, pour ne jamais revoir la lumière du jour. Si quelqu'un pouvait retrouver l'endroit où ils étaient dissimulés, il deviendrait aussitôt millionnaire, le potentiel des ventes devenant alors astronomique.

Sabir savait que son éditeur ne regarderait pas à la dépense pour acquérir ces documents. Le récit dans les journaux de cette découverte rapporterait à lui seul des centaines de milliers de dollars et leur garantirait une page de couverture dans les magazines du monde entier. Et que ne donnerait-on pas, en cette période incertaine, pour lire ces poèmes et comprendre leurs révélations ? Cela dépassait l'imagination.

Jusqu'aux événements d'aujourd'hui, l'écrivain avait imaginé un scénario dans lequel son manuscrit original – comme ceux des *Harry Potter* avant lui – serait gardé au secret dans un coffre littéraire aussi inviolable que Fort Knox, pour n'être révélé à ses lecteurs impatients que le jour de sa publication. Comme Sabir se trouvait déjà à Paris, cela ne lui coûterait rien de vérifier cette histoire de prophéties. Qu'avait-il à perdre ?

Après la découverte d'un inconnu violemment torturé puis assassiné, la police recherche un écrivain américain du nom d'Adam Sabir afin de le soumettre à un interrogatoire en relation avec ce crime. En visite à Paris, il ne doit sous aucun prétexte être approché par le public, car il pourrait se montrer dangereux. La nature du crime est si grave que la police a comme priorité d'identifier le meurtrier, qui pourrait très vraisemblablement s'apprêter à tuer de nouveau.

– Seigneur… souffla Sabir, planté devant son écran de télévision.

On y montrait un ancien portrait de lui, chacun de ses traits tellement accentué par l'effet du gros plan qu'il avait l'impression d'apparaître lui-même comme un tueur en série dont la tête était mise à prix.

Suivait une photo du masque mortuaire de Samana, la joue et l'oreille lacérées, les yeux glauques et grands ouverts, son image livrée ainsi en pâture à des millions de voyeurs emplis de la satisfaction malsaine de constater que la victime que l'on décrivait sur l'écran n'était pas l'un d'eux.

– Ce n'est pas possible, articula-t-il, horrifié. Il y a mon sang partout sur lui…

Dévasté, il se laissa tomber dans un fauteuil, le tremblement de ses mains faisant écho aux vibrations de la musique électronique qui accompagnait l'annonce des titres du JT.

11

Il lui fallut dix fébriles minutes pour rassembler ses affaires – passeport, argent, cartes routières, vêtements et cartes de crédit. Au tout dernier moment, il fouilla dans son bureau au cas où il aurait oublié quelque chose d'utile.

Sabir occupait l'appartement de son agent anglais, John Tone, en vacances aux Caraïbes. Comme la voiture qu'il utilisait appartenait aussi à John, elle était de ce fait impossible à identifier et l'aiderait à sortir de Paris sans encombre. Ce qui lui laisserait un peu de temps pour réfléchir.

Il embarqua à la hâte un vieux permis de conduire anglais au nom de Tone, plus quelques euros qu'il trouva dans une boîte de pellicule. Il n'y avait pas de photo sur le permis, et cela l'arrangeait bien. Il prit aussi avec lui une facture d'électricité ainsi que les papiers de la voiture.

Si la police l'appréhendait, il jouerait simplement les innocents – il partait pour un voyage de recherche à Saint-Rémy-de-Provence, la ville natale de Nostradamus. Il n'avait pas écouté la radio ni regardé la télévision ; il ne savait donc pas qu'il était recherché.

Avec un peu de chance, il pourrait rejoindre la frontière suisse et s'arranger pour passer de l'autre côté. Là-bas, on ne vérifiait pas toujours les passeports. Et la Suisse ne faisait pas encore partie de l'Union européenne. S'il pouvait atteindre l'ambassade des États-Unis à Berne, il serait sauf. Si les Suisses l'extradaient, ce serait vers les États-Unis, pas vers Paris.

Car Sabir avait entendu parler de la police française par certains de ses collègues journalistes. Vous tombiez entre leurs mains et aussitôt vous étiez fiché. Il pouvait se passer des mois, et même des années, avant que votre affaire ne fasse son chemin à travers les méandres du cauchemar bureaucratique qu'était le système juridique français.

Il s'arrêta devant le premier distributeur qu'il trouva et sortit en laissant tourner le moteur. Il lui fallait absolument un peu d'argent. Glissant une carte au hasard dans la fente qui l'aspira sans attendre, il se mit à prier. Pour l'instant, tout allait bien. Il avait essayé mille euros. Et, si la deuxième carte ne lui donnait rien, il aurait au moins de quoi payer l'autoroute en cash pour ne pas se faire repérer, et s'offrir quelque chose à grignoter.

De l'autre côté de la rue, un jeune, coiffé d'une capuche, le regardait. Miséricorde… Ce n'était pas le moment de se faire agresser. Avec les clés encore sur le contact de l'Audi break flambant neuve…

Il empocha les billets et essaya la deuxième carte. Le garçon qui l'observait s'avançait vers lui, maintenant, avec la démarche typique du délinquant sur le point de commettre un délit. Cinquante mètres. Trente. Sabir continua d'appuyer nerveusement sur les touches du clavier.

La machine avala la carte. On lui refusait l'argent qu'il demandait.

Il se rua vers l'Audi. Derrière lui, l'adolescent s'était mis à courir et n'était plus qu'à cinq mètres de lui.

Sabir se jeta dans la voiture et, alors seulement, se souvint que, dans un véhicule de fabrication anglaise, le volant se trouvait à droite. Il plongea sur le siège voisin et perdit encore trois précieuses secondes à chercher le verrouillage automatique.

Déjà, le garçon avait empoigné la portière.

Une jambe à demi coincée sur le siège passager, Sabir enclencha la marche arrière, tout en remerciant le ciel d'avoir une voiture équipée d'une boîte automatique, et l'Audi recula brusquement, déséquilibrant un instant le jeune voyou. Il continua de reculer sur quelques mètres, une main sur le levier de vitesses, l'autre agrippée au volant.

Ironiquement, il songea non pas au gamin prêt à l'agresser – une grande première, pour lui – mais au fait que, grâce à la carte qu'il avait dû abandonner dans le distributeur, la police aurait maintenant ses empreintes ainsi que l'heure exacte de son passage : 22 h 42, par une belle nuit étoilée, en plein centre de Paris.

12

Vingt minutes pour sortir de la capitale, et cinq minutes pour rejoindre l'autoroute à Évry. Un panneau lui indiqua alors que trente kilomètres le séparaient de Fontainebleau, la ville n'étant qu'à dix kilomètres de Samois. C'était du moins ce que lui avait dit la pharmacienne. Ils avaient même un peu flirté en discutant d'Henri II, de Catherine de Médicis et de Napoléon, qui avait, à Fontainebleau, fait ses adieux à sa vieille garde avant de partir en exil pour l'île d'Elbe.

Mais non, c'était bien trop risqué de se rendre à Samois. Autant prendre le large et avaler le plus de kilomètres possibles pendant qu'il faisait encore nuit. Mais n'avaient-ils pas le moyen de vérifier la plaque d'immatriculation, sur les autoroutes ? Sabir n'avait-il pas entendu cela, quelque part ? Et si, déjà, on l'avait suivi jusqu'à l'appartement de Tone ? On ne mettrait pas longtemps à faire le rapprochement avec l'Audi dans ce cas. Et alors il se ferait arrêter. Il leur suffisait de placer quelques voitures de flics à la sortie du péage pour le pincer comme un vulgaire malfrat.

Si au moins il pouvait récupérer les prophéties auprès de ce Chris, il pourrait convaincre la police qu'il était bel et bien écrivain et non un détraqué à la recherche de sa proie. Et puis, en quoi la mort du Tzigane avait-elle à voir avec ces écrits ? Ces gens-là n'étaient-ils pas en conflit permanent avec leur entourage ? Il s'agissait probablement d'une dispute à propos d'argent ou d'une femme. Une dispute au milieu de laquelle

Sabir s'était retrouvé tout à fait par hasard. Et, vue sous cet aspect, la chose semblait beaucoup plus anodine.

Quoi qu'il en soit, l'Américain avait un alibi. La pharmacienne se souviendrait certainement de lui. Il lui avait parlé de l'attitude étrange de ce Gitan. Il lui aurait été impossible de torturer puis tuer cet homme avec une main en lambeaux comme la sienne. Les gens de la police seraient bien forcés de le constater. Ou penseraient-ils qu'il avait suivi la victime pour se venger d'elle après leur bagarre dans le bar ?

Sabir secoua la tête. Une chose était certaine : il avait besoin de repos. S'il continuait comme cela, il allait finir par halluciner.

Résolu à non plus penser mais agir, il quitta l'autoroute, leva le pied et s'engagea sur un chemin qui s'enfonçait dans la forêt, à deux kilomètres à peine du village de Samois.

13

— Il nous a filé entre les doigts.

– Comment ça ? Comment le savez-vous ?

Calque haussa un sourcil. Macron était entreprenant et efficace, cela ne faisait aucun doute. Mais, quant à avoir de l'imagination… Cependant, que pouvait-on attendre d'un Marseillais de deux mètres de haut ?

– On a vérifié tous les hôtels, les chambres d'hôtes et les agences de location. Quand il est arrivé ici, il n'avait aucune raison de cacher son nom. Il ne savait pas qu'il allait tuer ce bohémien. C'est un Américain de mère française, n'oubliez pas. Il parle parfaitement le français. Soit il est parti trouver refuge chez un ami, soit il a pris la fuite. Moi, je parierais pour la deuxième éventualité. D'après mon expérience, il n'y a pas beaucoup d'amis qui seraient prêts à héberger un tortionnaire.

– Et l'homme qui a téléphoné pour donner son nom ?

– Trouvez Sabir, et on le trouvera.

– Alors, on va voir du côté de Samois ? On se lance à la recherche de ce fameux Chris ?

Calque sourit.

– Ça me semble une bonne idée.

13

14

La première chose que vit Sabir sur le chemin fut un limier solitaire, sans doute égaré après s'être un peu trop éloigné de la meute lors de la chasse de la veille. En contrebas, derrière les arbres, apparaissait la Seine qui scintillait sous le soleil du petit matin.

Il descendit de voiture et s'étira les jambes. Cinq heures de sommeil. Pas mal, en de telles circonstances. La nuit dernière, il était nerveux, à cran. Mais, à présent, il se sentait plus calme, moins affolé par ce qui risquait de lui arriver. Il se félicitait finalement d'avoir pris la direction de Fontainebleau et de s'être arrêté en pleine forêt pour y dormir. Peut-être la police française ne retrouverait-elle pas aussi facilement sa trace. Cependant, autant ne pas prendre de risques. Il abandonnerait toute idée stupide de se rendre à Samois et se dirigerait vers la frontière suisse, en empruntant les routes normales et en profitant de l'heure de pointe du matin pour se fondre parmi les autres voitures.

Il reprit son chemin, s'enfonça encore d'une cinquantaine de mètres dans la forêt, et, par les fenêtres abaissées, renifla soudain une odeur de bois brûlé et de graisse de porc grillé. Il fut d'abord tenté de l'ignorer et de continuer sa route, mais sa faim prit le dessus. Quoi qu'il arrive, il devait se nourrir. Et pourquoi pas ici ? Un endroit sans caméras. Ni flics.

L'instant d'après, Sabir avait réussi à se persuader qu'il n'y avait aucun mal à proposer à ces mystérieux campeurs de leur payer quelque chose en échange de ce qui lui servirait de petit déjeuner. Ils pourraient même peut-être lui indiquer où trouver Chris.

Abandonnant l'Audi au bord du chemin, il coupa à pied à travers bois en se fiant à ses narines caressées par le parfum du bacon. Et dire qu'il était en train de fuir la police. Peut-être ces gens qu'il cherchait à rejoindre n'avaient-ils accès ni à la télévision ni aux journaux.

Arrivé à l'entrée de la clairière, Sabir s'arrêta et regarda. C'était un camp de bohémiens. Eh bien, il avait de la chance de tomber sur eux. Il aurait dû savoir qu'aucune personne ayant un peu de bon sens n'aurait campé dans une froide forêt du nord de la France, au début de mai. C'était en août que l'on faisait du camping – sinon, si l'on était français, on s'installait confortablement dans un hôtel pour y dîner et dormir.

Une des femmes l'aperçut alors et appela son mari. Aussitôt, une volée d'enfants se précipita vers Sabir, pour s'arrêter net à quelques mètres de lui. Deux hommes s'interrompirent dans ce qu'ils faisaient et s'avancèrent à leur tour dans sa direction. Il les salua d'une main, qu'il sentit soudain brutalement tirée dans son dos et amenée de force vers sa nuque. Puis, incapable de résister, il se retrouva à genoux.

Juste avant de perdre conscience, il remarqua l'antenne de télévision sur le toit de l'une des caravanes.

15

— Allez, Yola, c'est à toi.

La femme se tenait en face de lui. Un vieil homme lui posa un couteau dans la main et la poussa en avant. Sabir tenta de dire quelque chose mais se rendit compte qu'un ruban adhésif lui fermait la bouche.

– Vas-y, coupe-lui les couilles !

– Non, arrache-lui les yeux, d'abord !

Un chœur de femmes âgées postées à l'entrée d'une roulotte l'encourageait de loin. Sabir regarda autour de lui. À part celle qui tenait le couteau, il n'était entouré que d'hommes. Il essaya de bouger les bras, mais ils étaient fermement attachés dans son dos. Ses chevilles étaient nouées ensemble et on lui avait glissé un coussin multicolore entre les genoux.

L'un des hommes le mit debout et lui descendit le pantalon sur les cuisses.

– Là. Maintenant, tu peux voir ta cible.

– Déculotte-le, pendant que tu y es ! lança une des femmes qui s'avançaient lentement pour mieux jouir du spectacle.

Sabir secoua la tête dans l'espoir vain de se libérer de l'adhésif qui lui emprisonnait la bouche.

La femme s'approcha encore, tenant son couteau bien droit devant elle.

– Vas-y, lui crièrent les autres. Fais-le ! Pense à ce qu'il a fait à Babel.

De la gorge de Sabir sortit alors une sorte de hululement. Il fixa les yeux de celle qui le menaçait avec une intensité quasi diabolique, comme s'il pouvait lui commander de ne pas suivre ce que lui dictait son désir de revanche.

L'un des hommes saisit le scrotum de Sabir, tira dessus, ne laissant qu'une fine membrane de peau à couper. Un seul coup de lame suffirait.

Le prisonnier continuait de fixer celle qui devait devenir sa tortionnaire. Son instinct lui assurait qu'elle était sa seule chance. Si sa concentration se brisait et qu'il la lâchait des yeux, il savait que c'en était fini de lui. Sans vraiment connaître la raison de son geste, il lui fit un clin d'œil.

Qui l'atteignit comme une gifle. Elle se planta devant lui et, d'un coup sec, lui arracha la bande adhésive qui le bâillonnait.

– Pourquoi as-tu fait ça ? Pourquoi as-tu mutilé mon frère ? Qu'est-ce qu'il t'avait fait ?

Sabir avala une grande goulée d'air à travers ses lèvres gonflées.

– Chris… Chris… Il m'a dit de demander Chris…

Yola recula d'un bond. L'homme qui tenait les testicules de Sabir les lâcha brusquement, colla son visage au sien et, la tête inclinée de côté, demanda :

– Qu'est-ce que tu viens de dire ?

– Ton frère a brisé un verre devant moi. Il a écrasé sa main dessus… et il a fait la même chose avec la mienne. Ensuite, il a appuyé nos deux mains ensemble sur les bris de verre, et il a placé ma paume ensanglantée sur son front pour qu'elle y laisse son empreinte. Alors, il m'a dit d'aller à Samois et de demander Chris… Ce n'est pas moi qui l'ai tué. Mais je me rends compte, maintenant, qu'il était suivi. Je vous en supplie, il faut me croire… Pourquoi serais-je venu ici, sinon ?

– Mais, la police… Ils te cherchent. On a vu, à la télévision… On te reconnaît.

– Ils me cherchent parce qu'il y avait mon sang sur ses mains.

L'homme poussa Sabir de côté. L'espace d'un instant, l'écrivain crut qu'ils allaient lui trancher la gorge. Puis il sentit qu'on lui débandait la main pour y inspecter les coupures. Il les entendit échanger des paroles confuses, dans une langue qu'il ne comprenait pas.

– Debout, lui dit l'un d'eux. Remets ton pantalon.

Ils lui coupaient à présent ses liens et lui libéraient les mains.

– Dis-moi, lui demanda un autre, qui est Chris ?

– L'un de vous, je suppose, hasarda-t-il.

Certains des plus vieux partirent d'un grand éclat de rire.

L'homme au couteau lui fit alors un clin d'œil, faisant inconsciemment écho à celui grâce auquel il avait sauvé ses testicules, deux minutes plus tôt.

– Ne t'en fais pas, lui dit-il. Tu le verras bientôt. Avec ou sans tes couilles. C'est ton choix.

16

Au moins ils me nourrissent, songea Sabir. *Et il est plus dur de tuer un homme avec qui on a rompu le pain…*

Il avala les dernières bouchées du ragoût puis, de ses mains liées, attrapa maladroitement sa tasse de café.

– La viande, c'était bon.

La vieille femme hocha la tête. Comme elle essuyait ses paumes sur le dessus de ses amples jupons, il réalisa qu'elle n'avait pas mangé.

– Propre, oui. Très propre.

– Propre ?

– Les épines. Les hérissons sont les bêtes les plus propres. Ils ne sont pas *mahrimé.* Pas comme…

Elle cracha derrière elle puis ajouta :

– … les chiens.

– Ah, vous mangez des chiens ?

Sabir avait déjà du mal à l'idée d'avoir avalé du hérisson… Il commençait à sentir la nausée lui soulever le cœur.

– Non, non, fit-elle en pouffant de rire. Des chiens ! Ha, ha !

Puis elle se tourna vers l'une de ses amies et dit :

– Hé, le *gadjé* pense qu'on mange des chiens.

À cet instant, un homme arriva en courant du fond de la clairière, pour être aussitôt encerclé par les jeunes enfants. Il parla à quelques-uns d'entre eux, qui s'éparpillèrent pour aller avertir tout le camp.

Sabir vit alors que l'on glissait prestement des boîtes et d'autres objets à l'intérieur ou même sous les caravanes. Puis deux hommes s'avancèrent vers lui.

– Qu'est-ce qu'il y a ? Qu'est-ce qui se passe ?

Ils le soulevèrent et l'entraînèrent, les chevilles toujours attachées ensemble, vers une grande caisse de bois.

– Seigneur, vous n'allez pas me mettre là-dedans ? Je suis claustrophobe. C'est vrai, je vous le jure, je me sens très mal dans des endroits étroits. Je vous en prie, mettez-moi plutôt dans une de vos roulottes.

Sans l'écouter, ils le firent entrer de force dans la caisse. L'un d'eux sortit de sa poche un mouchoir souillé et le lui fourra dans la bouche. Puis ils lui firent baisser la tête et claquèrent le couvercle au-dessus de lui.

17

Le capitaine Calque observait le groupe disparate qui lui faisait face. Il n'allait pas rigoler avec eux, il le sentait. Il le savait parfaitement. Les Gitans se fermaient comme des huîtres quand ils se retrouvaient confrontés à la police – même lorsque l'un d'eux avait été victime d'un crime, comme c'était le cas aujourd'hui. Ils persistaient à vouloir se faire justice eux-mêmes.

Il se tourna vers Macron, qui tenait à la main la photo de Sabir.

– L'un de vous a-t-il vu cet homme ?

Rien. Aucun tressaillement, pas un regard, pas un frémissement de visage ne les trahit.

– Est-ce que l'un de vous sait qui est cet homme ? insista-t-il.

– Un meurtrier.

Calque ferma les yeux. Très bien. Au moins quelqu'un acceptait-il de lui répondre, de lui adresser un commentaire.

– Pas forcément, rétorqua-t-il. Plus nous en apprenons sur lui, plus il semblerait qu'une autre personne soit impliquée dans ce crime. Une personne que nous n'avons jusque-là pas réussi à identifier.

– Quand allez-vous nous rendre le corps de mon frère afin que nous puissions l'enterrer ? résonna soudain une voix féminine.

Les hommes s'écartèrent alors pour laisser place à une jeune femme. Se frayant un chemin parmi les rangs serrés des enfants et de leurs mères, elle s'avança vers la tête du groupe.

– Votre frère ?

– Oui. Babel Samana.

Calque regarda Macron, qui se mit à écrire avec ardeur sur un carnet.

– Et vous vous appelez ?

– Yola. Yola Samana.

– Et vos parents ?

– Ils sont morts.

– D'autres membres de votre famille, peut-être ?

Sans mot dire, elle lui montra la multitude de visages qui l'entouraient.

– Tous ?

Elle hocha la tête.

– D'accord… Que faisait-il à Paris ?

Nouveau haussement d'épaules.

– Quelqu'un parmi vous le sait ?

Haussement d'épaules collectif.

Il fut tenté un instant d'éclater de rire, mais le fait que l'assemblée, dans ce cas, ne manquerait pas de le lyncher l'empêcha de céder à ses émotions.

– Bien… Quelqu'un parmi vous peut-il me dire quelque chose sur Samana ? Qui il voyait – à part ce Sabir, bien sûr. Ou pourquoi il se trouvait à Saint-Denis ?

Silence.

Calque attendit. Trente ans d'expérience lui avaient appris quand insister ou ne pas insister.

– Quand allez-vous nous le rendre ?

Il fit mine de soupirer.

– Impossible de vous le dire exactement. Le médecin légiste aura peut-être encore besoin de son corps pour d'autres expertises.

La jeune femme se tourna vers l'un de ses aînés puis annonça :

– Nous devons l'enterrer d'ici à trois jours.

Le Tzigane leva alors le menton vers Calque et demanda :

– On peut le récupérer ?

– Je vous l'ai dit, non. Pas encore.

– On peut avoir un peu de ses cheveux, alors ?

– Un peu de ses cheveux ?

– Si vous nous en donnez un peu, on pourra l'enterrer. Avec ce qui lui appartenait. Ça doit être fait dans les trois jours. Après, vous pourrez faire ce que vous voudrez du corps.

– Vous n'êtes pas sérieux ?

– Vous allez faire ce qu'on vous demande ?

– Vous donner un peu de ses cheveux ?

– Oui.

Calque vit les yeux de Macron s'enfoncer littéralement dans leurs orbites.

– Oui, nous pouvons vous remettre un peu de ses cheveux. Envoyez l'un d'entre vous à cette adresse…

Il tendit une carte au Tzigane puis ajouta :

– Demain. Pendant que vous viendrez l'identifier, nous couperons un peu de ses cheveux.

– C'est moi qui viendrai, annonça la jeune femme – la sœur de Samana.

– Très bien.

Calque se balançait d'un pied sur l'autre, au centre de la clairière. Ce groupe lui paraissait si différent de l'idée qu'il se faisait d'une société normale qu'il aurait pu aussi bien se trouver au beau milieu d'une forêt tropicale, en train de discuter éthique avec les membres d'une tribu amérindienne.

– Vous m'appellerez si cet Américain du nom de Sabir essaie d'entrer en contact avec vous de quelque façon que ce soit ? Mon numéro est inscrit sur cette carte.

Il balaya l'assemblée du regard puis enchaîna :

– Je considère donc ça comme un « oui ».

18

Sabir était proche du délire lorsqu'on l'extirpa de la caisse de bois. Plus tard, quand il tenta de repenser à ce qu'il avait ressenti lorsqu'on l'y avait mis de force, il se rendit compte que son esprit avait totalement bloqué toute émotion. Pour sa propre sécurité psychique, sans doute.

Car il n'avait pas menti en disant qu'il était claustrophobe. Des années auparavant, des camarades d'école lui avaient joué un tour en l'enfermant dans le coffre de la voiture d'un de leurs professeurs. Là aussi, instinctivement, il avait bloqué tout sentiment de terreur ou d'angoisse. Trois heures plus tard, l'instituteur l'avait découvert, à demi mort. Il s'était ensuivi un tel scandale que l'histoire avait fait la une des journaux locaux.

Sabir avait alors prétendu ne pas se rappeler qui lui avait fait cette sale blague, mais, presque dix ans plus tard, il avait eu sa revanche. En tant que journaliste, il avait acquis un considérable pouvoir d'insinuation, qu'il ne s'était pas privé d'utiliser. Toutefois, s'il avait pu se venger, cela ne l'avait pas guéri de sa claustrophobie, qui n'avait fait qu'empirer, ces dernières années.

Et maintenant, il se sentait devenir malade. Ses mains tremblaient et il craignait d'avoir attrapé une infection au cours de la nuit. Ses coupures à la main s'étaient rouvertes et, comme il n'avait pas pu les nettoyer avant de remettre ses bandages, il imaginait qu'une meute de bactéries en avait profité pour se jeter sur ses blessures, son enfermement n'ayant fait qu'aggraver la situation.

Sa tête partit lentement en arrière. Il essaya de lever une main mais n'y parvint pas. En fait, il avait l'impression de n'avoir plus aucune maîtrise sur son corps. Il se sentit comme emporté vers un endroit ombragé, puis il flotta au-dessus de quelques marches pour déboucher sur une pièce dont la lumière colorée par des panneaux de verre lui inonda le visage. La dernière chose dont il se souvint fut une paire d'yeux aussi sombres que le vide, qui plongèrent dans les siens comme si leur propriétaire cherchait à s'immiscer au plus profond de son âme.

Il s'éveilla, en proie à une atroce migraine. L'air était étouffant et il avait le plus grand mal à respirer. Il avait l'impression que, pendant son sommeil, ses poumons s'étaient aux trois quarts remplis de mousse de caoutchouc. Il regarda sa main… parfaitement rebandée. Il tenta de la lever mais ne parvint à la déplacer que de quelques millimètres avant de la laisser mollement retomber sur le lit.

Il comprit alors qu'il se trouvait dans une caravane. Derrière lui, la lumière du jour filtrait à travers les fenêtres aux vitres colorées. Il essaya de redresser la tête pour regarder au-dehors par le seul carreau blanc, mais, là encore, ce fut pour la sentir retomber lourdement sur l'oreiller. Jamais il ne s'était senti aussi détaché de son corps – un peu comme si ses membres, son âme s'étaient dissociés du tronc, et que la clé pour les retrouver et les réunir avait disparu.

Eh bien, au moins n'était-il pas mort. Ni à l'hôpital, menottes aux poignets. Autant voir le bon côté des choses.

Lorsqu'il s'éveilla pour la deuxième fois, il faisait nuit. Juste avant d'ouvrir les yeux, il se rendit compte d'une présence à ses côtés. Il fit semblant de dormir encore et laissa sa tête légèrement rouler de côté. Puis il entrouvrit les paupières et chercha, sans se trahir, à voir qui était celle qui se tenait dans l'ombre près de lui. Car il était certain qu'il s'agissait d'une femme. Il flottait autour d'elle un puissant parfum de patchouli, auquel s'ajoutaient d'autres senteurs insaisissables mais qui lui rappelaient vaguement l'odeur de la pâte. Peut-être cette personne était-elle occupée à pétrir du pain.

Il laissa ses paupières s'ouvrir davantage. La sœur de Samana était assise sur une chaise, près de lui. Penchée en avant, elle semblait être en prière. Mais, sur ses genoux, scintillait la lame d'un couteau.

– Je me demandais si je devais te tuer.

Sabir étouffa un hoquet. Il s'efforça de paraître le plus calme possible, mais il avait encore du mal à respirer et son souffle sortait par petites bouffées pénibles, comme une femme en train d'accoucher.

– Et… vous allez le faire ? Alors, agissez vite. Parce que je ne suis pas en situation de me défendre – pas plus que l'autre jour où je vous sentais prête à m'émasculer. Vous êtes tranquille : je ne peux même pas lever ma main pour me défendre.

– Comme mon frère.

– Je n'ai pas tué votre frère. Combien de fois devrai-je vous le dire ? Je ne l'ai vu qu'une fois. Il m'a agressé. Dieu sait pourquoi. Et puis il m'a dit de venir ici.

– Pourquoi m'as-tu fait ce clin d'œil ?

– C'est la seule façon que j'ai trouvée de vous faire comprendre que j'étais innocent.

– Mais ça m'a mise en colère. J'ai bien failli te tuer, à ce moment-là.

– Il fallait que je tente le coup. Je n'avais pas d'autre issue.

Elle se cala contre son dossier et demeura silencieuse.

– C'est vous qui me soignez ?

– Oui.

– Drôle de façon de traiter quelqu'un qu'on a l'intention de tuer…

– Je n'ai pas dit que j'avais l'intention de te tuer. J'ai dit que je me posais la question.

– Et que feriez-vous de moi ? De mon corps ?

– Les hommes te découperaient en morceaux, comme un cochon. Puis on te brûlerait.

Un silence malaisé s'installa. Sabir se demanda alors comment il avait réussi à se mettre dans une telle situation. Et pourquoi ?

– Je suis ici depuis combien de temps ?

– Trois jours.

– Diable… fit-il en soulevant sa main à l'aide de l'autre. Qu'est-ce qui m'est arrivé ? Qu'est-ce qui m'*arrive* ?

– Empoisonnement du sang. Je t'ai soigné avec des herbes et des cataplasmes de kaolin. L'infection avait atteint tes poumons. Mais tu vas survivre.

– Vous en êtes bien sûre ? ironisa Sabir en comprenant en même temps que le pauvre sarcasme dont il essayait de faire preuve lui passait complètement au-dessus de la tête.

– J'ai parlé à la pharmacienne.

– La… qui ?

– La femme qui a soigné tes blessures. J'avais vu dans le journal le nom de l'endroit où elle travaillait. Je suis allée à Paris pour récupérer quelques cheveux de mon frère. Maintenant, nous allons pouvoir l'enterrer.

– Et cette femme, qu'est-ce qu'elle vous a dit ?

– Que tu disais la vérité.

– Alors, qui a tué votre frère, d'après vous ?

– Toi. Ou un autre homme.

– Vous pensez toujours que ça peut être moi ?

– Ou l'autre homme, peut-être. Mais tu faisais partie du complot.

– Alors, pourquoi ne pas en finir et me tuer tout de suite ? Me dépecer et me couper en morceaux comme un vulgaire cochon ?

– Ne sois pas si pressé.

Elle glissa le couteau sous sa jupe et ajouta :

– Tu verras bien.

19

Plus tard, ce même soir, on aida Sabir à sortir de la caravane. Dans la clairière, l'un des hommes avait construit une sorte de litière sur laquelle on le coucha avant de l'emmener dans la forêt à travers un sentier éclairé par la lune.

La sœur de Samana marchait à côté de lui comme s'il lui appartenait, comme si sa présence était une garantie pour elle. *Ce qui n'est pas loin de la vérité*, songea-t-il. *Avec moi, elle n'a pas à réfléchir.*

Un écureuil traversa le chemin devant eux, et les femmes se mirent à parler entre elles avec vivacité.

– Qu'est-ce qui se passe ?

– Un écureuil, c'est toujours un bon présage.

– Et un mauvais présage, qu'est-ce que c'est ?

Yola le regarda d'un air méfiant puis jugea qu'il parlait sérieusement.

– Une chouette.

Elle baissa la voix et ajouta :

– Un serpent. Et le pire, c'est un rat.

– Pourquoi ? fit-il en baissant la voix à son tour.

– Ils sont *mahrimé*. Infectés, impurs. Il vaut mieux ne pas prononcer leur nom.

– Ah…

Ils atteignirent bientôt une autre clairière parsemée de bougies et de fleurs.

– Alors, nous enterrons votre frère ?

– Oui.

– Mais vous n'avez pas son corps. Que ses cheveux…

– Chut. On ne doit plus parler de lui. Ni mentionner son nom.

– Quoi ?

– La famille proche ne parle jamais de ses morts. Il n'y a que les autres qui le font. Pendant les prochains mois, son nom ne sera jamais prononcé par l'un de nous.

Un vieil homme s'approcha de Yola et lui présenta un plateau sur lequel se trouvaient une liasse de billets de banque, un peigne, une écharpe, un petit miroir, un kit de rasage, un couteau, une série de cartes et une seringue. Un autre apporta de la nourriture emballée dans du papier paraffiné. Et un autre encore arriva avec du vin, de l'eau et des grains de café verts.

Un peu plus loin, deux hommes creusaient un petit trou au pied d'un chêne. Yola fit le trajet trois fois, déposant consciencieusement chaque objet l'un sur l'autre. Plusieurs enfants la suivirent pour venir disperser quelques grains de maïs sur le tas ainsi formé. Puis les hommes rebouchèrent la tombe.

Alors, les femmes se mirent à pousser des cris plaintifs, qui provoquèrent chez Sabir une irrépressible chair de poule.

Yola tomba à genoux devant la sépulture de son frère et, lentement, méthodiquement, s'aspergea la poitrine de terre. Certaines à côté d'elle s'effondrèrent, le corps agité de soubresauts, les yeux révulsés.

Quatre hommes pénétrèrent dans la clairière, portant à bout de bras une lourde pierre qu'ils déposèrent sur la tombe de Samana. D'autres apportèrent ses habits et ses affaires personnelles, qui furent posés sur la pierre et brûlés.

Les gémissements et les lamentations des femmes redoublèrent. Certains des hommes buvaient dans de petites bouteilles de verre ce qui semblait être de l'alcool. Yola, qui avait déchiré son chemisier jusqu'à la taille, recouvrait maintenant son torse dénudé de terre et de vin, une libation funèbre en l'honneur de son frère.

Devant ce spectacle, Sabir se sentit peu à peu déconnecté des réalités du XXIe siècle. Cette cérémonie dans la clairière avait tout d'une bacchanale, avec, en toile de fond, les arbres squelettiques éclairés par les feux dispersés ici et là, et les visages envoûtés brillant à la lueur fantomatique des bougies.

L'homme qui avait menacé d'émasculer Sabir à l'aide de son couteau s'approcha et lui offrit à boire dans un bol de terre cuite.

– Vas-y, bois. Ça nous protégera des *mulés.*

– Les *mulés*?

– Oui, les esprits du mal. Ils sont tout autour de la clairière. Ils essaient d'entrer. De prendre…

Il hésita puis lâcha :

– Tu sais.

Sabir avala la totalité du liquide. Il sentait maintenant la chaleur de l'esprit tenu en respect lui brûler la gorge. Sans savoir pourquoi, il se surprit à hocher la tête en articulant :

– Je sais…

20

Achor Bale observa tout le déroulement de la cérémonie funèbre depuis le poste de guet qu'il s'était installé sous les branches protectrices d'un bosquet. Il portait une tenue de camouflage plus qu'usée, un chapeau de légionnaire et une voilette tachetée qui ne laissait rien apparaître de son visage. Même à moins d'un mètre de distance, il restait invisible au milieu de la végétation qui l'entourait.

Pour la première fois en trois jours, il était certain à propos de la fille. Avant cela, il n'avait pas pu approcher suffisamment du camp pour en avoir ne serait-ce que la perspective. Même lorsque la fille avait quitté les lieux, il n'avait pu la distinguer correctement. Mais, ce soir, elle s'était clairement montrée, et, ceci, grâce à l'hommage funèbre qu'elle venait de rendre à l'âme immortelle de son illuminé de frère.

Bale se prit à songer aux conditions dans lesquelles Samana était mort. Jamais de toute sa vie, dans ou hors de la Légion, il n'avait vu un homme parvenir à se tuer lui-même alors qu'il n'était pas libre de ses mouvements. La vieille astuce d'avaler sa langue présentait des difficultés insurmontables, et personne, à sa connaissance, ne pouvait se persuader mentalement de mourir. Mais utiliser ainsi la gravité, et avec tant de conviction… Il fallait avoir les couilles. Pourquoi avait-il agi ainsi ? Qu'est-ce que Samana pouvait bien protéger ?

Achor ramena ses jumelles infrarouges sur le visage de la fille. Sa femme ? Non, peu probable. Sa sœur ? Possible. Mais comment en être sûr, avec si peu de lumière, et cette figure qu'elle tordait dans tous les sens ?

Il reporta son attention sur Sabir. Voilà un homme qui savait comment se rendre indispensable. Au début, quand il s'était rendu compte de la présence de l'Américain dans le camp, Bale avait été tenté de passer un de ses malveillants appels téléphoniques à la police, histoire d'écarter une bonne fois ce gêneur du paysage, sans avoir un instant recours à la violence. Mais Sabir avait l'air si tranquille qu'il se montrait facile à suivre, et que le faire disparaître serait une pure perte de temps.

La fille, ce serait une autre paire de manches, il le savait. Elle appartenait à une société définie et très unie, qui ne s'aventurait pas facilement au-dehors. Il suffisait de lui coller un Sabir bien intentionné sur le dos, et la chose deviendrait nettement plus simple.

Il avait donc décidé d'attendre, d'observer. Et, comme toujours, le moment viendrait.

21

– Tu peux marcher ?

– Oui, je crois.

– Alors tu dois me suivre.

Sabir laissa la sœur de Samana l'aider à se mettre debout. Il remarqua que, bien qu'elle fût prête à le toucher de ses mains, elle s'efforçait d'éviter tout contact avec ses vêtements.

– Pourquoi faites-vous ça ?

– Ça, quoi ?

– Vous vous écartez de moi chaque fois que je trébuche, comme si vous aviez peur que je sois malade.

– Je ne veux pas t'infecter.

– M'*infecter* ?

– Oui, les Gitanes ne touchent pas les hommes qui ne sont pas leur mari, un de leurs frères ou de leurs fils.

– Pourquoi ?

– Parce qu'il y a des moments où nous sommes *mahrimé*. Tant que je n'ai pas été mère – et aussi à certaines périodes du mois –, je suis impure. Je te salirais.

Secouant la tête, Sabir lâcha :

– C'est pour ça que vous marchez toujours derrière moi, aussi ?

Elle acquiesça d'un signe de tête.

Malgré tout, Sabir se sentait presque reconnaissant des attentions que tous lui portaient dans le camp, car ils l'avaient non seulement protégé de la police et soigné d'une maladie qui, à la longue, aurait pu provoquer chez lui une infection mortelle, mais ils avaient aussi totalement détruit chez lui toute notion d'attitude sensible et rationnelle. *On devrait tous faire un stage dans un camp tzigane*, songea-t-il en souriant pour lui-même, *histoire de se débarrasser de notre suffisance bourgeoise.*

Il avait ainsi accepté qu'il n'apprendrait ce qu'ils attendaient de lui que lorsqu'ils l'auraient décidé. Et, pensivement appuyé à la balustrade qui faisait le tour de la caravane, il sentait que ce moment était enfin venu.

Yola annonça que Sabir devait l'accompagner vers un groupe d'hommes assis sur des chaises, non loin de la périphérie du camp. Un géant obèse, avec une tête démesurée, de longs cheveux noirs, de grosses moustaches, des incisives recouvertes d'or, et les dix doigts ornés chacun d'une bague, présidait cette assemblée, sur un siège surélevé et plus large que tous les autres. Il portait le traditionnel costume croisé, généreusement coupé pour sa taille avantageuse dans un tissu où s'entremêlaient d'étranges rayures violet vif et vertes.

– Qui c'est, celui-là ? demanda Sabir d'une voix étranglée.

– Le Bulibasha. C'est notre chef. Aujourd'hui, il va être Kristinori.

– Yola, pour l'amour du ciel…

Elle s'arrêta et resta un pas derrière lui, à sa droite.

– Le Chris que tu cherchais. Rappelle-toi, celui dont mon frère t'a parlé… Le voici.

– Quoi ? C'est… c'est Chris ? Cet obèse ? Votre chef ?

– Non. Nous tenons un Kriss – une assemblée – quand quelque chose d'important doit être décidé. On fait passer le mot, et tout le monde vient depuis des kilomètres alentour pour assister à la réunion. Quelqu'un est élu Kristinori, ou juge du Kriss. Dans les cas importants, c'est le Bulibasha qui tient ce rôle. Deux autres juges – un pour le plaignant, et un autre pour l'accusé – sont alors choisis parmi le *phuro* et le *phuro-dai.* Les anciens, si tu préfères.

– Et, là, c'est un cas important ?

– Important ? C'est ta vie ou ta mort qui sont en jeu.

22

Sabir se sentit poussé, non sans un minimum de délicatesse, vers un banc placé au centre de la clairière, devant le Bulibasha. Yola s'assit par terre derrière lui, les jambes ramenées sous elle. Il supposa qu'on lui avait donné cette place afin qu'elle lui traduise le déroulement de la cérémonie, car c'était la seule femme de l'assemblée.

Les autres étaient, avec les enfants, regroupées derrière et à la droite du Bulibasha, dans la position même que Yola gardait toujours avec lui. Sabir nota aussi qu'elles portaient toutes leurs plus beaux atours, et que les plus âgées, celles qui étaient mariées, avaient la tête coiffée d'un fichu coloré et arboraient d'incroyables bijoux en or. Elles s'étaient maquillé les yeux de khôl, et leurs cheveux, sous les fichus, étaient relevés et savamment tressés. Certaines avaient les mains recouvertes de henné, et quelques-unes des grands-mères fumaient.

Le Bulibasha leva une main pour faire silence mais tous continuèrent de parler, comme si le débat allait se faire sans lui.

Avec un geste d'impatience, il demanda à celui qui avait menacé d'émasculer Sabir de s'avancer.

– Voici mon cousin. Il va parler contre toi.

– Oh…

– Il t'apprécie. Cela n'a rien de personnel. Mais il doit le faire, pour la famille.

– Je suppose qu'ils vont me découper comme un cochon si les choses vont contre moi, hasarda Sabir en s'efforçant de prendre un ton léger.

Mais sa voix se brisa quand il acheva sa phrase.

– On te tuera, oui.

– Et dans le cas contraire ?

– Comment ça ?

– Si les choses vont dans mon sens ? articula-t-il, trempé d'une sueur glacée.

– Alors, tu deviendras mon frère. Tu seras responsable de moi. De ma virginité. De mon mariage. Tu prendras la place de mon frère, pour tout.

– Je… ne saisis pas.

Yola lâcha un soupir impatient. À voix basse, elle articula :

– La seule raison pour laquelle tu es encore en vie aujourd'hui, c'est que mon frère a fait de toi son *phral*. Son frère de sang. Il t'a prié aussi de venir ici parmi nous et de demander un Kriss. Et tu l'as fait. Nous n'avions alors pas d'autre choix que d'honorer ses derniers souhaits. Car, ce que demande un mourant, il doit l'obtenir. Et mon frère savait qu'il allait mourir quand il t'a fait ce qu'il t'a fait.

– Comment diable savez-vous tout ça ?

– Il déteste les *payos* – les Français – plus encore que les *gadjés*. Jamais il n'aurait demandé à l'un d'eux d'être son frère, sauf en cas d'extrême nécessité.

– Mais je ne suis pas un *payo*. D'accord, ma mère est française, mais mon père est américain, et je suis né et j'ai grandi aux États-Unis.

– Mais tu parles parfaitement français. Mon frère a dû te juger là-dessus.

Sabir était sonné.

Le cousin de Yola s'adressait maintenant à l'assemblée. Mais, malgré son français courant, l'Américain avait des difficultés à comprendre ce qu'il leur disait.

– Quel langage parle-t-il ?

– Le sinto.

– Génial. Vous voulez bien me dire ce qu'il raconte ?

– Que tu as tué mon frère. Que tu es venu parmi nous pour voler quelque chose qui appartient à notre famille. Que tu incarnes le mal, et que Dieu a provoqué chez toi cette maladie pour prouver que tu ne dis pas la vérité sur ce qui est arrivé à Babel. Il dit aussi que c'est à cause de toi que la police est venue ici, et que tu es un disciple du diable.

– Et tu prétends qu'il m'apprécie ?

– Oui. Alexi pense que tu dis la vérité. Il t'a regardé dans les yeux quand tu croyais que tu allais mourir, et il y a vu ton âme. Elle lui est apparue blanche, et non noire.

– Alors, pourquoi est-ce qu'il raconte tout ça sur moi ?

– Tu devrais être content. Il exagère terriblement. Beaucoup d'entre nous sentent que tu n'as pas tué mon frère. Il espère que le Bulibasha va se fâcher contre ce qui aura été dit, et te déclarer innocent.

– Et vous, vous pensez que j'ai tué votre frère ?

– Je ne le saurai que lorsque le Bulibasha aura rendu son verdict.

23

Sabir tenta de se détourner de ce qui se passait devant lui, mais il en fut incapable. Alexi, le cousin de Yola, donnait dans le grand cinéma. Si cet homme était censé être secrètement de son côté, l'Américain jugea qu'il ferait aussi bien de prendre rendez-vous avec le diable et d'en finir une bonne fois.

À genoux devant les juges, Alexi pleurait et se tirait les cheveux. Son corps et son visage étaient couverts de terre, et sa chemise, déchirée, dévoilait trois colliers d'or et un crucifix.

Sabir chercha à discerner chez le Bulibasha une expression d'impatience devant l'exposé mélodramatique d'Alexi, mais il semblait quasiment boire ses paroles. Une petite fille, qu'il imagina être celle du chef, lui avait même grimpé sur les genoux, où elle sautillait avec l'excitation de son jeune âge.

– Est-ce que je pourrai donner ma propre version ? hasarda Sabir.

– Non.

– Comment ça ?

– Quelqu'un le fera à ta place.

– Mais qui, bon sang ? Tout le monde ici semble vouloir ma mort.

– Moi. Je parlerai pour toi.

– Pourquoi ferais-tu ça ?

– Je te l'ai dit. C'était le souhait de mon frère.

À son ton, Sabir comprit que Yola n'avait pas envie de prolonger cette conversation.

– Qu'est-ce qui se passe, maintenant ?

– Le Bulibasha demande si la famille de mon frère serait satisfaite si tu leur donnais de l'or contre ta vie.

– Et qu'est-ce qu'ils disent ? Ils sont d'accord ?

– Non. Ils veulent te trancher la gorge.

Sabir se laissa aller un instant à imaginer un moyen de fuir. L'assemblée entière était pendue aux lèvres d'Alexi ; il pouvait espérer franchir cinq ou six mètres avant qu'ils le rattrapent et le ramènent à l'entrée du camp. De l'action, pas de la réaction – n'était-ce pas comme cela qu'on entraînait les soldats à réagir lors d'une embuscade ?

Alexi se releva alors, se secoua et passa devant Sabir en souriant. Il alla même jusqu'à lui faire un clin d'œil.

– Il a l'air d'être assez satisfait de son exposé.

– Ne ris pas. Le Bulibasha est en train de discuter avec les autres juges. Il leur demande leur avis. À ce stade, la façon dont il va se mettre à penser est très importante.

Elle se leva puis ajouta :

– Maintenant, je dois aller parler en ton nom.

– Vous n'allez pas faire comme lui… déchirer votre chemisier et… ?

– Je ne sais pas ce que je vais faire. Ça me viendra en parlant.

Sabir laissa tomber sa tête sur ses genoux. Une part de lui-même refusait encore d'admettre que toute cette mise en scène puisse être sérieuse. Peut-être n'était-ce qu'une vaste plaisanterie organisée à son encontre par un groupe de lecteurs mécontents.

Il leva les yeux en entendant la voix de Yola. Elle était vêtue d'une chemise de soie verte, boutonnée d'un côté sur sa poitrine, et sa lourde jupe de coton multicolore, sous laquelle ondoyait une série impressionnante de jupons, lui descendait jusqu'aux chevilles. Comme toute femme non mariée, elle ne portait pas de bijoux, et sa chevelure découverte était tirée en un chignon bas d'où s'échappaient quelques mèches bouclées, ornées de rubans. Sabir ressentit une puissante émotion en la regardant, comme si, d'une façon qui dépassait son entendement, il était lié à elle.

Yola se tourna vers lui et le montra du doigt. Puis elle indiqua sa propre main. Elle demanda alors quelque chose au Bulibasha, et celui-ci lui répondit.

L'Américain observa les deux groupes présents dans la clairière. Les femmes écoutaient avidement les paroles de leur chef tandis que les hommes du groupe d'Alexi le regardaient intensément, sans la moindre malveillance, un peu comme s'il représentait une énigme qu'une force extérieure les obligeait à résoudre.

Deux des hommes aidèrent le Bulibasha à se lever. L'un d'eux lui offrit une bouteille à laquelle il but avant de recracher un peu de son contenu en un arc de cercle devant lui.

Yola retourna auprès de Sabir et l'aida à se mettre debout.

– Ne me dites pas… C'est l'heure du verdict ?

Sans daigner lui répondre, elle se plaça légèrement en arrière de lui et regarda le Bulibasha.

– Toi, *payo*, lui lança ce dernier. Tu dis que tu n'as pas tué Babel ?

– C'est vrai.

– Et pourtant la police est à ta recherche. Pourquoi, d'après toi ?

– Ils ont trouvé sur Babel du sang qui m'appartenait, pour des raisons que je vous ai déjà expliquées. L'homme qui l'a torturé et tué a dû leur parler de moi car Babel connaissait mon nom. Je suis innocent de tout crime contre lui ou sa famille.

Se tournant vers Alexi, le chef demanda :

– Tu crois que cet homme a tué ton cousin ?

– Tant qu'aucun autre n'a avoué ce crime, oui. Qu'on le tue, et ce sera réglé.

– Mais Yola n'a plus de frère, à présent. Son père et sa mère sont morts. Elle dit que cet homme est le *phral* de Babel. Qu'il prendra sa place. Elle n'est pas mariée. Il lui faut un frère pour la protéger. Afin que personne ne vienne la salir.

– C'est vrai.

– Acceptez-vous tous d'observer la règle du Kristinori ? lança-t-il alors à l'assemblée.

L'assemblée manifesta son accord par des murmures affirmatifs et des hochements de tête.

– Dans ce cas, nous laisserons le couteau décider seul de cette vengeance.

24

— Seigneur… Ils ne veulent tout de même pas que je me batte avec quelqu'un ?

– Non.

– Alors, qu'est-ce qu'ils veulent ?

– Le Bulibasha s'est montré très sage. Il a décidé que le couteau sera seul juge. On va installer une planche de bois, et tu y poseras la main avec laquelle tu as tué Babel. Alexi représentera ma famille. Il prendra un couteau et le lancera sur ta main. Si la lame ou le manche l'atteint, ça signifiera que *O Del* dit que tu es coupable. Dans ce cas, on te tuera. Si le couteau te rate, tu seras innocenté. Tu deviendras alors mon frère.

– *O Del*?…

– C'est le nom que nous donnons à Dieu.

Debout près du Bulibasha, Sabir regarda deux hommes installer la planche qui allait décider de son destin. *C'est hallucinant*, songea-t-il. *Personne ne voudrait croire à une chose pareille… Pas au XXI*^{e} *siècle.*

Yola lui tendit un verre de tisane.

– C'est… pour quoi faire ?

– Pour te donner du courage.

– Qu'est-ce qu'il y a dedans ?

– C'est un secret.

Il en avala une gorgée puis déclara :

– Et, ce gars, Alexi… votre cousin, il s'y connaît en lancer de couteau ?

– Oh, oui. Il atteint tout ce qu'il vise. Il est très bon.

– Bon Dieu, Yola, qu'est-ce que vous voulez faire de moi ? Vous voulez réellement que je sois tué ?

– Je ne veux rien du tout. C'est à *O Del* de juger si tu es coupable ou non. Si tu es innocent, il fera dévier la main d'Alexi, et tu seras libre. Et tu pourras alors être mon frère.

– Et vous croyez vraiment qu'on me tuera si le couteau se plante dans ma main ?

– Sans aucun doute. Ça doit être fait ainsi. Le Bulibasha ne te laissera jamais partir libre si un Kriss a décidé que tu étais coupable. Ce serait contre nos coutumes, notre code *mageripen.* Ce serait un scandale. Son nom deviendrait *mahrimé,* et il serait forcé d'aller s'expliquer devant le *Baro-Sero.*

– Le *Baro-Sero* ?

– Le chef de tous les Tziganes.

– Et où est-ce qu'il crèche, ce grand chef ?

– En Pologne, je crois. Ou en Roumanie, peut-être.

– Miséricorde !

– Qu'est-ce qui va se passer s'il rate ma main et m'atteint *moi* ?

Deux Gitans étaient en train de fixer sa main à la planche à l'aide d'une fine lanière de cuir qui passait à travers deux trous pratiqués dans le bois, au niveau de son poignet.

– Ça voudra dire que *O Del* a pris seul sa décision et qu'il t'a puni lui-même.

– Je m'en serais douté… Est-ce que je peux au moins me placer de profil ?

– Non, tu dois te tenir bien en face de ton adversaire, comme un homme. Tu dois prétendre que tu te moques de ce qui t'arrive. Si tu es innocent, tu n'as rien à craindre. Les Tziganes aiment les hommes qui se conduisent comme tels.

– Je ne vous dis pas comme vos paroles sont encourageantes…

– Tu dois m'écouter, c'est important.

Elle se plaça face à lui, ses yeux rivés aux siens.

– Si tu survis à ça, tu deviendras mon frère. Je prendrai ton nom jusqu'à ce que j'adopte ensuite celui de mon époux. Tu auras un *kirvo* et une *kirvi* parmi les anciens, qui seront tes parrain et marraine. Tu deviendras l'un de nous. Pour ça, tu dois te comporter comme nous. Si tu te comportes comme un *payo*, personne ne te respectera, et je ne trouverai jamais de mari. Je ne serai jamais mère. Ce que tu vas faire maintenant – la façon dont tu vas te comporter – montrera à ma famille comment tu seras avec moi et si le *ursitory* a laissé mon frère agir avec sagesse ou comme un insensé.

Alexi plaça la bouteille entre les lèvres de Sabir puis la lui retira et la termina lui-même.

– Je t'aime bien, *payo.* J'espère que le couteau te ratera. Sincèrement.

Achor Bale sourit. Il était allongé dans un trou de sable qu'il s'était creusé en haut d'un monticule, à une vingtaine de mètres au-delà de la clairière. Dissimulé derrière un bouquet d'ajoncs, l'endroit était invisible pour des enfants qui viendraient s'aventurer par là, et Bale était camouflé sous une couverture militaire, sur laquelle il avait dispersé des branchages et des feuillages.

Il ajusta le zoom électronique de ses jumelles et régla la focale sur le visage de Sabir. Celui-ci paraissait figé par la peur. Excellent. S'il devait survivre, cette peur s'avérerait utile pour la recherche de ses manuscrits. Ce genre d'homme était facilement manipulable.

La fille, elle, laissait présager plus de problèmes. Elle était issue d'une culture bien précise, avec des mœurs bien définies. Comme son frère. Il devait y avoir des limites, des lignes à ne pas dépasser. Elle mourrait plutôt que de lui révéler des choses qu'elle estimait plus importantes que sa propre vie. Il devrait l'approcher d'une autre manière. Au travers de sa virginité. De son désir d'être mère. Bale savait que les Manouches définissaient une femme par sa seule capacité à faire des enfants. Sans cela, elle n'avait plus de sens, plus de raison d'être. C'était quelque chose qu'il devait sans cesse garder à l'esprit.

Maintenant, son couteau à la main, le cousin de la fille s'éloignait de Sabir. Bale ajusta une nouvelle fois ses jumelles. Ce n'était pas un couteau de lancer. Dommage. Il aurait du mal à jauger son poids. Pas assez d'équilibre. Trop de dérivation.

Dix mètres. Quinze. Bale cessa de respirer. Quinze mètres ! C'était trop loin. Il serait difficile, même pour lui, d'atteindre une cible précise à une telle distance. Mais peut-être le Gitan était-il meilleur qu'il ne le croyait. Il souriait, comme s'il était tout à fait sûr de lui.

Bale reporta ses jumelles sur Sabir. Très bien. Au moins l'Américain se tenait-il face au danger, pour une fois. Face au lanceur de couteau. La fille, elle, s'était postée un peu plus loin sur le côté et le regardait. Tous le regardait.

Bale vit le Gitan lever lentement sa main vers l'arrière. Le couteau était lourd. Il faudrait de la puissance pour couvrir la distance.

Alexi lança vivement son bras en avant et lâcha le couteau qui décrivit un long arc de cercle en direction de Sabir. Quelques cris étouffés montèrent de l'assistance. La langue de Bale surgit d'entre ses dents.

Le poignard vint frapper la planche au ras de la main de l'Américain. L'avait-il touchée ? La lame était incurvée. Mais pas de beaucoup.

Accompagné de quelques-uns de ses subalternes, le Bulibasha s'approcha de Sabir d'un pas lent pour inspecter la position du couteau. Tous les Gitans convergeaient maintenant vers lui. Allaient-ils le tuer sans attendre ? Procéder à une exécution publique ?

Le Bulibasha retira le couteau. Il le brandit trois fois au-dessus de sa tête puis tendit le bras vers Sabir et sectionna la lanière de cuir. Enfin, l'air dédaigneux, il jeta le poignard au loin.

– Tu as de la chance, marmonna Bale entre ses dents. Tu as vraiment de la chance…

25

— La police te surveille.

Sabir leva la tête de son oreiller. C'était Alexi. Il était toutefois clair que, s'il espérait avoir droit à des excuses ou même à la moindre allusion à ce qui s'était passé le matin, il devrait attendre longtemps.

– Qu'est-ce que ça veut dire me « surveille » ?

– Viens.

Il se leva et le suivit à l'extérieur. Deux enfants, un garçon et une fille, attendaient dehors, tout excités.

– Voici tes cousins, Bera et Koiné. Ils ont quelque chose à te montrer.

– Mes cousins ?

– Tu es notre frère, maintenant. Ce sont donc tes cousins.

Sabir se demanda un moment si Alexi se moquait de lui. Mais, le temps qu'il se ressaisisse et qu'il comprenne qu'il n'y avait aucun sarcasme derrière ses propos, il était trop tard pour serrer les mains de sa nouvelle famille, car les enfants avaient disparu.

Déjà, Alexi se dirigeait vers les abords du camp, et l'Américain se hâta de le rejoindre.

– Comment savez-vous que c'est la police ?

– Qui d'autre pourrait te surveiller ?

– Oui, qui d'autre ?…

Le Tzigane s'arrêta alors et Sabir le vit peu à peu changer d'expression.

– Dites-moi, pourquoi la police s'embêterait-elle à me surveiller ? S'ils savaient que j'étais ici, ils se contenteraient de venir me cueillir. Je suis recherché pour meurtre, ne l'oubliez pas. Je ne vois pas les autorités jouer au chat et à la souris avec moi.

Ils avaient atteint la butte derrière le camp. Les enfants s'y trouvaient et pointaient le doigt sur un bouquet d'ajoncs.

Alexi s'accroupit, se fraya un chemin entre les buissons et lança :

– Là, tu me vois ?

– Non.

– Alors, viens par là.

Il fit signe à l'Américain, qui le rejoignit en écartant péniblement les branches pleines de ronces. Quelques mètres plus loin, il tomba sur un renfoncement qui lui permit de se glisser sous les buissons puis d'émerger de l'autre côté.

Sabir comprit alors où Alexi voulait en venir. Le camp entier s'offrait à son regard, mais il était impossible à quiconque s'y trouvant de le voir, lui. Une cachette idéale. Mais dans quel but ? Lentement, il s'en extirpa. Le Tzigane lui expliqua alors :

– Les enfants jouaient au *panschbara*. Tu dessines avec un bâton une grille sur le sable et tu y jettes une chaîne de vélo. Bera a jeté la chaîne trop loin, et, quand il s'est baissé pour aller la récupérer, il a découvert ça. On voit que ce trou est tout frais : il n'y a pas un seul brin d'herbe.

– Tu comprends pourquoi je ne crois pas qu'il s'agisse de la police ? lui dit Sabir qui cherchait à soupeser l'intelligence du Tzigane, à savoir s'il pourrait lui être utile quant à ce qu'ils venaient de découvrir.

– Oui, répondit celui-ci. Pourquoi est-ce qu'ils attendraient ? Tu as raison. Ils te veulent trop pour ça.

– Je dois parler à Yola. Je pense qu'elle a quelques explications à me donner.

26

— Babel était accro aux drogues. Au crack. Certains de ses amis parisiens pensaient qu'il serait amusant de rendre un Gitan accro. Chez nous, on ne touche jamais aux drogues. On a d'autres vices.

– Je ne vois pas le rapport avec…

Yola se plaqua le poing sur la poitrine.

– Écoute-moi. Babel jouait aussi aux cartes. Au poker. Il jouait gros. Les Gitans sont dingues des cartes. Il ne pouvait plus s'en détacher. Le moindre argent qu'il touchait, il allait le jouer à Clignancourt avec les Arabes. Je ne sais pas combien il a perdu, mais il n'avait pas l'air bien, ces dernières semaines. On était sûrs qu'il finirait en prison ou qu'il se ferait buter. Quand on a appris sa mort, on a d'abord cru que c'était à cause du jeu ; qu'il devait de l'argent et que les Maghrébins l'avaient peut-être puni trop sévèrement. C'est alors qu'on a entendu parler de toi.

– Il avait vraiment quelque chose à vendre quand il a écrit cette annonce ?

Yola se mordit la lèvre. Sabir sentait qu'elle était aux prises avec un problème insoluble.

– Je suis ton frère, maintenant. C'est bien ce que tu m'as dit ? Cela veut dire qu'à partir de maintenant j'agirai en tant que tel, que je te protégerai. Et que jamais je ne tirerai profit de ce que tu me révéleras.

Elle tourna vers lui un regard aussi inquiet qu'hésitant.

Et l'Américain comprit soudain ce que la trahison et la mort de son frère signifiaient réellement à ses yeux. Bien qu'elle n'ait commis aucune faute, elle se retrouvait à présent prisonnière d'une relation avec un parfait étranger – une relation officialisée par les lois et les coutumes de son peuple, si bien qu'elle ne saurait en aucun cas y mettre un terme d'elle-même. Et si ce nouveau frère qu'on lui avait donné était un escroc ? Un prédateur sexuel ? Un traître ? Elle n'aurait aucun recours, dans ce cas.

– Suis-moi jusqu'à la caravane de ma mère. Alexi va nous accompagner. J'ai quelque chose à vous raconter à tous les deux.

27

Yola fit signe à Sabir et Alexi de prendre place sur le lit pendant qu'elle s'asseyait par terre à leurs pieds, les jambes ramenées sous elle, le dos appuyé contre un coffre peint de couleurs vives.

– Écoutez, voilà ce que j'ai à vous dire. Il y a plusieurs générations de cela, une de mes mères s'est liée d'amitié avec une fille *gadjé* de la ville voisine. À cette époque, on arrivait du Sud, près de Salon-de-Provence…

– Une de *tes mères*?

– La mère de la mère de sa mère, mais il y a très longtemps, précisa Alexi d'un air agacé, comme s'il était obligé d'expliquer à une fille de ferme comment traire une vache.

– C'est arrivé il y a longtemps ?

– Je te l'ai dit, plusieurs générations.

Sabir comprenait qu'il n'irait jamais bien loin en se montrant trop littéral. Il allait devoir tout simplement oublier le côté rationnel de sa nature et suivre le rythme.

– Désolé. Continue.

– La fille s'appelait Madeleine.

– Madeleine ?

– Oui. C'était à l'époque des purges catholiques, quand les Tziganes se sont vu supprimer les privilèges qu'ils avaient alors : la liberté de mouvement et l'aide du châtelain.

– Des purges catholiques ? lâcha Sabir avant de se frapper le front. Désolé… mais on parle de quoi, là ? La Seconde

Guerre mondiale ? La Révolution française ? L'Inquisition ? Ou quelque chose de plus récent, peut-être ?

– L'Inquisition, oui. C'est comme ça que ma mère l'appelait.

– Mais ça s'est passé il y a cinq cents ans…

– Oui, cinq cents ans. Il y a de nombreuses générations. Exactement.

– Tu es sérieuse, Yola ? Tu me racontes une histoire qui s'est passée il y a cinq cents ans ?

– Pourquoi est-ce si étrange ? Nous avons beaucoup d'histoires. Les Gitans n'écrivent pas les choses, ils les racontent. Et ces récits se transmettent. De génération en génération, précisément. Ma mère me les a racontés, comme sa mère l'avait fait auparavant, et comme je le ferai avec ma fille. Car c'est une histoire de femmes. Je ne te dis cela que parce que tu es mon frère, et parce que je pense que la mort de mon frère n'est due qu'à sa curiosité en la matière. Tu es son *phral*, tu dois le venger.

– *Je* dois le venger ?…

– Tu ne l'avais pas compris ? Alexi et les autres hommes t'aideront. Mais, toi, tu dois trouver celui qui a tué ton *phral*, et le tuer en retour. C'est pour cette raison que je te révèle notre secret. C'est ce que notre mère aurait voulu.

– Mais… je ne peux pas tuer les gens comme ça.

– Même pour me protéger ?

– Je ne comprends pas. Tout ça va bien trop vite pour moi…

– Je possède une chose que cet homme, celui qui a tué Babel, convoite, poursuivit Yola. Et, maintenant, il sait que c'est moi qui l'ai, parce que tu l'as amené jusqu'ici. Alexi m'a parlé d'une cachette, sur la butte. Tant que je reste ici, dans le camp, je suis en sécurité. Les hommes me protègent. Ils montent la garde. Mais, un jour, il déjouera leur surveillance et me prendra. Et il essaiera de me faire ce qu'il a fait à Babel. Tu es mon frère. Tu dois l'en empêcher.

Alexi hochait lentement la tête, comme si ce que venait de dire Yola était parfaitement normal, parfaitement rationnel.

– Mais, qu'est-ce que c'est ? Qu'est-ce que tu as que cet homme convoite tant ?

Sans répondre, la jeune fille s'agenouilla. Puis elle ouvrit un petit tiroir caché sous le lit et en sortit une large ceinture de femme en cuir rouge. Et, avec l'habileté d'une couturière, elle en défit les points, un à un, à l'aide d'un canif.

28

Sabir tenait à présent le manuscrit sur ses genoux.

– C'est ça ?

– Oui. C'est ce que Madeleine a donné à ma mère.

– Tu es sûre qu'elle s'appelait Madeleine ?

– Oui. Elle a dit que son père lui avait demandé de le remettre à l'épouse du chef des Tziganes, et que, si ces documents tombaient entre de mauvaises mains, cela pouvait signifier la destruction de notre race. Mais on ne devait pas physiquement les détruire, seulement les cacher, car ils représentaient la volonté de Dieu et contenaient d'autres secrets qui pouvaient, un jour, avoir aussi de l'importance. Elle a également dit que son père lui avait laissé ceci et d'autres papiers dans son testament. Dans un coffre scellé.

– Mais *c'est* le testament. C'est un exemplaire du testament de Michel Nostradamus. Regarde, il est daté du 17 juin 1566. Quinze jours avant sa mort. Et il y a un codicille daté du 30 juin, deux jours avant qu'il meure. Yola, tu sais qui était Nostradamus ?

– Oui, un prophète.

– Non, pas exactement un prophète. Nostradamus aurait refusé ce qualificatif. Il prédisait l'avenir. C'était un homme qui – et seulement avec la permission de Dieu – pouvait parfois lire dans l'avenir et prévoir des événements futurs. C'est le voyant le plus célèbre et le plus respecté de l'histoire. J'ai passé beaucoup de temps à l'étudier. C'est pourquoi l'annonce de ton frère m'a terriblement interpellé.

– Alors, tu sauras peut-être me dire pourquoi cet homme veut nous prendre ce que tu as dans la main, quel secret contiennent ces papiers, et pourquoi il est allé jusqu'à tuer pour ça. Car moi, je n'y comprends rien.

– Je ne pense pas que ces papiers contiennent un secret. Tout le monde les connaît, ils sont déjà tombés dans le domaine public. Tu peux même trouver leur contenu sur Internet ! Je sais qu'au moins deux autres exemplaires originaux appartiennent à des particuliers, et valent leur pesant d'or, c'est sûr, mais peut-être pas au point de tuer quelqu'un. Ce n'est qu'un testament comme un autre.

Fronçant les sourcils, il poursuivit :

– Mais il y a une chose dedans qui semble confirmer ce que tu me dis : Nostradamus avait une fille appelée Madeleine. Elle avait quinze ans quand il est mort. Écoute-moi ça ; c'est une partie du codicille – un ajout après que le testament lui-même a été fait et officialisé, et qui concerne tous les héritiers.

Et aussy a légué et lègue à Damoyselle Magdeleine de Nostradamus, sa fille légitime et naturelle, outre ce que luy a esté légué par sondt testament, savoir est deux coffres de bois noyer estant dans Vestude dudt codicillant, ensemble les habillements, bagues, et joyaux que lade Damoyselle Magdeleine aura dans lesdts coffres, sans que nul puisse voir ny regarder ce que sera dans yceux ; ains dudt légat l'en a fait maistresse incontinent après le décès dudt collicitant ; lequel légat lade Damoyselle pourra prendre de son autorité, sans qu'elle soit tenue de les prendre par main d'autruy ny consentement d'aucuns.

– Je ne comprends pas…

– C'est simple. Tu vois, dans son testament original, d'où viennent ces feuillets, Nostradamus lègue à sa fille aînée,

Madeleine, six cents couronnes qui doivent lui être remises le jour de ses noces ; et cinq cents pistoles à chacune de ses deux filles cadettes, Anne et Diana, censées aussi leur servir de dot. Puis, deux jours avant sa mort, il change brusquement d'avis et décide de laisser à Madeleine un petit quelque chose en plus.

Tapotant la feuille de papier, Sabir continua :

– Cependant il veut que personne ne voie ce qu'il lui laisse. Il l'enferme donc dans deux coffres, comme il est dit ici. Mais pour éviter qu'on pense qu'il lui laisserait plus d'argent qu'aux deux autres, il établit la liste de ce que Madeleine peut espérer trouver dans les coffres. Des bijoux, des vêtements, des bagues et ainsi de suite. Mais tout ça n'a aucun sens, en fait. S'il lui laisse des objets de famille, pourquoi les cacher ? C'est sa fille aînée et, selon une tradition qui remonte au Moyen Âge, elle y a parfaitement droit. Et si ces objets ont autrefois appartenu à la mère de Nostradamus, tout le monde devait déjà les connaître. Non. Il lui lègue autre chose. Quelque chose de secret.

Fixant Yola d'un air grave, Sabir lui demanda :

– Tu ne m'as pas tout dit, je me trompe ? Ton frère a très bien compris ce que Nostradamus a indirectement laissé à tes ancêtres pour mentionner des *prophéties perdues* dans son annonce. *Toutes écrites.* C'étaient exactement ses mots. Alors, où ces prophéties sont-elles écrites ?

– Mon frère était fou. Ça me peine de le dire, mais il n'avait pas toute sa raison. Les drogues l'ont déglingué.

– Yola, tu n'es pas franche avec moi.

D'une main posée sur son bras, Alexi l'encouragea :

– Vas-y. Tu dois lui dire, *luludji.* C'est le chef de ta famille, maintenant. C'est ton devoir de le faire. Rappelle-toi ce qu'a dit le Bulibasha.

Sabir devinait que Yola ne se sentait pas encore prête à lui faire totalement confiance.

– Ça te rendrait service si je me rendais à la police ? En me débrouillant bien, je peux même arriver à les persuader de reporter leur attention non plus sur moi mais sur l'homme qui a vraiment tué ton frère. Ainsi, tu seras tranquille.

Yola fit mine de cracher.

– Tu penses vraiment qu'ils feraient ça ? Une fois qu'ils t'auront entre les mains, ils te laisseront creuser ta propre tombe avec la clé de ta cellule et, après, ils iront chier dans le trou que tu auras fait. Si tu te rends, ils nous forceront à déguerpir d'ici, comme ils rêvent de le faire en ce moment. Babel était un Tzigane. Les *payos* se fichent bien de lui. Ils s'en sont toujours fichus. Regarde ce qu'ils nous ont fait, pendant la Seconde Guerre. Avant même qu'elle ne débute, ils ont commencé à nous parquer. À Montreuil-Bellay. Comme du bétail. Puis ils ont laissé les *Germains* nous massacrer. Un fou amène beaucoup de fous, et beaucoup de fous, ça donne la folie. C'est ce qu'on dit, chez nous.

Claquant les mains devant elle, Yola ajouta :

– Il n'y a pas un seul Tzigane encore de ce monde – qu'il soit manouche, rom, bohémien, zingaro, sinti, kalderash, valsikané – qui n'ait vu un ou plusieurs membres de sa famille tués. Du temps de ma mère, tout Tzigane de plus de treize ans était obligé de porter sur lui un *carnet anthropométrique d'identité.* Et, tu sais ce qu'on inscrivait sur cette carte ? La taille, la race, la couleur de la peau, l'âge, et la longueur du nez et de l'oreille droite. Ils nous traitaient comme des bêtes qu'on marque et qu'on enregistre avant de les envoyer à l'abattoir. Il y avait deux photos, sur cette carte, et l'empreinte de cinq doigts. Tout ça était contrôlé de près quand on arrivait dans une ville ou qu'on la quittait. Ils nous traitaient de bohémiens ou de romanichels, des noms insultants pour nous. Ça ne s'est arrêté qu'en 1969. Et on se demande, après, pourquoi les trois quarts d'entre nous, comme mon frère, ne savent ni lire ni écrire.

Sabir avait l'impression de s'être fait piétiner par une horde de bisons en furie. L'amertume dans la voix de Yola lui paraissait puissamment déstabilisante.

– Mais tu sais… tu sais lire. Alexi aussi.

– J'ai arrêté l'école à six ans, rétorqua celui-ci. Je n'aimais pas ça. Pourquoi savoir lire ? Je sais parler, ça suffit, non ?

Yola se leva et demanda tout à trac :

– Tu dis que ces deux coffres sont en noyer ?

– Oui.

– Et que tu es désormais mon *phral*, que tu acceptes cette responsabilité ?

– Oui.

Elle indiqua le meuble peint de couleurs vives derrière elle.

– Eh bien, prouve-le-moi. Voilà l'un des deux coffres.

29

— C'est bien la voiture.

Le capitaine Calque laissa la bâche retomber sur la plaque d'immatriculation.

– On la fait enlever ? interrogea Macron qui, déjà, avait sorti son portable.

– Macron, Macron, attendez, fit Calque en grimaçant. Essayons de voir les choses sous un autre angle. Soit les Gitans ont tué Sabir, auquel cas il doit y avoir des morceaux de son corps éparpillés à travers au moins sept départements, pénétrant lentement la faune et la flore locales ; soit, plus vraisemblablement, il a réussi à les persuader de son innocence, et c'est la raison pour laquelle ils cachent sa voiture pour lui et ne l'ont pas déjà repeinte et revendue aux Russes. Espionner le camp ne me semblant pas être une option réalisable, on ferait mieux de surveiller la voiture et d'attendre simplement qu'il vienne la réclamer, vous croyez pas ? Ou pensez-vous encore qu'on devrait appeler les casseurs qui vont débarquer avec leur treuil, leur sirène et leur mégaphone pour la faire, comme vous dites, « enlever » ?

– Non, monsieur.

– Au fait, dites-moi, de quel quartier de Marseille êtes-vous ?

– La Canebière, soupira le lieutenant.

– Je croyais que c'était une rue.

– Oui, c'est une rue, mais c'est aussi un quartier.

– Vous avez envie de retourner là-bas ?

– Non, monsieur.

– Alors filez à Paris et rapportez-moi un traceur. Quand vous l'aurez, cachez-le quelque part dans la voiture, puis testez-le à cinq cents mètres de distance, à mille mètres et à mille cinq cents mètres. Et, Macron…

– Oui, monsieur ?

– Non, rien.

30

Achor Bale s'ennuyait profondément. Il avait eu sa dose de surveillance, couché dans les fourrés, sous les ajoncs, à espionner le camp. Cela l'avait amusé pendant quelques jours de regarder ces bohémiens vaquer à leurs travaux quotidiens. Analyser la stupidité d'une culture qui avait refusé de se mettre à la page du XXIe siècle, observer le comportement absurde de ces créatures à l'image des fourmis, qui discutaient, trichaient, se pelotaient, criaient et s'escroquaient les uns les autres, dans de vaines tentatives d'attraper la main que la société prétendait leur tendre.

Mais qu'espéraient ces fous, quand l'Église catholique leur reprochait encore d'avoir forgé les clous qui avaient transpercé les mains et les pieds de Jésus ? D'après ce que Bale avait lu, deux forgerons, avant la crucifixion, avaient été tués pour avoir refusé de faire à leur place la sale besogne des Romains. Le troisième que l'on avait alors approché pour accomplir ce travail était tzigane. Il venait de terminer de forger trois grands clous quand un soldat ivre lui dit : « Voici vingt dinars. Cinq pour chacun des trois premiers clous, et cinq autres pour le quatrième que tu nous fabriqueras pendant qu'on attend. »

Le Tzigane accepta d'achever le travail pendant que les légionnaires s'avalaient quelques autres rasades de vin. Mais, au moment où il commença à forger le quatrième clou, les fantômes des deux forgerons assassinés lui apparurent et lui recommandèrent de ne travailler sous aucun prétexte pour les Romains, car ceux-ci s'apprêtaient à crucifier un homme juste.

Les soldats, terrifiés par l'apparition, prirent leurs jambes à leur cou sans attendre le quatrième clou.

Cependant, l'histoire ne s'achevait pas là. Car ce Tzigane était un homme honnête, et, estimant qu'il avait déjà été payé pour son travail, il se remit à la tâche, ignorant les mises en garde des deux fantômes. Lorsqu'il eut terminé de forger le clou, et alors que celui-ci était encore rouge, il le plongea dans un bain d'eau froide. Mais il eut beau le tremper longuement, et ceci dans une eau chaque fois plus froide, le clou restait proche de la fusion. Terrifié à l'idée du châtiment qui l'attendait, il réunit ses affaires et s'enfuit.

Au bout de trois jours et trois nuits de marche, il arriva dans une ville où personne ne le connaissait. Il trouva du travail chez un homme riche, mais, à l'instant où il leva le bras pour frapper le fer, un cri terrible s'échappa de sa gorge. Car là, sur l'enclume, gisait le clou rougi – le quatrième clou de la crucifixion. Et, par la suite, chaque fois qu'il se remettait à travailler, d'une manière différente et dans un endroit différent, la même chose se reproduisait. Si bien que nulle part dans le monde il ne se trouva à l'abri du clou accusateur.

Voilà pourquoi, disait leur légende, les Tziganes étaient condamnés à sillonner la Terre, dans l'espoir de trouver un endroit tranquille où installer leur forge.

– Crétins, marmonna Bale entre ses dents. Ils auraient dû tuer les Romains et laisser accuser les familles des deux forgerons.

Il avait déjà repéré les deux hommes qui gardaient le camp. L'un d'eux était affalé sous un arbre, en train de fumer, pendant que l'autre dormait. À quoi pensaient ces gens ? Il allait devoir les harceler. Quand Sabir et la fille se verraient forcés de quitter le camp, ils seraient bien plus faciles à abattre.

Souriant pour lui-même, Bale ouvrit l'étui de cuir qu'il portait dans la poche arrière de son Barbour et en sortit son Ruger Redhawk. Ce revolver double action, en acier satiné, avec sa crosse en bois de rose, était doté d'un barillet à six coups, chargé de balles .44 Magnum, et équipé d'un viseur télescopique lui offrant une vision à vingt-cinq mètres. C'était son arme favorite, longue de trente-trois centimètres, avec assez de puissance pour descendre un élan. Récemment, sur un stand de tir à Paris, il avait réussi une impressionnante série de trois tirs groupés dans sept centimètres carrés, à trente mètres de distance. Mais, maintenant qu'il avait une proie vivante à viser, il se demandait s'il serait possible de rester aussi précis.

Sa première balle atterrit à cinq centimètres du talon du Gitan endormi, qui se réveilla en sursaut. Instinctivement, son corps prit la forme d'une équerre. Bale visa l'endroit exact où reposait la tête de l'homme, quelques secondes plus tôt, et tira.

Puis il dirigea son canon sur l'autre Gitan. Son troisième tir atteignit la boîte à cigarettes de sa cible, et la quatrième balle alla se ficher dans une branche au-dessus de lui.

Prenant leurs jambes à leur cou, les deux hommes s'enfuirent en hurlant vers le camp. Bale rata l'antenne de télévision avec sa cinquième balle mais la coupa en deux avec la sixième. Tout en tirant, il gardait un œil sur la porte derrière laquelle Sabir, la fille et l'homme au couteau avaient disparu une vingtaine de minutes plus tôt. Mais personne n'en sortit.

– Bon, ça suffit. Je ne vide qu'un chargeur, aujourd'hui.

Il rechargea le Ruger et le remit dans son étui, qu'il glissa dans la poche arrière de sa veste en toile cirée.

Puis il redescendit la butte en direction de sa voiture.

31

La tête inclinée de côté, Alexi demanda :

– C'est une voiture que j'entends approcher, ou c'est le diable qui a éternué ?

Il se leva, l'air interrogateur, et fit mine de sortir.

– Non, attends ! lui lança Sabir.

Une deuxième détonation retentit au bout du camp. Puis une troisième, et une quatrième.

– Yola, couche-toi, ordonna l'Américain. Toi aussi, Alexi. Ce sont des coups de feu.

Tendant l'oreille, il tâcha d'évaluer l'écho.

– À cette distance, ça ressemble à un fusil. Ce qui veut dire qu'une balle perdue peut très bien venir trouer la paroi.

Une cinquième balle ricocha soudain sur le toit de la caravane.

Sabir s'approcha de la fenêtre. Dans le camp, les gens couraient dans toutes les directions, hurlant, appelant les leurs.

Un sixième coup partit, et quelque chose atteignit le toit puis dégringola en cliquetant avant d'aller s'écraser par terre dans un bruit de ferraille.

– C'était une antenne de télévision. Ce gars a le sens de l'humour, on dirait. Il ne tire pas pour tuer.

– Adam, par pitié, couche-toi !

C'était la première fois que Yola l'appelait par son nom.

Un sourire aux lèvres, il se tourna vers elle.

– Ça va, il essaie seulement de nous faire sortir. Tant qu'on reste à l'intérieur, on est tranquilles. Je m'attendais à quelque chose de ce genre depuis qu'Alexi m'a montré cette cachette dans les buissons. Maintenant qu'il ne peut plus nous voir, il est logique qu'il veuille nous faire sortir et aller là où il pourra nous avoir dans sa ligne de mire. Mais on ne partira que lorsqu'on sera prêts.

– On partira ? Pourquoi devrait-on partir ?

– Parce que, sinon, il va finir par tuer quelqu'un.

Tirant le coffre vers lui, il ajouta :

– Rappelle-toi ce qu'il a fait à Babel. Ce type ne se pose pas de questions. Ce qu'il veut, c'est ce qu'il croit être dans ce coffre. S'il se rend compte qu'il n'y a rien, ça risque de le mettre hors de lui. Et il ne nous croira pas, de toute façon.

– Pourquoi n'as-tu pas eu peur quand il a commencé à tirer ?

– Parce que j'ai passé cinq ans comme volontaire dans le 182e régiment d'infanterie de la garde nationale du Massachusetts, répondit-il en prenant un accent de plouc. J'ai l'honneur de vous dire, ma'ame, que le 182e a été créé soixante-dix ans pile après la mort de Nostradamus. Je suis moi-même un gars de Stockbridge : je suis né et j'ai grandi dans le Massachusetts.

Yola parut totalement interloquée. Comme si la soudaine désinvolture de Sabir laissait suggérer une facette de lui qu'elle avait jusque-là ignorée.

– Tu étais soldat ?

– Non, réserviste. Je n'ai jamais fait la guerre. Ce qui ne nous empêchait pas de nous entraîner durement et de façon assez réaliste. Depuis toujours, je chasse, et je sais me servir d'une arme.

– Je vais sortir, maintenant, pour voir ce qui s'est passé.

– Oui, je pense que c'est calme, à présent. Je reste ici pour regarder ce coffre de plus près. Tu n'aurais pas l'autre, par hasard ?

– Non, seulement celui-là. On l'a peint, sans doute parce qu'on le trouvait trop triste.

– Oui, j'imagine, reprit Sabir en en tapotant l'extérieur. Tu as cherché à voir s'il existait un double fond ou un compartiment secret ?

– Un double fond ? Non.

32

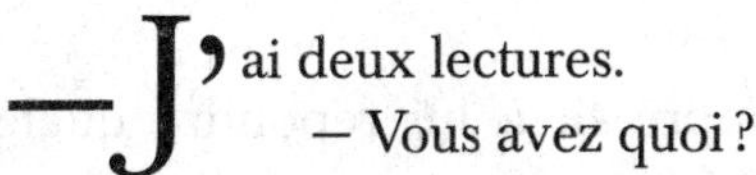

— J'ai deux lectures.

— Vous avez quoi ?

– L'appareil me donne deux lectures différentes. C'est comme s'il y avait une ombre sur l'écran.

– Vous ne l'avez pas testé, comme je vous l'avais demandé ?

Macron déglutit bruyamment. Déjà que Calque le prenait pour un idiot, à présent il allait en être convaincu.

– Si, et ça marchait impeccable. Je l'ai même essayé à deux kilomètres, et il répondait tout à fait clairement. Évidemment, on perd le GPS s'il passe sous un tunnel ou se gare dans un parking souterrain, mais c'est inévitable quand on suit une cible vivante.

– Qu'est-ce que vous racontez, Macron ?

– Je dis que, si on le perd, ça pourra nous prendre un peu de temps avant de le localiser à nouveau.

Calque détacha sa ceinture et se détendit les épaules, comme si chaque kilomètre qui les éloignait de Paris le soulageait d'un poids énorme.

– Vous devriez la garder, monsieur. Si on a un accident, l'airbag ne fonctionnera pas bien sans elle.

À peine eut-il prononcé ces mots que Macron comprit qu'il avait sorti une nouvelle bourde. Une bourde qui s'ajoutait à la litanie de celles qui n'avaient fait qu'aggraver la relation déjà très mauvaise qu'il entretenait avec son chef.

Pour une fois, cependant, Calque ne sauta pas sur l'occasion pour lui asséner une remarque cuisante. Il leva le menton d'un air pensif et regarda par la fenêtre, ignorant parfaitement la bêtise de Macron.

– Il ne vous est jamais venu à l'esprit qu'on puisse avoir installé deux dispositifs de géolocalisation ?

– Deux, monsieur ? Mais je n'en ai posé qu'un.

Plus d'une fois, Macron avait fantasmé sur la vie heureuse qu'il aurait eue en travaillant comme assistant dans la boulangerie de son père, à Marseille, plutôt que de servir de larbin à un capitaine de police grincheux et à la veille de la retraite.

– Je parle de notre ami. Celui qui adore donner des coups de fil.

Macron, qui s'apprêtait à lui répondre quelque chose, se ravisa aussitôt. Personne ne pourrait l'accuser de ne pas apprendre sur le terrain.

– Alors, il captera aussi la lecture double, monsieur. Il saura qu'on a posé un traceur et qu'on avance en parallèle avec lui.

– Bien vu, mon gars. Mais j'imagine que ça ne le gênera pas trop. Nous, si. Je commence à entrevoir quelque chose, et ça n'est pas très joli. Je ne peux rien prouver, bien sûr. En fait, je ne sais même pas si cet homme aux yeux tout noirs existe vraiment, si c'est nous qui sommes en train d'évoquer un démon au lieu de concentrer notre attention sur Sabir. Mais on ferait bien de se montrer un petit peu prudents, maintenant.

– Un démon, monsieur ?

– Hmmm… c'est juste une façon de parler.

33

– Où va-t-on ?

– On suit les indications inscrites sur le fond du coffre.

Assis sur la banquette arrière, Alexi se pencha en avant pour taper sur l'épaule de Sabir.

– Ça lui parle. Hé, *luludji*, que penses-tu de ton *phral*, maintenant ? Peut-être qu'il va te laisser plein d'argent quand ce fou le tuera. Tu as beaucoup d'argent, Adam ?

– Pas sur moi.

– Mais tu as de l'argent ? En Amérique, peut-être ? Tu pourrais nous avoir une carte verte ?

– Un œil au beurre noir, si tu veux.

– Hé, tu entends ça, Yola ? C'est marrant, je lui demande une carte verte et il me propose un œil au beurre noir. Ce mec, il doit être berbère.

– Est-ce que quelqu'un nous suit ?

– Non, non, j'ai regardé. Et je n'arrête pas de regarder. C'est tranquille.

– C'est ça qui m'intrigue, s'inquiéta Sabir.

– Peut-être qu'il n'a pas trouvé la voiture. Les garçons l'ont bien cachée. Et c'est grâce à moi, *gadjé*. Ils allaient la mettre en morceaux et la vendre en pièces détachées, mais je leur ai dit que tu les paierais pour l'avoir protégée.

– Que je les paierais ?

– Oui. Tu leur laisseras de l'argent aussi quand tu mourras.

Se redressant sur son siège, Alexi ajouta :

– Hé, *gadjé*, arrête-toi derrière cette voiture. Celle qui est garée sur le chemin.

– Pourquoi ?

– Fais ce que je te dis.

Sabir obéit et stoppa l'Audi sur le bas-côté.

Alexi descendit et fit le tour du véhicule tout en scrutant soigneusement les alentours.

– C'est bon. Il n'y a personne. Ils sont partis à pied.

– Tu ne vas pas la voler ?

Le Tzigane prit un air faussement dégoûté. Puis il s'accroupit et se mit à dévisser la plaque d'immatriculation.

– Il s'est arrêté.

– On ne fait surtout pas comme lui. Continuez, passez-lui devant. Mais, si vous voyez une autre voiture garée, notez son numéro. On appellera du renfort.

– Pourquoi ne pas serrer tout de suite Sabir et en finir avec tout ça ?

– Parce que, quoi que vous en pensiez, les Gitans ne sont pas stupides. S'ils n'ont pas tué Sabir, c'est qu'ils ont une bonne raison pour ça.

Calque jeta un rapide coup d'œil sur le bord du sentier.

– Vous avez vu ce qu'il était en train de faire ?

– *Ils* au pluriel, corrigea Macron. Ils étaient trois.

Se raclant la gorge, il observa :

– Si j'étais eux, j'échangerais les plaques. Histoire d'être tranquille.

– Macron, sourit le capitaine, vous m'étonnerez toujours.

– Qu'est-ce que tu espères gagner avec ça ? Dès qu'ils rejoindront leur voiture, ils verront que tu as échangé les plaques.

– Non, répliqua Alexi avec un sourire. Les gens ne regardent pas, ils ne voient pas les choses. Il faudra des jours avant que le gars remarque quoi que ce soit. Il ne s'en rendra compte que quand les flics se jetteront sur lui en agitant leurs flingues, ou quand il perdra sa voiture sur le parking d'un supermarché.

– On dirait que tu as fait ça toute ta vie, soupira Sabir.

– Comment ça ? Je suis aussi honnête qu'un prêtre.

Yola choisit cet instant pour réagir enfin.

– Je peux comprendre pourquoi mon frère était au courant du premier papier. Ma mère l'adorait, elle a dû lui raconter des choses. Lui donner des choses. Ce que je comprends moins, c'est comment il savait ce qui se trouvait gravé sur le fond du coffre. Il ne savait pas lire.

– Il a dû trouver quelqu'un dans le camp qui savait lire.

– Qui aurait-il trouvé ? interrogea-t-elle en se tournant vers Alexi.

– Il y a Luca qui sait lire, répondit celui-ci avec un haussement d'épaules. Il ferait n'importe quoi pour Babel. Ou pour une poignée d'euros. C'est un petit malin, aussi. Ça lui ressemblerait bien d'avoir monté tout ça puis d'avoir piégé Babel pour agir à sa place.

– Luca… siffla Yola entre ses dents. Si je le trouve, je lui jette un sort.

– Un sort ? répéta Sabir. Tu sais jeter des sorts ?

Alexi éclata de rire.

– Yola, c'est une *hexi* ! Une sorcière. Sa mère était sorcière, sa grand-mère aussi. C'est pour ça qu'aucun homme ne voudra l'épouser. Ils pensent qu'à la moindre correction qu'ils lui infligeront, elle les empoisonnera. Ou leur jettera le mauvais œil.

– Elle aura raison.

– Quoi ! s'exclama-t-il. Un homme, ça doit battre sa femme, de temps en temps. Sinon, comment la garder tranquille ? Elle deviendrait comme vos femmes *payos.* Avec des couilles de la taille d'une grenade. Non, Adam. Si, par miracle, elle se trouve un jour un mari, il faudra lui expliquer, lui dire comment la gérer. S'arranger pour la garder enceinte tout le temps. C'est ce qu'il y a de mieux à faire. Si elle a des enfants à surveiller, elle ne peut pas l'enquiquiner.

Tandis qu'il parlait, Yola se frottait du pouce les dents de devant comme si elle cherchait à se débarrasser d'un morceau de tartre.

– Et toi, Alexi ? lâcha-t-elle alors. Pourquoi tu n'es pas marié ? Eh bien, je vais te dire, moi. Parce que ton pénis est coupé en deux. Une moitié va vers l'ouest, vers les *payos*, et l'autre reste dans ta main.

Sabir les considéra d'un air stupéfait. Tous deux souriaient, le fait de plaisanter semblant les rassurer. L'Américain se disait que cela renforçait leurs liens plutôt que de les affaiblir. Il se sentit soudain jaloux de ne pas appartenir lui aussi à une communauté aussi enjouée.

– Quand vous aurez fini de vous disputer, tous les deux, je pourrai peut-être vous dire les mots qui ont été écrits – ou plus exactement gravés à chaud – sur le fond du coffre.

Ils tournèrent vers lui un regard surpris, comme s'il leur avait proposé de leur raconter une histoire avant de s'endormir.

– C'est du français médiéval, précisa-t-il. Comme le testament. C'est une devinette.

– Une devinette ? Tu veux dire, du genre : « J'ai une sœur qui court sans jambes et qui siffle sans bouche. Qui est-elle ? »

Sabir commençait à être habitué à l'illogisme des Gitans. Au début, ces brusques passages du coq à l'âne l'avaient déstabilisé, et il n'avait qu'une envie, c'était de reprendre le fil de la conversation. Mais, aujourd'hui, cela le faisait sourire. Il répliqua donc :

– D'accord, je donne ma langue au chat.

Yola tambourina sur le siège derrière lui et lâcha avec impatience :

– C'est le vent, bouffon ! Qu'est-ce que tu crois ?

Et elle et Alexi d'éclater de rire.

– Bon, sourit-il alors, vous voulez savoir ce que j'ai découvert ? On va voir si vous êtes aussi doués pour résoudre une énigme que pour la poser.

– Oui. Dis-nous.

– Eh bien, ce petit texte en français dit ça :

Hébergée par les trois mariés
Celle d'Égypte la dernière fut
La Vierge noire au camaro duro
Tient le secret de mes vers à ses pieds

– Mais, ça n'a aucun sens...

– Non, aucun, reconnut Sabir. Et ce n'est pas non plus le style de Nostradamus. D'abord, ça ne rime pas. Ensuite, ça n'a rien d'une prophétie. Ça ressemblerait plutôt à un guide, une carte censée nous mener vers quelque chose de plus important.

– Qui seraient les trois personnes mariées ?

– Je n'en ai pas la moindre idée.

– Et la Vierge noire ?

– Là, ça semble plus clair. Et c'est là où réside la clé, selon moi. *Camaro duro* ne veut pas vraiment dire « lit dur ». C'est une de ces phrases qui souvent signifient autre chose, mais, pour le moment, ça ne nous dit rien. C'est vrai que *cama*, c'est le « lit » en espagnol ; et *duro*, c'est « dur ». Mais cette mention de la Vierge noire m'a éclairé. C'est une anagramme.

– Une quoi ?

– Une anagramme. C'est lorsqu'un mot se cache derrière un ou plusieurs autres mots qui, ensemble, comprennent exactement les mêmes lettres. Et *camaro duro,* c'est en fait l'anagramme de Rocamadour, un sanctuaire très connu, dans la vallée du Lot. Certains disent même que c'est de là que part le pèlerinage de Saint-Jacques-de-Compostelle. Et il y a une Vierge noire très connue, là-bas, que, depuis des générations, les femmes viennent prier pour avoir des enfants. D'autres vont jusqu'à dire qu'elle est à la fois homme et femme – moitié

Marie, moitié Roland. Car l'épée phallique du paladin Roland, Durandal, repose aujourd'hui dans une brèche en forme de vulve ; la faille d'un rocher qui se trouve près de la chapelle de Notre-Dame. Elle y était certainement du temps de Nostradamus. En fait, je ne crois pas qu'elle ait bougé de là en huit siècles.

– Et c'est là où on va ?

– Je crois qu'on n'a pas vraiment le choix.

34

Yola plaça deux gobelets de café dans leurs supports de plastique et donna l'autre à Sabir.

– Il ne faut pas qu'on te voie. Il y a des caméras, dans ces stations. Il faudrait éviter de s'arrêter dans ce genre d'endroit.

Sabir regarda Alexi traverser la boutique en direction des toilettes.

– Pourquoi est-il ici, Yola ?

– Il veut m'enlever, mais il n'en a pas le courage. Seulement il a peur que toi tu le fasses s'il n'est pas dans le coin. C'est pour ça qu'il est ici.

– Moi ? T'enlever ?

– Oui, soupira-t-elle. Chez les Manouches, un homme et une femme s'enfuient ensemble quand ils veulent se marier. Ça s'appelle un « enlèvement ». Si un homme t'enlève, c'est l'équivalent du mariage, parce que, dans ce cas, la fille ne sera plus… je ne sais pas comment dire… intacte.

– Tu plaisantes ?

– Non, je te dis la vérité.

– Mais je suis ton frère.

– Pas mon frère de sang, idiot.

– Quoi ? Ça veut dire que je pourrais t'épouser ?

– Avec la permission du Bulibasha, puisque mon père est mort. Mais si tu faisais ça, Alexi serait terriblement en colère. Et là, il pourrait décider de vraiment t'atteindre avec son couteau.

– Qu'est-ce que ça veut dire : « de vraiment m'atteindre » ? Il m'a largement raté.

– Seulement parce qu'il le voulait. Alexi est le meilleur couteau de tout le camp. Il s'exhibe dans les cirques et les foires. Tout le monde le sait. C'est pour ça que le Bulibasha a choisi ce jugement par le couteau. Tous ont compris qu'Alexi pensait que tu étais innocent de la mort de Babel. Sinon, il t'aurait coupé la main en deux.

– Tu veux dire que mon jugement et le reste n'étaient qu'une mise en scène ? Que tout le monde savait qu'Alexi allait me louper ?

– Oui.

– Et s'il m'avait atteint par erreur ?

– Alors, on aurait été forcés de te tuer.

– Génial… Je comprends, maintenant. C'est clair comme de l'eau de roche.

– Ne te fâche pas, Adam. C'est comme ça que tout le monde t'a accepté. Si on avait agi autrement, tu aurais eu des problèmes, plus tard.

– Dans ce cas, tout va très bien, madame la marquise.

Calque les observait à travers ses jumelles.

– Je reconnais la fille. C'est la sœur de Samana. Et Sabir, bien sûr. Mais le petit basané qui utilise la pissotière, qui est-ce ?

– Un autre cousin, probablement. Ils en ont partout. Vous en supprimez un, il y en a dix autres qui vous arrivent dessus comme des mouches.

– Vous n'aimez pas les Gitans, Macron ?

– Ce sont des fainéants. Dans le Sud, on n'aime pas les bohémiens. Ce sont des voleurs, des combinards qui ne font que se servir des autres.

– Bon sang, ce ne sont pas les seuls. Tout le monde fait ça.

– Pas comme eux. Eux, ils nous méprisent.

– On leur a pas rendu la vie facile, non plus.

– Et pourquoi est-ce qu'on l'aurait fait ?

– Oui, pourquoi ?... souffla Calque.

Il allait devoir garder un œil sur Macron, dorénavant. Par expérience, il savait que, si un homme formulait une rancœur, il était vraisemblable qu'il en abritât d'autres, plus profondes et secrètes, qui ressortiraient un jour ou l'autre lors d'une crise.

– Ils démarrent, regardez. On leur laisse trente secondes et on les suit.

– Vous êtes bien sûr qu'on a raison de faire ça, monsieur ? Je veux dire, laisser un meurtrier se balader comme ça sur une autoroute ? Vous avez vu ce qu'il a fait à Samana ?

– Et notre autre ami ? Vous l'oubliez ?

– Bien sûr que non. Mais on n'a que votre instinct contre lui. C'est le sang de Sabir qu'on a trouvé sur la main de Samana. On peut donc le placer tout naturellement sur la scène de crime.

– Non, on ne peut pas, Macron. En revanche, on peut le placer dans le bar où a eu lieu la scène du sang sur la main. Et on l'a maintenant en train de voyager, manifestement de son plein gré, en compagnie de la sœur de Samana. Vous croyez qu'elle souffre du syndrome de Stockholm ?

– Le syndrome de Stockholm ?

– Oui, Macron. Parfois, j'oublie que vous êtes si jeune. C'est Nils Bejerot, un criminologue suédois, qui a inventé ce terme en 1973, après un hold-up dans une banque de Stockholm qui a mal tourné. Les malfaiteurs se sont emparés de plusieurs otages et, au bout de six jours, certains des employés ont commencé à sympathiser davantage avec leurs ravisseurs qu'avec la police. La même chose s'est passée pour l'héritière du magnat de la presse, Patty Hearst.

– Ah...

– Vous croyez que Sabir aurait réussi à fasciner un camp entier de Gitans afin d'en faire ses complices ?

– Avec des gens comme eux, ça ne m'étonnerait pas, maugréa Macron.

35

— Te crois-tu encore capable de gérer la situation à toi seul ?

Un instant tenté de jeter le combiné par la fenêtre de la voiture, Achor Bale se contenta de décocher un sourire sarcastique à la femme qui, en arrivant à sa hauteur pour le dépasser, lui reprocha d'un regard sévère le téléphone qu'il avait à l'oreille.

– Bien sûr, madame. Tout marche comme sur des roulettes. J'ai Sabir en ligne de mire. J'ai repéré la voiture de police qui les suit, lui et ses amis. Ces imbéciles ont même changé les plaques minéralogiques dans l'espoir de semer leurs éventuels poursuivants.

Le mari de la conductrice se pencha alors et, à son tour, lui fit comprendre qu'il n'était pas prudent de téléphoner.

Des conducteurs de Peugeot… songea-t-il. *En Angleterre, ils conduiraient une Rover, et, en Amérique, une Chevrolet ou une Cadillac.* Prétendant la distraction, il laissa sa voiture dévier dangereusement vers la Peugeot.

L'air scandalisé, l'homme tendit le bras vers le volant et klaxonna.

Bale regarda dans son rétroviseur. Ils étaient seuls sur la route. Pourquoi ne pas en profiter pour s'amuser quelques instants ? Et puis cela lui donnerait un peu plus de temps.

– Alors, dites-moi, vous voulez que je continue ou que j'arrête tout ?

– Je veux que tu continues.

– Très bien.

Il referma son téléphone d'un coup sec, accéléra et fit une dangereuse queue-de-poisson à la Peugeot, avant de ralentir brusquement.

L'homme le klaxonna de nouveau.

Bale finit par s'arrêter sur le bord de la route.

La Peugeot stoppa derrière lui et le mari de la conductrice en sortit.

Bale le regarda s'approcher dans le rétroviseur. Il se tassa légèrement sur son siège. Autant faire durer un peu la chose. Cela n'en serait que plus jouissif.

– Mais qu'est-ce que vous faites ? s'indigna l'autre. Vous avez failli causer un accident !

– Écoutez, je suis terriblement désolé. Ma femme attend un bébé. Je file à l'hôpital. Je voulais juste vérifier sur la carte comment m'y rendre au plus vite.

– Un bébé ?

L'homme se retourna brièvement vers sa femme puis parut se détendre.

– Franchement, je regrette, mais c'est tout le temps que les gens utilisent leur portable en conduisant. Vous devriez vraiment vous procurer un kit mains libres. Ça vous permet de téléphoner autant que vous le voulez sans devenir un danger pour les autres.

– Vous avez raison. Et je le sais…

Bale regarda une Citroën leur passer devant puis prendre une petite route latérale. Il jeta alors un coup d'œil discret sur son traceur GPS. Déjà un kilomètre. Il devait se dépêcher, à présent.

– Désolé, encore une fois.

L'homme lui fit un signe poli puis regagna sa voiture. Dans le rétroviseur, Bale le vit lever les mains en signe d'impuissance lorsque sa femme lui jeta un regard furieux.

Alors, sans crier gare, il passa la marche arrière et écrasa l'accélérateur. Les pneus hurlèrent et le véhicule fit un bond furieux en direction de la Peugeot.

L'homme, qui n'était pas encore remonté dans sa voiture, n'eut que le temps de se retourner et de lâcher un cri muet.

Bale ouvrit la portière et sauta de sa voiture. Il jeta un regard fébrile de chaque côté de la route. La femme hurlait. Son mari avait disparu sous les deux véhicules et n'émettait plus un son.

Bale s'approcha, ouvrit la portière avant de la Peugeot et saisit la femme brutalement par les cheveux pour la forcer à sortir. Une de ses chaussures se prit entre le levier de vitesses et le vide-poche qui séparait les deux sièges. Bale tira plus fort et quelque chose céda. Il parvint enfin à extirper la conductrice et l'attira vers la portière arrière, qu'il ouvrit avant d'en abaisser la vitre à mi-hauteur. Sans ménagement, il poussa la tête de la femme dans l'ouverture, l'y maintint avec force, remonta la vitre au maximum et referma la porte avec violence.

– Qu'est-ce qui se passe, là-bas ? interrogea Calque en scrutant la route devant lui. Ralentissez, Macron.

– Mais on est en train de…

– Ralentissez, je vous dis ! fit-il en plissant les yeux pour mieux apercevoir la scène.

Macron obtempéra à contrecœur.

– Appelez une ambulance. Vite. Et la PJ.

– Mais… on va les perdre.

– Ne discutez pas, rétorqua-t-il en plaquant un gyrophare sur le toit. Et sortez la mallette de secours !

– Ils vont nous repérer…

Calque avait ouvert la portière avant l'arrêt complet de la voiture. Il courut vers l'endroit où l'homme gisait et s'agenouilla près de lui.

– Macron, lui cria-t-il, vous pouvez dire aux gars du Samu qu'il respire encore ! Mais à peine. Et il lui faudra une minerve ; quelque chose me dit qu'il n'a pas les cervicales en bon état.

S'approchant alors de la femme, le capitaine lui dit doucement :

– Madame, ne bougez pas. Ne cherchez pas à vous dégager. Nous allons briser la vitre.

Elle lui répondit par un gémissement.

– Je vous en prie, restez tranquille. Vous avez le pied cassé.

Calque essaya d'abaisser la vitre mais le mécanisme ne répondit pas. Le visage de la femme commençait à virer au violet ; elle avait de plus en plus de mal à respirer.

– Macron, apportez le marteau. Vite ! Je vais devoir casser cette vitre.

– Quel marteau ?

– Je ne sais pas… l'extincteur… n'importe quoi !

Le capitaine ôta sa veste et en enveloppa la tête de la victime.

– Ça va, madame. Ne vous débattez pas. Je suis obligé de casser cette vitre pour vous dégager.

Toute tension quitta soudain le corps de la femme, qui s'affaissa contre la portière.

– Vite ! Elle ne respire plus !

– Qu'est-ce que vous voulez que je fasse avec cet extincteur ?

– Que vous cassiez la vitre avec !

Avec force, Macron frappa la fenêtre de la voiture.

Mais le verre sécurit ne céda pas.

– Donnez-le-moi, fit Calque en lui arrachant l'appareil des mains pour le précipiter une nouvelle fois contre la vitre, qui se brisa en petits morceaux mais resta en place.

– Passez-moi votre veste.

Après avoir soigneusement enveloppé sa main dans le vêtement, il l'enfonça avec force dans le verre qui, cette fois, céda. Il dégagea la femme de son piège, l'allongea sur le sol et lui glissa sa propre veste sous la tête. Puis, se penchant au-dessus d'elle, il lui appuya sur la poitrine à plusieurs reprises. De deux doigts appliqués sous son sein gauche, il tenta de sentir son cœur puis lui relâcha lentement le sternum.

– Macron, quand je vous le dirai, insufflez-lui deux fois de l'air dans les poumons.

Sans attendre, le lieutenant s'agenouilla auprès de la femme.

– Vous avez appelé l'ambulance ?

– Oui, monsieur.

– Bien. On la garde comme ça jusqu'à leur arrivée. Elle a toujours un pouls ?

– Oui. Il est un peu hésitant mais il est là.

Entre deux massages cardiaques, Calque plongea son regard dans celui de Macron.

– Maintenant, vous me croyez, quand je parlais d'un autre homme ?

– Je vous ai toujours cru, monsieur. Mais vous pensez vraiment que c'est lui qui a fait ça ?

– Allez-y : deux insufflations.

Macron se pencha sur la femme et, par deux fois, lui donna le baiser de la vie.

Calque, de son côté, recommença à lui presser la poitrine des deux mains.

– Je ne le pense pas, fiston. J'en suis sûr.

36

Yola cracha son dernier pépin de citrouille sur le plancher de la voiture et s'écria :

– Oh, regardez, de l'asparagus sauvage !

– Quoi ?

– De l'asparagus sauvage. Il faut s'arrêter.

– Tu plaisantes ?

En réponse, elle tapa sèchement sur l'épaule de Sabir.

– On est pressés ? On est poursuivis ? On a un temps limite ?

– Euh, non… pas spécialement.

– Alors, arrête-toi.

Sabir chercha un soutien dans le regard d'Alexi.

– Et toi, tu crois qu'on devrait s'arrêter ?

– Bien sûr. C'est pas tous les jours qu'on voit de l'asparagus sauvage au bord de la route. Yola doit faire sa cueillette.

– Sa cueillette ?… répéta Sabir avant de faire demi-tour au carrefour suivant.

– Oui. Où qu'elle soit, une femme gitane, dès qu'elle le peut, fait sa cueillette. Elle ne laissera jamais passer de la nourriture dont elle peut profiter librement, que ce soient des herbes, de la salade, des œufs, du raisin, des noisettes, des cerises, tout ce que tu veux.

Avant de s'arrêter devant le bouquet d'asparagus, Sabir jeta un coup d'œil prudent dans le rétroviseur. Une Citroën déboucha derrière eux, s'approcha puis les dépassa tranquillement.

– Je vais me garer là où personne ne pourra nous voir. Juste au cas où la police passerait par là.

– Personne ne nous reconnaîtra, Adam. Ils cherchent un homme, pas deux hommes et une femme ; et dans une voiture qui porte des plaques différentes.

– Quand même…

– Regarde, intervint Yola en tapant sur le siège avant, j'en vois d'autres touffes, là-bas, près de la rivière.

Elle fouilla dans son sac à dos et en sortit deux sachets de plastique.

– Vous deux, allez cueillir celui qui est au bord de la route, moi, je m'occupe des autres. Je vois aussi du pissenlit, des orties et même des marguerites. Vous avez de la chance, on va se faire un véritable festin, ce soir.

37

Achor Bale s'était offert un répit de quarante minutes pour réunir toutes les informations dont il avait besoin – les quarante minutes qui allaient être nécessaires à la police pour traiter la scène qu'il avait laissée derrière lui, travailler avec les ambulances et briefer l'équipe venue en renfort.

Le pied toujours appuyé sur l'accélérateur, il vit soudain converger deux lignes sur son appareil de géolocalisation. Lâchant un hoquet de surprise, il ralentit brusquement.

Il se passait quelque chose. Sabir n'avançait plus. Pire, le traceur indiquait maintenant qu'il revenait sur ses pas. Il hésita, une main sur le volant. Et voilà que le point ne bougeait plus, à présent. Il flashait à moins de cinq cents mètres devant lui.

Bale stoppa sur le bas-côté, une vingtaine de mètres avant le départ d'une petite route sur la droite. Il hésita un instant à laisser sa voiture ici, puis jugea qu'il n'avait ni le temps ni aucun endroit pour la dissimuler correctement. Il ne lui restait qu'à prendre le risque que la police, si elle passait par là, fasse le lien entre lui et un véhicule mal garé.

Il se dépêcha de grimper le talus et de redescendre vers un bosquet, en contrebas. Pourquoi s'étaient-ils arrêtés si tôt après leur dernière halte ? Un pique-nique ? Un accident ? Ce pouvait être n'importe quoi.

Le mieux serait de les attraper ensemble. Il pourrait ainsi s'occuper de l'un d'eux pendant que les autres seraient obligés de regarder. Cela marchait presque toujours. La culpabilité était la plus grande faiblesse du monde occidental. Quand les gens n'éprouvaient pas ce sentiment, ils construisaient des empires. Dès qu'ils commençaient à se sentir coupables, ils les perdaient. Il suffisait de regarder les Britanniques pour cela.

Il aperçut d'abord la fille, accroupie seule au bord de la rivière. Était-elle en train de soulager un besoin naturel ? Était-ce la véritable raison de cet arrêt inopiné ? Il chercha les deux hommes mais ne les vit nulle part. Puis il remarqua qu'elle cueillait des herbes et les fourrait dans des sacs de plastique. Seigneur… Ces gens étaient sidérants !

Bale chercha une dernière fois les hommes des yeux puis se dirigea vers la fille. C'était tout simplement trop beau pour être vrai. Ils auraient dû se rendre compte qu'il venait ; le sentir, tout du moins.

Arrivé à dix mètres d'elle, il hésita un instant. Elle formait un très joli tableau, ainsi accroupie dans sa longue jupe de Gitane, devant la rivière. L'image parfaite de l'innocence. Qui en amena une autre, ancienne, dans son esprit, mais qu'il fut incapable d'identifier. Ce soudain instant de distraction le troubla, tel un brusque courant d'air s'immisçant au travers d'un vêtement troué.

Il franchit au pas de course les derniers mètres, certain que la fille ne l'avait pas entendu approcher. Elle choisit le tout dernier moment pour se retourner, mais, déjà, il était sur elle, lui clouant les bras au sol avec ses genoux. Pour l'empêcher de crier, il avait pris soin de lui pincer le nez – une méthode qui fonctionnait toujours avec les femmes, nettement préférable au risque de se voir mordre la main en la plaquant sur la bouche d'une personne complètement paniquée. Cependant, sa victime se montra étrangement silencieuse, comme si elle s'attendait à sa venue.

– Ne t'avise pas d'appeler au secours ou je te sectionne la moelle épinière… comme je l'ai fait à ton frère. Tu piges ?

Pour toute réponse, elle lâcha un gémissement.

Il ne voyait pas son visage tourné vers le sol, son corps étant sous le sien et ses bras étendus en croix. Ce qu'il rectifia sans attendre en lui faisant tourner la tête de côté.

– Maintenant, écoute-moi bien ; je ne me répéterai pas. Je te donne dix secondes avant de t'assommer d'un coup de poing. Pendant que tu seras inconsciente, je soulèverai ta jupe, je baisserai ta culotte et, avec mon couteau, j'irai inspecter ton intérieur. Dès que j'aurai trouvé tes trompes de Fallope, je les couperai. Tu saigneras méchamment mais ça ne te tuera pas. Les hommes te découvriront sans doute avant. Mais tu ne seras jamais mère. Tu me saisis bien ? Tu n'enfanteras jamais. Fini. Bye, bye, les marmots.

Il l'entendit vider sa vessie. Elle tourna alors de l'œil et ses paupières commencèrent à battre.

– Arrête, lui lança-t-il. Réveille-toi.

Il lui pinça la joue avec force, et les yeux de la jeune femme se rouvrirent.

– Maintenant, dis-moi. Qu'est-ce que tu as trouvé ? Où est-ce que vous allez, comme ça ? Réponds et je te laisse tranquille. Tes dix secondes ont démarré.

Yola gémit de nouveau.

– Huit. Sept. Six.

– On va… à Rocamadour…

– Pourquoi ?

– Pour voir… la Vierge noire. Il y a quelque chose de caché… à ses pieds.

– Quoi ?

– On ne sait pas… Tout ce qui est écrit sur le fond du coffre, c'est que le secret des prophéties se trouve à ses pieds.

– Le fond de quel coffre ?

– Celui de ma mère. Celui qu'elle m'a donné… et qui appartenait à la fille de Nostradamus.

– C'est tout ?

– C'est tout… je vous le jure.

Bale relâcha un peu la pression sur les bras de la jeune femme. Puis il leva les yeux. Aucun signe des deux hommes. Allait-il la tuer ? Non, cela ne servait à rien. Morte ou pas, elle était déjà hors course.

Il la traîna vers le bord de la rivière et l'y poussa.

38

— J'espère vraiment que ça vaut le coup.

– Quoi ? De quoi tu parles ? Des prophéties ?

– Non, de l'asparagus.

– Sûr que ça vaut le coup. Yola cuisine très bien. Ce qu'il nous faut, maintenant, c'est un lapin.

– Et qu'est-ce que tu proposes pour trouver un lapin ?

– On peut tomber dessus. Je te dirai si j'en vois un près de la route. Mais ne l'écrase pas ; il faut juste que tu le heurtes avec l'extérieur de la roue. La chair n'aura pas aussi bon goût que lorsque c'est Dieu qui le tue, mais il sera bien quand même.

Sabir se demanda ce qu'Alexi allait proposer, maintenant. Qu'ils s'arrêtent dans la prochaine ville pour acheter un fusil ?

– Tu vois Yola ? demanda-t-il. On ferait peut-être mieux d'y aller.

– Non, répondit Alexi en se redressant. Elle est allée à la rivière ; je vais l'appeler.

Sabir retourna vers la voiture en secouant la tête. Aussi étrange que cela puisse paraître, il commençait à s'amuser. Il n'était pas tellement plus âgé que le Tzigane, mais à plusieurs reprises, ces dernières années, il s'était rendu compte que, peu à peu, son entrain, son goût pour l'absurde le quittaient. Et aujourd'hui, en voyant Alexi et Yola rester aussi insouciants et légers devant la menace que représentait la police, il sentait renaître en lui l'excitation, le frisson que procurait l'idée de l'inconnu.

— Adam !

Le cri lui parvint de derrière le bosquet d'arbres qui bordait la rivière.

Sabir laissa tomber son asparagus et se mit à courir vers la rive.

La première chose qu'il vit fut Alexi en train de se débattre dans la rivière.

— Vite, vite, Adam, je ne sais pas nager ! Elle est dans l'eau !

— Où ça ?

— En bas, devant toi ! Elle a la tête dans l'eau mais elle est encore en vie. J'ai vu son bras bouger.

Sabir se rua vers la rive et plongea dans l'eau. Il atteignit Yola du premier coup et la saisit dans ses bras.

Elle leva péniblement une main comme pour le prévenir d'un danger quelconque, mais ses yeux semblaient morts quand elle le regarda. L'Américain la serra avec force contre lui et laissa le faible courant le guider lentement vers la berge.

— On dirait qu'elle a eu une attaque, ou quelque chose de ce genre. Va vite chercher une couverture dans la voiture.

Alexi sortit de la rivière, jeta un regard rapide et inquiet sur sa cousine puis grimpa le talus en direction de leur véhicule.

Sabir allongea Yola sur le sable. Elle respirait normalement mais son visage était blanc comme un linge, et ses lèvres étaient teintes d'un violet malsain.

— Qu'est-ce qu'il y a ? s'étrangla-t-il. Qu'est-ce qui t'est arrivé ?

Pour toute réponse, elle fut soudain saisie de tremblements incontrôlables. Sabir se retourna pour voir où en était Alexi.

— Attends, ne t'inquiète pas… Alexi arrive avec une couverture. Mais tu vas devoir enlever tes habits ; tu ne peux pas les garder mouillés comme ça.

Il attendait, il espérait une explication, mais rien ne vint. Il commença à défaire le chemisier de la jeune femme.

— Ne fais pas ça ! intervint alors Alexi, de retour auprès d'eux. Elle n'aimerait pas.

– Elle est glacée, rétorqua Sabir. Et elle est en état de choc. Si on la laisse dans ces habits trempés, elle va attraper une pneumonie. Il faut l'envelopper dans la couverture et la ramener à la voiture. On mettra le chauffage au maximum, ça l'aidera à se réchauffer assez vite.

Alexi hésita.

– Je parle sérieusement, insista Sabir. Si tu ne veux pas la gêner, retourne-toi.

Il lui ôta alors son chemisier et lui descendit sa jupe le long des hanches. Pour découvrir avec stupeur qu'elle ne portait pas de sous-vêtements.

– Dieu, qu'elle est belle… souffla Alexi d'une voix étranglée en serrant toujours le plaid contre lui.

– Donne-moi ça.

– Euh… oui.

Sabir enveloppa Yola dans la couverture puis dit à Alexi :

– Maintenant, prends-lui les jambes. On la monte à la voiture avant qu'elle ne meure de froid.

39

— Vous ne pensez pas qu'il serait temps d'appeler une équipe de renfort ?

– On a quarante-cinq minutes de retard sur eux. Quel genre de renfort pourrait nous venir en aide, Macron ? Un avion de chasse ?

– Et si Œil noir frappe encore ?

– Œil noir ? sourit Calque, amusé par l'imagination débordante du jeune lieutenant. Non, il ne frappera pas.

– Comment le savez-vous ?

– Il a obtenu ce qu'il voulait. Il s'est offert plusieurs heures de liberté. Il sait que, le temps qu'on récupère…

Il hésita, chercha ses mots.

– … cette « trilatération » par GPS…

– Trilatération par GPS ?

– Trilatération… exactement… et qu'on retrouve sa voiture, il aura eu ce qu'il cherchait.

– Et qu'est-ce qu'il cherche ?

– C'est l'homme qui m'intéresse, Macron, pas ses motifs. Je laisse ce merdier aux enquêteurs et aux juges.

Il se fabriqua un oreiller avec sa veste et le cala entre sa tête et la vitre.

– Je suis en tout cas sûr d'une chose : je ne voudrais pour rien au monde être à la place de Sabir ou de la fille dans les soixante minutes qui vont suivre.

– Elle revient à elle ?

– Elle a ouvert les yeux.

– Tant mieux. Je vais m'arrêter mais en laissant le moteur tourner pour le chauffage. On va aussi abaisser les sièges arrière pour qu'elle se sente plus à l'aise.

– Qu'est-ce qu'il lui est arrivé, d'après toi ? interrogea Alexi, assis à côté de la jeune femme. Jamais je ne l'ai vue comme ça.

– Elle devait cueillir des asparagus tout près de la rivière et a dû tomber dans l'eau. Elle s'est sans doute cogné la tête ; elle a une grosse trace rouge sur la joue. Quoi qu'il en soit, elle a eu un choc, c'est sûr. L'eau était extrêmement froide ; elle ne devait pas s'y attendre.

Fronçant les sourcils, Sabir ajouta :

– Elle ne serait pas épileptique ? Ou diabétique ?

– Quoi ?

– Non, rien…

Une fois qu'ils eurent étalé les sièges arrière et confortablement installé Yola, les deux hommes enlevèrent leurs vêtements mouillés.

– Bon, Alexi, voilà ce qu'on va faire : je vais conduire pendant que tu essaies de sécher les habits devant le chauffage. Commence par ceux de Yola. Je vais mettre la soufflerie à fond. On va étouffer de chaleur mais je crois que c'est le seul moyen. Si la police surprend trois personnes nues dans un véhicule en train de rouler, il leur faudra des siècles avant de comprendre ce qu'on faisait.

Comme il passait la première pour repartir, la voix de Yola résonna derrière lui.

– Je lui ai dit…

Les deux hommes tournèrent vers elle un regard interloqué.

– Je lui ai tout dit, répéta-t-elle en s'asseyant, la couverture enroulée autour de sa taille. Je lui ai dit qu'on allait à Rocamadour. Je lui ai dit aussi pour la Vierge noire… et là où les prophéties étaient cachées…

– Qu'est-ce que tu racontes ? Tu as dit ça à qui ?

Remarquant soudain sa propre nudité, elle ramena doucement le plaid sur sa poitrine. Elle semblait penser et agir au ralenti.

– Au type… qui m'a sauté dessus. Il sentait bizarre. Comme ces insectes verts qu'on écrase et qui se mettent à sentir l'amande.

– Yola… de quoi parles-tu ? Quel homme ?

– Celui qui a tué Babel, lâcha-t-elle dans un souffle. Il me l'a dit. Il a dit qu'il me briserait le cou comme il a brisé celui de Babel.

– Seigneur Dieu…

Alexi se redressa sur son siège et lui demanda d'une voix tremblante :

– Qu'est-ce qu'il t'a fait ?

– Rien. Il n'a pas eu besoin. Ses menaces étaient assez terribles pour que je lui dise ce qu'il voulait.

Alexi ferma les yeux, lâcha un grognement et ses mâchoires se mirent à vibrer derrière ses dents serrées.

– Tu l'as vu, Yola ? Tu as vu son visage ?

– Non. Il était au-dessus de moi… et derrière. Il me bloquait les bras par terre avec ses genoux. Je ne pouvais même pas tourner la tête.

– Tu as eu raison de tout lui dire, observa Sabir. Cet homme est cinglé. Il t'aurait tuée.

Il se retourna vers le volant, démarra puis accéléra sauvagement sur la route.

– Qu'est-ce que tu fais ? interrogea Alexi d'un air inquiet.

– Qu'est-ce que je fais ? Je vais te dire ce que je fais. Grâce à Yola, on sait où va ce salaud, à présent. Alors, je vais arriver à Rocamadour avant lui. Et je vais le tuer.

– Tu es fou, Adam ?

– Je suis le *phral* de Yola, non ? Vous m'avez bien tous dit que je devais la protéger ? Que je devais venger la mort de Babel ? Eh bien, je vais le faire.

40

Achor Bale vit la lumière clignotante diminuer puis disparaître à l'extrême bord de son écran. Il se pencha et éteignit le traceur. Cette journée de travail était fort satisfaisante, tout bien considéré. Il avait pris l'initiative, et cela avait payé. C'était une bonne leçon. Ne jamais laisser l'ennemi agir seul. Le harceler. Le forcer à prendre des décisions brusques qui l'induisaient en erreur. De cette façon, on obtenait ce qu'on voulait, et raisonnablement vite.

Il regarda la carte sur le siège à côté de lui. Il lui faudrait bien trois heures pour atteindre Rocamadour. Autant attendre que la chapelle soit fermée et que le personnel soit parti dîner. Personne ne s'attendrait à ce qu'on entre par effraction dans les lieux saints – l'idée paraîtrait tellement absurde. Peut-être devrait-il en grimper les marches sur les genoux, comme le roi Henri II d'Angleterre – à ce qu'on disait, descendant de Mélusine, la fille de Satan – après que les prêtres l'eurent convaincu de faire pénitence pour le meurtre de Thomas Beckett et le pillage du sanctuaire, sacrilège perpétré par son fils décédé. Demander l'absolution. S'assurer un *nihil obstat.*

De toute façon, il n'avait tué personne, récemment. À moins que la fille ne se soit noyée, bien sûr. Ou que la femme de la voiture n'ait fini par s'asphyxier. Son mari remuait encore quand il avait une dernière fois jeté les yeux sur lui, et Samana s'était indiscutablement tué lui-même.

Ainsi, Bale avait la conscience tranquille. Il pouvait voler la Vierge noire en toute impunité.

41

— On les a retrouvés. Ils se dirigent vers Limoges.

— Excellent. Dites au central de nous donner une nouvelle lecture toutes les demi-heures ; ça nous laissera une chance de rattraper le temps perdu et de les faire réapparaître sur l'écran.

— Où croyez-vous qu'ils vont, monsieur ?

— Au bord de la mer ?

Macron se demandait s'il devait rire ou pleurer. Il était de plus en plus convaincu d'être sous les ordres d'un dément obstiné, qui brisait toutes les règles, violait tous les principes, simplement parce que cela s'accordait avec son agenda. Ils devraient être maintenant de retour à Paris, après une semaine de trente-cinq heures bien remplie, et avoir laissé la suite de l'enquête criminelle à leurs collègues du Midi. Le lieutenant pourrait être en ce moment en train de travailler son squash et sa musculation dans la salle de gym de la police. Au lieu de cela, ils vivaient de café et de repas mangés sur le pouce, avec une sieste occasionnelle à l'arrière de leur voiture. Il se sentait descendre lentement, très lentement la pente. Bien sûr, Calque, lui, s'en moquait – c'était déjà une loque.

— Le week-end approche, monsieur.

— Et alors ?

— Et alors, rien. C'était juste une observation.

— Eh bien, gardez vos observations pour l'affaire qui nous occupe. Vous êtes un fonctionnaire, Macron.

Yola émergea, toute vêtue, de derrière les buissons.

– Désolé de t'avoir déshabillée, lui lança Sabir en faisant la moue. Alexi était contre mais j'ai insisté. Je m'en excuse.

– Tu as fait ce que tu devais, Adam. Alexi m'a vue ?

– Je crois, oui.

– Eh bien, maintenant, il sait ce qu'il rate.

Sabir éclata de rire. La détermination de Yola l'étonnait. Il s'était attendu à ce qu'elle réagisse de façon hystérique, qu'elle plonge dans la déprime ou la mélancolie, secouée par le contrecoup de son agression. Mais il l'avait sous-estimée. La vie de Yola n'avait pas été jusque-là un lit de roses, et sa connaissance de la nature humaine était certainement bien meilleure que celle de Sabir. Elle savait à quel point l'homme pouvait être vil, parfois.

– Il est très contrarié. C'est pour ça qu'il est parti. Je crois qu'il se sent responsable de l'agression que tu as subie.

– Tu dois le laisser voler la Vierge.

– Pardon ?

– Alexi… c'est un excellent voleur. C'est quelque chose qu'il sait très bien faire.

– Ah, je vois.

– Tu n'as jamais rien volé ?

– Euh… non. Pas ces derniers temps.

– C'est ce que je pensais, fit-elle, songeuse. Un Gitan a le droit de voler tous les sept ans. Quelque chose d'important, s'entend.

– Qu'est-ce qui te fait dire ça ?

– Une vieille Gitane a vu le Christ porter sa Croix jusqu'à la colline du Calvaire.

– Et ?

– Et elle n'avait aucune idée de qui était cet homme. Mais, quand elle a vu son visage, elle a eu pitié de lui et a décidé de voler les clous avec lesquels on devait le crucifier. Elle a réussi à en voler un, mais, avant de pouvoir dérober le deuxième, elle s'est fait prendre. Les soldats l'ont emmenée et l'ont battue. Elle les a suppliés de l'épargner, car elle n'avait rien volé depuis sept ans. Un disciple qui l'avait entendue lui a dit : « Femme, tu es bénie. Le Sauveur te permet, à toi et aux tiens, de voler tous les sept ans, aujourd'hui et pour toujours. » Voilà pourquoi il n'y avait que trois clous pour la crucifixion ; et pourquoi, aussi, les pieds du Christ étaient croisés et non l'un à côté de l'autre, comme ils auraient dû être.

– Tu ne crois pas à toutes ces fadaises, j'espère ?

– Bien sûr que si.

– C'est pour ça que les Gitans volent ?

– Nous avons le droit. Quand Alexi dérobera la Vierge noire, il ne fera rien de mal.

– Je suis rassuré d'entendre ça. Mais moi ? Si je trouve celui qui t'a agressée et que je le tue ? J'en ai le droit ?

– Il a fait couler le sang de notre famille. Le sien doit couler aussi.

– Aussi simple que ça ?

– Ce n'est jamais simple, Adam. Tuer un homme n'est jamais simple.

42

Sabir hésita un instant devant la voiture.

– Est-ce que l'un de vous deux a son permis de conduire ?

– Non, bien sûr que non. Mais je sais conduire.

– Et toi, Yola, tu sais conduire ?

– Non.

– OK, on va faire avec. Alexi, tu prends le volant. Je dois nous trouver un autre itinéraire pour le sanctuaire. Le meurtrier de Babel connaît manifestement notre voiture – il a dû la découvrir et nous suivre depuis notre départ du camp. Maintenant qu'il croit s'être débarrassé de nous, pas question de nous faire repérer en lui passant stupidement à côté pour le doubler sur l'autoroute.

Étalant la carte devant lui, il observa :

– Oui… on dirait qu'on peut éviter Limoges et arriver à Rocamadour en passant par Tulle.

– La voiture n'a pas les bonnes vitesses.

– Si, ne t'inquiète pas. C'est juste qu'elle est automatique. Passe la première et accélère.

– La première… c'est laquelle ?

– Tu tires vers toi et tu pousses.

– Ah… voilà. Dis donc, ce n'est pas comme sur la Mercedes.

Sabir sentait le regard de Yola fixé sur eux. Il se tourna vers elle.

– Ça va ? Tu sais que tu risques de ressentir très fort le contrecoup de ce qu'il t'a fait. Ça arrive même aux costaudes comme toi.

– Ça va.

Puis son expression changea quand elle demanda :

– Adam, tu crois à l'enfer ?

– L'enfer ? Oui, j'imagine…

– Eh bien, nous, non. Les Gitans ne croient même pas que le diable, *O Beng*, soit un si mauvais homme. Nous croyons que tout le monde ira au paradis un jour. Même lui.

– Et alors ?

– Je crois que celui qui m'a agressée est mauvais, Adam. Foncièrement mauvais. Regarde ce qu'il a fait à Babel. Ce n'est pas humain de faire ça.

– Qu'est-ce que tu cherches à me dire ? Que tu es en train de changer d'avis à propos de l'enfer et du diable ?

– Non, pas ça. Mais je ne t'ai pas dit tout ce qu'il m'a dit. Je voudrais que toi et Alexi vous compreniez exactement à quel genre d'individu vous avez affaire.

– On a affaire à un maniaque criminel.

– Non, c'est pire que ça. J'ai réfléchi à tout ça : il est plus intelligent que ce qu'on croit. Il sait exactement où frapper, comment te détruire et obtenir ainsi ce qu'il veut.

– Attends, Yola, je ne saisis pas. Qu'est-ce que tu veux dire ?

– Il a dit qu'il m'assommerait. Et que, pendant que je serais inconsciente, il m'abîmerait à l'intérieur avec son couteau pour que je ne puisse plus avoir d'enfant. Que je ne puisse jamais être mère.

– Seigneur…

– Écoute, Adam. Il sait tout de nous, des Tziganes. Peut-être qu'il est même un peu tzigane lui-même. Il savait que, s'il se contentait de m'attaquer, je pouvais ne pas lui dire ce qu'il voulait savoir. Je pouvais lui mentir. Quand il a dit ce qu'il m'a dit, j'étais tellement sûre qu'il allait passer à l'acte que j'ai fait sous moi. Il aurait pu alors me faire n'importe quoi, je n'aurais même pas cherché à me débattre. Et avec Babel il a fait la même chose. Babel était vaniteux ; c'était sa plus grande faiblesse. Il était comme une femme. Il passait des heures à se regarder et à s'apprêter devant la glace. Cet homme l'a marqué au visage et nulle part ailleurs. Juste au visage. Je l'ai vu à la morgue.

– Je ne vois pas où tu veux en venir.

– Il joue sur la faiblesse des gens. C'est un être foncièrement méchant, Adam. C'est le mal incarné. Il ne se contente pas de tuer. Il détruit aussi les âmes.

– Raison de plus pour débarrasser le monde de cet être nuisible.

D'habitude, Yola trouvait réponse à tout. Mais, cette fois, elle tourna simplement la tête vers la fenêtre et resta muette.

43

— On dirait que maintenant ils ne fournissent plus de clés pour démonter les pneus avec les voitures, commenta Sabir en fouillant dans le compartiment inférieur du coffre. Je ne peux tout de même pas le frapper avec le cric ou le triangle.

– Je peux te trouver un bâton d'épines.

– Un quoi ?

– Un bâton de houx. J'en vois un, là-bas. C'est le bois le plus solide, même avant d'être séché. Si tu te balades quelque part avec un bâton, personne ne se frottera à toi. Ainsi, tu auras toujours une arme.

– Tu es vraiment un phénomène, Alexi !

Ils étaient garés sur les remparts, au-dessus du sanctuaire de Rocamadour. En contrebas se trouvaient les jardins, construits à même la roche, où se croisaient points de vue et sentiers tortueux. Quelques touristes se promenaient au hasard, histoire de passer le temps avant le dîner.

– Regarde ces projecteurs. Il faut qu'on entre avant la tombée de la nuit. Quand ils mettront ces trucs en marche, la colline entière sera éclairée comme un sapin de Noël.

– Tu crois qu'on a pu arriver avant lui ?

– On ne le saura que lorsque tu te seras faufilé dans l'église.

– Mais je ne me faufilerai pas dans l'église, renifla Alexi.

– Comment ? Tu ne vas pas te dégonfler maintenant, tout de même ?

– Me dégonfler ? Je ne comprends pas…

– Avoir la frousse.

Alexi éclata de rire et secoua la tête.

– Adam, c'est quand même simple. Entrer par effraction quelque part, c'est très difficile. Mais en sortir par effraction, ça ne pose pas de problème.

– Ah, je préfère ça.

– Alors, tu seras où, pendant ce temps ?

– Je me cacherai dehors et j'observerai. S'il débarque, je le fouetterai avec ton bâton de houx.

Il attendit une réaction de surprise… qui n'arriva pas.

– Non, je plaisante. Ne t'inquiète pas, je ne suis pas devenu fou.

– Mais qu'est-ce que tu vas faire ? demanda Alexi sans se formaliser plus que cela.

Sabir soupira. Il était encore loin de comprendre la mentalité tzigane.

– Je resterai caché à l'extérieur, comme on l'a décidé. De cette façon, je pourrai t'avertir en sifflant, quand je le verrai. Quand tu auras pris la Vierge, apporte-la à Yola dans la voiture et viens me retrouver dehors. À nous deux, on devrait réussir à lui tendre une embuscade quelque part dans le sanctuaire, là où c'est plus tranquille et où on risquera moins de tomber sur des gêneurs.

– Tu ne crois pas qu'elle va nous en vouloir ?

– Yola ? Pourquoi ?

– Non, la Vierge.

– Bon sang, Alexi, tu n'es quand même pas en train de faire marche arrière ?

– Non, non. Je vais le faire. Mais je la prierai d'abord. Je lui demanderai de me pardonner.

– C'est ça. Maintenant, va donc me couper ce bâton.

44

Alexi s'éveilla à l'instant où le gardien de nuit fermait les portes du sanctuaire. Quarante minutes plus tôt, il s'était caché derrière l'autel de la basilique Saint-Sauveur, qui, par bonheur, était orné d'un long drap blanc frangé de bleu. Après s'être prudemment couché dessous, il s'était endormi dans la minute qui avait suivi.

Pendant dix secondes de panique, il se demanda où il était. Puis il se rappela avoir trouvé refuge sous l'autel, roula adroitement sur le côté et se redressa avant de s'étirer. C'est alors qu'il réalisa qu'il n'était pas seul dans l'église.

Il se jeta par terre et chercha son couteau. Il lui fallut cinq secondes pour se souvenir qu'il l'avait balancé sur la banquette arrière de la voiture, après avoir coupé le bâton de houx pour Sabir. Et, pour la centième fois, Alexi se reprocha sa tendance atavique à négliger les détails.

Lentement, il contourna l'autel, les yeux écarquillés pour capter le peu de lumière qui restait encore dans l'église. Assis dans l'une des stalles latérales, l'étranger était penché en avant, à une quinzaine de mètres de l'endroit où lui-même se trouvait. Est-ce qu'il s'était endormi, lui aussi ? Ou alors était-il en prière ?

Tandis qu'Alexi l'observait, l'homme se leva et s'avança vers la chapelle. À sa façon de marcher, il semblait évident que lui aussi avait écouté et attendu le départ du gardien. Il actionna ensuite le loquet, ouvrit la porte et entra.

Alexi jeta un regard éperdu vers le portail de la basilique. Sabir était dehors, et aussi injoignable que s'il était enfermé derrière les grilles de la salle des coffres d'une banque. Que faire ? Que lui aurait conseillé l'Américain ?

Il ôta ses chaussures, se redressa et se dirigea à son tour vers la chapelle. Prudemment, il glissa la tête à l'intérieur.

L'homme avait allumé une lampe torche et inspectait à présent le massif présentoir de cuivre derrière lequel était exposée la Vierge noire. Sous les yeux exorbités d'Alexi, il se hissa au niveau de la niche. Mais, constatant qu'il lui était impossible de l'ouvrir, il se retourna brusquement et regarda du côté de la basilique.

Alexi se figea contre le mur, tandis que les pas de l'homme résonnaient maintenant en direction de l'église.

Sur la pointe des pieds, le Tzigane retourna se cacher derrière l'autel. Si l'intrus l'avait entendu, c'en était fini de lui. Mais, après tout, autant mourir ici, dans ces lieux saints.

Soudain, un long crissement se fit entendre sur le dallage. Alexi risqua un coup d'œil de côté et vit l'homme traîner derrière lui deux chaises provenant des stalles, vraisemblablement pour lui servir d'échelle afin d'atteindre plus facilement la statue de la Vierge.

Mettant à profit ce bruit providentiel, Alexi suivit de nouveau l'étranger dans la chapelle. Cette fois, cependant, il profita de son inattention pour s'approcher davantage de l'autel au-dessus duquel reposait la niche. Il s'allongea entre les deux bancs de devant, au plus près de l'allée centrale, s'offrant à la fois une vue sur ce qui se passait et une cachette efficace au cas où l'intrus déciderait de retourner dans la basilique chercher de quoi se hisser encore plus haut.

Ce dernier disposa les deux chaises l'une sur l'autre puis s'assura de leur stabilité. Il lâcha un petit sifflement de satisfaction et marmonna quelques paroles incompréhensibles.

Puis il fixa sa torche dans la ceinture de son pantalon et grimpa sur son échelle de fortune. *C'est le moment*, songea Alexi. Ce serait sa seule chance. S'il ratait son coup, il était mort. Il guetterait le moindre vacillement de l'homme et le renverserait.

Juché en haut de son échafaudage, celui-ci s'accrocha à l'un des deux candélabres fixés au pied de la niche et se hissa sans effort devant la vitrine.

Alexi, qui n'avait pas prévu ce soudain mouvement de côté, se retrouva donc parfaitement visible, entre le banc et la Vierge. L'homme se retourna, le regarda… et sourit.

Sans réfléchir, le Tzigane bondit, saisit l'un des deux chandeliers posés à gauche et à droite de l'autel, et le lança de toutes ses forces sur l'homme toujours perché sur ses chaises.

Le bougeoir en laiton heurta Achor Bale juste au-dessus de l'oreille droite. Il lâcha le candélabre auquel il se tenait et chuta de plus de deux mètres pour venir s'écraser sur le sol de granit. Déjà, Alexi s'était armé du second chandelier, mais il vit tout de suite que ce n'était plus nécessaire. L'étranger était hors d'état de nuire.

Il s'empressa de séparer les deux chaises et, en grognant sous l'effort, traîna le corps inerte de Bale vers celle qui se trouvait le plus près de l'autel, et le hissa dessus. Fouillant alors les poches de sa victime, il en sortit un portefeuille bourré de billets de banque ainsi qu'un petit pistolet automatique.

– Merde !…

Il empocha ses deux trophées et jeta un regard fébrile autour de lui. Ayant remarqué un peu plus tôt des rideaux damassés retenus par un épais cordon, il s'empara de celui-ci et, avec, ligota Bale au dossier de la chaise. Puis il tira l'autre chaise vers lui et y grimpa afin d'atteindre la niche où reposait la Vierge.

45

De sa cachette, de l'autre côté de la petite place qui faisait face à la basilique, Sabir perçut nettement le bruit de la chute. Il tendait désespérément l'oreille depuis qu'il avait perçu le premier raclement de chaises sur le dallage, à l'intérieur de l'édifice. Le fracas qu'il venait d'entendre, cependant, lui avait semblé beaucoup plus proche que l'endroit même où reposait la Vierge.

Il sortit à découvert et se dirigea droit vers l'entrée de la chapelle. La lourde porte en était solidement fermée. Il s'écarta du bâtiment et en observa les fenêtres. Elles étaient bien trop hautes et totalement hors d'atteinte.

– Alexi ! cria-t-il en espérant que sa voix porterait au-delà des épais murs du sanctuaire… et cependant pas plus loin que la place elle-même.

Mais c'était beaucoup demander, car la cour faisait une parfaite chambre d'écho.

Il attendit quelques instants, dans l'espoir de voir la porte s'ouvrir, puis, en grimaçant, fit une autre tentative. Mais en criant plus fort, cette fois.

– Alexi ! Tu es là ? Réponds-moi.

– Hé, vous ! Qu'est-ce que vous faites ici ?

L'air inquiet et furieux à la fois, le vieux gardien s'approcha d'un pas rapide et lâcha :

– La basilique est fermée aux touristes après vingt et une heures.

Sabir se félicita d'avoir, dans sa hâte de rejoindre le sanctuaire, oublié son bâton de houx.

– Euh… je suis franchement désolé. Je passais par là et j'ai entendu un bruit incroyable dans l'église. Je crois qu'il y a quelqu'un à l'intérieur. Vous devriez peut-être ouvrir…

Le gardien se dépêcha, soulagé de voir que Sabir paraissait plus anxieux qu'agressif.

– Un bruit, vous dites ? Vous êtes sûr ?

– Oui, comme si des gens balançaient des chaises ou quelque chose du genre. Vous croyez que ce seraient des vandales ?

– Des vandales ?

Le visage du vieil homme blêmit, comme s'il avait soudain eu un avant-goût de l'enfer.

– Mais comment se fait-il que vous vous promeniez par là ? J'ai fermé les grilles il y a dix minutes à peine.

Sabir se dit que le gardien affrontait sans doute la première vraie grande crise de sa carrière.

– Écoutez, je vais être franc avec vous : je me suis endormi. Là-bas, sur ce banc de pierre. C'était stupide, je sais. Et c'est ce bruit qui m'a réveillé. Vous devriez vraiment aller voir. Je vais vous accompagner. C'est peut-être une fausse alerte, bien sûr. C'est vous le responsable des lieux, j'imagine ?

L'homme hésita, légèrement embrouillé par la pléthore de messages différents que lui envoyait Sabir. Mais, pour finir, la peur de perdre sa situation l'emporta sur ses soupçons, et il plongea la main dans sa poche à la recherche de ses clés.

– Vous êtes bien sûr d'avoir entendu du bruit ?

– Ah, oui. Et ça venait de l'intérieur de la basilique.

À cet instant, comme pour confirmer les dires de Sabir, il y eut un autre fracas, plus fort encore, immédiatement suivi d'un cri étranglé.

Puis ce fut le silence.

Le gardien ouvrit toute grande la bouche, sa mâchoire s'affaissa d'un coup et ses yeux s'arrondirent d'une surprise inquiète. Les mains tremblantes, il inséra une clé dans la massive porte de chêne.

46

Achor Bale ouvrit les yeux. Du sang lui coulait sur le visage et jusqu'aux coins de la bouche. Il en lécha un peu, et son goût de cuivre agit sur lui comme un stimulant.

Il tourna lentement la tête pour voir comment allait sa nuque, puis ouvrit et referma les mâchoires. Rien de cassé. Rien de très grave. Il baissa alors les yeux.

Le Gitan l'avait attaché à sa chaise. Il fallait s'y attendre. Il aurait dû d'abord vérifier chaque recoin de la basilique, et non pas croire que son intervention auprès de la fille aurait suffi à les décourager. Jamais il n'aurait imaginé qu'elle puisse survivre à son plongeon dans la rivière. Tant pis pour lui… Il aurait dû la tuer tout de suite, quand l'occasion s'en présentait. Mais, d'un autre côté, pourquoi laisser des traces quand la nature pouvait faire le travail à votre place ? L'intention avait été bonne ; c'était juste le résultat qui était décevant.

Et puis les trois compères avaient fait incroyablement vite pour arriver jusqu'au sanctuaire. Il devait revoir son jugement sur Sabir. Ne plus le sous-estimer.

Bale laissa son menton retomber sur sa poitrine, comme s'il était encore inconscient. Il avait cependant les yeux grands ouverts et ne perdait pas un seul mouvement du Gitan.

Voilà qu'il redescendait maintenant de la chaise où il avait grimpé, avec la Vierge dans les mains. Sans hésitation, il renversa la statue et en scruta la base. Puis il la posa soigneusement sur le sol et se prosterna devant. Alors, il lui embrassa les pieds, y laissa un instant le front, pour ensuite le poser doucement sur l'Enfant Jésus et enfin sur les mains de la Vierge.

Bale n'en croyait pas ses yeux. Pas étonnant que ces gens continuent à se faire persécuter par tout le monde. Lui-même se sentait l'envie de les persécuter.

Le Gitan finit par se relever et regarda autour de lui. *Nous y voilà*, songea Bale. *Je me demande comment il va s'y prendre.* Avec un couteau, sans doute. Il ne le voyait pas utiliser le pistolet qu'il venait de lui dérober. Trop moderne. Trop compliqué. Il n'était peut-être même pas capable d'en comprendre le mécanisme.

Bale garda la tête sur la poitrine. *Je suis mort,* se dit-il. *Je ne respire plus. La chute m'a tué. Approche-toi, viens voir ça de près,* diddikai. *Comment résister ? Imagine quel succès tu auras en te vantant de tes exploits devant la fille. Tu impressionneras même le* gadjé. *Et tu pourras jouer les durs devant ta tribu.*

Alexi choisit cet instant pour se tourner et se diriger vers lui, s'arrêtant au passage pour ramasser l'un des deux chandeliers tombés à terre.

C'est donc comme ça que tu vas t'y prendre. Me battre à mort pendant que je suis ligoté. Sympathique. Mais, d'abord, tu dois vérifier si je suis encore vivant. Même toi, tu n'oserais pas t'en prendre à un mort. Je me trompe ?

Alexi s'arrêta devant la chaise de Bale. Puis il lui saisit la tête, la souleva et lui cracha au visage.

C'est alors que Bale recula d'un bond avec sa chaise et, des deux pieds, asséna un violent coup à son agresseur. Le Tzigane poussa un hurlement et laissa tomber le chandelier.

Bale était debout, à présent, penché en avant, la chaise en l'air, toujours fixée sur son dos, tel un escargot. Il sautilla vers le corps d'Alexi plié en deux et se jeta en arrière pour atterrir violemment sur sa tête.

Puis il roula de côté, un œil sur la porte de la chapelle, l'autre sur Alexi.

Se contorsionnant en tous sens, il parvint à prendre appui sur ses genoux, se redressa non sans mal et profita du poids de sa chaise pour se laisser entraîner en arrière et se précipiter avec violence contre un pilier. Il sentit le bois commencer à voler en éclats, et répéta cet exercice deux ou trois fois avant de le sentir se désintégrer totalement dans son dos.

Saisi de soubresauts, Alexi, quant à lui, tendait désespérément la main vers le chandelier tombé à terre.

Bale se défit du morceau de corde qui lui emprisonnait encore les épaules et se dirigea vers le Tzigane.

47

Sabir entra devant le gardien dans la chapelle. Il y faisait si sombre qu'on ne discernait rien.

Le vieil homme appuya sur quelques boutons invisibles, et l'endroit fut soudain inondé par la lumière des spots dissimulés dans les solives de la toiture. Des éclats de bois et une corde gisaient sur les dalles de granit. Alexi était là aussi, étendu par terre à quelques mètres de la Vierge noire, le visage couvert de sang. Penché sur lui, un homme lui faisait les poches.

Sabir et le gardien se figèrent. Ils virent alors l'une des mains d'Alexi émerger de sous son corps, ses doigts agrippant un pistolet. Son agresseur bondit en arrière. Le Tzigane pointait l'arme sur lui, comme s'il s'apprêtait à le tuer… mais rien ne se passa. Aucune explosion ne retentit.

L'individu recula en direction de la basilique, les yeux rivés sur Alexi et le pistolet. Au dernier moment, il regarda Sabir et sourit… avant de se passer un doigt menaçant sur la gorge.

Alexi lâcha l'arme, qui alla glisser sur le sol dans un claquement métallique. Lorsque l'Américain regarda à nouveau à l'endroit où se tenait l'homme un instant plus tôt, celui-ci avait disparu.

Sabir se jeta à genoux auprès d'Alexi, se demandant comment se sortir de cette situation. Posant théâtralement une paume sur le cœur du Tzigane, il dit au gardien :

– Il est salement blessé. Il faudrait une ambulance.

Une main crispée sur sa gorge, le vieil homme répondit :

– C'est que… les portables ne captent pas ici. On est trop près de la falaise, il n'y a pas de réception. Je vais devoir appeler de mon bureau.

Il ne bougea pas pour autant.

– Écoutez, j'ai le pistolet. Je m'occupe de ce blessé, et je m'assure qu'il n'arrive rien à la Vierge. Allez appeler la police et l'ambulance. C'est urgent.

Comme le gardien s'apprêtait à répliquer, Sabir enchaîna :

– Ou alors, c'est moi qui vais téléphoner, et vous restez ici. Tenez, voici le pistolet.

Il le lui tendit en lui présentant la crosse.

– Non, non, monsieur, ils ne sauraient pas qui vous êtes… Restez ici, j'y vais.

Sa voix tremblait et il paraissait tout près de s'évanouir.

– Faites attention dans l'escalier.

– Oui, oui, je vais faire attention. Ça va… ça va, maintenant.

– Alexi, tu m'entends ? demanda Sabir.

– Il s'est jeté sur moi avec une chaise… je crois que j'ai des dents cassées… et la mâchoire aussi. Et puis des côtes, peut-être…

– Et le reste ?

– Ça va. Je crois que je pourrai marcher.

– D'accord. On a environ trois minutes pour filer d'ici et retourner à la voiture. Tiens, prends ça.

Il lui tendit le pistolet de Bale.

– Ça ne sert à rien, il ne marche pas.

– Prends-le quand même. Et essaie de récupérer un peu pendant que j'emballe la Vierge.

– Regarde bien le socle, avant.

– Qu'est-ce que tu veux dire ?

– Il y a quelque chose d'écrit dessus. Je n'ai pas pu lire ce que c'était, mais ça a été gravé à chaud dans le bois. Exactement comme dans le coffre de Yola. C'est la première chose que j'ai regardée.

Sabir souleva la statue. Elle était nettement plus légère que ce qu'il avait cru au début. Haute d'une soixantaine de centimètres, elle était sculptée dans un bois noir et ornée de deux couronnes, l'une sur la tête de l'Enfant Jésus, l'autre sur la Vierge, qui, en outre, portait un collier d'or. Son corps était partiellement enveloppé d'un tissu qui s'ouvrait sur son sein gauche, révélant ainsi un bois plus clair. Elle était assise sur une chaise, son fils sur les genoux. Ce dernier n'avait d'ailleurs pas le visage d'un enfant mais celui d'un homme plus âgé, aux traits empreints de sagesse.

– Tu as raison. Je vais décalquer le texte.

– Pourquoi ne pas l'emporter, carrément ?

– La statue sera plus en sécurité ici que sur la route avec nous. Et puis je voudrais éviter d'avoir une fois encore la police aux trousses. Si rien n'est volé, il y a une chance qu'ils lâchent l'affaire au bout de quelques jours, après avoir interrogé le gardien, le seul témoin dont ils disposeront. On a eu ce qu'on était venus chercher. J'imagine que ce n'est en fait que le fragment d'une carte qui nous mènera jusqu'aux prophéties.

Il appliqua un morceau de papier contre le socle de la statue et, à l'aide d'un crayon, commença à retracer les contours de l'inscription.

– Je ne peux pas me lever, annonça soudain Alexi. Je suis finalement plus atteint que je ne l'aurais cru.

– Attends que j'aie fini. Je m'occupe de toi tout de suite.

– Ne t'en fais pas, Adam, articula-t-il en se forçant à rire, je n'irai nulle part.

48

Sabir s'arrêta pour reprendre son souffle. Alexi s'appuyait sur lui de tout son poids. En contrebas, ils entendaient distinctement le bruit des sirènes qui approchaient.

– Je ne suis toujours pas complètement remis de mon empoisonnement du sang. Je me sens aussi faible qu'un chaton. Je ne crois pas que je pourrai te monter tout seul là-haut.

– C'est encore loin ?

– J'aperçois la voiture, mais je ne peux pas risquer d'appeler Yola. On pourrait m'entendre.

– Laisse-moi ici et va la chercher. À vous deux, vous pourrez me traîner jusqu'à la voiture.

– Tu es sûr que ça va aller ?

– Je crois… J'ai juste avalé une de mes dents. Si je ne m'étouffe pas avec, ça ira…

Sabir laissa donc Alexi appuyé contre la palissade, au bord du chemin. Puis il rejoignit aussi vite qu'il le put le haut de la colline.

Yola attendait près de la voiture, l'air terriblement inquiète.

– Je ne savais pas quoi faire. J'ai entendu les sirènes de la police… Je ne savais pas si c'était pour vous ou pour quelqu'un d'autre.

– Alexi est blessé. On va devoir l'aider à grimper la partie la plus ardue de la pente. Tu t'en sens le courage ?

– C'est grave, ce qu'il a ?

– Il a perdu quelques dents, il a peut-être la mâchoire cassée, et sans doute aussi quelques côtes. Quelqu'un lui est tombé dessus avec une chaise.

– « Quelqu'un » ?

– Oui, ce quelqu'un-là.

– Il est mort ? Tu l'as tué ?

– Alexi a tenté de le tuer. Mais le pistolet s'est enrayé.

Quand ils furent arrivés auprès d'Alexi, Yola le saisit par les pieds et Sabir lui entoura la taille de ses bras.

– Il ne faut pas traîner, maintenant, dit-il. Dès que le gardien aura parlé à la police et leur aura dit qu'il y a un pistolet au milieu de tout ça, ce sera pour notre pomme. Ils vont boucler toute la vallée et envoyer des hommes pour quadriller les alentours. D'après ce que j'ai vu sur la carte, il n'y a que trois routes pour sortir d'ici. Et si ça se trouve, ils se sont déjà positionnés sur les deux principales.

49

— Je suis à peu près sûr que personne ne nous suit, déclara Sabir en scrutant les panneaux routiers.

Ils étaient maintenant sortis de la zone dangereuse et se trouvaient sur la N20, dont le trafic assez dense était à même de dissimuler leur passage. Dans la voiture, le soulagement était palpable, comme s'ils venaient d'éviter de justesse un grave accident.

– Comment il va ?

– Je ne crois pas qu'il ait la mâchoire cassée, répondit Yola. Mais certaines de ses côtes, oui. Maintenant, il aura l'excuse idéale pour se la couler douce.

Alexi eut envie de la renvoyer dans ses buts mais se ravisa soudain avant de fouiller dans la poche de son pantalon.

– Ha ! C'est pas possible, je l'avais ici !

– Quoi ?

– Le portefeuille. Ce fumier a réussi à me reprendre son portefeuille. Et il était plein de fric. J'aurais pu vivre comme un prince, avec ça. Et même m'offrir quelques dents en or…

– Ne regrette rien, Alexi, repartit Sabir. Le fait qu'il craigne qu'on apprenne qui il est t'a sans doute sauvé la vie. S'il n'avait pas cherché à le récupérer, il aurait eu tout le temps de te tuer avant qu'on arrive.

Mais, déjà, Alexi pensait à autre chose. Il leva la tête et montra ses dernières dents à Yola.

– Hé, l'infirmière, tu crois que je ne t'ai pas entendue me traiter de paresseux. Il n'y a pas que mes côtes, tu sais, qui me font mal. Il s'en est pris aussi à mes parties.

Assise à côté de lui à l'arrière de la voiture, Yola s'écarta de quelques centimètres.

– Ça, c'est à toi de t'en occuper. Moi, je ne m'en approche pas.

– Tu entends ça, *gadjé*? Cette femme est frigide. On ne se demande pas pourquoi personne n'a encore proposé de l'enlever.

– Tu peux faire le malin mais c'est à toi qu'il manque quelque chose, maintenant, fit-elle en ramenant ses genoux contre elle. Endommagé comme tu l'es, tu feras un très mauvais mari. Tu resteras sans doute impuissant. Les filles, elles iront voir ailleurs si elles veulent qu'on leur prenne les yeux. Ou alors elles utiliseront un concombre…

– Ce n'est pas vrai ! hurla-t-il en se penchant vers Sabir pour lui taper sur l'épaule. Ce n'est pas vrai, hein, Adam ! Que, si tu te prends un coup dans les boules, tu deviens impuissant ?

– Qu'est-ce que j'en sais, moi ? C'est possible, j'imagine. De toute façon, tu le sauras dans quelques jours.

Se tournant vers Yola, il ajouta :

– Qu'est-ce que tu voulais dire par « si elles veulent qu'on leur prenne les yeux » ?

La jeune femme baissa la tête puis regarda au-dehors. Un silence pesant s'installa entre eux.

– Ah, d'accord, j'ai compris… Écoutez, vous deux, j'ai quelque chose à vous dire. C'est important.

– On n'a pas encore mangé, rétorqua Yola.

– Quoi ?

– On ne dit jamais quelque chose d'important quand on a faim ou qu'on souffre. La faim et la douleur parlent à ta place, et ce que tu dis alors n'a aucun poids.

Sabir lâcha un soupir. OK, ils avaient gagné.

– D'accord, je m'arrête dans un restaurant.

– Un restaurant ?

– Oui. Et on ferait mieux aussi de se trouver un hôtel.

Yola se mit à rire. Alexi fit de même puis s'arrêta subitement lorsqu'il comprit la douleur que cela infligeait à ses côtes et à ses mâchoires.

– Non, Adam. On dormira dans la voiture ; il est trop tard pour arriver quelque part sans qu'on nous pose des questions. Et demain, à la première heure, on file vers Gourdon.

– Gourdon ? Pourquoi ?

– Il y a un camp de Gitans, là-bas. Un camp permanent où on pourra trouver de quoi manger et dormir décemment. J'y ai des cousins.

– Encore des cousins ?

– Ne rigole pas. Maintenant que tu es mon *phral*, ce seront tes cousins aussi.

50

Le capitaine Joris Calque n'aimait pas la télévision au petit déjeuner. En fait, il n'aimait pas la télévision, point. Mais la patronne de la chambre d'hôte où Macron et lui-même avaient trouvé à se loger semblait croire que c'était ce qu'ils désiraient. Elle se tenait même derrière eux à table, commentant chacune des nouvelles.

– J'imagine que vous, les policiers, vous êtes toujours en train de guetter un nouveau crime, non ?

Macron leva discrètement les yeux au ciel, et Calque se concentra sur son omelette au lard.

– On ne respecte plus rien, maintenant. Même pas les églises.

Le capitaine devait répondre quelque chose, sinon elle allait le prendre pour un mufle.

– Quoi ? On a cambriolé une église ?

– Non, monsieur. Bien pire que ça.

– Seigneur ! Quoi ?

À force de renifler son omelette, Macron fut saisi d'une toux subite, ce qui força leur hôtesse à lui asséner quelques tapes rédemptrices dans le dos.

– Pas une église, inspecteur.

– Capitaine…

– Capitaine. Comme je vous le disais, quelque chose de bien pire. La Vierge elle-même.

– On a volé la Vierge ?

– Non, parce qu'il y a eu intervention divine. Les voleurs ont été arrêtés dans leur élan, et punis. Ils devaient viser les bijoux qu'elle porte sur elle et la couronne du Petit Jésus. Il n'y a plus de respect, maintenant, je vous dis. Plus de respect.

– Et de quelle Vierge s'agissait-il, madame ?

– Mais… ça vient de passer à la télévision.

– Excusez-moi, je mangeais. On ne peut pas manger et regarder en même temps. Ce n'est pas bon pour la santé.

– C'était la Vierge de Rocamadour, inspecteur. La Vierge noire, elle-même.

– Et quand a eu lieu cette tentative de vol ?

– Hier soir. Après la fermeture du sanctuaire. Ils se sont même servis d'un pistolet. Heureusement, le gardien a réussi à l'arracher à l'un des voleurs – comme Jacob avec l'ange. Et c'est là qu'il y a eu une intervention miraculeuse de la Vierge ; elle a chassé les malfaiteurs.

– Une intervention miraculeuse ? répéta Macron en s'arrêtant de manger. Contre un pistolet ? À Rocamadour ? Mais, capitaine…

Calque l'interrompit d'un regard bien senti et enchaîna :

– Vous avez raison, madame. On ne respecte plus rien, maintenant. C'est bien vrai.

51

— Et cet homme prétendait faire partie du public ? Il prétendait vous aider ?

Calque essayait d'évaluer l'âge du gardien et finit par se fixer sur un bon soixante-treize ans.

– Oui, monsieur. C'est lui qui m'a averti des bruits qu'il entendait venir de la basilique.

– Et, maintenant, vous pensez qu'il faisait partie des malfaiteurs ?

– Ah, j'en suis sûr, monsieur. Je l'ai laissé s'occuper de l'autre homme avec le pistolet. Je devais aller téléphoner, vous comprenez, mais le problème, c'est que les portables qu'on nous donne ici n'ont pas de réception à cause de la falaise. Ils ne servent à rien. Chaque fois qu'on veut appeler, on est obligé de retourner dans le bureau et d'utiliser le fixe. À mon avis, c'est fait exprès pour nous empêcher de téléphoner à tort et à travers.

Il se signa comme pour se punir d'avoir eu de mauvaises pensées.

– Mais, de toute façon, ces nouvelles technologies, ça ne marche jamais. Prenez l'ordinateur de mon petit-fils, par exemple…

– Pourquoi n'ont-ils pas emporté la Vierge noire avec eux, s'ils faisaient partie du même groupe de malfaiteurs ? Ils avaient amplement le temps avant que vous ou la police ne retourniez sur les lieux.

– Le plus jeune était blessé, monsieur. Il avait le visage en sang. Je crois qu'il est tombé en essayant de dérober la Vierge.

– Oui, oui… vous avez peut-être raison. Où est la statue, maintenant ?

– Elle a retrouvé sa place au-dessus de l'autel.

– Je peux la voir ?

Le vieil homme hésita avant d'articuler :

– Ça veut dire qu'il faut retourner prendre l'échelle et…

– Mon assistant, le lieutenant Macron, va s'en charger. Nous n'allons pas vous poser de problème, je vous le promets.

– Bien, très bien… Mais, par pitié, faites très attention. C'est un miracle qu'avec tout ça elle soit encore entière.

– Vous vous êtes bien comporté. C'est grâce à vous si cette Vierge a pu être sauvée.

– Vous croyez ? Vous le pensez vraiment ?

– J'en suis convaincu, monsieur.

– Tenez, Macron, venez ici et dites-moi ce que vous faites de ça.

Calque regardait la base de la statue. Du pouce, il effleura les lettres gravées à chaud dans le bois.

Le lieutenant lui prit la Vierge des mains, l'observa et déclara :

– On dirait que ça a été fait il y a longtemps, à la façon dont le bois a foncé. À la différence des marques sur la poitrine.

– Celles-ci ont sans doute été faites à la Révolution.

– Qu'est-ce qui vous fait dire ça ?

– Ni les protestants, durant les guerres de Religion, ni nos ancêtres révolutionnaires n'aimaient les images gravées. Dans la plupart des églises de France, ils ont détruit les statues du Christ, de la Vierge et des saints. C'est ce qu'ils ont essayé de faire ici aussi. La légende dit qu'en arrachant la couche d'argent qui recouvrait la statue à l'origine, ils ont été tellement surpris par la noble beauté de leur découverte qu'ils ont laissé cette Vierge en l'état.

– Vous ne croyez tout de même pas à toutes ces bêtises.

– Ce n'est pas une question de croyance, fit le capitaine en reprenant la statue, c'est une question d'attention, Macron. L'histoire garde ses secrets au vu et au su de tous. Mais seul celui qui a des yeux pour voir et des oreilles pour entendre sait extraire l'essentiel dans le bric-à-brac qui l'entoure.

– Je ne vois vraiment pas de quoi vous parlez.

Calque soupira et dit :

– Eh bien, prenons ça en exemple, justement. C'est une statue de la Vierge à l'Enfant, vous me direz ?

– Oui.

– Et on sait que cette Vierge protège les marins. Vous voyez cette cloche, là ? Quand elle se met à tinter, ça veut dire qu'un marin a été miraculeusement sauvé par l'intervention de la Vierge, qu'une tempête va survenir ou qu'un miracle va avoir lieu.

– Ce n'est sûrement que le vent. Il y a toujours du vent avant une tempête.

Calque ne put réprimer un sourire. Il appliqua un morceau de papier contre l'inscription et en retraça les lettres avec son stylo.

– Vous voyez, Isis, déesse égyptienne, épouse et sœur d'Osiris, et sœur de Seth, était aussi connue pour sauver les marins. Elle a souvent été dépeinte assise sur un trône, avec son fils Horus sur les genoux. Horus est le dieu de la lumière, du soleil, du jour, de la vie et du bien ; et son opposé, Seth, qui était aussi l'ennemi juré d'Isis, était le dieu de la nuit, du mal, des ténèbres et de la mort. Il poussa Osiris, maître des dieux, à essayer un sarcophage superbement fabriqué, avant de l'y enfermer et de le jeter dans le Nil, où un arbre finit par croître autour de lui. Plus tard, il coupa Osiris en quatorze morceaux ; mais Isis trouva le sarcophage et, avec l'aide de Toth, réunit les morceaux éparpillés de son époux et frère, et celui-ci revint à la vie, assez longtemps pour lui donner Horus, leur fils.

– Je ne comprends pas…

– Macron, la Vierge noire, c'est Isis. L'Enfant Jésus, sur ses genoux, c'est Horus. Ce qui s'est passé, c'est que les chrétiens ont récupéré les dieux de l'Égypte ancienne pour en faire des entités davantage à la portée de nos esprits modernes.

– Modernes ?

– Osiris a été ressuscité, vous comprenez ? Il est revenu d'entre les morts. Et il avait un fils. Qui s'est opposé aux forces du mal. Ça ne vous dit rien, tout ça ?

– Euh… si, un peu.

– Jésus et Horus sont tous les deux nés dans une étable. Et leurs naissances sont toutes les deux fêtées le 25 décembre.

Les yeux de Macron commençaient à briller.

– Enfin, lâcha le capitaine avec un haussement d'épaules, voilà ce que cherchaient Sabir et votre Œil noir.

Il lui tendit le morceau de papier.

– C'est du charabia.

– Pas du tout. C'est simplement écrit à l'envers. Avec un miroir, on saura démêler tout ça.

– Comment savez-vous que c'est précisément ça qu'ils cherchaient ?

– Logique, Macron. S'ils sont entrés ici par effraction, c'est dans un but bien précis : voler la Vierge. Mais l'homme aux yeux noirs était ici, lui aussi. Ils ont pourtant réussi à l'écarter en restant, Sabir, le Gitan et le gardien, seuls dans le sanctuaire. Mais ce dernier était à la fois trop bouleversé et trop vieux pour gérer la chose tout seul, alors il a obéi à Sabir et il est reparti téléphoner dans son bureau. Les deux autres n'auraient eu aucune difficulté à emporter la statue avec eux ; elle ne fait que soixante-dix centimètres et ne pèse pratiquement rien. Eh bien, non, ils l'ont laissée là. Et pourquoi ? Parce qu'ils avaient déjà ce qu'ils étaient venus chercher. Passez-moi cette lampe torche.

– Mais c'est un indice. Il y a peut-être des empreintes dessus…

– Donnez-moi la lampe, s'il vous plaît, Macron.

Calque retourna le papier et ajouta :

– Maintenant, on va l'éclairer juste derrière l'inscription.

– Ah, malin… On n'a même pas besoin d'un miroir.

– Copiez-moi ça dans votre calepin :

Il sera ennemi et pire qu'ayeulx
Il naistra en fer, de serpente mammelle
Le rat monstre gardera son secret
Il sera mi homme et mi femelle

– Qu'est-ce que ça veut dire ?…

– Vous ne comprenez pas le français ?

– Si, bien sûr.

– Alors, vous savez déchiffrer ça.

– Euh… *Il sera ennemi et pire que…*

– … *que personne avant lui.*

– *Il naîtra dans le fer…*

– … *dans l'enfer*, Macron. L'enfer… Ignorez le fait que le mot a été coupé en deux. On ne naît pas du fer, ni dans le fer.

– Dans l'enfer, d'accord. *Avec les seins d'un serpent…*

– … *il tétera au sein d'un serpent.*

Macron souffla lourdement, comme s'il venait de soulever des haltères. Puis il enchaîna :

– *Le rat monstrueux cachera son secret…*

– Continuez.

– *Il sera moitié homme, moitié femme.*

– Excellent. Mais la dernière ligne peut aussi être interprétée comme ça : *Il ne sera ni homme ni femme.*

– Comment pouvez-vous dire ça ?

– À cause de l'indication donnée à la première ligne : l'usage du terme *ennemi.* Ça implique que, lorsque *mi* réapparaît à la dernière ligne, le *m* doit être changé en *n.*

– Vous plaisantez ?

– Vous ne faites jamais de mots croisés ?

– Ils n'avaient pas de mots croisés, au Moyen Âge.

– Ils avaient mieux que ça. Ils avaient la cabale. C'était une pratique normale que de déguiser ou codifier un mot en en utilisant un autre. C'est exactement ce que l'auteur a fait à la ligne trois, avec *rat monstre*. C'est une anagramme. On le sait parce que les deux mots sont suivis du mot *secret*, qui agit comme une flèche, une indication. Comme dans les mots croisés, une fois de plus.

– Comment savez-vous tout ça ?

– C'est une petite chose appelée l'éducation classique. Liée à une autre petite chose appelée bon sens. Deux éléments qu'on a manifestement oublié de vous enseigner, dans votre école à Marseille.

Macron laissa l'insulte lui passer au-dessus de la tête. Pour une fois, il se sentait plus intéressé par l'affaire qui l'occupait que par lui-même.

– Qui a écrit ça, d'après vous ? Et pourquoi ces maniaques louchent-ils dessus ?

– Vous voulez que je vous dise le fond de ma pensée ?

– Oui.

– C'est le diable.

– Vous… vous n'êtes pas sérieux ?

Calque plia le papier en quatre et le glissa dans sa poche.

– Bien sûr que non. Le diable ne s'occupe pas d'écrire des billets doux aux gens, Macron. L'enfer arrive toujours par livraison express.

52

Yola se redressa sur son siège.

– Regardez, il va y avoir un mariage. Je vais devoir laver et repriser vos habits. Vous ne pouvez pas apparaître en public comme ça. Et il va falloir vous trouver une veste et une cravate.

– Mes habits sont très bien comme ça, merci, répliqua Sabir en se tournant vers elle. Et puis comment sais-tu qu'il va y avoir un mariage ? On n'est même pas encore arrivés au camp.

Étalé sur la banquette arrière, sa tête bandée calée contre la fenêtre, Alexi laissa échapper un grognement.

– Vous, les *gadjés*, vous êtes aveugles, ou quoi ? On a déjà dépassé quatre caravanes, en route. Tu croyais qu'elles allaient où ?

– À un enterrement. Ou à un de vos Kriss, je ne sais pas ?

– Tu as vu le visage des femmes ?

– Non.

– Eh bien, si, pour une fois, tu te servais de tes yeux – comme un Tzigane –, tu aurais vu que ces femmes étaient joyeuses, pas tristes.

Il se passa un doigt dans la bouche pour y tester la nouvelle disposition de ses dents.

– Tu aurais cinquante euros sur toi ?

Sabir reporta son attention sur la route.

– Ça sera loin d'être assez pour t'acheter une nouvelle série de dents en or.

– Tu les as ou pas ? insista Alexi en grimaçant.

– Oui.

– Alors, donne-les-moi. Je vais devoir payer quelqu'un pour qu'il surveille la voiture.

– Qu'est-ce que tu veux dire ?

– Ce que je viens de te dire. Si tu ne paies pas quelqu'un pour la surveiller, quelqu'un d'autre se chargera de la dépouiller. Ces gens-là, ce sont des voleurs, tu sais.

– Comment, « ces gens-là » ? Ce sont les tiens, que je sache.

– Je sais. C'est pour ça que je dis que ce sont des voleurs.

On avait installé Sabir et Alexi dans le coin de la caravane d'un « cousin » d'Alexi. Celui-ci récupérait un peu, allongé sur le seul lit existant, tandis que l'Américain était assis par terre, à ses pieds.

– Montre-moi le pistolet, Alexi, lui dit-il. Je voudrais regarder pourquoi il a fait long feu.

– Long feu ? Autant dire qu'il n'a pas fait feu du tout. Sinon je l'aurais eu. Je lui aurais éclaté la tête.

– Tu sais qu'il y a un cran de sûreté, dessus ?

– Bien sûr que je le sais. Tu me prends pour un abruti ?

– Et la culasse, tu connais ?

– La culasse ? Quelle culasse ?

– Ah… soupira Sabir. Avant de tirer avec un automatique, tu dois ramener la culasse en arrière. En langage militaire, ça s'appelle charger et approvisionner.

– Putain ! Je croyais que ça marchait comme un revolver.

– Il n'y a que les revolvers qui marchent comme des revolvers, Alexi. Tiens, essaie.

Le Tzigane s'empara de l'arme et imita les gestes de Sabir.

– Hé, c'est facile, en fait.

– D'accord, mais arrête de le pointer sur moi.

– C'est bon, Adam, je ne vais pas te tirer dessus. Je ne déteste pas les *gadjés* à ce point.

– Heureux de te l'entendre dire… Mais, dis-moi, où est partie Yola ?

– Elle est allée retrouver les femmes.

– Comment ça ?

– Ça veut dire que, pendant un bout de temps, on ne la verra pas beaucoup. Pas autant que quand on est en voiture, par exemple.

– Je ne comprends rien à ces coutumes tziganes, ce besoin de toujours séparer les hommes des femmes. Et qu'est-ce que c'est que ces histoires d'impureté, de pollution de personnes ? Comment a-t-elle appelé ça ? *Mah…* quelque chose comme ça.

– *Mahrimé.*

– C'est ça.

– C'est normal. Il y a des choses qui polluent, et des choses qui ne polluent pas.

– Comme les hérissons.

– Oui, les hérissons sont propres. Les chevaux aussi. Ils ne se lèchent pas les parties génitales. Les chiens et les chats, eux, sont sales.

– Et les femmes ?

– Elles ne font pas ça, non plus. Qu'est-ce que tu imagines ? Qu'elles sont contorsionnistes ?

Sabir frappa du poing le dessous de la chaussure du Tzigane.

– Je suis sérieux, Alexi. Je voudrais savoir.

– C'est compliqué. Une femme peut souiller quand elle saigne. Ces jours-là, elle ne peut pas tenir dans ses bras le bébé d'une autre, par exemple. Ni toucher un homme, faire la cuisine ou passer le balai. Elle ne peut pas faire grand-chose, en fait. C'est pour ça qu'une femme ne doit jamais se trouver au-dessus d'un homme. Dans un lit superposé, j'entends. Ou dans une maison. Il serait pollué.

– Miséricorde !…

– Je t'assure, Adam. Et, à l'époque de mon père, c'était pire encore. Les hommes tziganes ne pouvaient pas traverser Paris en métro, parce qu'une femme risquait alors de se trouver au-dessus d'eux, dans la rue. La nourriture devait être placée à l'extérieur de la maison, au cas où une femme marcherait à l'étage au-dessus d'elle, ou la toucherait avec sa robe.

– Tu n'es pas sérieux ?

– Je suis très sérieux. Et pourquoi crois-tu que Yola m'a demandé d'être dans la pièce avec toi quand elle t'a montré le coffre ?

– Parce qu'elle voulait t'impliquer aussi ?

– Non. Parce que ce n'est pas bien pour une femme non mariée de se trouver seule dans une pièce où il y a un lit, en compagnie d'un homme qui n'est ni son frère ni son père. Et puis tu étais un *gadjé*, ça faisait de toi un *mahrimé*.

– C'est pour ça que la vieille femme, dans le camp, ne voulait pas manger avec moi ?

– Tu as tout compris. Elle t'aurait souillé.

– Elle m'aurait souillé, *moi* ? Mais je pensais que c'était *moi* qui l'aurais souillée.

– Non, je me suis trompé, lâcha Alexi avec une grimace. Finalement, tu n'as pas compris.

– Et ces jupes longues que portent les femmes… Pourtant Yola n'a pas hésité à se montrer seins nus en public, lors de l'enterrement de son frère.

– Les seins, c'est pour nourrir les bébés.

– Oui, je sais, merci…

– En revanche, une femme ne doit pas montrer ses genoux. Ce n'est pas correct. C'est à elle de ne pas enflammer les sens de son beau-père, ou des hommes autres que son mari. Et les genoux peuvent faire ça.

– Et toutes les femmes, ici, en France ? Vous en voyez tout le temps, dans la rue. Elles ne se gênent pas pour se montrer, elles.

– Mais ce sont des *payos*. Ou des *gadjés*. Elles ne comptent pas.

– Oh… d'accord.

– Maintenant que tu es l'un de nous, Adam, tu comptes, toi aussi. Pas autant qu'un vrai Tzigane, peut-être. Mais tu comptes.

– Merci, tu me rassures.

– Peut-être même qu'on te trouvera une femme, un jour. Quelqu'un de très laid, que personne d'autre ne voudra.

– Va te faire foutre, Alexi.

53

— Il y a un mariage qui se prépare.

– Un mariage ? répéta Calque en levant les yeux du livre de bibliothèque qu'il était en train de consulter.

– Oui. J'ai parlé au chef de la gendarmerie de Gourdon, comme vous me l'avez demandé. Il y a des caravanes qui arrivent depuis trois jours. Ils ont envoyé sur place deux officiers de plus, au cas où il y aurait des troubles. Des cas d'ivresse, des altercations avec les habitants, ce genre de choses.

– Et du côté de notre trio, du mouvement ?

– Pas pour l'instant. J'imagine qu'ils resteront ici pendant toute la durée du rassemblement. Surtout si l'un d'eux est blessé. Leur voiture est garée aux abords du camp. Ils sont complètement givrés. Une Audi toute neuve dans cet endroit ! Autant agiter une petite culotte devant un ado en rut.

– Macron, votre métaphore manque quelque peu d'élégance, vous ne trouvez pas ?

– Si… désolé, monsieur.

Le lieutenant chercha quelque chose de neutre à dire, le moyen de manifester sans trop de violence sa hargne devant la situation dans laquelle les mettait Calque.

– Qu'est-ce que vous faites, monsieur ?

– J'essaie de décoder cette anagramme. D'abord, j'ai pensé que *rat monstre* n'était que l'anagramme de *monastère*, et que ça signifiait que ce que cherchent ces gens est caché dans un monastère.

– Mais il n'y a pas assez de lettres pour ça. Regardez, il y a trop de *t*, et pas assez de *e*.

– Je sais, s'agaça le capitaine. Je l'ai bien compris. Mais j'imaginais raisonnablement que l'auteur de ce quatrain pouvait avoir utilisé une orthographe ancienne – *monastter*, par exemple. Ou *montaster*.

– Et ce n'est pas ça ?

– Non. Alors je cherche dans ce livre d'autres sites en France où il y aurait exposée une Vierge noire. Peut-être que, de cette façon, on y arrivera.

– Mais pourquoi spécialement en France ?

– Qu'est-ce que vous voulez dire, Macron ?

– Pourquoi l'endroit où se cache ce secret devrait-il être en France ? Pourquoi pas en Espagne ?

– Expliquez-vous.

– Ma mère est très catholique, monsieur. Plus que très catholique, je dirais. Quand j'étais gosse, elle nous emmenait souvent à Barcelone, par le train. L'*Estérel*. C'était son idée pour nous sortir un peu.

– Venez-en au fait, Macron. Je n'ai pas vraiment le temps d'écouter l'histoire de vos vacances d'enfant heureux, pour le moment.

– Je sais, monsieur. J'en arrive à ce que je voudrais vous dire. Près de Barcelone, pas loin de Terrassa, se trouve l'un des lieux saints les plus vénérés d'Espagne. Ça s'appelle Montserrat. Je ne me souviens pas s'il y a une Vierge noire, là-bas, mais c'est l'un des foyers spirituels des jésuites. Saint Ignace de Loyola y a accroché son armure après avoir décidé de se faire moine. Ma mère aime particulièrement les jésuites, vous savez.

Calque se cala contre le dossier de sa chaise et lâcha :

– Macron, pour une fois, vous avez réussi à me surprendre. Peut-être qu'on arrivera à faire de vous un inspecteur, finalement.

Feuilletant à nouveau son livre, il déclara :

– Voilà. Montserrat. Et il y a deux T, dans le mot. Bravo. Et il y a une Vierge noire, aussi. Écoutez :

La vénération de la Vierge de Montserrat, autrement connue sous le nom de la Moreneta, ou la Petite Noire, remonte à l'année 888, lorsqu'elle a été découverte, cachée dans la sierra de Montserrat, par un groupe de bergers, et protégée par une nuée d'anges. Sculptée par saint Luc, la statue aurait été rapportée de Jérusalem à Montserrat par saint Pierre, où elle est restée durant plusieurs siècles. Peu après cette découverte, l'évêque de Manresa a essayé de déplacer la statue mais elle est restée fermement en place. Le comte de Barcelone devint son premier protecteur, et son fils lui a dédié une chapelle en 932, un don sanctifié par le roi Lothaire de France, en 982. Montserrat est aujourd'hui un centre de pèlerinage et de promulgation du nationalisme catalan. Des couples mariés y viennent de toute l'Espagne afin de faire bénir leur union par la Vierge, car, comme le dit l'adage : No es ben casat qui no dun la done a Montserrat – *« Un homme n'est pas bien marié tant qu'il n'a pas emmené son épouse à Montserrat. » On dit aussi que la chapelle actuelle fut un jour un autel dédié à Vénus, déesse de la beauté, mère de l'amour, reine du rire, maîtresse des grâces et des plaisirs, et patronne des courtisans.*

Le capitaine frappa dans ses mains.

– Vénus, Macron ! Enfin, on arrive à quelque chose. Vous vous souvenez de la fin du quatrain ? *Il ne sera ni homme ni femme.*

– Quel est le rapport avec Vénus ?

– Vénus était aussi appelée Cypria, d'après l'île de Chypre, où l'on a construit le premier temple en son honneur. Il y avait une statue très connue, là-bas, où elle était représentée avec une barbe et portant un sceptre. Toutefois – et voici le lien avec notre vers – la Cypria, malgré son apparence masculine, avait le corps d'une femme et portait des vêtements féminins. Catulle, quand il vit la statue, l'appela même la *duplex*

Amathusia. En d'autres termes, elle est hermaphrodite, comme son fils.

– Hermaphrodite ?

– Oui. Mi-homme, mi-femme. Ou ni l'un ni l'autre, si vous préférez.

– Et quel est le rapport avec notre Vierge noire ?

– Le rapport, le voilà. *Primo*, ça confirme que vous aviez raison, c'est bien Montserrat – excellent travail, Macron. *Secundo*, ajouté à l'inscription gravée à sa base, ça ne fait que réaffirmer le lien entre la Vierge noire de Montserrat et celle de Rocamadour.

– Qu'est-ce qui vous fait dire ça ?

– Vous vous rappelez le visage de la Vierge de Rocamadour et celui de son fils ? Regardez, en voici une photo.

– Eh bien, c'est juste une statue.

– Macron, servez-vous de vos yeux. Les deux visages sont semblables. Interchangeables. Chacun d'eux pourrait être masculin ou féminin.

– Là, je suis paumé. Je ne vois carrément pas ce que tout ça a à voir avec notre meurtre.

– Pour être franc, moi non plus. Mais je suis d'accord avec vous quant au mariage. Je crois que les Gitans vont rester ici tout le temps de la célébration et soigner leurs blessures. Sabir, c'est une autre histoire, bien sûr. Et, là où il va, Œil noir ira aussi. On va donc se retrouver aux avant-postes, pour une fois. Macron, on va s'offrir une petite sortie éducative.

– Une sortie éducative ?… Où ça ?

– On va renouer connaissance avec les lieux de votre enfance. On va en Espagne. À Montserrat. Rendre visite à une dame.

54

Achor Bale regardait le jeune et nouveau vigile inciter son chien à renifler chaque recoin de la basilique Saint-Sauveur. Les responsables des lieux saints de Rocamadour n'avaient pas attendu pour engager de nouvelles recrues. Mais cela pouvait s'avérer être un travail abrutissant. Combien de chances y avait-il qu'un malfaiteur revienne sur les lieux de son crime le soir même d'une tentative de cambriolage ? Une contre un million ? Un peu plus, peut-être. Bale s'approcha du bord de la tribune où trônait l'orgue. Encore une minute, et l'homme se trouverait directement sous lui.

Cela avait été pour lui un jeu d'enfant que de rallumer le traceur et de suivre Sabir et les deux Gitans jusqu'à Gourdon. En fait, il avait même été fortement tenté de les piéger, cette première nuit, pendant qu'ils dormaient dans leur voiture. Mais ils avaient choisi un endroit particulièrement malcommode, au beau milieu d'un bourg animé, à la périphérie de la Bouriane – un lieu truffé de caméras de sécurité et de policiers zélés qui ne demandaient qu'à s'occuper des ivrognes en goguette ou de jeunes fermiers un peu trop énervés.

Bale avait pris sa décision lorsqu'il avait entendu à la radio que les voleurs n'avaient pas emporté la Vierge avec eux. Et pourquoi cela ? Pourquoi ne l'avaient-ils pas volée ? Ils avaient son pistolet. Et le gardien des lieux avait déjà un pied dans la tombe. Bale avait bien vu le Gitan lorgner la base de la statue avant de se livrer à son cérémonial religieux – ce qui voulait dire qu'il y avait quelque chose d'écrit à cet endroit, comme la fille l'avait laissé entendre, devant la rivière. Quelque chose que Bale devait absolument découvrir.

Le vigile zigzaguait à présent entre les bancs, poussant son chien en avant à l'aide de brefs sifflements cadencés. À voir ainsi le zèle qu'il montrait pour son nouveau métier, on aurait pu jurer qu'il était filmé. Il y avait longtemps que n'importe quel humain normalement constitué se serait arrêté pour s'octroyer une pause cigarette. Celui-ci, il allait falloir le pousser dehors. Et son chien avec lui, bien entendu.

Bale lâcha le chandelier juste au-dessus de la tête de l'homme, compta jusqu'à trois et se précipita en bas. Comme il l'avait prévu, le vigile s'était laissé complètement duper. Entendant le bruit du chandelier, il s'était aussitôt détourné de l'orgue, pour braquer sa torche sur l'objet qui venait de tomber devant lui.

Le pied de Bale l'atteignit à la base de la nuque. Il fit un bond en avant et atterrit lourdement sur le sol dallé, projeté par tout le poids du corps de Bale sautant de deux mètres de haut. Il aurait aussi bien pu tomber d'une échelle, une corde nouée autour du cou.

Bale perçut le craquement de la colonne vertébrale puis se tourna vers le chien, dont la laisse tressée tenait encore dans la main de son maître mort. L'animal recula instinctivement puis se tapit avant de bondir en avant. Bale empoigna alors la laisse et la balança de gauche à droite, comme un joueur de base-ball avec sa batte avant de tirer. Le chien décolla, propulsé à la fois par son élan et par la force centrifuge de la laisse qui le faisait tournoyer.

Soudain, Bale lâcha la lanière de cuir, et l'animal se vit précipité en travers de la basilique comme un marteau qu'aurait lancé un athlète. Il alla frapper le mur de pierre de l'édifice, tomba à terre et poussa un hurlement de douleur. Sans lui laisser le temps de donner l'alarme, Bale se jeta sur lui et lui martela la tête.

Puis il demeura un instant sans bouger, la bouche et les oreilles grandes ouvertes, guettant le moindre bruit, le moindre mouvement à l'entrée de la basilique. Enfin, comprenant que personne n'avait rien entendu, il sortit du sanctuaire.

55

Sabir remonta vivement la couverture sur ses hanches. Il lui arrivait parfois de souhaiter que Yola perde cette habitude de faire ainsi irruption sans prévenir dans la chambre des autres. Un peu plus tôt cet après-midi, elle avait emporté leurs habits à la laverie automatique, les laissant tous deux enveloppés dans leur couverture, telles les victimes d'un naufrage, et forcés de faire une sieste qui commençait à s'éterniser.

Et voilà que Sabir cherchait maintenant quelque chose de tout à fait banal à dire pour dissimuler son embarras.

– Ça y est, j'ai trouvé une autre énigme à te proposer. Vicieuse, celle-là, je te préviens. Tu es prête ?

– Vas-y.

– Qu'est-ce qui est mieux que Dieu et pire que le diable ? Les pauvres en ont, les riches en manquent. Et, si tu en manges, tu meurs.

– C'est « rien », bien sûr, répondit la jeune femme sur un ton tranquille.

Sabir se laissa retomber le dos contre le mur et lâcha :

– Bon sang, comment as-tu trouvé si vite ? Il m'a fallu plus d'une heure pour la trouver quand le fils de mon cousin me l'a posée.

– Mais ça paraît évident, Adam. J'ai compris tout de suite, quand tu m'as demandé ce qui était plus grand que Dieu. Rien n'est plus grand que Dieu. Le reste tombe sous le sens quand tu le comprends.

– Oui, moi aussi j'ai pensé ça, mais je n'ai pas cru que ça pouvait être la réponse. J'étais juste indigné qu'on puisse imaginer qu'il existait quelque chose de plus grand que Dieu.

– Tu es un homme, Adam. Les hommes naissent en colère ; c'est pour ça qu'ils se croient obligés de rire de tout, de s'attaquer à tout ou de se comporter comme des enfants. S'ils ne le faisaient pas, ils deviendraient fous.

– Merci, c'est agréable à entendre. Maintenant, je sais d'où me vient mon sens de l'humour.

Yola s'était entièrement changée. Elle portait à présent un chemisier à fleurs rouges, boutonné jusqu'au cou, et une jupe verte qui lui moulait les hanches, se terminait par un ourlet évasé à la hauteur des genoux et était serrée à la taille par une large ceinture de cuir ornée de minuscules miroirs. Elle portait aussi des sandales à haut talon, nouées sur les chevilles. Ses cheveux étaient partiellement relevés, comme lors du Kriss.

– Pourquoi ne portes-tu jamais de bijoux, comme certaines des autres femmes ?

– Parce que je suis vierge et pas encore mariée.

Yola jeta un regard lourd à Alexi, qui trouva le moyen de l'ignorer.

– Ce ne serait pas correct de rivaliser avec une épouse et ses cousines mariées.

Elle étendit deux séries de vêtements sur le lit, près des pieds d'Alexi.

– Tes habits sont encore humides. Je te les apporterai quand ils seront prêts. Mais je t'ai trouvé deux costumes et deux cravates. Et des chemises, aussi. Ça devrait t'aller. Demain, au mariage, il te faudra avoir de l'argent sur toi – des billets – pour les donner à la mariée. Tu devras les épingler sur sa robe avec ceci.

Elle lui tendit une épingle à nourrice.

– Euh, Adam…

– Ne me dis rien, Alexi, j'ai compris : tu dois m'emprunter de l'argent.

– Il n'y a pas que moi. Yola en a besoin aussi. Mais elle est trop fière pour le demander.

Yola tapa dans ses mains d'un air agacé puis demanda à Sabir :

– Qu'est-ce que tu allais nous dire, dans la voiture, quand je t'en ai empêché ?

– Je ne comprends pas…

– Tu as prétendu avoir quelque chose d'important à nous dire. On est rassasiés, on est reposés ; à présent, tu peux parler.

Il fallait bien que ça arrive, songea l'Américain. *Je devrais pourtant le savoir, maintenant ; Yola ne laisse jamais tomber tant qu'elle n'est pas allée au fond de la question.*

– Je crois que vous devriez tous les deux rester ici. Pour l'instant, du moins.

– Pourquoi ?

– Alexi est blessé, il a besoin de récupérer. Et toi, Yola… Eh bien, tu as subi un choc terrible.

Saisissant alors son portefeuille, il poursuivit :

– J'ai réussi à interpréter l'inscription qui figure à la base de la statue de la Vierge noire.

Il sortit un papier chiffonné et le lissa sur son genou.

– Je crois que ça se réfère à Montserrat. C'est un endroit en Espagne, sur les collines qui dominent Barcelone. En tout cas pour l'essentiel de ce que je comprends.

– Tu crois qu'on perd notre temps, c'est ça ? C'est pour ça que tu ne veux pas qu'on vienne avec toi ? Tu penses que cet homme va réapparaître et s'en prendre à nous si on continue à être sur son chemin ? S'en prendre à nous de façon pire encore ?

– Je pense qu'on s'est lancés sur une fausse piste dangereuse, oui. Écoute, Nostradamus, tes ancêtres ou je ne sais qui encore ont gravé ces mots aux pieds de cette Vierge – ils auraient aussi pu les graver sur une cinquantaine d'autres statues de la Vierge dans le pays. Les choses à l'époque étaient plus instables qu'aujourd'hui. Les gens faisaient des pèlerinages partout dans le monde. Pas besoin d'être un génie pour comprendre que quatre-vingts pour cent des statues de la Vierge qui existaient alors ont probablement disparu, victimes de dizaines de guerres de religion. Sans même parler de la Révolution, des deux guerres mondiales, et de la guerre avec l'Allemagne de 1870. Ceux de ton peuple étaient des nomades, Yola. Bien plus qu'ils ne le sont aujourd'hui. Ils passaient leur temps à éviter les armées, et non à aller vers elles. Il y a de fortes chances pour que, si on trouve des inscriptions aux pieds de la Vierge de Montserrat, cela nous mène autre part. Et encore plus loin, ensuite. Pour apprendre en fin de compte que les prophéties, ou quoi que nous cherchions, ont depuis longtemps disparu.

– Alors, pourquoi cet homme nous a-t-il suivis ? Qu'est-ce qu'il veut ?

– Je pense qu'il est fou. Il s'imagine qu'il y a de l'argent caché derrière tout ça et il ne peut se résoudre à le laisser filer.

– Non, ce n'est pas ça que tu penses.

– Non, tu as raison, avoua-t-il en secouant la tête.

– Alors pourquoi nous dis-tu tout ça ? Tu ne nous aimes plus ?

Il se sentit un instant dérouté.

– Bien sûr que je vous aime. Ces derniers jours… enfin… m'ont donné l'impression d'être des années. Comme si on avait toujours été ensemble. Je ne sais pas comment expliquer ça…

– Parce qu'on s'était rencontrés avant ? C'est ce que tu veux dire ?

– Rencontrés avant ? Non. Je n'ai…

– Alexi t'a dit que j'étais *hexi.* Ça veut dire que, parfois, je sais les choses. Je les sens. Ça a été le cas avec toi. J'ai tout de suite senti que tu étais franc avec moi. Que tu n'avais pas tué Babel. J'ai lutté contre cette idée, mais mon instinct m'a assuré que j'avais raison. Alexi l'a senti aussi.

Elle jeta un regard furtif vers le lit où était allongé le Tzigane.

– Lui n'est pas *hexi*, en revanche. Ce n'est qu'un stupide Gitan.

Alexi lui répliqua par un geste furieux, mais le cœur n'y était pas. Il la regardait intensément, buvait ses paroles.

– Nous, les Tziganes, sentons les choses plus fort que les *gadjés* et les *payos*. Nous savons écouter les voix qui parlent en nous. Parfois, elles nous induisent en erreur, comme elles l'ont fait avec Babel. Mais, la plupart du temps, elles ont raison.

– Et que te disent-elles, en ce moment ?

– De te suivre, partout où tu iras.

– Yola, cet homme est dangereux. Regarde ce qu'il vous a fait, à toi et à Babel. Il aurait tué Alexi, aussi, si on lui en avait laissé le temps.

– Tu allais partir sans nous. T'enfuir en pleine nuit. Comme un voleur. N'est-ce pas ?

– Bien sûr que non, protesta Sabir sans conviction.

Il sentait le mensonge lui colorer le visage, étouffer ses paroles.

– Écoute-moi, Adam. Tu es le *phral* de Babel. Il a mêlé son sang au tien. Ça veut dire que nous sommes frères, tous les trois. Frères de sang aussi bien que frères devant la loi. On va donc aller à ce mariage. Ensemble. On va y être heureux, joyeux, et se rappeler ce que la vie sur cette Terre signifie vraiment. Puis, le matin venu, tu nous diras si tu veux qu'on vienne avec toi ou pas. J'ai une dette envers toi, maintenant. Tu es mon frère, le chef de ma famille. Si tu me dis de ne pas venir, j'obéirai. Mais tu me déchireras le cœur si tu pars seul. Et Alexi t'aime comme un frère. Il sera triste et pleurera de savoir que tu ne lui fais pas confiance.

Celui-ci affichait un air sinistre, sans doute à cause de la peine qu'il ressentait, mais un peu aussi à cause des dents qui lui manquaient.

– D'accord, Alexi, lui dit Sabir en se levant, tu n'as pas besoin d'en faire des tonnes. Maintenant que vous avez tous les deux décidé de ce que nous devons faire, Yola, peux-tu, s'il te plaît, me dire où je pourrais faire ma toilette et me raser ?

— Suis-moi dehors, je vais te montrer.

Il s'apprêtait à proposer à Alexi de se joindre à eux, mais un regard lourd de sens de la jeune femme l'arrêta. Utilisant sa couverture comme une toge romaine, il suivit Yola à l'extérieur.

Les mains sur les hanches, elle balaya le camp du regard.

— Tu vois cet homme, là-bas ? Le blond qui nous observe, assis sur les marches de la caravane flambant neuve ?

— Oui.

— Il veut m'enlever.

— Yola…

— Il s'appelle Gavril. Il hait Alexi car le père d'Alexi était un chef et a promulgué un arrêt qui a conduit sa famille à l'exil.

— À l'exil ?

— C'est quand une personne est bannie de la tribu. Gavril est furieux aussi d'être blond et enfant unique. Les gens disent qu'il a été enlevé à une femme *gadjé*. Que sa mère ne pouvait pas avoir d'enfant et que son père aurait donc fait cette terrible chose. Voilà pourquoi il est doublement en colère.

— Et il veut quand même t'enlever ?

— Je ne l'intéresse pas vraiment. Mais il me harcèle pour que je le suive, parce qu'il sait que ça rend Alexi fou de rage. J'espérais qu'il ne serait pas ici. Mais il est là… Et il sera trop content de voir qu'Alexi est blessé, qu'il a perdu des dents et ne peut se permettre de les remplacer.

Sabir sentit que le peu de certitudes qu'il avait commençaient subtilement à changer de forme. Mais ce sentiment ne lui était plus étranger, à présent. Et il en arrivait presque à l'aimer.

— Et que voudrais-tu que je fasse à son propos, exactement ?

— Je voudrais que tu veilles sur Alexi. Ne t'éloigne pas de lui. Empêche-le de boire trop. Dans nos mariages, les hommes et les femmes sont séparés, la plupart du temps, et je ne serai pas à même de le protéger. Cet homme, Gavril, est dangereux pour nous. Tu es le cousin d'Alexi. Une fois que tu auras été présenté au chef, ici, et officiellement invité au mariage, les gens cesseront de te regarder, et tu pourras te mêler plus facilement à nous tous. Personne n'osera te dénoncer. Alors qu'en ce moment, tu détonnes autant qu'un albinos.

– Yola, je peux te poser une question ?

– Oui.

– Pourquoi est-ce que tout paraît si compliqué avec vous tous ?

56

Le capitaine Bartolomeo Villada y Lluçanes, de la *policia local de Catalunya*, offrit à Calque une cigarette turque dans la boîte en ambre qu'il conservait dans un tiroir spécial de son bureau.

– Est-ce que j'ai l'air d'un fumeur ?

– Oui.

– Vous avez raison, je fume. Mais mon docteur m'a conseillé d'arrêter.

– Il fume, votre docteur ?

– Oui.

– Et votre assistant ?

– Probablement.

– Très bien, donc.

Calque prit une cigarette, l'alluma et tira une longue bouffée.

– Comment se fait-il qu'une chose qui, à la longue, peut vous tuer, puisse aussi vous donner tant de plaisir ?

– C'est ce que les philosophes appellent un paradoxe, soupira Villada. Quand Dieu nous a créés, il a décidé que le littéralisme serait le fléau de ce monde. Il a donc inventé le paradoxe pour le contrer.

– Mais comment contrer le paradoxe ?

– En le prenant au sens littéral. Vous voyez, vous fumez, et pourtant vous comprenez le paradoxe de votre situation.

– Alors, ferez-vous ce que je vous ai demandé ? sourit Calque. Vous prendrez ce risque avec vos hommes ? Je comprendrais parfaitement que vous n'acceptiez pas.

– Vous croyez vraiment que Sabir abandonnera ses amis et viendra seul ? Et que celui que vous appelez Œil noir le suivra ?

– Ils veulent tous les deux savoir ce qui est inscrit à la base de la statue de la Moreneta. Comme moi. Vous pouvez m'arranger ça ?

– Une visite à la Moreneta ? Dans l'intérêt de la coopération transfrontalière, bien évidemment.

Inclinant la tête, Villada ajouta :

– Quant à l'autre chose…

Il tapota avec son briquet sur la table tout en le faisant tourner entre ses doigts, et dit :

– Je vais surveiller le sanctuaire, comme vous me le suggérez. Pendant trois nuits, seulement. La Vierge de Montserrat est très importante pour les Catalans. Ma mère ne me pardonnerait jamais de la laisser profaner.

57

Sabir ne se sentait pas vraiment à l'aise dans son costume d'emprunt. Les revers du col faisaient près de vingt centimètres de large, et la veste lui allait comme un tablier à une vache. En fait, cet accoutrement le faisait ressembler à Cab Calloway dans *La Symphonie magique*. La chemise, elle aussi, laissait à désirer, et il n'avait jamais adoré les tournesols, surtout en matière de stylisme. Elle jurait abominablement avec la cravate aux couleurs quasi fluo, qui, elle-même, était loin de s'harmoniser avec l'étoffe rayée du costume. Au moins les chaussures étaient-elles les siennes.

– Tu es superbe ! Un vrai Tzigane. Si tu n'avais pas cette tête de *payo*, je t'accepterais bien comme mon frère.

– Comment arrives-tu à garder un visage impassible quand tu me dis de telles choses, Alexi ?

– C'est parce que j'ai la mâchoire cassée, voilà tout.

Malgré les protestations de Yola qui lui assurait le contraire, Sabir se sentait comme un albinos parmi eux. Tout le monde le regardait. Où qu'il aille, quoi qu'il fasse, les regards se posaient sur lui, le quittaient puis revenaient sur lui dès qu'il avait le dos tourné ou que son attention se portait sur autre chose.

– Tu es sûr qu'ils ne vont pas me dénoncer à la police ? Je dois sans doute apparaître encore aux infos, le soir. Il doit y avoir une récompense en échange de ma capture.

– Tout le monde ici connaît le Kriss. Ils savent que tu es le *phral* de Yola et que le Bulibasha de Samois est ton *kirvo*. Si des gens te dénoncent, c'est devant lui qu'ils devront en répondre. Ils seront exilés. Comme ce salaud d'oncle de Gavril.

Ce dernier les observait depuis les abords du camp. Quand il vit qu'Alexi l'avait remarqué, il leva un doigt de sa main droite, le plongea dans le cercle qu'il avait formé avec son pouce et son index gauches, puis le fourra dans sa bouche et roula des yeux blancs.

– C'est un de tes amis ? demanda Sabir.

– C'est à Yola qu'il s'intéresse. Moi, il veut me tuer.

– Les deux choses ne se complètent pas forcément.

– Qu'est-ce que tu veux dire ?

– S'il te tue, Yola ne voudra pas l'épouser.

– Oh, si, elle le fera. Les femmes ont la mémoire courte. Au bout d'un moment, il arrivera à la convaincre qu'il avait raison. Elle tombera amoureuse et le laissera l'enlever. Ça la fait vieillir de ne pas être mariée. Ce n'est pas bien, ce qui se passe ce soir. Elle va voir ce mariage et se mettre à me considérer de plus en plus mal. Et Gavril, lui, prendra de plus en plus d'importance à ses yeux.

– Si ça la fait vieillir de ne pas être mariée, Alexi, c'est qu'elle se réserve pour toi. Tu ne l'as pas remarqué ? Pourquoi est-ce que tu ne l'enlèves pas, une bonne fois pour toutes ?

– Tu me laisserais l'enlever ?

Sabir lui tapa gentiment sur la tête avant de répondre :

– Bien sûr, je te laisserais. Elle est amoureuse de toi, c'est évident. Comme toi tu l'es d'elle. C'est pour ça que vous vous disputez tout le temps.

– On se dispute parce qu'elle veut me dominer. Elle veut porter la culotte. Et, moi, je ne veux pas me laisser embêter par une femme. Chaque fois que je m'éloignerai, elle sera en colère. Et, après, elle me punira. Yola est *hexi*. Elle m'envoûtera. Alors que, là, je suis libre. Je n'ai aucun compte à rendre à personne. Je peux baiser des femmes *payos*, comme elle le dit elle-même.

– Et si quelqu'un d'autre la prenait ? Quelqu'un comme Gavril ?

– Je le tuerais.

Sabir marmonna un grognement puis reporta son attention sur le mariage, dont les participants approchaient maintenant du camp.

– Dis-moi plutôt ce qui se prépare, maintenant.

– C'est comme n'importe quel mariage, s'étonna Alexi.

– Je ne crois pas.

– Ah bon, si tu y tiens… Tu vois ces deux, là-bas ? Ce sont les pères respectifs des deux futurs époux. Ils vont devoir convaincre le Bulibasha qu'ils se sont mis d'accord quant au prix de la fiancée. Ensuite, l'or va lui être remis avant d'être compté. Puis il offrira au couple du pain et du sel, et il leur dira : « Quand le pain et le sel n'auront plus de goût pour vous, vous ne serez plus mari et femme. »

– Et que fait cette vieille femme en train de secouer un mouchoir ?

– Elle cherche à montrer au père du fiancé que la future mariée est toujours vierge.

– Tu plaisantes ?

– Pourquoi est-ce que je plaisanterais, Adam ? La virginité a beaucoup d'importance, chez nous. Pourquoi crois-tu que Yola insiste autant sur le fait qu'elle est vierge ? Ça lui donne encore plus de valeur. On pourrait la vendre contre beaucoup d'or si on trouvait un homme prêt à la prendre avec lui.

– Comme Gavril ?

– Son coffre est vide.

Sabir comprit qu'il n'obtiendrait rien de plus, de ce côté-là.

– Alors, pourquoi ce mouchoir ?

– Ça s'appelle un *mocador*. Un *pañuelo*, parfois. Cette vieille femme que tu vois en train de l'agiter, eh bien… elle est chargée de vérifier avec son doigt que la fiancée est toujours vierge. Alors, elle tache le mouchoir en trois endroits avec le sang de la fille. Après ça, le Bulibasha verse un peu de *rakia* sur le tissu, ce qui donnera au sang la forme d'une fleur. Seul le sang d'une vierge peut faire ça – celui d'un cochon, par exemple, ne réagira pas de cette façon. Maintenant, regarde bien. Elle attache le mouchoir sur un bâton – ce qui veut dire que le père du fiancé a compris que la fille est vierge – et elle fait le tour du camp avec son bâton pour que tout le monde voie que Lemma ne s'est pas fait prendre les yeux par un autre homme.

— Comment s'appelle le fiancé ?

— Radu. C'est mon cousin.

— Qui n'est pas ton cousin ?

Sabir remarqua Yola qui se tenait à l'autre bout de la place. Il lui fit un signe de la main, mais elle baissa la tête et l'ignora. Il se demanda alors quel nouveau faux pas il venait de commettre.

Un peu plus loin, alors que la cérémonie battait son plein, le Bulibasha saisit un vase et le jeta de toutes ses forces sur la tête du futur marié. L'objet se brisa en mille morceaux, et un cri s'éleva à l'unisson dans toute l'assistance.

— Et ça, qu'est-ce que ça veut dire, Alexi ?

— Plus il y a de morceaux quand le vase se casse, plus le couple sera heureux.

— Ils sont mariés, maintenant ?

— Pas encore. D'abord, la fiancée doit manger quelque chose fait avec des herbes cueillies sur une tombe. Puis elle doit se faire enduire les mains de henné – plus longtemps la teinture tient, plus longtemps son mari l'aimera. Ensuite, elle doit prendre un enfant dans ses bras et lui faire franchir le seuil de sa caravane, car, si elle ne donne pas d'enfant dans l'année qui suit le mariage, Radu peut la rejeter.

— Grandiose !

— Ça n'arrive pas souvent, Adam. Seulement lorsque le couple se dispute. Dans ce cas, c'est, pour les deux conjoints, une bonne excuse pour mettre un terme à une situation malheureuse.

— Et c'est tout ?

– Non. Dans quelques minutes, nous transporterons le couple sur nos épaules à travers tout le camp. Les femmes chanteront le *yeli yeli* et, ensuite, la mariée ira revêtir son autre costume. On se mettra alors tous à danser.

– Tu pourras donc danser avec Yola ?

– Oh, non. Les hommes dansent avec les hommes, les femmes avec les femmes. On ne mélange pas.

– Évidemment. Tu sais quoi, Alexi ? Plus rien ne me surprend chez vous, désormais. En fait il suffit que je me représente ce que je m'attends à voir arriver, alors j'imagine l'inverse, et là je sais que j'y suis.

58

Il avait fallu trois heures à Achor Bale pour se frayer un chemin à travers la colline derrière le sanctuaire de Montserrat, et il commençait à se demander s'il ne prenait pas des précautions excessives.

Personne ne connaissait sa voiture. Personne ne le suivait. Personne ne l'attendait. Le risque qu'un policier français fasse le lien entre le meurtre de Rocamadour et la mort du Gitan à Paris était quasiment nul. Et ensuite, il faudrait encore qu'ils extrapolent jusqu'à aboutir à Montserrat. Néanmoins quelque chose le titillait.

Il avait allumé le traceur à trente kilomètres de Manresa, tout en sachant que les chances de localiser Sabir étaient très minces. Et, pour être franc, il se moquait bien de ne jamais plus retomber sur cet individu. Bale n'était pas homme à ressasser sa rancœur. S'il commettait une faute, il la rectifiait – c'était aussi simple que cela. À Rocamadour, il avait fait l'erreur de ne pas faire le tour du sanctuaire pour vérifier qu'il était seul. Il avait sous-estimé Sabir et le Gitan, et il en avait payé le prix – ou, plutôt, c'était le nouveau vigile qui avait payé pour cela.

Cette fois, il ne se montrerait pas aussi négligent. Le train étant éliminé d'office car trop limitatif, il n'y avait qu'un seul moyen pour arriver à Montserrat : la route. Après avoir abandonné son véhicule, habilement caché à l'autre bout de la crête, il passerait par la montagne : il se disait que, si la police avait, par extraordinaire, été informée de son arrivée, elle ne surveillerait que les deux routes les plus évidentes, et non pas quelqu'un partant à l'aube dans la direction opposée, par le train ou en s'emparant d'une voiture.

Un aspect de son ratage à Rocamadour continuait toutefois d'agacer Bale. Jamais il n'avait perdu d'arme à feu auparavant – ni tout au long de ses années passées à la Légion, ni lors de ses nombreuses activités au sein du Corpus maleficus. Et surtout pas un pistolet qui lui avait été offert par feu Monsieur lui-même, son père adoptif.

Il avait une passion pour ce petit Remington 51 automatique. Vieux de quatre-vingts ans, ce pistolet à un coup était l'un des derniers modèles à avoir été produits par l'usine. Petit, facile à dissimuler, brossé à la main pour en réduire l'éclat, il possédait trois mécanismes de sécurité et se rechargeait automatiquement après chaque tir. Brillant, selon Bale. Il aimait les objets mécaniques qui faisaient ce qu'on attendait d'eux.

Mais les regrets, c'était pour les perdants. La récupération du pistolet pouvait attendre. Maintenant qu'il avait obtenu sa propre copie du quatrain de Rocamadour, il pouvait oublier pour un temps ses échecs et continuer ce qu'il avait entrepris. Le nouveau facteur important était qu'il n'avait plus besoin de suivre des gens, à présent, ni leur faire violence pour leur soutirer quelque secret. Cela lui convenait à merveille. Car, par nature, il n'était ni brutal ni vindicatif. Selon lui, il ne faisait que son devoir pour servir le Corpus maleficus. Car, si lui et son espèce n'agissaient pas quand ils le devaient, Satan, le Grand Proxénète, et son *hetaera*, la Grande Putain, prendraient le contrôle de la Terre, et le règne de Dieu finirait. *Si quelqu'un mène en captivité, il ira en captivité; si quelqu'un tue par l'épée, il faut qu'il soit tué par l'épée. Voilà ce qui fonde la persévérance et la foi des saints.*

C'était pour cette raison que Dieu avait laissé aux adhérents du Corpus maleficus les mains libres pour réprimer l'anarchie à tout moment et en tout lieu quand ils sentaient le monde menacé d'un danger immédiat. Satan ne pouvait être stoppé qu'en diluant le mal et en le transformant en une variante partielle et contrôlable. C'était le but ultime des trois

Antéchrists annoncés par l'Apocalypse, ceux que Madame, sa mère adoptive, lui avait décrits quand elle lui avait exposé sa mission pour la première fois. Napoléon et Adolf Hitler, les deux premiers Antéchrists – ainsi que le Grand, encore à venir – avaient été spécialement créés par Dieu pour empêcher le monde de se tourner vers le diable. Ils agissaient à la place de celui-ci en tant que corrélatifs objectifs – en l'apaisant et en faisant en sorte de le maintenir dans un état de satisfaction perplexe.

C'est pourquoi Bale et les autres adeptes du Corpus maleficus s'étaient vu confier la mission de protéger les Antéchrists, et, si possible, de saboter ce qu'on appelait le Second Avènement – et qu'il faudrait plutôt appeler le Second Grand Placebo. C'était ce Second Avènement qui galvaniserait le diable en mettant fin à son interrègne, et qui déclencherait le conflit final. Pour cela il fallait des adeptes qui soient au plus proche de la perfection. *Ce sont ceux qui ne se sont pas souillés avec des femmes, car ils sont vierges ; ils suivent l'agneau partout où il va… Et dans leur bouche il ne s'est point trouvé de mensonge, car ils sont irrépréhensibles.*

C'était une mission simple, à laquelle Achor Bale avait accepté de consacrer sa vie, avec un zèle quasi évangélique. *Et je vis comme une mer de verre, mêlée de feu, et ceux qui avaient vaincu la Bête, et son image, et le nombre de son nom, debout sur la mer de verre, s'accompagnant des harpes de Dieu.*

Bale était fier d'avoir pris l'initiative de suivre Sabir. Fier d'avoir passé la meilleure partie de sa vie à accomplir une tâche solennelle.

Nous ne sommes pas anti-quelque chose, nous sommes antitout… N'était-ce pas ainsi que Madame, sa mère adoptive, lui avait expliqué ? *Il est impossible de rendre publique notre action, car personne ne te croirait. Rien n'est écrit. Rien n'est retranscrit. Ils construisent – nous détruisons. C'est aussi simple que cela. Car l'ordre ne peut émerger que du bouleversement.*

59

— Vous saviez que Novalis croyait que après la chute de l'homme, le paradis s'était brisé et que ses fragments s'étaient dispersés partout sur la terre ?

Calque s'installa plus confortablement avant d'ajouter :

– Et que c'est la raison pour laquelle les morceaux en sont si difficiles à retrouver ?

Macron roula des yeux étonnés, comptant sur le crépuscule pour masquer son irritation. Tout en commençant à s'habituer aux illogismes du capitaine, il continuait à trouver la chose curieusement désagréable. Calque cherchait-il ainsi à attiser chez lui un sentiment d'infériorité ? Et, si oui, pourquoi ?

– Novalis ? Qui était-ce ?

– Novalis, soupira son supérieur, c'était le nom de plume de Georg Philipp Friedrich Freiherr von Hardenberg. Dans l'Allemagne prérépublicaine, un Freiherr était à peu près l'équivalent d'un baron. Novalis était un ami de Schiller et un contemporain de Goethe. C'était un poète. Un mystique. Et bien d'autres choses encore. Il exploitait aussi du sel, par exemple. Il croyait en une *Liebesreligion*, une religion de l'amour – la vie et la mort comme des concepts entremêlés, avec un intermédiaire nécessaire entre Dieu et l'homme. Mais cet intermédiaire n'est pas obligatoirement Jésus. Cela peut être n'importe qui : la Vierge Marie, les saints, les morts que l'on a chéris, et même un enfant.

– Pourquoi est-ce que vous me dites tout ça, monsieur ? Vous savez que je ne suis pas un intellectuel. Je ne suis pas comme vous.

– Pour passer le temps, Macron. Pour passer le temps. Et pour essayer de donner un sens à l'apparente absurdité de ce qu'on a découvert aux pieds de la Moreneta.

– Oh…

– Oui, c'est ce capitaine de la police catalane, Villada. Un homme extrêmement cultivé, comme tous les Espagnols. C'est lui qui m'a mis tout ça en tête en disant quelque chose sur la littéralité et le paradoxe.

Macron ferma les yeux. Il voulait dormir. Dans un lit. Sous une couette moelleuse, et avec sa fiancée pelotonnée contre lui, les fesses bien calées entre ses cuisses. Il ne voulait pas être ici, en Espagne, à se masturber l'esprit devant un message datant de cinq cents ans, écrit par un vieux fou, gravé dans une statue de bois sans valeur flanquée de deux phallus en érection, ceci en compagnie d'un capitaine de police aigri, qui, de toute évidence, aimerait mieux occuper ses journées à faire des recherches dans une bibliothèque universitaire. C'était la deuxième nuit d'affilée qu'ils passaient dehors. Et la police catalane commençait à les considérer avec méfiance.

La soudaine vibration dans sa poche le réveilla en sursaut. Calque avait-il vu qu'il s'était assoupi ? Ou était-il plongé dans ses calculs, ses mystères et sa philosophie au point de ne pas remarquer si Œil noir s'était approché de lui par-derrière pour lui trancher le gosier ?

Il regarda l'écran de son portable qui venait de s'illuminer. Quelque chose remua en lui quand il lut le message – un djinn tapi dans ses tripes, qui émergeait subitement en cas de danger ou d'incertitude pour le secouer de sa torpeur, lui reprocher son manque d'imagination et ses doutes incessants.

– C'est Lamastre. Ils ont capté le traceur d'Œil noir, il y a quatre heures. À vingt kilomètres d'ici, près de Manresa. Il devait être en train de chercher Sabir.

– Il y a quatre heures ?

– Un gars qui aura quitté son service sans avoir fait la transmission aux suivants.

– Un gars qui se retrouvera certainement affecté à la circulation à son prochain jour de boulot, commenta Calque. Je veux que vous me trouviez son nom, Macron. Je vais lui passer les tripes au hachoir à saucisses et les lui servir au petit déjeuner.

– Il y a autre chose, capitaine.

– Quoi ? Qu'est-ce que vous allez encore m'annoncer ?

– Un meurtre. À Rocamadour. La nuit dernière. Personne ne les a prévenus, apparemment. Ils n'ont donc pas fait le lien. Et puis ils ne savaient pas trop comment vous contacter, car vous refusez d'emporter un cellulaire avec vous quand vous êtes en service. C'était le vigile de remplacement. Nuque brisée. Et son chien y est passé aussi. Jeté contre un mur et la tête piétinée. Complètement nouveau comme technique, autant que je puisse dire.

– Et la Vierge ? demanda le capitaine en fermant les yeux. Elle a disparu ?

– Non, apparemment. Il devait chercher la même chose que nous. Et que Sabir. Et que le Gitan.

Macron fut un moment tenté de sortir une blague sur la soudaine popularité des vierges mais se ravisa. Levant les yeux de son téléphone, il déclara :

– Vous croyez qu'Œil noir est venu ici et en est déjà reparti ? Il aurait eu le temps d'arriver tout droit jusqu'ici après avoir réglé son compte au vigile. C'est de l'autoroute tout du long. Il pouvait tranquillement se taper un petit cent soixante.

– Impossible. Il y a dix hommes armés postés autour de ces bâtiments et dans les creux des contreforts. Œil noir n'a pas atterri ici avec une fusée, et il ne s'est certainement pas caché à l'intérieur du sanctuaire. Non. Le seul chemin qu'il a pu prendre, c'est la route principale, puisqu'il n'y a pas de train la nuit. Je vais prévenir Villada.

– Mais, monsieur, on est en pleine surveillance. Personne ne doit quitter sa position. Je peux envoyer un texto au capitaine et lui faire suivre le message de Lamastre.

– Je veux lui parler en personne, pas lui écrire une putain de lettre, Macron. Attendez-moi ici. Et gardez les yeux ouverts. Servez-vous de vos lunettes nocturnes si vous le devez. Et, si vous pensez qu'Œil noir est armé, tuez-le.

60

Achor Bale tomba à genoux derrière un rocher. Quelque chose bougeait devant lui. Il scruta l'obscurité mais fut incapable de discerner quoi que ce soit. Rabaissant sa main armée du Redhawk, il reprit en rampant sa descente de la colline. L'être qui remuait devant lui semblait ne se douter de rien, faisant dégringoler des cailloux en avançant et lâchant même un grognement lorsqu'il rencontra un obstacle inattendu. Il s'agissait donc bien d'un homme, et non d'un animal sauvage. La brise légèrement tiède amena même aux narines de Bale une odeur de transpiration et de cigarette éventée.

Il se tenait à peine à dix mètres de Macron quand il perçut enfin un mouvement. À l'aide de ses lunettes à vision nocturne, le lieutenant suivait la pénible progression de son supérieur sur la pente de la colline. Bale visa la nuque du jeune policier. Puis, comme il ne l'avait pas assez net dans sa ligne de mire, il tira de sa poche un petit morceau de papier blanc, le roula en boule, l'humecta de salive et le plaça au-dessus du petit point rouge du guidon de visée, de façon à le faire pointer juste au-dessus du silencieux. De nouveau il visa la nuque de Macron mais laissa échapper un soupir agacé. Il faisait tout simplement trop sombre pour espérer tirer avec précision.

Il rangea le Redhawk dans son étui, tâtonna vers sa matraque de cuir et se remit à ramper vers Macron, non sans profiter du lointain cliquetis que faisait Calque pour avancer sans se faire repérer par sa cible.

Devinant soudain une présence, le lieutenant eut à peine le temps de bondir en arrière que, déjà, le premier coup de Bale l'atteignait à la tempe. Il s'effondra à terre, les deux bras plaqués sur l'abdomen. Bale s'approcha et observa son visage. Ce n'était pas Sabir. Ni le Gitan. Heureusement qu'il n'avait pas utilisé le pistolet.

Un sourire au coin des lèvres, il trouva sans aucun mal le portable de sa victime, en alluma l'écran et consulta les messages. Puis, avec un grognement, il envoya valser l'appareil d'un coup de pied furieux. Ce ne pouvait être qu'un policier pour avoir codé ses messages et ne les rendre accessibles qu'au moyen d'un mot de passe – c'était comme porter une ceinture et des bretelles.

Il fouilla plus profondément les poches de sa victime. De l'argent. Des papiers d'identité. Lieutenant Paul Macron… Une adresse à Créteil. Ainsi que la photo d'une fille de couleur, vêtue d'une robe blanche et exhibant une dentition proéminente que ses parents n'avaient sans doute pas eu les moyens de faire rectifier. Bale empocha le tout.

S'accroupissant, il ôta les chaussures de Macron, les jeta dans les buissons, lui saisit les deux jambes et lui frappa violemment les cous-de-pied avec sa matraque de cuir.

Satisfait, il saisit les jumelles infrarouges et inspecta les environs. Juste à temps pour apercevoir la pâle silhouette de Calque disparaître derrière une butte, six cents mètres plus bas.

Alors, qu'en était-il ? Combien la police en savait-elle déjà sur lui ? Il l'avait manifestement sous-estimée, elle aussi, car elle devait avoir eu accès au message caché à la base de la Vierge, et ceci grâce aux bons soins de Sabir qui avait jugé plus sage de ne pas emporter la statue quand il en avait eu l'occasion.

Bale regrettait plutôt de ne pas avoir attendu pour assommer Macron. Une erreur. Car interroger un homme dans le silence absolu, au beau milieu d'une colline surveillée par la police, cela aurait constitué une véritable première pour lui. Comment y serait-il parvenu ? Il n'y avait qu'un moyen de le savoir.

Il sortit de sa cachette et se dirigea vers le promontoire. De toute évidence, ces crétins de policiers ne le cherchaient que dans la vallée – c'était bien trop leur demander de l'imaginer en train de traverser une zone découverte et de franchir une montagne impraticable. Ce qui l'arrangeait bien, car il arriverait ainsi à leur hauteur par-derrière.

Tous les cinquante mètres, Bale s'arrêtait et écoutait en se passant une main derrière l'oreille. Quand il se retrouva à deux cents mètres du promontoire, il hésita. De nouveau, une odeur de cigarette. Était-ce le même homme qui revenait sur ses pas ? Ou l'un des guetteurs qui s'en grillait une en cachette ?

Il s'écarta de la butte pour franchir le dernier escarpement surplombant le sanctuaire. Oui. Il distinguait la tête d'un individu qui se détachait sur le revêtement de pierres quasi lumineux.

Bale se faufila vers l'endroit où celui-ci se cachait. Il avait une idée. Une excellente idée. Qu'il avait bien l'intention de mettre en pratique.

61

Calque se laissa tomber sur le siège avant, à côté de Villada. Installé au volant, ce dernier l'accueillit d'un bref signe de tête puis continua d'inspecter la voie ferrée et les bâtiments environnants.

Lorsqu'il se fut assuré que rien ne bougeait, il ôta ses lunettes nocturnes et se tourna vers le capitaine.

– Je croyais que vous surveilliez la colline.

– J'ai laissé Macron s'en charger.

Il s'accroupit entre le siège et le tableau de bord et alluma une cigarette entre ses mains en coupe.

– Vous en voulez une ?

– Non, fit Villada en secouant la tête.

– Œil noir… celui qu'on cherche. Il est ici.

Le Catalan haussa un sourcil.

– Nos gars ont foiré. Il a utilisé son traceur il y a quatre heures, près de Manresa. Il a aussi tué un homme, à Rocamadour. La nuit dernière. Un vigile. Il a eu son chien, aussi. Ce type n'est pas un tendre, Villada. J'irais même jusqu'à dire qu'il est entraîné à tuer. Le Gitan, à Paris, et le vigile, à Rocamadour, avaient tous les deux la nuque brisée. Et cet effet de diversion qu'il a monté, sur la N20. Avec l'homme et la femme. Un coup de maître.

– On dirait presque que vous l'admirez.

– Non, il me sort par les trous de nez. Mais je reconnais qu'il est efficace. Comme une machine. J'aimerais seulement savoir ce qu'il cherche.

– Vous, peut-être, sourit Villada.

Il tendit la main vers le transmetteur radio, comme pour atténuer l'importance de ses paroles.

– Dorada à Mallorquin. Dorada à Mallorquin. Vous me recevez ?

La radio crachota puis une voix tranquille se fit entendre :

– Mallorquin à Dorada. Je vous reçois.

– La cible est proche. Elle va peut-être arriver par la sierra. Revoyez votre position, en cas de besoin. Et tirez à vue. Il a descendu un vigile français, hier soir. Et ce n'était pas son premier coup. Je ne veux pas qu'un de nos hommes soit le prochain sur sa liste.

Calque saisit le bras de l'Espagnol.

– Qu'est-ce que vous voulez dire par « arriver par la sierra » ?

– C'est simple. Si vos hommes l'ont repéré il y a quatre heures à Manresa, et que nous n'avons eu aucun signe de lui depuis, il y a fort à parier qu'il va débouler par la crête. C'est ce que je ferais, à sa place. S'il se rend compte que personne ne l'attend, il se glissera à l'intérieur, embarquera la Vierge, sautera dans un train ou volera une voiture, et il se retrouvera de nouveau dans la nature. S'il se rend compte que nous sommes ici, il repartira tout simplement par la sierra et on sera refaits.

– Et moi qui ai laissé Macron là-bas. Une véritable cible, pour lui.

– Ne vous en faites pas. Je vais envoyer un de mes hommes en renfort.

– Oui, j'apprécierais, capitaine Villada. Merci. Merci beaucoup.

62

Bale était allongé sur le ventre, à une vingtaine de mètres de l'homme en tenue de camouflage, quand celui-ci se retourna soudain pour inspecter la colline avec ses jumelles à vision nocturne.

Ainsi donc, son projet de tendre une embuscade au policier, de l'interroger et de voler ses habits tombait à l'eau. Tant pis. Il était tout aussi évident qu'il ne pourrait plus entrer dans le sanctuaire pour aller voir ce qui était écrit à la base de la Moreneta. Quand vous débusquiez l'un de ces clowns, vous pouviez être sûr qu'il y en avait d'autres un peu plus loin. Ils opéraient en groupes, comme des suricates. De toute évidence, ces imbéciles pensaient qu'en nombre ils étaient plus en sécurité.

Bale chercha son pistolet. Il ne pouvait pas se permettre d'attendre l'aube. Il devait passer à l'action. Le policier se détachait à présent nettement devant la grande place éclairée du sanctuaire. Il le tuerait avant d'aller se perdre autour des bâtiments. La police l'imaginerait reparti en direction de la colline et concentrerait ses effectifs de ce côté. Au matin, l'endroit grouillerait d'hélicoptères.

Mais, alors, ils retrouveraient certainement sa voiture, y relèveraient ses empreintes ADN et digitales. Ils l'entreraient sur leurs ordinateurs, monteraient un dossier sur lui. Bale frissonna à cette idée.

L'homme se leva, hésita un instant puis se mit à grimper la colline dans sa direction. Que diable se passait-il ? S'était-il fait repérer ? Impossible. L'autre l'aurait déjà canardé avec son Star Z84. Bale sourit. Il avait toujours voulu avoir un Star. Un petit fusil à répétition bien utile. Six cents cartouches à la minute. Des 9 mm Lüger Parabellum. Une portée de deux cents mètres. Une belle compensation pour la perte de son Remington.

Il se tenait immobile, visage contre terre. Ses mains – la seule partie de son corps qui pouvait se voir encore sous la lune naissante – étaient prudemment plaquées au sol, les doigts serrés sur son pistolet.

L'homme se dirigeait sur lui. Il devait regarder droit devant, néanmoins, sans s'attendre à trouver quelqu'un couché à terre.

Bale retint son souffle. Il l'entendait respirer. Il sentait l'odeur de sa sueur, et l'ail qu'il avait dû manger au dîner. Il résista à la tentation de lever la tête pour vérifier où il se trouvait exactement.

Le pied du guetteur glissa d'une pierre et vint lui effleurer le haut du bras, avant de lui passer devant et de se diriger vers Macron.

Bale pivota sur ses hanches et, d'un bond, se retrouva derrière l'homme, appliquant le Redhawk sur sa nuque.

– À terre, lui ordonna-t-il. À genoux. Pas un mot.

Il remarqua son souffle court, la tension de ses épaules. À n'en pas douter, l'homme allait tenter quelque chose.

Sans lui en laisser le temps, Bale lui frappa la tempe de la crosse de son arme, puis une fois encore la base du cou. Inutile de le descendre. Mieux valait ne pas trop énerver les Espagnols. Ainsi ils en voudraient seulement aux Français de les avoir mis dans une situation aussi humiliante. Alors que s'il tuait l'un d'entre eux, ils lui mettraient Interpol sur le dos et le harcèleraient jusqu'au jour de sa mort.

Il s'empara du Star puis fouilla les poches de sa victime, au cas où il y trouverait quelque chose d'utile. Des menottes. Des papiers d'identité. Il fut un moment tenté de lui chiper son casque équipé d'un émetteur-récepteur mais se ravisa en songeant que ce serait alors le meilleur moyen de se faire repérer.

Avait-il plutôt intérêt à aller jeter un coup d'œil sur le lieutenant Macron ? À lui asséner un nouveau coup sur la tête ?

Non, cela ne servirait à rien. Il disposait d'environ une demi-heure pour se lancer à l'assaut de la colline avant que les autres ne comprennent ce qui s'était passé. Avec un peu de chance, cela lui suffirait. Jamais ils ne parviendraient à le localiser de façon précise dans cette obscurité. Et, à l'aube, il aurait depuis longtemps disparu. De retour à Gourdon, pour renouer connaissance avec son vieil ami Sabir.

63

— Je crois que tu as assez bu, Alexi. Demain, tu auras une gueule de bois pas possible.

– J'ai mal aux dents et aux côtes. La *rakia* fait un excellent remède. C'est un antiseptique.

Sabir chercha Yola des yeux mais ne la vit nulle part. La cérémonie du mariage touchait à sa fin, et, que ce soit sous l'effet de l'alcool ou de la fatigue, les musiciens commençaient nettement à ralentir le rythme.

– Donne-moi le pistolet. J'ai envie de m'offrir une petite séance de tir.

– Ce n'est pas une bonne idée, Alexi.

– Donne-moi ce flingue ! insista-t-il en le secouant par les épaules. Je me sens une âme de John Wayne. Je suis John Wayne ! Vous m'entendez, tous ? Je vais exploser toutes vos lumières !

Personne ne parut prêter attention à lui. Durant toute la soirée, à intervalles étonnamment réguliers, l'ivresse générale aidant, des hommes s'étaient levés pour faire une annonce. L'un d'eux avait même prétendu être Jésus-Christ. Sa femme s'était alors empressée de le soustraire aux sifflets et aux huées. Sabir se disait que c'était sans doute ce que le romancier Patrick Hamilton voulait dire en définissant les quatre stades de l'ébriété : simplement ivre, ivre à se bagarrer, ivre à se rendre aveugle et ivre mort. Alexi, lui, n'en était encore qu'au stade de la bagarre. Il lui restait donc du chemin.

– Hé, John Wayne !

Alexi se retourna avec un geste théâtral, les mains le long des hanches, prêtes à saisir une paire de six coups imaginaire.

– Qui me demande ? articula-t-il d'une voix pâteuse.

L'Américain avait déjà reconnu Gavril. *Nous y voilà*, songea-t-il. *Qui a dit que la vie ne réservait jamais de surprises ?*

– Yola m'a dit que tu avais perdu tes burettes. Que le gars qui t'a fait sauter les dents t'a en même temps émasculé…

Alexi vacilla et son visage se tordit soudain.

– Qu'est-ce que tu as dit ?

Gavril s'approcha mais son regard resta lointain, comme si une part de lui-même était détachée de ce qu'il mijotait.

– Je n'ai rien dit. C'est Yola qui l'a dit. Moi, je n'ai jamais parlé de tes couilles. Et puis j'ai toujours su que tu n'en avais pas. C'est un problème de famille. Les Dufontaine n'ont pas de couilles.

– Alexi, laisse tomber, intervint Sabir d'une main posée sur son épaule. Il ment. Il essaie de te provoquer.

– Yola n'a jamais dit une chose pareille, rétorqua le Tzigane en le repoussant. Elle a jamais dit que mes valseuses ne marchaient pas. Elle sait rien de mes valseuses.

– Alexi…

– Alors, qui est-ce qui me l'a dit ? lança Gavril en levant triomphalement les bras au ciel.

Alexi regarda autour de lui, semblant s'attendre à voir Yola émerger d'une des caravanes pour confirmer ce que Gavril venait de dire. Il avait le visage défait, et un coin de sa bouche pendait comme s'il venait de subir une attaque cérébrale en plus de celle à la chaise.

– Tu ne la trouveras pas ici, reprit Gavril avant de se renifler les doigts d'un air suggestif. Je viens juste de la quitter.

Comme Alexi bondissait sur Gavril avec une lueur sauvage dans le regard, Sabir lui barra le chemin et le saisit par la taille, comme il l'aurait fait avec un enfant. Le Tzigane fut si surpris qu'il en perdit l'équilibre et tomba lourdement sur le ventre.

L'Américain s'interposa alors entre les deux adversaires.

– Laisse-le tranquille, dit-il à Gavril. Il est soûl. Si vous avez un problème, tous les deux, vous réglerez ça une autre fois. C'est un mariage qu'on a, en ce moment, pas un Kriss.

Gavril hésita, la main plaquée sur sa poche.

Sabir devinait qu'il s'était monté la tête tout seul, persuadé qu'il pouvait en finir une bonne fois avec Alexi, et que l'intervention d'un étranger n'était même pas à prendre en considération. Il sentait aussi le poids glacé du Remington dans sa poche. Si Gavril s'approchait, il sortirait le pistolet et lui tirerait entre les pieds, histoire de le faire reculer et de mettre un terme à la dispute avant qu'elle ne s'envenime. Il n'avait pas la moindre envie de se prendre un coup de couteau en travers du foie, alors qu'il n'en était peut-être qu'au tiers de sa vie.

– Pourquoi tu parles pour lui, *payo* ? Il n'a pas assez de couilles pour se défendre tout seul ?

La voix de Gavril commençait à perdre de son insistance.

Le visage contre terre, les yeux clos, Alexi était manifestement incapable de parler. Passé sans transition du deuxième au quatrième stade de l'ébriété, il était à présent ivre mort.

Sabir en profita pour enfoncer le clou :

– Je vous l'ai dit, vous vous arrangerez plus tard. Ce n'est pas pendant un mariage qu'on règle ses différends.

Gavril claqua des dents et rejeta crânement la tête en arrière.

– D'accord, *gadjé*. Dis ça pour moi à cet enfoiré de Dufontaine. Quand il viendra à la fête des Trois Maries, je l'attendrai. C'est sainte Sara qui décidera pour nous.

– La fête des Trois Maries ? souffla Sabir. C'est ce que tu viens de dire ?

– Ah, oui, j'avais oublié, lâcha-t-il avec un rire sonore. Tu es un intrus, ici. Tu n'es pas de notre monde.

Ignorant l'insulte qui se cachait derrière ce sarcasme, Sabir continua de fixer Gavril sans frémir.

– Où est-ce que ça se passe ? Et quand ?

L'autre se retourna pour faire mine de partir puis changea d'avis, clairement ravi de la tournure que prenait la conversation.

– Demande à n'importe qui ici, *payo.* On te le dira. La fête de Sara e Kali se tient chaque année aux Saintes-Maries-de-la-Mer, en Camargue. Dans quatre jours, exactement. Le 24 mai. Qu'est-ce que tu crois qu'on fait tous ici, à ce foutu mariage ? On descend vers le sud, cette bonne blague. Tous les Tziganes français vont là-bas. Même cet eunuque vautré à tes pieds.

Alexi grimaça comme s'il avait enregistré l'insulte quelque part tout au fond de son inconscient. Mais l'alcool était un soporifique bien trop puissant, et il se mit à ronfler.

64

— Pourquoi John Wayne ?

– Qu'est-ce que tu veux dire ?

– Pourquoi John Wayne ? Hier soir, au mariage ?

Alexi secoua la tête dans le vain espoir de s'éclaircir les idées.

– À cause d'un film… *Hondo.* Je l'avais vu sur la télé de mon grand-père. Je voulais être John Wayne quand j'ai vu ce film.

– C'est drôle, Alexi, je ne te croyais pas aussi mordu de cinéma.

– Si, mais pas tous les films. Je n'aime que les cow-boys. Randolph Scott, Clint Eastwood, Lee Van Cleef. Et John Wayne, évidemment.

Les yeux soudain brillants, il continua :

– Mon grand-père, lui, préférait Terence Hill et Bud Spencer, mais, pour moi, ce n'étaient pas de vrais cow-boys. Alors que John Wayne, lui, c'était un vrai. Je voulais tellement être lui que j'en avais des crampes d'estomac.

Ils restèrent un instant silencieux puis Alexi lâcha :

– Gavril… il a dit des choses, hein ?

– Oui.

– Des mensonges. Des mensonges sur Yola.

– Je suis content que tu te dises que ce sont des mensonges.

– Bien sûr que ce sont des mensonges. Jamais elle ne lui dirait ça de moi. Jamais elle n'aurait parlé de ce type qui m'a frappé entre les jambes pendant que j'étais attaché.

– Non, c'est vrai.

– Alors, comment il saurait ? Comment est-ce qu'il a appris ça ?

Sabir ferma les yeux d'un air impatient.

– Demande-le-lui. Je la vois par la fenêtre, qui vient.

– *Vila Gana.*

– Qu'est-ce que ça veut dire ?

– Rien.

– *Vila*, ça veut dire vile, c'est ça ?

– Non, ça veut dire sorcière. Et *Gana*, c'est la reine des sorcières.

– Alexi…

Celui-ci rejeta ses couvertures avec un geste théâtral.

– Qui a pu le dire à Gavril, d'après toi ? Qui était au courant ? Tu as bien vu ce *diddikai* renifler ses doigts, hein ?

– Il te faisait marcher, idiot.

– Elle a brisé la *leis prala*. Elle n'est plus *lacha*. Ce n'est plus une *lale romni*. Jamais je ne l'épouserai.

– Alexi, je ne comprends pas la moitié de ce que tu me dis.

– Je dis qu'elle a violé la loi de la confrérie. Elle est sans morale. Ce n'est pas une femme bien.

– Bon sang, Alexi ! Tu n'es pas sérieux ?

La porte s'ouvrit à cet instant, et Yola passa la tête dans l'entrebâillement.

– De quoi discutez-vous, tous les deux ? On vous entend à l'autre bout du camp.

Alexi se tut brusquement et prit un air à la fois grognon et contrarié, tout en se préparant en même temps au châtiment.

Yola demeura sur le seuil et déclara :

– Tu t'es disputé avec Gavril, c'est ça ? Vous vous êtes battus ?

– C'est ce que tu aimerais, hein ? Qu'on se batte ? Tu aurais l'impression de te sentir désirée, comme ça.

– Je crois que je devrais vous laisser, dit alors Sabir en se levant. Quelque chose me dit que je suis de trop.

– Non, fit Yola, une main devant lui. Tu restes. Ou alors je devrai partir aussi. Ce n'est pas correct pour moi de rester seule ici avec Alexi.

– Qu'est-ce que tu racontes, Yola ? demanda Alexi en tapant sur le lit d'un air moqueur. Tu étais seule avec Gavril, non ? Tu l'as laissé te toucher, lui.

– Comment peux-tu dire ça ? s'indigna-t-elle. Bien sûr que non.

– Tu lui as dit que le type dans l'église m'avait arraché les couilles, après m'avoir fait sauter quelques dents. Tu trouves ça joli de raconter ça à quelqu'un ? De te moquer de moi ? Ce fumier va aller répéter ça dans tout le camp. Je vais être la risée de tous…

Yola en resta bouche bée. Sous la peau tannée de son visage, Sabir voyait la pâleur s'installer.

– Tu ne portes pas ton *diklo*, comme toute femme mariée ? Tu ne vas pas me dire que Gavril ne t'a pas enlevée, la nuit dernière ? Que ce *spiuni gherman* ne t'a pas culbutée derrière la haie ?

Sabir n'avait encore jamais vu la jeune femme pleurer. Mais, à présent, de grosses larmes lui coulaient le long des joues, qu'elle ne cherchait même pas à essuyer. La tête basse, elle regardait fixement le sol.

– *Sacais sos ne dicobélan calochin ne bridaquélan.* C'est ça ?

S'asseyant sur la marche de la caravane, Yola tourna le dos à Alexi. Une de ses amies s'approcha alors, mais elle lui fit signe de s'éloigner.

Sabir ne comprenait pas pourquoi elle ne répondait pas, pourquoi elle ne réfutait pas les allégations de son cousin.

– Qu'est-ce que tu viens de lui dire ? demanda-t-il à Alexi.

– Je lui ai dit : si les yeux ne voient pas, le cœur n'est pas brisé. Elle sait très bien ce que ça veut dire.

Il se détourna et fixa le panneau à côté de lui.

Sabir les considéra l'un après l'autre. Pour la centième fois, il se demanda dans quelle maison de fous il avait atterri.

– Yola ?

– Quoi ? Qu'est-ce que tu veux ?

– Qu'est-ce que tu as dit à Gavril, exactement ?

Elle cracha sur le sol puis, de la pointe du pied, gomma la trace de salive.

– Je ne lui ai rien dit. Je ne lui ai même pas parlé. Sauf pour échanger des insultes.

– Alors, je ne comprends pas…

– Non, tu ne comprends rien, c'est vrai.

– Oui, c'est le moins qu'on puisse dire, reconnut-il.

– Alexi.

En entendant Yola s'adresser à lui, le Tzigane lui jeta un regard plein d'espoir. De toute évidence, il était en train de perdre la bataille qu'il livrait à ce qui le rongeait.

– Je suis désolée.

– Désolée d'avoir laissé Gavril te prendre les yeux ?

– Non, il n'a rien fait de ce genre. Désolée d'avoir raconté à Bazena ce qui t'était arrivé. Je trouvais ça amusant… je n'aurais pas dû le lui dire. Elle est dingue de Gavril ; il a dû la forcer à tout lui répéter. J'ai eu tort de ne pas me rendre compte que ça te blesserait.

– Tu as raconté ça à Bazena ?

– Oui.

– Et tu n'as pas parlé à Gavril ?

– Non.

Alexi jura entre ses dents puis lâcha :

– Alors, je regrette d'avoir mis en doute ta *lacha.*

– Tu n'as rien fait. Damo n'a pas compris ce que tu disais. Donc, il n'y a pas eu de mise en doute.

– Damo… qui est-ce ? demanda Sabir.

– C'est toi.

– Moi, je suis Damo ?

– C'est ton nom tzigane.

– Tu veux bien m'expliquer ? Depuis mon baptême, je n'ai jamais changé de nom.

– C'est le nom gitan pour Adam. On descend tous de lui.

– C'est donc à peu près tout le monde.

Prétendant soupeser ce nouveau nom dont on l'affublait, il se félicita intérieurement de la tournure plus légère que prenait la conversation.

– Et votre nom pour Eve, qu'est-ce que c'est ?

– Yehwah. Mais ce n'est pas notre mère.

– Comment ça ?

– Notre mère était la première femme d'Adam.

– Tu veux dire Lilith ? La sorcière qui chassait les femmes et les enfants ? Celle qui est devenue serpent ?

– Oui, c'est elle, notre mère. Son vagin était un scorpion. Sa tête était celle d'une lionne. Elle allaitait un cochon et un chien. Et elle chevauchait un âne.

Yola se tourna à demi pour voir quel effet ses paroles avaient sur Alexi.

– Sa fille, Alu, était à l'origine un homme, et c'est d'elle que certains Tziganes tiennent leur don de double vue. C'est d'elle que descend le fils de Caïn, Lemec, qui, lui-même, a eu un fils avec son épouse Hada. C'est Jabal, le père de tous ceux qui vivent sous une tente et sont nomades. Nous sommes aussi apparentés à Jubal, père de tous les musiciens, car Tsilla, le fils de Jubal, est devenu la seconde femme de Lemec.

Sabir s'apprêtait à faire un commentaire mordant sur l'illogisme des Tziganes quand il remarqua l'expression d'Alexi et comprit soudain pourquoi Yola avait commencé tout ce discours.

Alexi semblait fasciné par son récit. Toute colère l'avait quitté, il avait le regard rêveur, comme s'il venait de se faire masser par une main gantée de duvet d'ange.

Peut-être que tout ça est vrai, se prit-il à songer. *Peut-être que Yola est réellement une sorcière.*

65

Ce matin-là, Sabir quitta le camp pour rejoindre la périphérie de Gourdon. Il portait une casquette de base-ball graisseuse, dénichée dans un placard de la caravane, et un blouson de cuir noir et rouge orné d'éclairs, d'une pléthore de fermetures à glissière totalement inutiles et d'un bon mètre de chaînes. *Si je croise maintenant quelqu'un que je connais*, pensa-t-il, *je peux dire adieu à ma crédibilité.*

Cependant, c'était la première fois qu'il se retrouvait seul dans un endroit public depuis son arrivée au camp de Samois, et il se sentait mal à l'aise et nerveux. Un peu comme un imposteur.

Évitant soigneusement le marché et ses rues bondées de gens, les cafés où d'honnêtes citoyens étaient attablés devant leur petit déjeuner, Sabir fut surpris de constater à quel point il avait pu se détacher de la réalité du monde. La sienne se trouvait maintenant dans ce camp de Tziganes, avec des enfants couverts de poussière, des chiens en liberté, des bassines sur le feu et les longues jupes des femmes. La ville semblait presque fade, en comparaison. Telle qu'en elle-même, en fait.

Il s'acheta un croissant chez un boulanger ambulant et mangea debout sur les remparts, observant le marché qui battait son plein, jouissant avec délice de ces rares instants de solitude. Quelle folie l'avait donc conduit jusqu'ici ? En à peine plus d'une semaine, son existence avait changé du tout au tout, et il était à présent certain qu'il ne serait plus jamais capable de retourner à sa vie d'avant. Désormais, il n'appartenait plus ni à un monde ni à l'autre. Quel était le terme qu'employaient les Gitans pour se décrire ? *Apatride.* C'était cela. Il était sans patrie, sans nationalité.

Il pivota brusquement pour faire face à l'homme qui se tenait derrière lui. Avait-il le temps de saisir son pistolet ? La présence de tranquilles et innocents badauds autour d'eux l'en dissuada.

– Monsieur Sabir ?

– Qui êtes-vous ?

– Capitaine Calque, de la police nationale. Je vous suis depuis que vous avez quitté le camp de Gitans. En fait, nous vous surveillons en permanence depuis votre départ de Rocamadour, il y a trois jours.

– Bon sang…

– Vous êtes armé ?

– Oui. Mais pas dangereux.

– Puis-je voir votre arme ?

Sabir ouvrit sa poche à contrecœur, y glissa deux doigts et en retira le pistolet par la crosse. À cet instant, il eut l'impression de sentir converger sur son crâne les viseurs des tireurs embusqués.

– Puis-je l'examiner ?

– Faites, je vous en prie. Gardez-le, si vous voulez.

– Nous sommes seuls, ici, monsieur Sabir, sourit le capitaine. Vous pouvez braquer votre pistolet sur moi, si vous le désirez. Vous n'avez pas à me le donner.

– Ou vous mentez, capitaine, ou vous prenez un sacré risque en disant ça.

Il lui tendit son automatique par la crosse, d'un air presque dégoûté, comme s'il s'agissait d'un morceau de poisson pourri.

– Merci, fit Calque en le prenant. Un risque, oui. Mais calculé. Un Remington 51… Jolie petite arme. Qui ne se fait plus depuis les années 1920. Vous le saviez ? C'est carrément une pièce de collection.

– Si vous le dites…

– J'en déduis que ce n'est pas le vôtre. Je me trompe ?

– Vous savez très bien que je l'ai barboté à ce type, à Rocamadour.

– Puis-je en relever le numéro de série ? Ça pourrait nous fournir de précieux renseignements.

– Et l'ADN ? À la police, vous ne jurez plus que par ça, ces derniers temps, non ?

– Il est trop tard pour relever des empreintes ADN. Le pistolet a été « pollué », disons. Il me faut juste le numéro de série.

Sabir laissa échapper un soupir puis lâcha :

– Allez-y, relevez ce numéro, prenez ce pistolet, emmenez-moi, faites ce que vous voulez…

– Je vous l'ai dit, je suis seul.

– Mais c'est moi, le tueur. Vous avez étalé ma bobine partout à la télé et dans les journaux. Je représente une menace pour la sécurité publique.

– Je ne pense pas.

Calque chaussa ses lunettes de lecture et inscrivit le numéro de série dans un petit carnet noir. Puis il rendit le pistolet à Sabir.

– Vous rigolez ?

– Non, monsieur. Vous aurez besoin d'être armé, avec ce que je vais vous demander.

66

Sabir s'accroupit aux côtés de Yola et d'Alexi. Tous deux semblaient manifestement réconciliés. La jeune femme était en train de griller sur la flamme des grains de café verts et de la racine de chicorée sauvage, destinés au petit déjeuner d'Alexi.

Sabir lui tendit son sac de croissants.

– Je suis tombé sur la police, tout à l'heure, annonça-t-il.

Alexi se mit à rire.

– Quoi, tu as volé ces croissants, Damo ? Ne me dis pas que tu t'es fait pincer dès ta première sortie.

– Non, Alexi, je parle sérieusement. Je me suis fait alpaguer par un capitaine de police. Il savait parfaitement qui j'étais.

– *Malos mengues*! s'exclama-t-il en se frappant le front de la paume.

Puis il recula telle une bête sauvage, prêt à prendre ses jambes à son cou.

– Ils sont toujours dans le camp ?

– Assieds-toi, imbécile. Tu crois que je serais encore ici, s'ils voulaient réellement me coffrer ?

Alexi hésita puis se laissa tomber sur le tronc d'arbre qui lui servait de siège.

– T'es complètement dingue, Damo. J'ai failli gerber. Je me voyais déjà en prison. Elles sont pas drôles, tes blagues.

– Je blaguais pas. Tu te rappelles ce type qui est venu te parler, au camp de Samois ? Avec son assistant ? À propos de Babel ? Pendant que j'étais caché dans la caisse de bois ?

– Oui. Et alors ?

– C'était le même gars. J'ai reconnu sa voix. C'était la dernière chose que j'avais entendue avant de tourner de l'œil.

– Et il t'a laissé partir ? Ils croient encore que c'est toi qui as tué Babel, pourtant, non ?

– Non, pas Calque. C'est son nom, au fait. C'est l'officier de police que Yola a vu à Paris.

– Oui, Damo, fit-elle. Je m'en souviens très bien. Il avait l'air gentil, du moins pour un *payo.* Il m'a accompagnée à l'endroit où on garde les morts pour s'assurer qu'on me laisserait couper moi-même un peu des cheveux de Babel, au lieu de me remettre en douce ceux d'un autre. Sinon, Babel n'aurait pas été enterré décemment. Il avait bien compris ça, quand je le lui ai demandé. Du moins, c'est ce qu'il a bien voulu me faire croire.

– Eh bien, Calque et quelques-uns de ses confrères espagnols sont tombés sur le maniaque qui a frappé Alexi dans les parties. Et tu veux savoir où ça s'est passé ? À Montserrat. Ce salaud est retourné à Rocamadour après notre départ et a déchiffré l'énigme. Il nous suit depuis Samois, apparemment. Il traque notre voiture.

– Notre voiture ? C'est impossible. J'ai toujours regardé.

– Non, Alexi, il ne fait pas ça à vue, mais avec un traceur électronique. Ce qui veut dire qu'il peut nous suivre à une distance de… disons, un kilomètre, sans se faire voir. C'est comme ça qu'il est arrivé si vite jusqu'à Yola.

– Putain ! On ferait mieux de se tirer d'ici.

– Calque nous demande de ne pas bouger, au contraire.

Le visage crispé, Alexi analysa un à un les éléments que Sabir venait de lui donner. Il se tourna vers Yola. Comme si de rien n'était, elle s'occupait à filtrer le café et la chicorée dans un tamis.

– Qu'est-ce que tu en penses, *luludji* ?

– Je crois qu'il faut écouter Damo, répondit-elle avec un petit sourire. Je crois qu'il a encore quelque chose à nous dire.

Sabir accepta la tasse que la jeune femme lui offrait, puis s'assit sur le tronc d'arbre à côté d'elle.

– Calque voudrait qu'on lui serve d'appâts.

– D'appâts ? Qu'est-ce que c'est ?

– Ça sert à attirer une proie. C'est pour celui qui a tué Babel. Pour que la police puisse le piéger. Je lui ai dit que j'acceptais, si ça pouvait servir à m'innocenter, mais que c'était à vous de décider de ce que vous vouliez faire.

Se passant une main sur la gorge, Alexi répliqua :

– Je ne travaille pas avec la police. Ça, pas question.

– Si on n'est pas avec toi, déclara alors Yola, l'homme saura qu'il se passe quelque chose. Il aura des soupçons. Et la police le perdra. Ce n'est pas vrai ?

Sabir regarda Alexi.

– Il a manqué d'estropier l'assistant de Calque, à Montserrat. Il a aussi assommé l'un des soldats espagnols, dans la sierra. Et il a tué un vigile à Rocamadour, il y a deux jours. On n'a pas été inspirés de ne pas lire les journaux ni écouter les infos, pendant ce mariage. Et sur la route, avant de s'en prendre à Yola, il a renversé et blessé un automobiliste et à moitié asphyxié sa femme, tout simplement pour faire diversion. La police française le recherche activement. Ils ont lancé une grande opération pour le retrouver. Une opération dans laquelle nous avons une place importante.

– Qu'est-ce qu'il veut, Damo ?

Yola s'était oubliée depuis assez longtemps pour être vue en train de boire du café en public avec deux hommes. L'une des deux femmes mariées les plus âgées s'approcha et lui jeta un regard courroucé, mais elle sembla ne pas le remarquer.

– Les prophéties. Mais personne ne sait pourquoi.

– Et où sont-elles ? On le sait ?

Sortant un morceau de papier de sa poche, Sabir déclara :

– Regardez. Calque m'a donné ça. Il a relevé ceci au pied de la Moreneta, à Montserrat.

L'Antéchrist, tertius
Le revenant, secundus
Primus, la foi
Si li boumian sian catouli

– *Primus, secundus, tertius, quartus, quintus, sextus, septimus, octavus, nonus, decimus*, ce sont les nombres ordinaux en latin, poursuivit-il. Ce qui donne : l'Antéchrist est le troisième. Le fantôme, ou celui qui revient, est le deuxième. La foi est la première. Quant à la dernière phrase, je n'en comprends pas un traître mot.

– Ça veut dire : « Si les bohémiens sont toujours catholiques. »

– Comment sais-tu ça, Yola ? lui demanda-t-il, interloqué.

– Parce que c'est en roumain.

Il se rassit et considéra les deux Tziganes. Il sentait qu'un puissant lien de parenté s'était déjà tissé entre eux, et se rendait en même temps compte du déchirement qu'il éprouverait à les quitter ou à se séparer d'eux pour une raison ou une autre. Ils lui étaient devenus étrangement familiers, presque autant que les membres de sa propre famille. Étonné de ce qu'il pouvait ressentir, il réalisa qu'il avait besoin d'eux – peut-être plus encore qu'eux n'avaient besoin de lui.

– Il y a quand même quelque chose que je n'ai pas montré à Calque, avoua-t-il. Je ne sais pas si j'ai bien fait, mais je voulais garder certaines infos pour nous seuls.

– Lesquelles ?

– Je ne lui ai pas montré le premier quatrain. Celui qui a été gravé sur le fond de ton coffre, Yola. Celui qui dit :

Hébergée par les trois mariés
Celle d'Égypte la dernière fut
La Vierge noire au camaro duro
Tient le secret de mes vers à ses pieds

– J'y ai beaucoup réfléchi, ces derniers temps, et je crois que c'est ce quatrain qui détient la clé.

– Pourtant, tu l'as déjà traduit. C'est lui qui nous a dirigés vers Rocamadour.

– Mais je l'ai mal traduit. J'ai laissé échapper quelques indications. Surtout dans la première ligne – par tradition, la plus importante. Je l'ai interprétée comme disant : « Hébergée par les trois personnes mariées. » Et, stupidement, parce que ça semblait n'avoir aucun sens, je n'y ai plus prêté attention par la suite. Je me suis laissé aveugler par la petite anagramme de la troisième ligne, et j'ai concentré tout mon esprit là-dessus. La vanité intellectuelle a perdu des gens autrement plus sages que moi, et Nostradamus le savait. Il a peut-être même manipulé la chose dans le but de berner des idiots comme moi – en en faisant une énigme de façon à voir si on était assez astucieux pour oser la prendre au sérieux. Il y a cinq cents ans, une telle erreur m'aurait valu des semaines de déplacements inutiles. Mais la chance et le progrès moderne ont réduit ces recherches à quelques jours seulement. C'est une phrase que m'a dite Gavril, hier soir, qui m'a fait changer d'avis.

– Gavril ? Ce *pantrillon*. Qu'est-ce qu'il a bien pu dire qui t'ait éclairé ?

– Il a dit que toi et lui devriez régler votre contentieux aux pieds de sainte Sara. À la fête des Trois Maries. Aux Saintes-Maries-de-la-Mer, en Camargue.

– Bon, eh bien je l'attends. Ça me donnera l'occasion de libérer à mon tour un peu d'espace dans sa bouche pour quelques dents en or.

– Non, Alexi, ce n'est pas ça. Les Trois Maries, ça ne te dit rien ? L'accent aigu que j'ai retranscrit dans le quatrain – celui sur le *e* de *maries*, qui transforme le mot en *mariés* –, c'était simplement le moyen que Nostradamus a trouvé pour dissimuler le vrai sens. On ne l'a pas bien lu. Et ça a faussé le sens de la prophétie. L'ennui, c'est que je ne comprends toujours pas qui est cette mystérieuse femme égyptienne.

– Mais, c'est simple, fit Yola en se penchant en avant. C'est sainte Sara. Elle aussi est une Vierge noire. Pour les Roms, c'est la Vierge noire la plus connue de toutes.

– Attends, explique-moi, Yola.

– Sainte Sara est notre patronne. La sainte patronne de tous les Tziganes. L'Église catholique ne la reconnaît pas comme sainte, bien sûr, mais, pour les Tziganes, elle compte bien plus que les deux autres vraies saintes – Marie Jacobé, la sœur de la Vierge Marie, et Marie Salomé, la mère de l'apôtre Jacques le Majeur et aussi de Jean.

– Et quel est le lien avec l'Égypte ?

– Sainte Sara est appelée par nous Sara l'Égyptienne. Les gens qui croient savoir des choses disent que tous les Tziganes viennent d'Inde. Mais, nous, on sait que certains viennent d'Égypte. Quand les Égyptiens ont tenté de traverser la mer Rouge après la fuite de Moïse, seuls deux d'entre eux ont survécu. Ce sont ces deux-là qui ont fondé la race tzigane. L'une de leurs descendantes était Sara e Kali – Sara la Noire. Elle était reine d'Égypte. Elle est venue aux Saintes-Maries-de-la-Mer alors que c'était un lieu de vénération du dieu soleil ; ça s'appelait à l'époque Oppidum-Râ. Sara en est devenue la reine. Quand les trois Marie – Marie Jacobé, Marie Salomé et Marie de Magdala – avec Marthe, Maximin, Sidoine et Lazare le Ressuscité ont été chassés de Palestine à bord d'un bateau sans rames, sans voiles et sans nourriture, ils ont débarqué à Oppidum-Râ, poussés par le vent de Dieu. La reine Sara est venue sur le rivage pour voir qui ils étaient et pour décider de leur destin.

– Pourquoi ne m'as-tu pas dit ça plus tôt, Yola ? lui demanda Sabir.

– Parce que tu m'as induite en erreur. Tu m'as dit qu'il y avait trois personnes mariées. Alors que Sara était vierge. Sa *lacha* n'était pas souillée. Elle n'était pas mariée.

Levant les yeux au ciel, il demanda :

– Alors, qu'est-ce qui s'est passé quand Sara est venue les voir ?

– D'abord, elle s'est moquée d'eux. Ça devait être pour les mettre à l'épreuve, je pense. Puis l'une des Marie a sauté du bateau et s'est tenue debout sur l'eau, comme Jésus l'avait fait à Bethsaïde. Et elle a demandé à Sara de faire la même chose. Sara est entrée dans l'eau et a été aussitôt avalée par les flots. Mais la deuxième Marie a jeté sa cape sur les eaux, Sara a grimpé dessus et a été sauvée. Alors la reine les a invités à venir dans sa ville. Puis, après s'être convertie à leur religion, elle les a aidés à y fonder une communauté chrétienne. Marie Jacobé et Marie Salomé sont restées aux Saintes-Maries jusqu'à leur mort. Leurs ossements se trouvent toujours là-bas.

– Donc, conclut Sabir, tout était déjà contenu dans ce premier quatrain. Le reste n'était que du vent. C'est bien ce que je disais.

– Non, je ne crois pas, répliqua Yola. Je pense que c'était aussi une mise à l'épreuve. Pour s'assurer que les Tziganes étaient toujours catholiques – *si li boumian sian catouli.* Si on était toujours dignes de recevoir ces prophéties. Un peu comme un pèlerinage qu'on devrait faire avant de pouvoir apprendre un secret important.

– Un rite de passage, tu veux dire ? Comme la quête du Saint-Graal ?

– Je ne sais pas de quoi tu parles… Mais, oui, si, par là, tu veux dire une épreuve pour s'assurer qu'on est dignes d'apprendre quelque chose, ce serait sûrement ça, non ?

– Yola, dit alors Sabir en lui prenant la tête entre les mains, tu m'étonneras toujours.

67

Macron était furieux. Fou de rage. Le côté de sa tête, tout gonflé, était orné d'un horrible œil au beurre noir, et il avait l'impression qu'un rouleau compresseur lui était passé sur la mâchoire. Il était affligé d'un épouvantable mal de tête, et ses pieds, meurtris par les coups de matraque d'Œil noir, le faisaient autant souffrir que s'il marchait sans chaussures sur un lit de graviers.

Il regarda Calque s'avancer entre les tables du café en se déhanchant comme un danseur.

– Où étiez-vous ?

– Où j'étais ? répéta le capitaine, surpris par le ton que prenait son assistant.

Macron se reprit aussitôt, avec toute la dignité dont il était encore capable.

– Désolé, monsieur. J'ai mal au crâne, je suis d'une humeur massacrante… Tout s'est trop mal passé.

– Je suis bien d'accord. Je suis même tellement d'accord que j'estime que vous devriez être à l'hôpital, en ce moment, et non pas ici, en train de siroter votre café avec une bouche aussi gonflée que celle d'un poisson. Même votre mère ne vous reconnaîtrait pas.

– Ça va, je vous dis, grimaça Macron. Le toubib espagnol m'a assuré que je n'avais pas de commotion cérébrale et que mes pieds n'étaient que contusionnés. Et ces béquilles qu'on m'a données me soulagent bien.

– Et vous voulez faire partie de la chasse à l'homme, c'est ça ? Vous rêvez de vous venger ? Vous êtes prêt à cavaler après Œil noir sur vos béquilles ?

– Bien sûr que non. J'ai du recul. Je suis professionnel. Vous le savez bien.

– Ah, oui ?

– Vous allez me retirer de l'affaire ? Me renvoyer chez moi ? C'est ce que vous êtes en train de me dire ?

– Non. Je ne vais pas faire ça. Et vous voulez que je vous dise pourquoi ?

Macron hocha la tête. Il ignorait ce qu'il allait entendre mais sentait que cela risquait d'être déplaisant.

– C'est ma faute si Œil noir nous a échappé, articula alors le capitaine. Je n'aurais pas dû vous laisser seul sur la colline. Je n'aurais pas dû abandonner mon poste. Vous auriez pu vous faire tuer. Selon moi, ça vous donne droit à une faveur, mais une faveur seulement. Voulez-vous rester sur l'affaire ?

– Oui, monsieur.

– Bien. Je vais donc vous dire où j'étais.

68

Sabir se frotta la figure avec les mains et déclara :

– Il n'y a qu'un ennui dans tout ça.

– Lequel ?

– Non seulement la police ne saura pas exactement où on va, et ça grâce au fait que je n'ai pas tout dévoilé à Calque, mais ils seront encore bien décidés à me coincer – avec tout ce qu'ils ont dans leur arsenal – pour le meurtre de Babel et celui du vigile. Avec vous deux comme complices par assistance.

– Tu parles sérieusement ?

– Tout à fait sérieusement. Le capitaine Calque m'a dit qu'il ne faisait ça que de sa propre initiative.

– Et tu le crois ?

– Oui. Il aurait pu me mettre en garde à vue ce matin, en revendiquer tout le mérite. D'autant que j'étais prêt à me rendre sans résister. Je lui ai dit que je n'étais pas un tueur de flics. Il a même pris le Remington dans sa main, pour me le rendre ensuite.

Alexi ne put réprimer un sifflement admiratif.

– Les autorités auraient pu passer des mois à me mettre sur le dos les actions de ce maniaque qu'ils appellent Œil noir, ce qui lui aurait donné tout le temps de disparaître dans la nature – avec les prophéties, bien évidemment, qu'il n'aurait pas hésité à vendre sur la place publique. Et qui aurait pu prouver où il les avait trouvées ? Personne. Parce qu'ils n'ont pas de trace ADN ; la mort d'un bohémien inconnu ne mérite pas que la police lance une enquête pour découvrir son meurtrier, apparemment. Et puis, de toute façon, ils m'auraient déjà mis sous les verrous ; alors, pourquoi s'enquiquiner avec le reste ? Je faisais le suspect idéal. Dont le sang s'étalait partout sur la scène de crime. C'était tout vu.

– Alors pourquoi Calque fait-il ça ? Ils vont l'envoyer à la guillotine – ou l'exiler à l'île d'Elbe, comme Napoléon – si les choses se passent mal.

– Il y a peu de chances, sourit Sabir. Il fait ça parce qu'il veut absolument coincer Œil noir. C'est sa faute si son assistant s'est fait agresser. Et il se sent responsable du meurtre du vigile, aussi. Il reconnaît qu'il aurait dû penser qu'Œil noir reviendrait terminer le travail. Mais il dit qu'il s'est laissé tellement emporter par l'ardeur que lui et son assistant ont mise à déchiffrer le code de Montserrat qu'il ne voyait plus rien d'autre. Un peu comme moi, finalement.

– Tu es sûr que ce n'est pas un piège ? Pour vous attraper tous les deux ? Peut-être qu'ils pensent que vous travaillez ensemble…

– Écoute, je n'en sais rien. Tout ce que je sais, c'est qu'il aurait pu me coffrer ce matin, et qu'il ne l'a pas fait. Et ça, pour moi, c'est du sérieux.

– Alors, qu'est-ce qu'on fait ?

– Qu'est-ce qu'on fait ? répéta l'Américain en souriant. On part pour la Camargue, voilà ce qu'on fait. Via Millau. En accord avec Calque. Puis on essaie de se perdre pendant quelques jours parmi dix mille de tes « cousins ». En gardant toujours à l'esprit qu'Œil noir peut localiser notre voiture où et quand il veut, qu'on est encore soupçonnés de meurtre, qu'on a la police française à nos trousses, avec armes à feu et menottes prêtes à servir.

– *Jesu Cristu* ! Et… ensuite ?

– Ensuite, dans six jours, au beau milieu de la fête des Trois Maries, on chipe la statue de sainte Sara devant une foule de fidèles, et sans prise de bec avec Œil noir. Et sans nous faire non plus alpaguer et mettre en pièces par une meute de fidèles en folie.

Souriant, il ajouta :

– Qu'est-ce que tu dis de tout ça, Alexi ?

Deuxième partie

1

En voyant clignoter sur le traceur le petit point lumineux signalant la localisation de la voiture de Sabir, Achor Bale se sentit envahi d'un calme profond.

Et, oui, il y avait bien aussi l'écho du traceur de la police. Ainsi, ils étaient toujours à la poursuite de Sabir. Inutile, donc, d'espérer qu'ils lui aient attribué l'agression de Montserrat. Il restait néanmoins une faible chance qu'ils le suspectent du meurtre du vigile. Étrange, toutefois, qu'ils ne l'aient pas encore arrêté ; ils devaient eux aussi être à la recherche des prophéties. Il semblait donc que la police jouait, comme lui, au jeu du chat et de la souris avec Sabir.

Bale sourit et chercha sur le siège passager la carte d'identité de Macron. Il la saisit, la considéra un instant puis souffla :

– Comment te sens-tu, Paul ? Un peu meurtri, par-ci par-là ?

Il savait – il en était persuadé – qu'ils allaient de nouveau se rencontrer. Il n'en avait pas fini avec lui. Comment la police française osait-elle le poursuivre jusqu'en Espagne ? Il devait leur donner une leçon.

Mais, pour l'instant, il lui fallait concentrer toute son énergie sur Sabir. Celui-ci se dirigeait vers le sud-est – et non vers Montserrat. Pourquoi ? Il n'était certainement pas au courant de l'attaque qui avait eu lieu là-bas. Et il avait exactement les mêmes informations sur les prophéties que Bale lui-même – l'essentiel du quatrain gravé à chaud sur le fond du coffre, et les autres inscriptions au pied de la Vierge de Rocamadour. La Gitane, à la rivière, avait-elle omis de lui préciser un détail quand elle lui avait décrit ce qui était inscrit sur le fond du coffre ? Non, peu probable. Il n'était pas difficile de voir la terreur d'une personne lorsqu'elle ne pouvait même plus contrôler sa vessie – une peur de cette sorte ne se feint pas. C'était comme le springbok qui se faisait attraper par un lion : tous ses mécanismes se bloquaient une fois que le fauve avait refermé ses mâchoires sur son cou, si bien qu'il était mort sous le choc avant même d'avoir la trachée comprimée entre les dents du lion.

C'était ce que Monsieur, feu son père, avait enseigné à Bale – aller de l'avant sans penser et avec une totale conviction, décider de la meilleure issue de vos actes et y rester fidèle malgré toutes les tactiques tentées par l'adversaire pour vous en détourner. Les échecs fonctionnaient de la même manière, et Bale était très bon aux échecs. Cela ne tenait qu'à une puissante volonté de gagner.

Pour couronner le tout, son dernier coup de téléphone à Madame, sa mère, s'était révélé des plus satisfaisants. Il avait omis de lui décrire le fiasco de Montserrat, bien sûr, pour simplement lui expliquer que les gens qu'il suivait avaient été retenus par un mariage – c'étaient des Gitans, après tout, et non des scientifiques. Du genre à s'arrêter au bord de la route pour cueillir des herbes alors qu'ils étaient en train de fuir la police. Sublime.

Madame, en conséquence, s'était montrée très satisfaite de sa conduite et lui avait dit que, de tous ses nombreux enfants, il était celui qu'elle chérissait le plus. Celui sur qui elle comptait le plus pour exécuter ses ordres.

Tout en filant vers la Camargue, Bale sentait l'ombre de Monsieur, son père, planer avec bienveillance au-dessus de lui.

2

— Je sais où on peut se cacher.

– Où ça ? demanda Sabir, légèrement tourné vers Yola.

– Il y a une maison, au fond de la Camargue, près du marais de la Sigoulette. Pendant des années, elle a été le centre d'une guerre de succession que se sont livrée cinq frères qui avaient tous hérité de leur père et ne parvenaient pas à s'accorder sur le partage de leurs biens. Aucun d'eux ne voulait parler aux quatre autres, aucun ne voulait payer pour l'entretien, ni pour la surveillance de leur propriété. Il y a quinze ans, après un pari gagné, mon père a obtenu le droit de jouissance de cette maison, et, depuis, c'est devenu notre territoire. Notre *patrin*.

– Il a obtenu ce droit des cinq frères ? s'étonna Sabir. Tu plaisantes ?

– Non, il l'a obtenu d'un groupe de Gitans qui l'avaient aussi découverte. Pour un *gadjé*, ça peut paraître illégal, bien sûr, et personne d'autre n'est au courant de cette tractation, mais, pour nous, la chose est gravée dans la pierre. C'est simplement accepté. On séjourne parfois dans cette maison quand on va à la fête des Trois Maries. Il n'y a aucune route qui y mène, seulement un chemin pierreux. Dans la région, les gardians n'utilisent que leurs chevaux pour se déplacer.

– Les gardians ?

– Oui, ceux qui gardent les taureaux de Camargue. On les voit sur leurs chevaux gris, avec parfois une lance. Ils connaissent chaque recoin des marais camarguais. Ce sont nos amis. Quand Sara e Kali est amenée vers la mer, c'est la *Nacioun Gardiano* qui la garde pour nous.

– Alors eux aussi connaissent cette maison ?

– Non, il n'y a que nous. De l'extérieur, avec ses volets fermés, on ne voit rien. On y pénètre en général par la cave, si bien qu'elle semble inhabitée même quand on y est.

– Et la voiture, qu'est-ce qu'on en fait ?

– On devra la laisser quelque part, loin de la Camargue.

– Dans ce cas-là, Œil noir va perdre notre trace. On a un accord avec Calque, rappelle-toi.

– On la laissera à Arles, le temps de notre séjour là-bas. On pourra se faire prendre en stop par d'autres Gitans. Ils nous feront monter dès qu'ils nous verront. On met un panneau *shpera* au bord de la route, et ils s'arrêtent. Et on descendra quelques kilomètres avant la maison, en prenant de la nourriture avec nous ; pour le reste, je pourrai sortir et faire le *manghèl*.

– Faire quoi ?

– Mendier auprès des fermiers des environs, précisa Alexi, qui conduisait.

Il commençait à avoir l'habitude d'expliquer les coutumes tziganes à Sabir. Son visage prenait alors une expression particulière, entre l'expert et le guide spirituel.

– Depuis qu'elle est *chey*, poursuivit-il, Yola, comme toutes les Tziganes, a dû apprendre à convaincre les fermiers locaux de partager leurs excédents de nourriture. Et elle est devenue très douée pour ça ! Les gens se sentent presque privilégiés de lui donner des choses, tu imagines ?

– Oui, j'imagine très bien, s'esclaffa l'Américain. Déjà, elle a su me convaincre de faire tout un tas de choses que je n'aurais jamais osé faire ! À propos, qu'est-ce qu'on fera, une fois que nous serons à l'intérieur de la maison et que tu auras pillé la région entière ?

– On se planquera jusqu'à ce que la fête commence. On enlèvera Sara. On la cachera. Puis on retournera vers la voiture et on quittera la région. On appellera Calque. Et la police fera le reste.

Le sourire sur le visage de Sabir se figea.

– Ça semble terriblement facile, à la façon dont tu le dis.

3

— Je crois que je l'ai.

— Alors, laissez tomber.

— Mais il ne faut pas que je le lâche.

— Si, Macron. Il va nous voir et prendre peur, sinon. On a une chance, là, et une seule. J'ai fait installer un barrage invisible juste avant Millau, là où la route se rétrécit en traversant une gorge. On va le laisser s'y engager. Un demi-kilomètre plus loin, il y a un autre barrage, cette fois plus visible. On laissera passer Sabir et les Gitans, puis on le fermera. Si Œil noir tente de faire demi-tour, on le cueillera comme un rat. Même lui ne saura pas grimper le long d'une falaise.

— Et les prophéties ?

— Rien à foutre des prophéties. Ce que je veux, c'est Œil noir. Le mettre hors d'état de nuire. Une bonne fois pour toutes.

Depuis un bout de temps, déjà, Macron pensait que son chef commençait à perdre les pédales. D'abord, il y avait eu la bavure de Rocamadour, qui avait conduit à la mort imbécile du vigile – le lieutenant était depuis longtemps convaincu que, si lui-même avait mené l'enquête, jamais pareille chose ne serait arrivée. Puis il y avait eu la stupidité criminelle de Calque, qui avait abandonné son poste à Montserrat, avec pour résultat l'agression de son assistant. C'était lui, après tout, qu'Œil noir avait frappé. Et, maintenant, il y avait ça.

Macron était sûr qu'ils pouvaient capturer eux-mêmes Œil noir. Le suivre à une distance raisonnable. Isoler et identifier s

voiture. Positionner des véhicules banalisés devant et derrière lui. Puis le cueillir. Pas besoin de barrages, plus problématiques qu'utiles, la plupart du temps. Si on n'était pas vigilant, on se retrouvait en pleine chasse à l'homme au beau milieu d'un champ de tournesols. Ce qui serait immanquablement suivi de trois semaines passées à remplir des formulaires expliquant la raison des dommages infligés aux véhicules de police. Le genre de bureaucratie que Macron exécrait.

– Il conduit un break Volvo blanc. C'est forcément lui. Je m'approche encore un peu, il faut que je sois sûr, que je voie sa plaque.

– Ne vous approchez pas plus que ça. Il va nous repérer.

– Ce n'est pas Superman, non plus, monsieur. Il n'imagine pas une seconde qu'on sait qu'il suit Sabir.

Calque soupira. Il se sentait vraiment stupide d'avoir laissé Macron rester sur l'enquête. Voilà où menait le sentiment de culpabilité : à l'attendrissement. Il s'était laissé attendrir par cet homme qui, en fait, était franchement intolérant. Chaque jour qu'ils passaient ensemble sur la route confortait le capitaine dans cette idée. D'abord, ç'avaient été les Gitans. Puis les juifs. Et, maintenant, les parents de sa fiancée. Des métis. Des sang-mêlé. Apparemment, Macron acceptait cela de sa petite amie, mais pas de sa famille.

Calque se disait qu'il devait voter Front national. Mais lui-même étant d'une génération qui trouvait impoli d'interroger son voisin sur ses choix politiques, il ne le saurait jamais. Ou alors son assistant était-il communiste ? À son avis, le Parti communiste était encore plus raciste que le Front national. Les deux partis s'échangeaient leurs votes quand ils le jugeaient opportun.

– On est assez près, je vous dis, insista-t-il. Vous oubliez à quel point il nous a bernés à Montserrat. Et Villada qui estimait que jamais un homme ne pourrait s'échapper de la colline, qu'il serait cerné avant par le cordon de police… Ce salaud a l'agilité d'un chat. Il devait être de l'autre côté avant même que les Espagnols ne commencent leurs opérations.

– Il accélère.

– Laissez-le. Il nous reste trente kilomètres avant de pouvoir le serrer. J'ai un hélico prêt à décoller de Rodez, et des CRS à Montpellier. Il ne peut pas nous échapper.

Si Calque avait l'air compétent, songea Macron, ce qu'il disait n'était que du vent. Cet homme agissait en dilettante. Laisser passer l'occasion d'épingler Œil noir pour un plan totalement utopiste qui, une fois de plus, les couvrirait de honte ! Encore une erreur de ce genre, et lui, Paul Macron, pourrait dire adieu à toute chance de promotion. Autant demander directement à être affecté à la circulation.

Il écrasa l'accélérateur. Ils se trouvaient dans une campagne boisée et sinueuse, et Œil noir devait certainement concentrer toute son attention sur la route devant lui. Jamais il ne lui viendrait à l'idée de surveiller son rétroviseur pour voir ce qui se passait à cinq cents mètres derrière lui. Discrètement, Macron défit le bouton de l'étui de l'arme qu'il avait glissée sous son siège le matin même.

– Je vous ai dit de ralentir.

– Oui, monsieur.

Calque reprit ses jumelles. La route tournoyait tellement que quelques secondes seulement à regarder au travers suffisaient à lui donner la nausée. Oui, Macron avait raison. La Volvo blanche, ce devait être sa voiture. Depuis une vingtaine de kilomètres, maintenant, c'était le seul véhicule à être resté entre eux et Sabir. Il sentit sa bouche se dessécher, son estomac se nouer, une sensation qu'il n'éprouvait jamais qu'en présence de sa dépensière d'ex-femme.

Lorsqu'ils débouchèrent du virage suivant, ils aperçurent Bale debout au milieu de la route, à quatre-vingts mètres devant eux, brandissant le Star Z84 dérobé aux militaires catalans. Six cents balles à la minute. Des 9 mm Lüger Parabellum dans le magasin. Avec une portée de deux cents mètres.

Bale sourit, épaula et appuya sur la détente.

4

Macron donna un brusque coup de volant à gauche – une réaction purement instinctive, sans aucun lien avec un entraînement à la conduite ou à la réaction à avoir face à une tentative d'embuscade. La voiture de police banalisée fit un écart, et il redressa sèchement, avant de sentir l'habitacle secoué de violents soubresauts.

Bale considéra l'arme qu'il avait dans la main. Incroyable. C'était bien plus efficace que ce qu'il espérait.

La voiture de police se coucha sur le flanc, dans un sinistre grincement métallique. Des bris de verre et des lambeaux d'aluminium jonchaient la route sur cinquante mètres, tandis qu'une épaisse mare d'huile se formait sous le véhicule.

Bale jeta un rapide coup d'œil de chaque côté de la route puis s'accroupit afin de récupérer les douilles tombées à terre et les glisser dans sa poche. Il avait sciemment levé haut son arme afin de tirer dans le vide. Cela l'amusait de penser que les deux policiers – s'ils avaient survécu à l'accident – n'auraient aucun moyen de prouver qu'il s'était trouvé là, sur leur chemin.

Après un dernier regard satisfait autour de lui, il grimpa dans la Volvo et reprit son chemin.

5

— Pourquoi ne pas arrêter Œil noir pour simplement nous avoir attaqués et forcés à lui dire où se trouvaient les prophéties ?

– Parce qu'on ne sait pas où sont ces prophéties. C'est du moins ce qu'il croit.

Alexi parut déconcerté. Il jeta un regard interrogateur à Yola… qui dormait sur le siège arrière.

– Réfléchis, Alexi, reprit Sabir. Il ne sait que ce que Yola lui a dit. Pas plus. Et si elle ne lui a pas parlé des Trois Maries, c'est parce qu'elle n'en savait rien elle-même.

– Mais…

– D'autre part, il n'a que le quatrain trouvé à la base de la Vierge noire de Rocamadour. Ce qui l'a conduit jusqu'en Espagne. Mais, à Montserrat, il n'a pas pu s'emparer du quatrain caché au pied de la Moreneta – celui qui cimente le lien tzigane. Il n'est pas non plus au courant de ma rencontre avec Calque, et ne sait pas que celui-ci m'a remis le texte du quatrain de Montserrat comme preuve de bonne foi. Il est donc obligé de nous suivre. Il est obligé de supposer qu'on se rend dans un endroit bien spécifique afin de récupérer une autre partie du message. Il n'a aucun intérêt à nous mettre des bâtons dans les roues. Il ne sait pas qu'on sait qu'on est suivis. Et il est sans doute tellement fier d'avoir échappé à la police espagnole qu'il doit se croire maintenant capable de tenir tête à toute la police s'ils essaient à nouveau de l'empêcher d'agir.

– Comment sais-tu tout ça ?

– C'est juste une intuition. Et ça vient aussi du seul regard que j'ai posé sur lui à Rocamadour. C'est un type qui a l'habitude d'obtenir ce qu'il veut. Et pourquoi ? Parce qu'il agit. En suivant son instinct. Sans la moindre once de conscience. Il suffit de voir ce qu'il a déjà fait. Il vise directement la jugulaire, chaque fois.

– Alors pourquoi on ne lui tendrait pas un piège ? On utiliserait ses propres tactiques contre lui. Pourquoi attendre que ce soit lui qui nous tombe dessus ?

Sabir se cala contre son siège et ne répondit pas.

– La police va merder, Damo. Ils merdent toujours. C'est mon cousin qu'il a tué. Le frère de Yola. On a juré de le venger. Tu étais d'accord avec nous. On le tient, ce mec – il nous suit partout. Pourquoi ne pas l'attirer et le piéger ? Et puis, ça ferait plaisir à Calque.

– C'est vraiment ce que tu penses ?

– Oui, sourit Alexi. J'aime bien la police, tu le sais. Ils ont toujours été sympas avec les Gitans, non ? Ils nous traitent avec respect, ils sont polis avec nous et nous considèrent comme les autres Français. Pourquoi ne pas les aider un peu, à notre tour ? Leur retourner le compliment ?

– Tu te souviens de ce qui s'est passé, la dernière fois ?

– Cette fois, on est mieux préparés. Et, s'il arrive le pire, la police peut toujours venir en renfort. Comme John Wayne, dans *La Chevauchée fantastique*.

Au regard que lui jeta l'Américain, il rétorqua :

– Oui, je sais, je sais, on ne joue pas aux cow-boys et aux Indiens. Mais je continue à croire qu'on devrait utiliser les tactiques de ce gars contre lui. Ça a failli marcher, la dernière fois…

– … sauf pour tes valseuses et tes dents.

– Sauf pour mes valseuses et mes dents, oui. Mais ça va marcher, cette fois. Si on a un bon plan, évidemment. Et si on reste cool.

6

Calque s'extirpa de la voiture par la vitre cassée de sa fenêtre. Il resta un moment allongé par terre, les bras écartés, regardant le ciel. Macron avait raison. L'airbag fonctionnait avec la ceinture de sécurité. Il marchait même si bien que cela lui avait brisé le nez. D'une main, il en tâta les nouveaux contours, mais n'eut pas le courage de le remettre en place.

– Macron ?…

– Je ne peux pas bouger, monsieur. Et… ça sent très fort l'essence.

La voiture s'était immobilisée au beau milieu du virage. Calque eut un instant l'absurde idée d'aller ouvrir le coffre, d'en sortir le triangle et de ramper à quelques mètres de leur véhicule pour l'installer de façon que personne ne leur rentre dedans. Et puis il devait enfiler le gilet jaune, aussi ; n'étaient-ce pas les nouvelles directives ? L'espace d'une seconde, il fut tenté de rire devant le ridicule de la situation.

Quelques minutes s'écoulèrent avant qu'il ne parvienne à s'agenouiller puis à se baisser pour regarder sous l'épave.

– Vous pouvez atteindre les clés ?

– Oui.

– Alors, coupez le contact.

– Ça le fait automatiquement quand les airbags se déploient. Mais je l'ai quand même coupé, pour plus de sécurité.

– Bien, mon garçon. Vous pouvez atteindre votre portable ?

– Non. Ma main gauche est coincée entre le siège et la portière, et j'ai l'airbag entre ma main droite et ma poche.

– D'accord… soupira le capitaine. Je vais me lever, maintenant. Ensuite, j'arrive vers vous.

Il se mit péniblement debout. Son sang se répartit alors à la périphérie de son corps et, durant un instant, il crut qu'il allait s'écrouler.

– Ça va, monsieur ?

– J'ai le nez cassé. Je me sens un peu faiblard mais… j'arrive.

Il s'assit au bord de la route. Puis, lentement, il s'allongea et ferma les yeux. Quelque part, derrière lui, des pneus hurlèrent soudain sur le macadam.

7

— D'où il la sort, cette mitraillette ?

— Il a dû la voler au soldat espagnol, quelle question… Villada n'a pas osé me le dire.

Calque était assis à côté de Macron, aux urgences de l'hôpital de Rodez. Couverts de contusions, ils étaient bandés de partout et le capitaine avait un bras en écharpe. Son nez avait été remis en place et il sentait encore sur ses dents de devant les effets de l'anesthésie locale.

— Je peux toujours conduire, monsieur. Si vous nous obtenez une nouvelle voiture, j'aimerais retenter le coup avec Œil noir.

— « Retenter le coup », vous avez dit ? Je ne me rappelle pas vous avoir vu en tenter un.

— C'est une façon de parler.

— Une façon de parler stupide, si vous voulez mon avis, rétorqua-t-il en laissant sa tête aller en arrière contre le dossier de son siège. Les hommes placés aux barrages ne pensent même pas qu'Œil noir était là, car il n'y a pas un seul impact de balle sur la voiture. Je leur ai dit que ce salaud avait dû faire le ménage derrière lui, mais ils continuent à rigoler en se disant qu'on a nous-mêmes accidenté le véhicule et qu'on essaie de masquer cette bévue derrière une attaque.

— Vous voulez dire qu'il l'aurait fait exprès ? Qu'il cherche à nous ridiculiser ?

— Il se fout de nous, carrément.

Calque se passa une cigarette sous le nez. Il s'apprêtait à l'allumer quand une infirmière, d'un doigt autoritaire, lui indiqua la sortie.

– Ils veulent nous enlever l'affaire, soupira-t-il. La filer à la DCSP.

– Ils ne peuvent pas faire ça !

– Si, et ils le feront. À moins que je ne leur donne une bonne raison de ne pas le faire.

– Votre ancienneté, monsieur.

– Oui, mon ancienneté, c'est ça. Je la sens un peu plus chaque jour dans mon dos, mes bras, mes hanches et mes pieds. Je crois qu'il reste un petit coin en haut de mon mollet droit qui se sent encore un peu jeune et vigoureux. Peut-être que je devrais le leur montrer.

– Mais on l'a vu. On a vu son visage.

– À quatre-vingts mètres. D'une voiture en mouvement. Derrière une mitraillette.

– Ça, ils ne le savent pas.

Se penchant en avant, Calque demanda :

– Vous proposez que je leur mente, Macron ? Que j'en rajoute sur ce que je sais ? Juste pour garder une affaire où on a manqué plusieurs fois de laisser notre peau ?

– Oui, monsieur.

En se passant les doigts sur son nez encore douloureux, le capitaine répliqua :

– Vous avez peut-être raison, Macron. Vous avez peut-être raison…

8

– Il me faut un accès à Internet.

– Tu plaisantes, j'espère ?

– Non. Il faudrait trouver un cybercafé.

– Tu es complètement dingue, Damo. La police est encore à ta recherche. Quelqu'un va lire les nouvelles sur l'ordinateur à côté du tien, va voir ta photo, va appeler les flics et va les regarder, ravi, en train de t'embarquer. Et puis, s'il y en a qui s'amusent à filmer la scène de ta capture avec une webcam, ils s'empresseront d'envoyer ça aux quatre coins de la planète, histoire de se faire un nom. En quelques secondes, ils deviendront millionnaires. Encore mieux que la loterie.

– Je croyais que tu ne savais pas lire, Alexi. Comment se fait-il que tu en saches autant sur les ordinateurs ?

– Il joue sur les ordis, intervint Yola.

– Pardon ? fit Sabir en se retournant vers elle.

– Oui, bâilla-t-elle. Il va dans les cybercafés et il joue à des jeux.

– Mais il est adulte…

– Ça n'empêche pas.

Alexi ne voyait pas le visage de la jeune femme car il conduisait, mais il parvint à jeter quelques coups d'œil dans le rétroviseur.

– Qu'est-ce qu'il y a de mal à jouer sur un ordi ?

– Rien… si tu as quinze ans.

Yola et Sabir essayaient par tous les moyens de cacher leur amusement derrière un visage sérieux. Alexi faisait un parfait sujet de moquerie car il prenait au pied de la lettre tout ce qui le concernait, alors qu'il pouvait se montrer autrement plus sélectif quand il s'agissait des autres.

Cette fois, cependant, il avait manifestement réussi à lire sur leurs visages car il changea aussitôt de sujet.

– Dis-moi pourquoi tu as besoin d'Internet, Damo ?

– Pour chercher une autre Vierge noire. Il faut qu'on trouve un endroit, assez éloigné de la Camargue, vers où on pourra attirer notre bonhomme. Un endroit qui lui paraisse crédible. Il faut qu'il tombe dans le panneau. C'est pour ça qu'il nous faut une autre Vierge noire.

– Je ne sais pas si on devrait faire ça, objecta Yola.

– Mais tu étais partante, pourtant, à Samois. Et à Rocamadour aussi.

– Je le sens très mal, cet homme. Tu devrais le laisser à la police. Comme tu l'as dit au capitaine. J'ai un très mauvais pressentiment.

– Le laisser à la police ? s'indigna Alexi. Ces nuls ? Et c'est vous qui vous fichez de moi quand je joue sur un ordi ? Les petits joueurs, c'est vous, pas moi.

Il marqua une pause, attendant une réponse. Comme celle-ci ne vint pas, il poursuivit, imperturbable :

– Laissons donc Damo trouver sa Vierge noire. Quand il en aura une, on entraînera Œil noir là-bas, et, cette fois, on aura un plan infaillible. On attendra qu'il entre et on l'abattra. Ensuite, Damo le rouera de coups avec son bâton. Et on l'enterrera quelque part, là où la police mettra dix ans à le trouver ; ça les empêchera de nous chercher des poux dans la tête, pendant ce temps.

– Alexi, reprit Yola en levant les yeux au ciel, quand *O Del* a réparti les cervelles entre tout le monde, il n'en avait pas tant que ça à distribuer. Il a essayé de se montrer juste, bien sûr, mais c'était difficile pour lui, parce que ta mère l'a tellement enquiquiné qu'il a oublié ce qu'il était en train de faire et qu'au lieu de t'en rajouter il t'a enlevé le peu que tu avais. Maintenant, regarde le résultat.

– À qui il l'a donnée, alors, ma cervelle ? demanda Alexi sans se démonter. À Damo ? À Gavril ? C'est ça que tu es en train de me dire ?

– Non. Je crois qu'il a fait une grosse erreur. Je crois qu'il l'a donnée à Œil noir.

9

– J'en ai une ! annonça Sabir en se glissant sur le siège passager de l'Audi, un morceau de papier à la main. À Espalion. Ce n'est qu'à cinquante kilomètres d'ici, à vol d'oiseau. Et il n'y a rien d'extraordinaire à ce qu'on prenne une route secondaire pour y arriver – la police est toujours après nous, et Œil noir aussi.

Il les regarda tous les deux puis ajouta :

– Je ne vois pas pourquoi il ne goberait pas ça.

– Mais pourquoi Espalion ?

– Parce que c'est exactement ce qu'il nous faut. D'abord, c'est dans la direction opposée des Saintes-Maries. Et, surtout, il y a une Vierge noire appelée la Négrette. D'accord, elle n'a pas d'Enfant Jésus sur ses genoux, mais on ne peut pas tout avoir. Elle se trouve dans la chapelle d'un hôpital, ce qui veut dire que le bâtiment n'aura sans doute pas de gardien – contrairement à Rocamadour – car les patients et leurs familles doivent pouvoir accéder jour et nuit à l'établissement. Il y a eu des miracles aussi. La Négrette est connue pour verser des larmes, apparemment, et, chaque fois qu'elle est peinte, elle retrouve systématiquement sa couleur originale. Elle a été découverte pendant les croisades et ramenée au château de Calmont d'Olt par le sieur de Calmont. On dit aussi qu'elle a été menacée durant la Révolution, quand le château a été mis à sac, mais qu'une bonne âme l'a sauvée. Il est donc tout à fait possible qu'elle ait déjà existé du temps de Nostradamus. Et, comme Rocamadour, Espalion, avec son fameux Pont-Vieux, se trouve sur la route de Saint-Jacques-de-Compostelle. C'est exactement ce qu'il nous faut.

– Alors, comment va-t-on piéger Œil noir ?

– Dès qu'on s'arrêtera à Espalion, j'ai idée qu'il comprendra ce qu'on vient y chercher. Et il va certainement tenter d'y arriver avant nous. D'après Calque, il ne nous suit jamais à plus d'un kilomètre, ce qui fait qu'on n'aura que deux ou trois minutes pour lui tendre un piège. Et ce n'est pas assez, évidemment. Yola et moi, on doit donc trouver un taxi dès maintenant. Le plus tôt possible. J'ai un petit plan en tête.

10

Sabir descendit du taxi. Il disposait de vingt minutes avant qu'Alexi n'arrive avec l'Audi, Œil noir sur ses talons.

Yola attendait près d'une cabine téléphonique, dans le centre-ville. Si elle n'avait aucune nouvelle de lui dans la demi-heure qui suivait, elle devait appeler Calque et lui dire ce qui se passait. Ce n'était pas un plan très élégant mais, à trois contre un, Sabir sentait que cela pouvait leur offrir la minuscule chance, le petit détail qui ferait changer les choses.

Cependant, tout dépendait de lui. Il avait le Remington. Il était lui-même une bonne gâchette. Mais il savait qu'il ne survivrait pas à un face-à-face avec Œil noir. Il ne s'agissait plus d'aptitude mais de volonté. Ce n'était pas lui le tueur, mais l'autre. C'était aussi simple que cela. Il devait donc le paralyser, le mettre hors d'état de nuire, avant qu'il n'ait le temps de riposter.

Le regard de Sabir se posa au-delà du bâtiment de l'hôpital. Œil noir allait-il venir jusqu'ici en voiture ? Ou laisserait-il sa Volvo à l'entrée de la ville pour venir à pied, comme il l'avait fait à Montserrat ?

L'Américain sentait des gouttes de sueur lui perler sur le front. Il prit sa décision : il devait entrer dans la chapelle. Pour y attendre Œil noir.

C'est alors qu'il éprouva une très désagréable sensation de claustrophobie. Que faisait-il ? Comment s'était-il mis dans une situation aussi absurde… et dangereuse ? Il devait être fou.

Lorsqu'il pénétra dans la chapelle, manquant au passage de bousculer une vieille femme et son fils qui venaient sans doute de prier, un office commençait. Le prêtre se préparait à dire la messe. Seigneur !

Sabir recula, ressortit et jeta un regard angoissé sur le parking. Douze minutes. Il se mit à courir sur la route, en direction de la ville. C'était impossible. Pas question d'engager une fusillade dans une chapelle remplie de fidèles.

Peut-être Alexi arriverait-il plus tôt que prévu. Sabir ralentit. Ce n'était pas de chance. Il pouvait dire adieu à l'embuscade qu'il avait préparée. Quand *O Del* avait distribué les cervelles, Alexi n'avait pas été le seul à perdre au change !

Sabir s'assit sur une borne au bord de la route. Au moins Alexi aurait-il de quoi faire demi-tour, ici. Au moins avait-il pensé à ça.

Il sortit le Remington et le posa sur ses genoux.

Puis il attendit.

11

— Il y a une messe. La chapelle est bondée. Ç'aurait été un bain de sang.

– Alors c'est râpé ? On ne fait rien ?

– On a trois minutes pour faire demi-tour et récupérer Yola. Puis je propose qu'on se tire en vitesse. Une fois sortis de la ville, on se débarrasse de ce foutu traceur et on file vers les Saintes-Maries. Et au diable Calque et Œil noir.

Alexi ralentit, fit demi-tour et se dirigea vers le centre-ville.

– Où est-ce que tu l'as laissée ?

– Au café Central. Près d'une cabine téléphonique. J'ai pris le numéro. Je devais l'appeler si tout se passait bien.

Alexi regarda l'Américain puis reporta vite son attention sur la route.

– Et si on croise Œil noir ? Il connaît notre voiture.

– C'est un risque à courir. On ne peut pas laisser Yola toute seule, comme un appât, en pleine ville.

– Et s'il la voit, *elle* ?

Sabir sentit son sang se glacer dans ses veines.

– Arrête-toi devant cette cabine, là. Je vais l'appeler tout de suite.

Achor Bale jeta la liste sur le siège passager. Espalion. Une Vierge noire appelée la Négrette. Près de l'hôpital. C'était donc cela.

Deux jours plus tôt, via son mobile, il avait reçu la liste de toutes les Vierges noires situées au sud de Lyon. Une faveur de la secrétaire privée de Madame, sa mère. Il avait alors pensé qu'elle se montrait trop prudente, qu'elle interférait dans ses affaires, même. Mais, aujourd'hui, il voyait qu'elle avait bien fait.

Il écrasa l'accélérateur. Il allait en finir avec cette histoire. Enfin. Tout cela avait été bien trop long, l'avait laissé bien trop en vue. Plus il restait dans le champ, plus il risquait de commettre une erreur. C'était la Légion qui lui avait appris cela. Il suffisait de voir ce qui s'était passé à Dien Bien Phu, contre les troupes viêt-minh.

Bale s'engagea sur la rocade d'Espalion à cent dix à l'heure, ses yeux scrutant les alentours, à la recherche du H rouge de l'hôpital.

Il ralentit en approchant du centre. Inutile d'attirer l'attention sur lui. Il avait le temps. Les trois abrutis n'avaient même pas réalisé qu'il les suivait toujours.

Il s'arrêta près du café Central pour demander sa direction.

La fille. Elle était là, assise en face de lui.

Ils l'avaient donc laissée. Pour exécuter le sale boulot eux-mêmes. Et revenir la prendre plus tard, quand la situation serait plus sûre. Quelle noblesse d'esprit !

Bale descendit de voiture. Au même moment, le téléphone sonna dans une cabine voisine.

La fille regarda de ce côté. Puis ses yeux se posèrent sur lui. Et croisèrent les siens. Sur le visage de Bale, un sourire accueillant se dessina, comme s'il venait de rencontrer une vieille amie.

Yola se leva en faisant tomber sa chaise. Un serveur se dirigea aussitôt vers elle.

Bale fit tranquillement demi-tour et repartit vers sa voiture.

Lorsqu'il se retourna pour regarder, la fille avait déjà pris ses jambes à son cou.

12

Bale s'éloigna du trottoir, comme s'il avait changé d'avis ou avait oublié son portefeuille chez lui. Il ne voulait pas qu'on le remarque. Il regarda sur sa gauche. La fille courait dans la rue, le serveur lancé à sa poursuite. La petite garce n'avait pas payé sa consommation.

Il arriva à la hauteur du garçon et le klaxonna discrètement.

– Désolé, c'est ma faute, lui lança-t-il. On est pressés.

Il lui tendit un billet de vingt euros par la fenêtre et ajouta :

– Ça devrait aussi couvrir votre pourboire.

L'autre le regarda d'un air étonné. Bale lui sourit. Ses globes oculaires noirs impressionnaient toujours les gens. Les fascinaient, même.

Enfant, son état avait passionné les médecins – on avait écrit des articles sur lui. Un médecin lui avait même dit qu'il représentait un nouveau type génétique ; que, s'il avait des enfants, il pourrait fonder une dynastie.

Il mit ses lunettes de soleil, amusé par la déconfiture du serveur.

– La drogue, vous savez. Les jeunes, aujourd'hui, si on leur laisse la bride sur le cou… Si elle vous doit plus, dites-le-moi.

– Non, ça va… c'est très bien.

– Pour tout vous avouer, elle doit retourner à la clinique et elle ne le supporte pas. Elle me fait toujours le coup.

Après un dernier signe au serveur médusé, il accéléra et s'éloigna. Il ne voulait surtout pas qu'une nouvelle présence policière vienne lui coller aux basques. Il avait eu trop de mal à se débarrasser de la première. Ainsi, le serveur expliquerait à ses clients ce qui venait de se passer, et tout le monde serait satisfait. Le temps que chacun rentre chez soi, l'histoire aurait enflé et se serait vu ajouter une douzaine de fins différentes.

Yola jeta derrière elle un regard terrifié. Puis elle ralentit. Que faisait-il ? Pourquoi parlait-il au serveur ? Quelle idiote elle était d'être partie sans payer. Elle tenta de reprendre son souffle, mais son cœur semblait pour l'instant hors de contrôle.

Et si ce n'était pas lui ? Pourquoi avait-elle couru ainsi comme une dératée ? Il y avait cependant quelque chose, chez lui. Quelque chose de familier. Et la façon étrange dont il lui avait souri… Comme si elle le connaissait.

Elle se tenait au coin de la rue et observait son échange avec le serveur. Il allait repartir. Il n'avait rien à voir avec elle. Elle avait paniqué pour rien. Et le téléphone qui sonnait dans la cabine. C'était peut-être Damo qui voulait qu'elle appelle la police. Qui voulait lui dire qu'ils avaient tué Œil noir.

Œil noir… Elle se rappelait les yeux de l'homme, à présent. La façon dont ils l'avaient transpercée, alors qu'elle attendait, assise à la terrasse du café.

Elle poussa un gémissement et se remit à courir.

Derrière elle, la Volvo commença à prendre de la vitesse.

13

D'abord, Yola courut sans réfléchir – s'éloigner à tout prix de la voiture blanche. Puis, au bout d'un moment, elle eut la présence d'esprit de se faufiler dans une rue étroite, où elle savait que la grosse Volvo aurait du mal à la suivre. Ce qui la calma un peu et lui permit de se ressaisir enfin après l'instant terrible où elle avait reconnu son agresseur.

La voiture la suivait maintenant à un rythme plus lent mais aussi plus irrégulier, accélérant brusquement avant de ralentir de nouveau, au moment où elle s'y attendait le moins. Elle comprit alors qu'il la poussait – comme on poussait un troupeau – vers la périphérie de la ville.

Et Damo qui avait téléphoné… C'était certainement lui. Ce qui voulait dire que lui et Alexi étaient en chemin pour venir la chercher.

Elle jeta un regard affolé autour d'elle. Ils arriveraient par la route de l'hôpital. Sa seule chance était de les retrouver au plus vite. Si Œil noir continuait comme cela, elle finirait par se fatiguer et il l'attraperait sans difficulté.

Devant elle, un homme sortit d'un magasin, se baissa pour remonter ses chaussettes et se dirigea vers sa bicyclette attachée à un platane. Allait-elle l'appeler ? Non. Elle comprenait d'instinct qu'Œil noir n'hésiterait pas à l'éliminer. Il y avait une sorte de fatalisme dans sa façon de la suivre, comme si la chose avait été décrétée d'avance. Yola ne voulait impliquer personne.

Une main sur la poitrine, elle repartit vers le centre-ville, prenant légèrement en biais dans l'espoir de croiser la route par laquelle Alexi et Damo devaient arriver. Combien de temps s'était-il écoulé depuis qu'il avait appelé ? Cinq minutes ? Sept ? Hors d'haleine, elle se rendait compte que l'air de la ville ne lui valait rien.

La Volvo accéléra de nouveau, et Yola crut cette fois qu'il était sur elle, qu'il allait bel et bien la renverser.

Elle se précipita dans la boutique d'un marchand de journaux, pour en ressortir aussitôt, craignant de s'y faire piéger. Si seulement une voiture de police voulait bien passer par là. Ou un bus. N'importe quoi.

La jeune femme plongea dans une autre rue latérale. Derrière elle, la voiture blanche accéléra pour faire le tour du pâté de maisons et la cueillir de l'autre côté.

Mais elle rebroussa chemin et repartit vers la route principale. S'il faisait demi-tour maintenant, avant d'atteindre l'autre extrémité de la rue, elle était fichue.

Elle se mit à courir plus vite, son souffle s'échappant de ses lèvres en de petits cris rauques. Elle se rappela sa main sur son corps. Ses paroles. Leur effet mortel sur elle. Elle avait su qu'il n'y avait aucune échappatoire possible. Qu'il ferait exactement ce qu'il avait promis de faire. S'il l'attrapait maintenant, il l'assommerait pour la faire taire. Et, ensuite, il pourrait lui faire n'importe quoi. Elle ne le saurait jamais.

Elle déboucha comme une furie à l'intersection de la grand-route, regarda à gauche, à droite, cherchant désespérément à apercevoir l'Audi. La route était déserte.

Devait-elle faire demi-tour et repartir en direction de la ville pour rejoindre le café ? Ou se diriger vers l'hôpital ?

Elle opta pour cette dernière solution. Elle boitait, à présent, et se sentait incapable de courir.

Lorsque la Volvo de Bale émergea soudain au coin de la rue, Yola trébucha et tomba à genoux.

Il était une heure. Tout le monde déjeunait. Elle était seule.

14

— C'est Yola, là-bas ! Elle est par terre.

Sabir ralentit et se dirigea vers le bord du trottoir.

– Damo, regarde ! s'exclama Alexi en lui prenant le bras.

L'Américain tourna la tête et vit une Volvo blanche aux vitres teintées déboucher lentement sur la grand-route puis s'arrêter du côté opposé, à une cinquantaine de mètres de la jeune femme. La portière s'ouvrit alors et un homme en sortit.

– C'est lui. C'est Œil noir.

Sabir sortit de l'Audi.

Yola se remit debout et lui fit un signe, sans quitter la Volvo des yeux.

– Alexi, va la chercher ! ordonna Sabir en sortant le Remington de sa poche.

Il ne le pointa pas sur Œil noir – cela aurait été absurde, étant donné la distance qui les séparait – mais le plaqua contre sa cuisse.

– Maintenant, ramène-la dans la voiture avec toi.

Œil noir ne bougea pas. Il se contenta de suivre leurs mouvements comme l'observateur neutre d'un échange de prisonniers entre deux États en guerre.

– Vous êtes tous les deux dedans ? demanda Sabir sans lâcher des yeux son adversaire immobile.

– C'est mon pistolet ? lâcha alors celui-ci.

Sa voix était mesurée, maîtrisée. Il avait l'air de diriger des négociations arrangées à l'avance entre deux factions hostiles.

Brusquement, Sabir commença à sentir la tête lui tourner. Comme hypnotisé, il leva le pistolet devant lui et le regarda.

– Je vous donne dix minutes si vous le laissez derrière vous sur la route.

Sabir secoua la tête, comme pour dégager son esprit de l'espèce de torpeur qui l'envahissait.

– Vous n'êtes pas sérieux.

– Je suis tout à fait sérieux, au contraire, articula Bale. Si vous acceptez d'abandonner ce pistolet, je m'éloignerai de ma voiture et repartirai à pied vers le centre-ville. Pour ne revenir que dans dix minutes. Vous pouvez partir du côté que vous voudrez. Du moment que ce n'est pas vers l'hôpital, bien sûr.

Alexi s'assit au volant puis souffla à Sabir, toujours immobile près de l'Audi :

– Il ne sait pas qu'on connaît l'existence de son traceur. Il est sûr qu'il pourra nous retrouver sans problème si on repart avec la Négrette. Mais il espère qu'on ne la dérobera pas. Il n'y a que quatre routes qui sortent de cette ville. Il verra quelle direction on prendra et il nous suivra. On a besoin de ces dix minutes. Laisse-lui le pistolet. On balancera le traceur, comme tu l'as dit.

– Mais, dans ce cas, on n'aura plus rien pour nous défendre, observa Sabir.

Alexi continua de murmurer :

– Damo, laisse-lui ce foutu flingue. On en trouvera un autre dans le…

Il s'interrompit, semblant penser que Bale était capable de lire sur ses lèvres ou d'entendre miraculeusement ce qu'il disait à plus de cinquante mètres de distance.

– … là où on va.

Bale sortit alors le Ruger de son étui. Puis, le tenant des deux mains, il le pointa sur Sabir.

– Je peux vous faire sauter le genou. Vous ne serez plus capable de conduire. Je peux aussi crever vos pneus avant.

Même résultat. Mon pistolet peut atteindre une cible à quatre-vingt-cinq mètres. Le vôtre, à dix mètres, peut-être.

Sabir recula pour se protéger derrière la porte ouverte de l'Audi.

– Il traversera sans problème cette portière, lui lança Bale. Mais ce n'est ni dans mon intérêt, ni dans le vôtre, de faire du grabuge ici. Laissez le pistolet. Ne vous mettez pas sur mon chemin vers l'hôpital. Et vous pourrez partir.

– Rangez votre arme. Dans la voiture.

Bale recula vers la Volvo et jeta le Redhawk sur le siège avant.

– Maintenant, écartez-vous.

Il fit trois pas sur la route. Une camionnette passa, ses occupants tellement pris dans leur conversation qu'ils ne firent nullement attention à eux.

Sabir dissimula le Remington dans son dos et fit mine de rentrer s'asseoir dans l'Audi.

– Est-ce que nous sommes bien d'accord, monsieur Sabir ?

– Oui.

– Vous laisserez donc le pistolet dans le caniveau, au bord du trottoir. Je m'en vais, maintenant.

Il actionna la fermeture automatique des portes de la Volvo et ajouta :

– Si vous ne faites pas ce que je dis, je vous pourchasserai, peu importe ce que j'aurai pu trouver dans la chapelle de l'hôpital, et je ferai en sorte que vous souffriez très, très longtemps avant de mourir.

– Je laisserai le pistolet, ne vous inquiétez pas.

– Et la Vierge noire ?

– Elle est toujours dans la chapelle. On n'a pas eu le temps de la récupérer. Vous le savez parfaitement.

Bale sourit.

– La fille… vous pouvez lui dire de ma part qu'elle est très courageuse. Et, aussi, que je regrette de l'avoir tellement effrayée, près de la rivière.

– Elle vous entend. Je suis sûr qu'elle sera très touchée de votre délicatesse.

Bale haussa les épaules et se détourna pour partir. Puis il s'arrêta et précisa :

– Ce pistolet, c'était celui de Monsieur, mon père, vous savez. Déposez-le doucement dans le caniveau.

15

— Tu penses qu'il est fou ? demanda Alexi.

Il venait de changer, pour la troisième fois, leurs plaques d'immatriculation, en choisissant comme d'habitude un endroit dégagé d'où il pouvait aisément voir arriver les gens.

– Non.

– Qu'est-ce qui te fait dire ça ?

Il se glissa sur le siège avant et rangea le tournevis dans le vide-poche.

– Il aurait pu facilement nous avoir, avec le monstre de pistolet qu'il nous brandissait sous le nez. Il n'avait qu'à nous foncer dessus et tirer.

– Quoi ? Comme dans *Butch Cassidy et le Kid*?

– Tu te moques de moi, Damo. Mais, sérieusement, on ne s'en serait jamais sortis.

– Ce n'est pas *nous* qu'il veut.

– Qu'est-ce que tu veux dire ?

– Pour lui, on n'est que des moyens pour arriver à ses fins, Alexi. Les moyens de parvenir aux quatrains. En déclenchant une fusillade à l'entrée de la ville, il diminue ses chances de les récupérer avant les flics. L'endroit est totalement sécurisé. Comme tu l'as dit, il n'y a que quatre routes pour sortir d'Espalion, ce serait un jeu d'enfant pour la police de bloquer toutes les issues. Et puis d'envoyer un hélicoptère. C'est comme piéger des lapins avec un furet.

– Maintenant, je sais ce que c'est que de se sentir comme un lapin. Alors que toute ma vie j'ai cru que j'étais un furet…

– Tu es un furet, Alexi, lui dit Yola assise à l'arrière. Un furet très courageux. Merci de m'avoir sauvée.

Il rougit, grimaça, courba les épaules, esquissa un sourire puis frappa le tableau de bord en disant :

– C'est vrai que je t'ai sauvée ! Il aurait pu me tirer dessus. Mais ça ne m'a pas empêché de courir en pleine rue pour aller te récupérer. Tu as vu ça, Damo ?

– Oui.

– Je t'ai récupérée, hein, Yola ?

– Oui, tu m'as récupérée.

Alexi sourit pour lui-même.

– Peut-être que je t'enlèverai quand on sera aux Saintes-Maries. Peut-être que je demanderai à sainte Sara de bénir nos enfants.

Yola se redressa sur son siège.

– C'est une demande en mariage ?

Alexi regarda droit devant lui, tel le Cid chevauchant vers Valence à la tête de son armée, puis lâcha :

– J'ai dit *peut-être*, c'est tout. Ne t'emballe pas.

Tapant sur l'épaule de Sabir, il ajouta :

– Eh, Damo, on met d'abord la pédale douce, hein ? C'est comme ça qu'il faut faire avec les femmes.

Sabir croisa le regard de Yola dans le rétroviseur et la vit rouler des yeux résignés. Comme il inclinait la tête pour lui manifester sa sympathie, elle lui répondit par un sourire secret.

16

— Ils se sont débarrassés du traceur.

— Quoi ? Le traceur d'Œil noir ?

— Non, le nôtre. Je crois que c'est le seul qu'ils ont trouvé. À mon avis, ils pensent qu'il s'agit du traceur d'Œil noir. C'est ce que vous leur avez dit ? Qu'il n'y en avait qu'un ?

Calque soupira. Ça ne se passait pas exactement comme prévu. Encore une fois. Mais n'était-ce pas vrai pour tout ? Il s'était marié jeune, avec tous ses idéaux intacts. Cependant, dès le début, son union avait été une catastrophe. Sa femme s'était vite montrée sous son vrai jour : une véritable mégère ; et lui n'avait été qu'un lâche. Une combinaison désastreuse. Vingt-cinq ans de malheur en avaient résulté, si pénibles que, en comparaison, les dix années de convocations au tribunal, de versements de pensions diverses, et même parfois d'indigence, qui avaient suivi, lui étaient parfois apparues comme une bénédiction. Il ne lui était plus resté que son travail de policier, ainsi qu'une fille désabusée, qui confiait à son mari le soin de répondre aux coups de fil de son père.

— Est-ce qu'on peut quand même suivre Sabir au moyen du traceur d'Œil noir ?

— Non. On n'a pas le code.

— Et on peut l'avoir ?

— Ils sont en train de nous le chercher. Il n'y a qu'une centaine de millions de combinaisons possibles.

— Ça peut durer combien de temps ?

— Un jour ou deux.

– Trop long. Et le numéro de série du pistolet, qu'est-ce que ça a donné ?

– Il a été enregistré pour la première fois dans les années 1930. Mais rien n'a été informatisé avant 1980. Toutes les archives d'avant-guerre – du moins celles qui n'ont pas été réquisitionnées par les nazis – sont conservées dans un entrepôt à Bobigny. Il faut les vérifier une par une à la main. On a donc le même problème qu'avec le code du traceur. Mais avec cinquante pour cent de chances en moins de réussite.

– Il nous faut donc retourner au camp des Gitans, à Gourdon. Et retrouver leur piste à partir de là.

– Et vous comptez vous y prendre comment ?

– Notre trio y est resté trois jours. Ils ont dû parler à d'autres. Ça arrive tout le temps.

– Mais vous savez comment sont ces gens. Qu'est-ce qui vous fait croire qu'ils vont tout à coup se mettre à vous parler ?

– Rien. Mais ça reste une bonne façon de passer le temps en attendant que vos amis réussissent à nous remettre sur la piste de « ces gens », comme vous persistez à les appeler.

17

Achor Bale mordit dans son sandwich puis, mâchant d'un air spéculatif, reprit ses jumelles pour observer le camp de Gitans. Il se trouvait en haut de la tour de l'église, théoriquement pour dessiner quelques monuments. Le prêtre n'avait vu aucune objection à ce que Bale passe la journée là-haut avec son fusain et son papier à dessin – les cent euros donnés pour les bonnes œuvres de la paroisse avaient dû aider, aussi.

Jusqu'à maintenant, toutefois, Bale n'avait reconnu personne de Samois, dans le camp. Ce qui aurait pu constituer sa première ligne d'attaque. La seconde était basée sur la recherche d'incongruités. Trouver quelqu'un ou quelque chose qui clochait dans le décor, et tenter une approche par ce biais. Les choses non conformes aux normes établies représentaient toujours une faiblesse. Et une faiblesse représentait une occasion.

Il n'avait repéré jusqu'ici qu'une fille mariée sans enfants, une vieille femme à qui personne ne parlait et que personne ne touchait, et un blond qui semblait sorti tout droit d'un film de Vikings ou du camp d'entraînement SS de Paderborn, en 1938. Il ne ressemblait à aucun Gitan que Bale avait pu rencontrer, mais paraissait pourtant être fort bien accepté par eux. Curieux. Cela mériterait une petite investigation.

Bale n'éprouvait aucune rancœur particulière quant à la fausse piste de la statue d'Espalion. C'était bien joué, il devait le reconnaître. Les trois compères avaient cherché à le piéger, et ils y étaient parvenus. Cette mise en scène remarquable l'avait forcé à revoir la vision qu'il avait d'eux. Surtout la fille, qui l'avait réellement mené en bateau – au point de lui laisser croire qu'il l'avait bel et bien terrorisée. Elle avait joué son jeu à la perfection, et plus jamais il ne la sous-estimerait.

Tant pis. Il avait récupéré le Remington de Monsieur, son père – avant que personne n'ait l'idée de l'utiliser ou de chercher à découvrir d'où il venait –, et il avait réussi à semer les policiers. Il n'avait donc pas entièrement perdu son temps.

Mais il devait aussi admettre que Sabir avait été particulièrement bien inspiré en choisissant Espalion. Tout laissait croire, en effet, que la Vierge noire de la chapelle cachait elle aussi une des prophéties perdues de Nostradamus. En conséquence, il était sûr maintenant que celles-ci se trouvaient à l'exact opposé de l'endroit où le trio avait cherché à l'attirer. C'était ce que faisaient en général les intellectuels du genre de Sabir – réfléchir trop à fond sur les choses. Ce qui lui assurait maintenant que la bonne Vierge noire se trouvait bien quelque part dans le sud de la France. Et ce qui réduisait considérablement le champ des recherches. Ce qui rendait aussi ce retour forcé de Bale vers le nord – vers Gourdon – encore plus agaçant. Mais néanmoins inévitable.

Il avait perdu le trio sur son traceur presque dès le départ. Il s'autorisait cependant à penser que l'Américain avait pris la direction de Rodez et avait ensuite obliqué à l'est, vers Laissac. De là, il pouvait aisément avoir bifurqué vers Montpellier et le carrefour des trois autoroutes. Peut-être avaient-ils toujours l'intention de se rendre à Montserrat, après tout. Ce n'était pas impensable. Auquel cas, ils allaient avoir la surprise de leur vie. S'il avait bien compris la mentalité de la police espagnole, elle ferait surveiller les lieux pendant encore six mois par une pléthore d'agents vêtus de blousons de cuir et de culottes de cheval, et armés de mitraillettes. Les Latins étaient bien les mêmes partout. Ils aimaient le spectacle plus que la substance.

Le blond sortait maintenant du camp, pour se diriger vers la ville. Parfait. Il s'essayerait sur lui en premier. Il serait plus facile à atteindre que la fille ou la vieille femme.

Bale termina son sandwich, récupéra ses jumelles et son matériel de dessin, et redescendit l'escalier de la tour.

18

Calque regardait Gavril se frayer un chemin entre les stands du marché. Ce matin, c'était le dixième Gitan dont lui et Macron surveillaient les moindres faits et gestes. Mais, avec sa blondeur, Gavril se mêlait aux badauds bien plus efficacement que les autres membres de sa tribu. Il y avait cependant quelque chose qui dénotait, chez lui – des éclairs anarchiques qui avertissaient les gens qu'il ne se conformerait peut-être pas nécessairement à leurs habitudes, ni n'adhérerait pas forcément à leurs idées.

Les locaux l'évitaient soigneusement dès l'instant où ils avaient réussi à identifier ce qu'il était. Était-ce sa chemise tape-à-l'œil et en manque certain de lavage ? Ses chaussures en simili croco ? Ou sa ridicule ceinture dont la boucle était ornée d'un fer à marquer en pur nickel ? Il marchait comme s'il portait à la cuisse un couteau de vingt centimètres. De l'extérieur, il n'y avait rien de visible, mais cela ne voulait pas dire qu'il n'en dissimulait pas un ailleurs sur son corps.

– Serrez-le, Macron. C'est celui-là qu'on veut.

Sans mot dire, le lieutenant obtempéra. Il était encore couvert de pansements et de bandages, sans parler de ses pieds meurtris. Il parvenait cependant à cacher ce handicap grâce à sa démarche particulière. Plein de pitié, Calque secoua la tête en regardant son subordonné se diriger vers le Gitan.

– Police nationale, annonça Macron en exhibant son badge. Vous voulez bien nous suivre, s'il vous plaît ?

L'espace d'un instant, il sembla que Gavril allait s'enfuir en courant, mais Macron lui planta une main sur l'épaule, et le Tzigane lâcha un soupir résigné avant de le suivre docilement.

Quand il aperçut Calque, il hésita un instant, surpris par son bras en écharpe et son nez bandé.

– Qui a gagné ? Vous ou le cheval ?

– Le cheval.

Calque fit un signe à Macron, qui poussa alors Gavril contre un mur, lui fit écarter les jambes et le palpa à la recherche d'une arme éventuelle.

– Je n'ai trouvé que ça, monsieur, dit-il au capitaine quand il eut terminé. Un Opinel.

Le capitaine savait qu'il ne pourrait pas le garder longtemps à cause d'un simple canif.

– Combien fait la lame ?

– Oh, une douzaine de centimètres.

– Deux de plus que la taille légale ?

– On dirait, monsieur.

– Je croyais que ce genre de harcèlement, c'était terminé, grogna Gavril. On ne vous avait pas dit de nous traiter comme tout le monde ? Pourtant, je ne vous vois pas en train d'enquiquiner les autres clients de ce marché, c'est bizarre.

– On a quelques questions à vous poser. Si vous y répondez correctement, on vous laissera partir. Avec votre Opinel et votre casier judiciaire bien entendu vierge. Sinon, on vous embarque.

– Ah, c'est comme ça que vous faites parler les Gitans, aujourd'hui ?

– Exactement. Vous nous auriez parlé, sinon ? Dans votre camp, je veux dire ? Vous auriez préféré ça ?

Gavril frémit, comme si l'on avait marché sur sa tombe.

Ça lui aurait fait un public devant lequel fanfaronner un peu, songea Calque. Il fut presque tenté de le prendre en pitié.

– D'abord, votre nom.

Un soupçon d'hésitation, puis ce fut la capitulation.

– Gavril La Roupie.

Macron éclata de rire.

– Vous plaisantez ou quoi ? La Roupie ? Vous vous appelez vraiment La Roupie ? Vous savez ce que ça veut dire, à Marseille ? Vous êtes sûr que ce n'est pas plutôt Les Roupettes ?

Ignorant ses railleries, Calque garda l'œil fixé sur le Tzigane, guettant le moindre changement d'expression sur son visage.

– Vous avez vos papiers sur vous ? lui demanda-t-il.

Gavril répondit par un signe de tête négatif.

– Et de deux, commenta Macron qui trouvait l'instant carrément jouissif.

– Bon, on va faire simple. On voudrait savoir où Adam Sabir et ses deux compagnons ont disparu. Il est recherché pour meurtre, si vous ne le savez pas. Et eux sont recherchés pour complicité.

Le visage de Gavril se ferma.

Calque comprit aussitôt qu'il avait gaffé en parlant de meurtre. La Roupie était maintenant sur la défensive. Il tenta alors de faire machine arrière.

– Comprenez bien qu'on ne vous accuse pas d'être impliqué. On cherche simplement à réunir des informations. Cet homme est un assassin.

Gavril haussa les épaules avec indifférence. Le courant ne passait manifestement plus.

– Je vous le dirais si je savais quelque chose. Les gens dont vous parlez, je n'en ai rien à faire. Tout ce que je sais, c'est qu'ils sont partis d'ici il y a deux jours et que, depuis, on n'a aucune nouvelle.

– Il ment, déclara Macron.

– Non, rétorqua le Gitan en se tournant vers lui. Pourquoi est-ce que je mentirais ? Je sais très bien que vous pouvez me mettre dans la merde si vous voulez. Je vous aiderais si je savais quelque chose. Croyez-moi.

– Rendez-lui son Opinel.

– Mais, monsieur…

– Rendez-lui son canif, Macron. Et donnez-lui aussi une de mes cartes. S'il nous appelle pour nous refiler des infos qui mènent directement à une arrestation, il aura une récompense. Vous entendez, La Roupie ?

Tous deux regardèrent Gavril partir sans demander son reste et se replonger dans la foule de visiteurs du marché.

– Pourquoi avez-vous fait ça, monsieur ? On aurait certainement pu lui en faire cracher davantage.

– Parce que, dans ma longue suite d'erreurs, j'en ai commis une nouvelle, Macron. J'ai employé le terme « meurtre ». Et ce mot, c'est tabou pour les Gitans. Ça veut dire des années de prison. Des emmerdes jusqu'à plus soif. Vous ne l'avez pas vu se refermer comme une huître ? J'aurais dû m'y prendre tout autrement, avec lui.

Redressant les épaules, le capitaine ajouta :

– Bon, on s'en dégote un autre ? J'ai besoin d'entraînement, c'est clair.

19

– Qu'est-ce que tu as dit aux deux ripoux ? demanda Bale en appuyant la pointe de son couteau contre l'arrière de la cuisse de Gavril.

– Bon sang, c'est quoi, ça, maintenant ?

Cette fois, la lame s'enfonça d'un demi-centimètre dans la chair du Tzigane.

– Aaaaaïe ! Qu'est-ce que vous faites ?

– C'est juste que ma main a glissé. Chaque fois que tu refuseras de répondre à une de mes questions, elle glissera encore un peu. Tu ne réponds pas à trois questions, et j'arrive à l'artère fémorale. Tu te videras de ton sang en moins de cinq minutes.

– Oh, putain !

– Je répète : qu'est-ce que tu as raconté aux deux ripoux ?

– Je ne leur ai rien dit.

– Elle a encore glissé.

– Aaaahhh !

– Ne crie pas ou c'est dans ton cul qu'ira mon couteau. Tu m'entends ?

– Seigneur… Seigneur Dieu !

– Je reformule ma question : où sont partis Sabir et ses deux poux ?

– En Camargue. À la fête de sainte Sara.

– Et quand a lieu cette fête ?

– Dans trois jours.

– Et pourquoi sont-ils allés là-bas ?

– Tous les Gitans y vont. Sainte Sara, c'est notre patronne. On y va pour recevoir ses bienfaits.

– Comment reçoit-on des bienfaits d'un saint ?

– C'est sa statue. On va voir la statue et elle nous donne ses bienfaits. On la touche. On essaie de l'embrasser.

– De quel genre de statue parles-tu ?

– Seigneur Jésus… d'une statue, voilà ! S'il vous plaît, enlevez ce couteau de ma cuisse.

Bale fit tourner la lame dans sa chair, au contraire.

– Cette statue, elle ne serait pas noire, par hasard ?

– Noire ?… gémit-il. Évidemment, elle est noire.

Bale retira son couteau et recula d'un pas.

Le Tzigane se plia en deux et se prit la cuisse entre les mains, comme un ballon de rugby.

Mais, sans lui laisser le temps de se redresser, Bale lui asséna un violent coup sur la nuque.

20

— On va pas attendre jusqu'à la fête, Alexi. Il faut aller examiner cette statue avant que ça commence. Je fais pas confiance à ce maniaque. S'il pose les bonnes questions, n'importe quel Gitan lui parlera de sainte Sara et de la fête. C'est comme de remuer un drapeau rouge devant un taureau.

– Mais la chapelle va être surveillée. Ils savent que les gens veulent entrer et toucher la statue. Ils vont y mettre des gardes jusqu'à la fin de la fête. Ensuite, on sort la statue et on la promène au-dessus des pénitents, et tout le monde saute et essaie de l'attraper. Les hommes portent leurs enfants sur les épaules pour qu'ils la voient. Elle ne va jamais être seule, ce ne sera pas comme à Rocamadour. Si on pouvait attendre que la fête soit finie… À ce moment-là, elle sera de nouveau toute seule. N'importe qui pourra entrer et la voir.

– Alexi, tu sais qu'on ne peut pas attendre.

– Pourquoi est-ce qu'il veut ces prophéties, Damo ? Pourquoi est-ce qu'il est prêt à tuer pour les avoir ?

– S'il y a une chose que je peux te dire, c'est que ce n'est pas pour l'argent.

– Comment le sais-tu ?

– Tu l'as vu, non ? Il était prêt à abandonner son avantage sur nous juste pour récupérer le pistolet de son père. Tu trouves que c'est une attitude normale pour quelqu'un qui veut devenir riche ? Avec les prophéties, il pourrait s'acheter un millier de ces pistolets. Les éditeurs du monde entier s'entre-tueraient pour mettre la main sur quelque chose de semblable. C'est pour ça que je m'intéresse aussi à ces prophéties, je n'ai pas honte de le dire. Mais, maintenant, je soupçonne qu'il y a autre chose : un secret que redoute Œil noir, ou dont il espère au contraire qu'il lui sera révélé par ces quatrains. Nostradamus a de toute évidence découvert quelque chose – quelque chose de profond et d'important à la fois pour le monde et pour les Gitans. Il avait déjà prédit la date exacte de sa mort ; c'est pour ça qu'il a décidé de protéger sa découverte. De ne pas publier mais de cacher. Il croyait en Dieu, il croyait que ses dons lui avaient été donnés par lui. Et, à mon avis, il pensait que Dieu choisirait la bonne façon et le bon moment pour rendre publiques ses révélations.

– Je crois que tu es fou, Damo. Je crois qu'il n'y a rien, là-bas. Je crois qu'on pourchasse un *mulo*.

– Mais tu as vu ces inscriptions sur le coffre ? Et sous la Vierge noire ? Tu as au moins vu le dessin.

– J'aimerais te croire. J'aimerais vraiment. Mais je ne sais même pas lire, Damo. Parfois, ça se mélange tellement dans mon esprit quand je pense à tout ça que j'ai envie de tirer sur une corde, n'importe laquelle, pour tout démêler.

– Et toi, Yola, qu'est-ce que tu en penses ? lui demanda Sabir en souriant.

– Je pense que tu as raison, Damo. Je pense qu'il y a quelque chose avec ces quatrains qu'on ne comprend pas encore. Et, pour ça, Œil noir serait prêt à tuer.

– Peut-être qu'il cherche même à les détruire. Tu as pensé à ça ?

– Pourquoi ? Pourquoi est-ce qu'on chercherait à les détruire ?

– Ça, reprit Sabir, c'est la question à cent mille dollars ! Si je pouvais y répondre, on n'aurait plus qu'à rentrer tranquillement chacun chez soi.

21

Il y en avait certains parmi ses amis qui pensaient que Gavril était un homme en colère. Qu'un *mulo* avait pénétré son corps à sa naissance pour ne plus jamais le quitter. Que c'était la raison pour laquelle il ressemblait à un *gadjé*. Que, peut-être, il n'avait finalement pas été enlevé alors qu'il n'était encore qu'un nourrisson, et que, dans une autre vie, il avait été victime d'un sort qui avait fait de lui ce qu'il était aujourd'hui : pire encore qu'un simple apatride, un monstre au sein de sa communauté.

C'était du moins ce que pensait Bazena. Mais, comme son cœur battait pour lui, elle était de toute façon irraisonnable.

Aujourd'hui, Gavril semblait plus en colère que d'habitude. Bazena regarda la vieille femme qui lui servait temporairement de *duenna*, puis revint sur les cheveux du jeune homme. Il était allongé sur le sol, le pantalon descendu jusqu'aux mollets, et elle recousait la blessure de sa cuisse. À ses yeux, cela n'avait rien d'une morsure de chien ; c'était plutôt une blessure faite avec un couteau. Et l'hématome sur sa nuque n'était certainement pas dû à l'escalade d'une palissade. Qu'avait-il fait ? Était-il tombé en arrière ? Mais qui était-elle pour discuter ce qu'il lui disait ? Elle se demanda un instant à quoi ressembleraient leurs enfants. Auraient-ils l'air de Gitans, comme elle, ou seraient-ils maudits, comme Gavril ? Cette seule idée la faisait frémir.

– Vous partez quand pour les Saintes-Maries ? demanda soudain le Gitan blond.

Bazena acheva de coudre le dernier point et répondit :

– Tout à l'heure. Dans une heure, peut-être.

– Je vais avec vous.

La jeune femme se redressa. La vieille *duenna* elle-même commençait à se rendre compte de quelque chose.

– Je voyagerai à l'avant. Avec ton père et ton frère. Tiens.

Il fouilla dans sa poche et en sortit un billet chiffonné de vingt euros.

– Dis-leur que c'est pour l'essence. Pour ma part d'essence.

Bazena regarda une nouvelle fois la *duenna*. Truffeni pensait-elle comme elle ? Que Gavril laissait clairement entendre qu'il allait l'enlever quand ils seraient aux Saintes-Maries, et demanderait à sainte Sara de bénir leur mariage ?

Ayant achevé ses points, elle lui frotta les jambes avec de la bardane.

– Aïe, ça fait mal !

– Oui, mais il faut le faire. C'est un antiseptique. Ça nettoiera tes blessures et ça te protégera contre l'infection.

Gavril se releva avec précaution puis remonta son pantalon tandis que Bazena et la vieille femme évitaient de rencontrer son regard.

– Tu es sûre de ne pas être *mahrimé* ? Tu ne m'as pas pollué, au moins ?

Bazena secoua la tête et, de son côté, la *duenna* ricana avant de lui faire un doigt d'honneur.

Oui, songea Bazena, *elle aussi pense qu'il me veut. Elle aussi pense que Yola ne l'intéresse plus.*

– Bon, lâcha-t-il, les yeux toujours luisants de colère. Dans une heure, donc, devant la caravane de ton père.

22

— Ce n'est pas possible. On reste en planque pour rien.

— Je vous avais dit que ces gens n'étaient pas dignes de confiance, maugréa Macron.

— Je crois qu'on vient de découvrir le contraire, justement. Ils sont manifestement dignes de confiance puisqu'ils ont refusé de trahir les leurs.

Macron était assis sur un muret, le dos appuyé contre le coin de l'église.

— Mes pieds… Bon sang, ils me font hurler de douleur ! En fait, j'ai mal partout. Si je mets la main sur ce salaud, je le déglace à la lampe à souder.

Calque ôta de sa bouche la cigarette qu'il n'avait pas encore allumée.

— Drôle d'expression pour un policier. J'imagine que vous essayez de décompresser, Macron, et que vous ne pensez pas ce que vous dites.

— Oui, je cherche à décompresser, monsieur.

— Je préfère entendre ça.

Le capitaine sentit comme une trace de cynisme dans sa propre voix, et cela l'inquiéta. Sur un ton qui se voulait plus léger, il demanda :

— Et vos chercheurs, où en sont-ils avec le décodage du traceur ?

— Ils touchent au but. Demain matin, au plus tard.

– Qu'est-ce qu'on faisait sans les ordinateurs, Macron ? J'avoue que j'ai oublié. Du vrai boulot de flic, sans doute. Non, ce n'est pas possible.

Le lieutenant ferma les yeux. Calque était encore en retard d'un métro. Il ne changerait donc jamais. Foutu iconoclaste.

– Sans les ordinateurs, on ne serait jamais arrivés là où on est aujourd'hui.

– Oh, je crois bien que si.

Et pompeux, avec ça. Parfois, Calque s'en rendait presque malade. Il huma l'air comme un limier reniflant le jour de chasse à venir.

– Je sens une odeur de coq au vin et de gratin dauphinois.

Macron éclata de rire. Malgré le profond agacement que lui inspirait cet homme, il reconnaissait qu'il avait le don de faire rire n'importe qui. Comme Fernandel ou Charles de Gaulle, par exemple.

– Voilà ce que j'appelle un boulot de flic. Est-ce qu'on cherche plus loin, monsieur ?

Il rouvrit les yeux, incertain de savoir si son capitaine en avait encore après lui ou s'il se détendait enfin un peu.

Calque jeta sa cigarette dans une poubelle.

– Allons-y, lieutenant. Je vous suis. Comme disent les philosophes, toujours se sustenter avant de travailler.

23

— C'est parfait.

Sabir regarda l'intérieur du Maset du marais.

– Les frères sont fous d'avoir abandonné un endroit pareil. Viens voir.

Alexi tendit le cou pour voir ce qu'il lui montrait.

– C'est une véritable armoire provençale. Et regarde ça.

– Quoi ?

– Cette bergère. Là. Elle doit avoir au moins cent cinquante ans.

– Tu veux dire que toutes ces vieilleries valent de l'argent ?

Sabir se rappela soudain à qui il parlait.

– Alexi, tu n'y touches pas, hein ? Ces gens nous reçoivent chez eux, même s'ils ne le savent pas. D'accord ? On leur doit au moins de respecter leurs affaires.

– D'accord, d'accord, je ne touche à rien, répliqua-t-il sur un ton peu convaincu. Mais combien ça vaut, tout ça, d'après toi ? Juste pour savoir…

– Alexi ?

– D'accord… C'était juste une question. J'imagine que ces vieilleries intéresseraient un de ces gars qui vendent des antiquités à Arles ? S'ils savaient qu'elles étaient là, évidemment.

– Alexi…

– Oui, oui, je sais…

Sabir sourit. Que disait le dicton ? *On ne saurait faire boire l'âne s'il n'a soif.*

– On est loin des Saintes-Maries ?

Le regard toujours rivé sur les meubles, Alexi répondit :

– Tu sais quoi, Damo ? Tu me trouves des trucs, je me charge de les vendre, et à nous deux on pourrait se faire un sacré pognon. Tu pourrais même t'acheter une femme, au bout d'un an ou deux. Et pas aussi laide que la première que je t'ai proposée.

– Les Saintes-Maries, Alexi, c'est à combien d'ici ?

– Dix kilomètres à vol d'oiseau. Quinze, peut-être, par la route.

– C'est sacrément loin. Tu ne connais rien de plus près, où on pourrait loger en toute sécurité et qui nous rapprocherait un peu ?

– Non, à moins que tu aies envie de te faire repérer par tous les flics à la ronde.

– OK, j'ai compris.

– Tu peux toujours voler un cheval.

– Qu'est-ce que tu veux dire ?

– Dans la ferme d'à côté, ils ont des dizaines de chevaux en liberté sur plus de deux cents hectares. Impossible pour eux de savoir où chacun se trouve exactement. On en empruntera trois. Il y a des harnais et des selles dans la buanderie. Et on peut les garder dans la grange pendant qu'on ne les utilise pas. Personne ne s'en apercevra. On pourra rejoindre les Saintes-Maries à cheval quand on voudra, et les laisser à l'entrée de la ville chez d'autres Gitans. Ça évitera que les gardians reconnaissent leurs chevaux et nous sautent dessus.

– Tu es sérieux, Alexi ? Tu veux qu'on devienne des voleurs de chevaux ?

– Je suis toujours sérieux, Damo. Tu ne le sais pas déjà ?

– Regarde ce que j'ai trouvé, déclara Yola en posant sur la table un cageot rempli de fruits et légumes de la ferme. Des choux, des courgettes, un chou-fleur… J'ai même une courge. Il ne nous reste plus qu'à trouver du poisson. Tu pourrais aller voir du côté de la rivière et nous attraper quelque chose, Alexi ? Ou voler quelques *tellines* dans leur cage ?

– Je n'ai pas le temps pour ces bêtises. Damo et moi, on va foncer aux Saintes-Maries et jeter un coup d'œil au sanctuaire, histoire de voir si on peut approcher la statue de sainte Sara avant qu'Œil noir ne s'y pointe.

– Foncer ? Mais on n'a même plus de voiture ; on l'a laissée à Arles.

– Pas besoin de voiture, on va voler des chevaux.

Yola parut étudier la chose un moment puis lâcha :

– Dans ce cas, je viens avec vous.

– Ce n'est pas une bonne idée. Tu ne feras que nous ralentir.

– Je viens avec vous.

Sabir les considéra l'un après l'autre. Comme d'habitude, quand il s'agissait de ces deux-là, il semblait y avoir une sorte de tension dans l'air, dont il ne comprenait ni l'origine ni le sens.

– Pourquoi veux-tu venir, Yola ? Ça peut être dangereux. Il y aura des policiers partout. Tu as déjà eu deux fois affaire à cet homme. Inutile de risquer une troisième rencontre.

– Regarde-le, Damo, soupira-t-elle. Regarde son air coupable. Tu ne vois pas pourquoi il a tellement envie d'aller en ville ?

– Eh bien, pour préparer…

– Non, il veut boire. Et, quand il aura bu assez pour se rendre malade, il partira à la recherche de Gavril.

– Gavril ? Grands dieux, je l'avais oublié, celui-là !

– En revanche, lui, il ne vous a pas oubliés, toi et Alexi. Tu peux en être certain.

24

— On est sur une fausse piste, monsieur. Ce pistolet a été enregistré pour la dernière fois en 1933. Et l'homme qui le possédait est sans doute mort depuis des années. Il a pu changer six fois de propriétaire, dans l'intervalle. L'enquêteur me dit que, après la guerre, beaucoup n'ont pas retrouvé leurs papiers et documents avant 1960. Pourquoi perdre notre temps avec ça ?

– Vos chercheurs ont trouvé le code du traceur, ou pas encore ?

– Non, monsieur. Personne ne m'a rien dit, pour l'instant.

– Vous avez d'autres pistes dont vous ne me parlez pas ?

– Non, monsieur, marmonna le lieutenant.

– Lisez-moi l'adresse.

– Le domaine de Seyème, au cap Camarat.

– Le cap Camarat ? C'est près de Saint-Tropez, ça ?

– Oui, assez.

– C'est un peu chez vous, non ?

– Oui, monsieur.

Macron ne se sentait pas ravi à l'idée de se retrouver si près de chez lui avec Calque sur les talons.

– À quel nom a-t-il été enregistré ?

– Vous n'allez pas le croire.

– Dites toujours.

– Ça dit qu'il a été inscrit au nom de Louis de Bale, chevalier, comte d'Hyères, marquis de Seyème, pair de France.

– Un pair de France ? Vous voulez rire ?

– Un pair de France… qu'est-ce que c'est ?

– Macron, vous ne vous intéressez vraiment pas à l'histoire, on dirait.

– Pas à l'aristocratie, en tout cas. On ne s'était pas débarrassés de tout ça à la Révolution ?

– Pour un temps, oui. Mais Napoléon s'est dépêché de tout rétablir. En 1848, ça a de nouveau disparu, pour réapparaître en 1852, et, pour autant que je sache, l'aristocratie est encore bien vivante aujourd'hui. Certains titres sont mêmes protégés par la loi – ce qui veut dire, par vous et moi, lieutenant – en dépit de ce que peut ressentir votre âme de républicain.

– Et un pair de France, qu'est-ce que c'est, en fait ?

– C'est, à l'origine, un vassal du roi de France. Mais attention, la pairie est un office de la Couronne, pas un titre de noblesse. Le pair du royaume recevait certains privilèges et aussi certaines contraintes. Il avait aussi une fonction bien précise lors de la cérémonie du sacre : l'un posait la couronne sur la tête du roi, un autre portait la cape royale, un autre encore l'épée, et puis l'anneau, le sceptre, l'étendard… Je les savais tous à l'époque.

– Peut-être que ce n'est pas un vrai pair, hasarda Macron. En supposant bien sûr qu'il n'est pas mort, ce qu'il est forcément puisque ça fait soixante-quinze ans qu'il a enregistré ce pistolet.

Calque jeta à Macron un regard méprisant.

– On ne fait pas semblant d'être un pair de France.

– Et pourquoi pas ?

– Parce qu'on ne peut pas. On peut feindre d'avoir un petit titre, les gens le font tout le temps. Même les ex-présidents. Pour se retrouver ensuite dans l'*Encyclopédie de la fausse noblesse*. Mais de grands titres comme ça ? Non. Impossible.

– Quoi ? Il y a même un livre pour dénoncer les tricheurs ?

– Plus que ça, expliqua le capitaine. En fait, il y a une différence fondamentale entre la noblesse d'Empire, créée par Napoléon Ier, et l'ancienne noblesse, celle qui nous occupe en ce moment. L'empereur a donné à ses favoris des noms et des titres qui existaient déjà, ceci sans doute afin d'humilier les porteurs de ces anciens titres et de les maintenir à leur place. Mais les effets s'en font encore sentir de nos jours. Car, aujourd'hui encore, si vous placez une famille anoblie par Napoléon plus haut à table qu'une famille d'ancienne noblesse et portant le même nom, les membres de la famille d'ancienne noblesse retourneront leur assiette et refuseront de manger.

– Quoi ? s'indigna Macron. Juste pour une place ?

– Oui. Et c'est le genre de famille à qui on a sans doute affaire aujourd'hui.

– Vous rigolez ?

– Non, Macron, je ne vous ferais pas cette insulte. Ce serait comme de dire que les écoles de Marseille ne produisent que des crétins. Une telle assertion serait totalement fausse et, par conséquent, sujette à critique – sauf dans le cas extrême où elle se révélerait totalement vraie.

25

Durant trois heures, Gavril avait arpenté les rues des Saintes-Maries à la recherche d'Alexi, Yola et Sabir. Il avait interrogé tous les Gitans, gardians, musiciens de rue, mendiants et chiromanciennes qu'il avait croisés, mais sans aucun résultat.

Il connaissait la ville sur le bout des doigts, ses parents ayant été des fidèles de la fête jusqu'à la mort de son père, trois ans plus tôt. Depuis ce jour, sa mère ne bougeait plus et refusait de s'éloigner de plus de trente kilomètres de leur camp, près de Reims. En conséquence, Gavril, lui aussi, avait perdu l'habitude de faire ce pèlerinage. Il avait donc menti en déclarant à Sabir que, bien sûr, il se rendait dans le Sud avec le reste de son clan. Mais un certain *mulo* l'avait incité à défier Alexi en lui proposant de se rencontrer dans le sanctuaire de sainte Sara. Une force inconsciente – peut-être même superstitieuse – dont il ignorait l'origine.

Et il en était arrivé là. S'il pouvait se débarrasser d'Alexi – lui prendre Yola et l'épouser –, il prouverait qu'il était bien un Tzigane. Plus personne ne pourrait nier sa place dans la communauté. Car la famille de Yola était de noblesse tzigane. Il se joindrait à une lignée qui remontait au grand exode et même au-delà, jusqu'à la période de l'ancienne Égypte. Une fois qu'il aurait eu des fils et des filles d'une telle lignée, personne ne pourrait plus douter de ses droits ni de ses antécédents. La stupide et blessante histoire de son père qui l'aurait enlevé à une *gadjé* serait pour toujours oubliée. Avec un peu de chance, d'argent et de diplomatie, il pourrait même devenir Bulibasha, un jour. Il se laisserait pousser les cheveux, les teindrait en rouge s'il lui en prenait l'envie. Il leur pisserait tous au visage.

C'étaient les deux policiers *gadjés* qui avaient été les premiers à lui faire venir ces grandes idées, avec leurs cartes de visite, leurs allusions et leurs misérables insinuations. Résultat : il avait tout simplement décidé de tendre une embuscade à Alexi avant de le tuer, puis de livrer Sabir aux autorités en échange de la récompense promise. Personne ne pourrait lui reprocher de se défendre contre un criminel. Ensuite il pourrait se venger de cet autre bâtard *gadjé*, qui l'avait tant humilié et l'avait blessé à la cuisse.

Car celui-là aussi, en fin de compte, était un imbécile – comme tous les *gadjés*. Ne lui avait-il pas révélé ce après quoi il courait, avec toutes ses questions et ses menaces ? Quelque chose qui avait à voir avec la statue de Sara e Kali. Gavril s'en voulait d'avoir perdu autant de temps à se balader en ville en interrogeant tout le monde. Cet homme et Sabir étaient manifestement liés – tous deux n'avaient-ils pas montré le même intérêt flagrant pour la fête ? Ils devaient donc courir après la même chose. Peut-être voulaient-ils voler la statue et demander une rançon en échange. Faire payer tous les Gitans de la terre pour la récupérer. Gavril secoua la tête devant tant de stupidité. Les Tziganes ne donneraient jamais d'argent pour quoi que ce soit. Ces *gadjés* ne le savaient-ils pas ?

Maintenant, il n'avait qu'à attendre à la porte du sanctuaire et les laisser venir à lui. La fête ne commençait pas avant quarante-huit heures, ce qui lui donnait tout le temps de mettre son projet à exécution. Et, quand il aurait besoin de se reposer un peu, il y avait toujours Bazena. Ce serait un jeu d'enfant que de la persuader de faire le guet pour lui. Cette garce s'imaginait encore qu'il la voulait ? Il allait tirer profit à fond de sa naïveté. Il allait la câliner, lui donner un peu d'espoir.

La première chose serait de lui demander de mendier à l'entrée de l'église – ainsi, personne n'entrerait dans l'édifice sans qu'elle le remarque. Et elle récupérerait par la même occasion quelques espèces sonnantes et trébuchantes. D'une pierre deux coups.

Oui, Gavril avait tout prévu, il était prêt. Il allait enfin s'épanouir – il le sentait. Aujourd'hui, après tout ce temps, il allait faire payer ces salauds. Payer pour une vie de tracas et d'humiliations à cause de ses cheveux blonds.

Ces idées se bousculant dans sa tête, Gavril se dépêcha de retraverser la ville pour rejoindre la caravane du père de Bazena.

26

Achor Bale observait les pitreries de Gavril avec une pointe d'amusement. Il suivait cet idiot depuis qu'il l'avait si bien questionné à Gourdon – mais ces trois dernières heures avaient fini par le convaincre que jamais il n'avait eu affaire à un homme aussi inconscient de ce qui se tramait autour de lui. C'était un esprit à une vitesse, incapable de réfléchir à plus de deux choses en même temps. Il était un peu comme un cheval de course avec des œillères.

Il avait été ridiculement facile de le suivre au départ de Gourdon, après leur petite séance d'interrogatoire. Et, à présent, dans les rues des Saintes-Maries infestées de touristes, c'était un jeu d'enfant que de le surveiller de loin. Bale passa quinze minutes jouissives à regarder Gavril forcer une fille à intégrer et accepter les nouveaux projets qu'il venait de pondre. Puis douze autres minutes s'écoulèrent, pendant lesquelles il la regarda se chercher un petit coin tranquille, tout près de l'entrée de l'église. Elle avait presque aussitôt commencé à mendier – non pas auprès des Gitans, bien évidemment, mais des touristes.

C'est ça, espèce de petit bâtard vicieux, songea Bale, *fais faire ton sale boulot par les autres. Tu vas en profiter pour t'offrir ta petite sieste, maintenant.*

Oubliant Gavril, il s'installa à la terrasse d'un café voisin, mit un chapeau et des lunettes noires, histoire de ne pas se faire repérer par la police, et se mit à surveiller la fille.

27

— Bon sang, regardez cet endroit ! Ça doit valoir une sacrée fortune.

Calque sourit mais ne répondit rien.

Macron descendit de voiture et balaya du regard le cap Camarat et ses eaux bleues qui allaient rejoindre plus loin celles de la baie de Saint-Tropez.

Une femme d'âge moyen, vêtue d'un twin-set de cachemire et de tweed, s'approcha d'eux.

– Madame la marquise, lui dit Calque en inclinant légèrement la tête.

– Non, sourit-elle. Je suis sa secrétaire, madame Mastigou. Et je tiens à préciser que c'est madame la comtesse.

Macron eut un sourire ravi, dans le dos du capitaine. Bien fait pour ce snobinard, ce monsieur Je-sais-tout qui croyait lui en remontrer avec son baratin sur la noblesse. C'était maintenant lui qui se plantait !

– Auriez-vous eu un accident de voiture ? Je vois que votre assistant est boiteux ; et vous, capitaine, vous semblez avoir essuyé une guerre.

Calque jeta un regard piteux sur son bras en écharpe et indiqua son nez encore recouvert d'un pansement.

– Un accident, en effet, madame. Nous étions à la poursuite d'un criminel particulièrement dangereux. C'est d'ailleurs ce qui nous amène ici, aujourd'hui.

– J'ose espérer que vous ne vous attendez tout de même pas à le trouver dans cette maison.

– Non, madame. Nous enquêtons sur un pistolet qu'il a eu en sa possession. C'est pourquoi nous aimerions nous entretenir avec madame la comtesse, car ce pistolet a peut-être appartenu à son père. Il nous faudrait retracer son itinéraire tout au long des soixante-quinze dernières années.

– Soixante-quinze ans ?

– Depuis son premier enregistrement, au début des années 1930, oui.

– Il a été enregistré dans les années 1930 ?

– Au début des années 1930, plus précisément.

– Alors, il a dû appartenir au mari de madame la comtesse. Qui est décédé.

– Je vois, articula Calque qui sentait Macron rouler des yeux derrière lui. J'en conclus que madame la comtesse est une dame très âgée.

– Pas du tout, monsieur. Elle avait quarante ans de moins que monsieur le comte lorsqu'ils se sont mariés, dans les années 1970.

– Ah…

– Mais, je vous en prie, suivez-moi. Madame la comtesse vous attend.

Calque suivit la secrétaire jusqu'à la maison, Macron boitillant à ses côtés. Comme ils atteignaient l'entrée, un valet de pied se présenta pour leur ouvrir la porte.

– Je n'y crois pas, souffla Macron à l'oreille du capitaine. On se croirait sur le tournage d'un film. Il y a des gens qui vivent encore comme ça, maintenant.

Calque fit mine de n'avoir pas entendu. Il laissa le valet l'aider à monter les marches du perron en lui prenant le bras avec une délicatesse stylée. Il fut secrètement heureux de cet appui car, depuis l'accident, il ne cessait de cacher sa fragilité à Macron, de peur de perdre la face devant lui. Issu d'un quartier populaire de Marseille, le lieutenant avait l'habitude des combats de rue et n'avait aucun problème pour deviner les faiblesses chez l'adversaire. Calque, lui, savait que son seul avantage résidait dans son cerveau et dans sa connaissance du monde et de son histoire. Il perdait cette vigueur, et il était mort.

– Madame la comtesse vous attend dans la bibliothèque.

Calque suivit du regard le bras tendu du valet. La secrétaire était déjà en train de les annoncer.

Et voilà, songea-t-il. *Encore une piste qui n'aboutira à rien. Ça va me coûter cher. À ce rythme, quand on rentrera à Paris – et avec Macron qui ne se privera pas de faire le tour de tous les bureaux pour raconter tout ça avec jubilation –, je vais devenir la risée de tout le II*e *arrondissement.*

28

— Regarde, c'est Bazena.

Alexi était sur le point de tendre le bras vers elle quand Sabir l'en empêcha.

Dans un même élan, ils reculèrent derrière la toile séparant les étals de deux boutiques voisines.

– Qu'est-ce qu'elle fait ?

– Je n'arrive pas à y croire, répondit Alexi en tendant discrètement le cou.

– À croire quoi ?

– Elle mendie. Sans blaguer, si son père ou son frère la voient, ils vont la battre à coups de cravache.

– Pourquoi ? On voit tout le temps des Gitans en train de mendier.

– Pas des Gitans comme Bazena. Pas venant d'une famille comme la sienne. Son père est un homme très fier. Il vaut mieux qu'il vous ait à la bonne. Moi-même, je ferais gaffe avec lui.

Il se cracha dans les mains par superstition.

– Alors, pourquoi fait-elle ça ?

– Attends, laisse-moi réfléchir.

À son tour, Sabir risqua une tête dehors pour regarder ce que faisait Bazena.

– J'ai pigé ! lui lança soudain Alexi en le prenant par le bras. Ça doit être à cause de Gavril. Il a dû lui demander de rester là pour surveiller notre arrivée.

– Et pourquoi ne le fait-il pas lui-même ?

– Parce que c'est un putain de paresseux.

– Tu ne serais pas un peu partial, par hasard ?

– Sérieusement, Damo, qu'est-ce qu'on fait ? On ne peut pas entrer dans cette église tant que Bazena est là. Elle courra prévenir Gavril, qui gâchera tout en se précipitant ici.

– On va demander à Yola de venir lui parler.

– Pour quoi faire ?

– Elle trouvera quelque chose à lui dire. Elle sait très bien le faire.

Alexi hocha la tête, comme si ce commentaire lui semblait évident.

– D'accord. Reste ici, je vais la chercher.

Alexi trouva sa cousine assise avec un groupe d'amies, exactement comme prévu, devant la mairie, sur la place des Gitans.

– Yola, on a un problème.

– Tu as vu Œil noir ?

– Non, mais c'est presque aussi embêtant. Gavril fait surveiller l'entrée de l'église par Bazena… qui est en train de mendier devant.

– Bazena qui mendie ? Mais son père va la tuer !

– Je sais. C'est ce que j'ai dit à Damo.

– Alors, qu'est-ce que tu vas faire ?

– Rien. C'est toi qui vas faire quelque chose.

– Moi ?

– Oui. Tu vas aller lui parler. Damo dit que tu sais toujours quoi dire.

– Il dit ça, c'est vrai ?

– Oui.

Comme l'une des filles se mettait à rire, Yola la secoua par le bras et lui déclara :

– Tais-toi, Yeleni, il faut que je réfléchisse.

Alexi fut surpris de voir celle-ci obtempérer aussitôt, au lieu de la renvoyer dans ses buts comme les filles le faisaient habituellement entre elles. Normalement, le fait que Yola ne soit pas encore mariée à son âge aurait dû rabaisser son statut au sein de la communauté féminine, car beaucoup d'entre elles avaient déjà un enfant et certaines étaient même enceintes d'un deuxième ou troisième. Mais il devait admettre qu'elle savait se faire respecter par les plus jeunes. Tout comme elle saurait le faire avec lui, s'il devait l'épouser un jour.

Et cela ne manquait pas de le remplir de crainte. Alexi reconnaissait qu'il manquait totalement de fermeté quand il s'agissait des femmes. Il lui était par exemple quasiment impossible de ne pas draguer une fille *gadjé* quand il en avait l'occasion. Yola avait raison. Et c'était aussi bien comme cela. Mais, une fois qu'ils seraient mariés, elle ne serait certainement pas du genre à fermer les yeux là-dessus. Elle n'hésiterait peut-être pas à le castrer pendant son sommeil.

– Alexi, à quoi tu penses ?

– Moi ? Oh, à rien. À rien du tout…

– Alors va dire à Damo que je vais nous dégager le chemin pour entrer dans cette église. Mais ne soyez pas surpris par la façon dont je vais m'y prendre.

– D'accord, répondit-il.

Il essayait d'imaginer quel effet cela ferait de se faire castrer ou empoisonner. Il ne savait pas quel châtiment il redoutait le plus, mais les deux lui semblaient inévitables s'il épousait Yola.

– Tu m'as bien entendue ?

– Oui, j'ai compris.

– Et si tu vois Gavril et que lui ne te voit pas, évite-le.

29

— Capitaine Calque, asseyez-vous, je vous prie. Vous aussi, lieutenant.

Calque se laissa volontiers tomber dans l'un des trois fauteuils disposés autour de la cheminée. Puis il se redressa poliment lorsque la comtesse s'assit à son tour.

Macron, qui avait d'abord été tenté de se percher sur l'accoudoir du canapé afin de laisser pendre ses pieds douloureux, se ravisa et le rejoignit.

– Puis-je vous offrir un peu de café, messieurs ?

– Merci, c'est très bien comme ça.

– Je vais juste en prendre pour moi, dans ce cas. Je bois toujours du café à cette heure de la journée.

Macron prit l'air de celui qui avait oublié d'acheter son billet de loterie et dont les numéros venaient d'apparaître sur un écran de télévision.

– Êtes-vous certains de ne pas vouloir m'accompagner ? insista la comtesse.

– Eh bien, maintenant que vous le dites…

– Parfait. Milouins, apportez-nous du café pour trois, s'il vous plaît. Avec quelques madeleines, aussi.

– Bien, madame.

Le valet se retira sans bruit.

Macron prit de nouveau un air incrédule, mais Calque refusa de croiser son regard.

– C'est notre maison d'été, capitaine, déclara leur hôtesse. Au XIXe siècle, c'était plutôt notre résidence d'hiver, mais les choses évoluent, n'est-ce pas ? Aujourd'hui, les gens recherchent le soleil. Plus il fait chaud, mieux c'est, non ?

Calque résista difficilement au désir de la contredire. D'autre part, il avait une puissante envie de cigarette mais savait que c'était hors de question. Il décida donc de se raisonner, de ne pas se laisser aller au stress, et demanda simplement :

– Je voulais vous poser une question, madame, juste pour comprendre. À propos des titres de votre mari.

– Les titres de mon fils, vous voulez dire ?

– Ah, oui. Les titres de votre fils… Simple curiosité. Votre fils est pair de France, n'est-ce pas ?

– Oui, c'est exact.

– Mais je me suis laissé dire qu'il n'y avait que douze pairs, en France. Dites-moi si je fais erreur. L'archevêque de Reims, qui, traditionnellement, célébrait le couronnement. Les évêques de Laon, de Langres, de Beauvais, de Châlons et de Noyons, qui, respectivement, oignaient le roi, et portaient son sceptre, son manteau, son anneau et sa ceinture. Et puis il y avait les ducs de Normandie, de Bourgogne et d'Aquitaine (aussi appelée Guyenne). Le duc de Bourgogne portait la couronne et nouait la ceinture du roi, tandis que le duc de Normandie et celui d'Aquitaine portaient chacun l'une des deux bannières. Enfin, il y avait le comte de Champagne qui portait l'étendard royal, celui de Flandres qui portait l'épée, et celui de Toulouse qui portait les éperons. Je ne me trompe pas ?

– Non. Bravo, capitaine ! À vous entendre, on croirait que vous venez de consulter les archives et de mémoriser tous ces noms.

Calque sentit le sang lui affluer au visage et envahir son nez blessé.

– Non, madame, intervint Macron. Le capitaine connaît par cœur tous ces trucs.

Grands dieux ! songea Calque. *Si ce n'est pas de la solidarité, ça…* Quelle autre raison pouvait pousser Macron à le défendre ainsi publiquement ? Il inclina la tête avec une gratitude sincère et se promit de faire plus d'efforts avec son lieutenant. De l'encourager davantage. Il sentit même tout au fond de lui une once d'affection qui vint masquer l'habituelle irritation qu'il éprouvait devant l'agressivité de ce jeune policier.

– Nous en arrivons donc à la famille de votre époux, madame. Pardonnez-moi, mais je ne comprends toujours pas. Cela ferait de lui le treizième pair de France. Cependant, ça n'est noté nulle part dans les archives. Quelle aurait été la fonction de votre ancêtre, lors du couronnement ? Qu'aurait-il porté ?

– Il n'aurait rien porté du tout, capitaine. Sa fonction était de protéger le roi.

– Protéger le roi ? Le protéger de qui ?

– Du démon, bien sûr, sourit la comtesse.

30

Yola sentait qu'elle avait parfaitement bien mené ses deux interventions. D'abord, elle avait envoyé Yeleni réveiller Gavril et lui dire que Bazena devait lui parler d'urgence.

Ensuite, elle s'était donné cinq minutes avant de courir annoncer à Badu, le père de Bazena, qu'on venait de voir sa fille en train de mendier à l'entrée de l'église. Cinq minutes qui devaient servir à laisser passer un peu de temps avant que Badu et Stefan, le frère de Bazena, ne se précipitent au sanctuaire en apprenant la nouvelle.

Et, à présent, Yola était elle-même en train de courir pour aller voir de ses yeux si son plan fonctionnait.

Toujours dissimulé avec Sabir derrière la toile du magasin, Alexi la vit arriver.

– Regarde, voilà Yola. Et, là-bas, j'aperçois Gavril. Et… merde, il y a aussi Badu et Stefan !

– Il va y avoir de la castagne, commenta Sabir.

Ignorant totalement la présence de Badu et de Stefan, Gavril courait vers Bazena. Prise en flagrant délit, celle-ci venait d'apercevoir son père et son frère, à quelques mètres devant lui. Elle se leva et tâcha de faire signe à Gavril de s'éloigner. Mais Badu et Stefan ne perdirent rien de ce geste, se retournèrent et reconnurent le Tzigane blond. Ce dernier, au lieu de rester sans bouger et de simplement feindre l'ignorance, choisit de prendre le large. Ses deux poursuivants se séparèrent – une stratégie qu'ils avaient, de toute évidence, maintes fois pratiquée – et lui tombèrent dessus en surgissant par les deux angles opposés de la place. Voyant cela, Bazena se mit à crier et à se tirer les cheveux.

En moins de deux minutes – comme l'avait prévu Yola – une cinquantaine de Gitans, des deux sexes et de tous âges, surgirent de nulle part pour converger vers le centre de la place. Gavril se mit à reculer devant Badu et Stefan, qui, déjà, avaient sorti leurs couteaux. Alertés par l'agitation, des passants commençaient à se regrouper autour d'eux, quand deux motos de police débouchèrent devant l'église. Mais, très vite, les Gitans les encerclèrent et firent en sorte que les motards ne voient rien du combat qui s'engageait entre les quatre protagonistes. Bazena s'était carrément jetée au cou de son père et y restait accrochée dans l'espoir de l'empêcher d'agir, pendant que son frère tentait de ceinturer Gavril, qui avait, lui aussi, sorti son couteau mais cherchait encore à l'ouvrir d'une main fébrile.

– Voilà, c'est le moment, lâcha Alexi avant de se précipiter au milieu de la foule sans laisser à Sabir le temps de lui demander ce qu'il comptait faire.

– Alexi, bon sang ! s'écria-t-il. Pour l'amour du Ciel, reste en dehors de ça !

Trop tard. Alexi était déjà en train de courir en direction de l'église.

31

Depuis sa plus tendre enfance, Alexi était un voleur chevronné – et un voleur de sa trempe savait comment se servir du hasard. Mettre à profit le bon moment.

Il était certain que le vigile posté près de la statue finirait par être tenté de s'éclipser de l'église. Comment ne le serait-il pas quand l'assemblée entière était sortie, curieuse de découvrir ce qui se passait dehors ?

Alexi imaginait fort bien le dilemme qui taraudait l'esprit du gardien. C'était de son devoir d'aller jeter un coup d'œil sur ce qui se tramait à l'extérieur, non ? Sainte Sara pourrait bien se surveiller toute seule pendant quelques instants. Aucune menace ne pesait sur elle. Et puis personne ne lui avait dit de s'occuper spécialement d'elle. Quel mal y avait-il à briser la monotonie de la matinée en s'offrant un petit bol d'air… et un petit brin d'émeute ?

Alexi venait de se cacher à la droite du portail quand il vit le vigile faire irruption à la suite des fidèles, tout excité à l'idée d'assister au spectacle sur la place. Le Tzigane se faufila à l'intérieur sans se faire repérer, et fila comme une flèche vers l'autel où se trouvait la statue. Toute sa vie, il était venu dans cet endroit ; il en connaissait jusqu'au moindre recoin.

Sainte Sara trônait au fond de la crypte désertée, entourée d'ex-voto, de photographies, de bougies, de bibelots, de poèmes, de plaques de bois ou d'ardoise gravées de noms, et de beaucoup, beaucoup de fleurs. Elle était vêtue d'au moins une vingtaine de robes et de manteaux offerts par des fidèles, et ornée de rubans et de voiles cousus à la main, au milieu desquels ressortait son visage sombre surmonté d'une couronne d'argent.

Se signant par pure superstition et articulant un « s'il vous plaît, pardonnez-moi » au crucifix voisin, Alexi saisit Sara e Kali, la retourna et passa la main sur son socle. Rien. C'était aussi lisse que de l'albâtre.

Après un regard inquiet vers l'entrée de l'église, il marmonna une prière, sortit son canif et entreprit de gratter le bois.

Achor Bale avait observé avec beaucoup d'intérêt le déroulement de la scène sur la place. D'abord, l'apparition fugitive du crétin blond, puis celle des deux Gitans furieux qui s'étaient quasiment jetés sur la fille en train de mendier. Celle-ci s'était mise à pleurer, ce qui avait attiré l'attention de tous sur le petit ami blond… qui sans cela aurait sans doute remarqué ce qui se passait avant que quiconque ne se rende compte de sa présence, et qui aurait eu le temps de disparaître avant que le grabuge ne commence. Mais c'était raté.

Les deux policiers à moto tentaient encore de se frayer un chemin parmi la foule. Le blond se trouvait maintenant face au plus jeune des deux bohémiens, et, si Bale ne se trompait pas, il le menaçait d'un Opinel – qui, à coup sûr, se casserait dès l'instant où il rencontrerait quelque chose de plus compact qu'un bréchet. Le plus âgé – le père, sans doute – s'efforçait de se dégager de l'étreinte de son hystérique de fille, dont il ne tarderait certainement pas à se libérer, après quoi tous deux se jetteraient à bras raccourcis sur l'abruti blond pour le dépecer vivant, bien avant que la police n'ait le temps d'approcher.

Bale observait néanmoins la scène d'un regard circonspect. Tout ceci lui paraissait tellement fabriqué. Les émeutes ne naissaient jamais comme cela, d'elles-mêmes. C'étaient les gens qui les orchestraient. Du moins, d'après son expérience. Il en avait même organisé quelques-unes, alors qu'il se trouvait à la Légion – non pas sur les ordres de ses supérieurs, inutile de le dire, mais simplement afin de forcer leur implication dans une situation qui, sans leur intervention, se serait sans doute résolue toute seule, sans avoir recours à la violence.

C'était avec une émotion toute particulière qu'il se souvenait d'une de ces émeutes, qui avait eu lieu durant le déploiement de la Légion au Tchad, dans les années 1980. Quarante morts et des dizaines de blessés, avec un commentaire du Corpus précisant qu'il n'avait pas été loin de déclencher une guerre civile. Comme Monsieur, son père, avait dû être heureux.

Legio Patria Nostra... Bale en avait presque la nostalgie. Il avait appris tant de choses, là-bas, dans le «village de combat» de la Légion, à Frasselli, en Corse. Et aussi au Rwanda, à Djibouti, au Liban, au Cameroun et en Bosnie. Des choses qu'il pourrait bien avoir à mettre en pratique, à présent.

Il se leva pour mieux apercevoir ce qui se passait. N'y parvenant pas, il grimpa sur la table du café où il était assis, prenant son chapeau pour se protéger du soleil. Personne ne le remarqua – tous les yeux étaient tournés vers la place.

Il porta son regard sur l'entrée de l'église, juste à temps pour voir Alexi, caché jusque-là derrière le portail, se glisser à l'intérieur, derrière le gardien qui sortait.

Excellent. Une fois de plus, quelqu'un effectuait le travail pour lui. Il chercha Sabir des yeux, mais ne l'aperçut pas. Le mieux était de se diriger maintenant vers l'entrée de l'édifice, et attendre que le Gitan en ressorte. Au milieu du maelström qu'était devenue la place de l'église, personne ne serait surpris de découvrir un second cadavre portant la trace d'un coup de couteau sur la poitrine.

32

Calque éprouvait quelques difficultés avec la comtesse. Des difficultés qui s'étaient annoncées lorsqu'elle avait deviné son scepticisme quant au rôle de la famille de son mari, chargée à l'époque de protéger les rois angevins, les Capétiens et les Valois contre les interventions du démon.

– Pourquoi n'est-ce écrit nulle part, s'étonna-t-il. Pourquoi ne mentionne-t-on jamais ce treizième pair de France ?

Macron lui jeta un regard incrédule. Que faisait le capitaine ? Il était là pour enquêter sur un pistolet, pas sur les ancêtres de cette comtesse.

– Si, c'est écrit, capitaine Calque, affirma celle-ci. Simplement, les documents ne sont pas laissés à la disposition des chercheurs. Que croyez-vous ? Que l'histoire entière s'est déroulée exactement comme les historiens l'ont décrite ? Qu'aucune famille noble à travers toute l'Europe ne conserve des documents ou de la correspondance privée à l'abri des regards indiscrets ? Qu'il n'y a dans le monde aucune société secrète dont personne ne soupçonne l'existence ?

– Avez-vous connaissance de telles sociétés, madame ?

– Bien sûr que non. Mais je suis sûre qu'il en existe. Vous pouvez en être sûr. Et avec plus de puissance, peut-être, que ce que l'on peut supposer.

Une étrange expression se dessina sur le visage de la comtesse. Elle saisit alors sa clochette et l'agita. Sans un mot,

Milouins, son valet, entra dans la pièce et débarrassa le plateau de café.

Calque comprit alors que l'entretien arrivait à son terme.

– Ce pistolet, madame ? Celui qui est enregistré au nom de votre époux... Qui serait en sa possession, aujourd'hui ?

– Mon mari l'a perdu avant la guerre. Je me rappelle parfaitement qu'il me l'a dit. Il lui avait été volé par un garde-chasse, momentanément mécontent de sa situation. Le comte en avait averti la police, et je suis certaine que sa déposition existe encore. Ils ont mené une enquête officieuse, mais le pistolet n'a jamais été retrouvé. Cela n'avait toutefois guère d'importance. Mon mari possédait de nombreux pistolets. Sa collection était réputée, j'imagine. Je ne m'intéresse moi-même pas beaucoup aux armes à feu, cependant.

– Bien sûr, madame.

Calque savait quand il avait perdu une manche. Les chances qu'il existe encore un rapport ou un dossier sur une enquête officieuse datant des années 1930 étaient infinitésimales.

– Mais, si j'ai bien compris, vous avez épousé le comte dans les années 1970. Comment seriez-vous au courant d'événements survenus autour de 1930 ?

Une question qui laissa Macron bouche bée.

– Mon mari, capitaine, ne m'a jamais rien caché.

Sur ces mots, la comtesse se leva.

Le lieutenant fit de même, fort satisfait de voir Calque ne pas réussir à s'extraire du premier coup de son fauteuil. Le vieil homme devait ressentir les effets de l'accident, songea-t-il. Peut-être était-il un peu plus fragile qu'il ne le laissait croire. Il se comportait en tout cas de façon bien étrange.

La comtesse sonna deux fois, et le valet apparut de nouveau dans la bibliothèque. Elle fit un signe de tête en direction du capitaine, et le domestique se précipita pour l'aider.

– Je suis désolé, madame, lui dit le policier. Le lieutenant Macron et moi-même avons été victimes d'une collision en voiture. Nous étions à la poursuite d'un scélérat. Et... je me sens encore un peu raide.

Une collision ? À la poursuite d'un scélérat ? À quoi donc s'amusait Calque ? Macron se dirigea vers la porte. Puis il s'arrêta net et se retourna lentement. Son chef était en fait loin d'être aussi raide qu'il le prétendait. Il jouait la comédie.

– Votre fils, madame ? Aurait-il quelque chose à ajouter à propos de cette histoire ? Peut-être son père lui a-t-il parlé de ce pistolet ?

– Mon fils, capitaine ? J'ai neuf fils, à la vérité. Et quatre filles. Auquel d'entre eux aimeriez-vous parler ?

À son tour, Calque stoppa net. Il vacilla imperceptiblement puis demanda :

– Treize enfants ? Vous m'en voyez surpris, madame. Comment est-ce possible ?

– Cela s'appelle l'adoption, capitaine. La famille de mon mari finance une institution religieuse depuis neuf siècles. Une œuvre de charité, en quelque sorte. Mon mari a été gravement blessé pendant la guerre. Dès lors, il lui a été impossible de produire un héritier. C'est la raison pour laquelle il s'est marié si tard. Mais j'ai réussi à le persuader de repenser à sa succession. Nous avons de la fortune. Le couvent possède un orphelinat. Nous en avons pris autant que nous le pouvions. L'adoption en cas de force majeure est une coutume très bien établie dans la noblesse française et italienne. Infiniment préférable à la disparition du nom.

– Le comte actuel, dans ce cas ? Puis-je savoir son nom ?

– Le comte Rocha. Rocha de Bale.

– Pourrais-je lui parler ?

– Il n'est plus avec nous, capitaine. Pour des raisons que lui seul connaît, il a rejoint la Légion étrangère. Comme vous le savez, on exige des légionnaires qu'ils s'inscrivent sous un autre nom que le leur. Nous n'avons jamais su lequel il avait choisi. Cela fait des années que nous ne le voyons plus.

– Mais la Légion n'accepte que des étrangers dans ses rangs. Il n'y a pas de Français. À part chez les officiers. Votre fils était donc un officier ?

– Mon fils était un irréfléchi, capitaine. À l'âge où il s'est engagé, il aurait été capable de n'importe quelle folie. Il parle six langues. Il est tout à fait possible qu'il ait réussi à se faire passer pour un étranger.

– Oui, madame, en effet… Nous nous retrouvons donc sur une voie sans issue pour notre enquête.

La comtesse sembla ne pas l'avoir entendu quand elle déclara :

– Je peux vous assurer que mon fils ne sait rien du pistolet de son père. Il est né trente ans après les événements dont vous me parlez. Nous l'avons adopté lorsqu'il avait déjà douze ans. À cause de l'âge avancé de mon mari.

Calque n'était jamais lent à sauter sur une occasion. Ce qu'il fit sans attendre.

– Et vous n'avez pas pu transférer le titre sur votre deuxième fils ? En sauvegarde de votre héritage…

– Cette possibilité est morte avec mon mari.

Calque et Macron se virent poliment remis entre les mains de la très efficace Mme Mastigou. En l'espace de trente secondes parfaitement fluides, ils se retrouvèrent dans leur voiture, en direction de Ramatuelle.

Macron jeta un dernier regard à la maison de maître qui s'éloignait derrière eux.

– C'était quoi, tout ce cirque ?

– Quel cirque ?

– Cette comédie, là-bas. Pendant vingt minutes, j'ai même réussi à oublier mon mal de pieds. Vous étiez si convaincant que j'ai failli moi-même me laisser prendre. J'étais prêt à vous aider à descendre les marches du perron.

– Une comédie ? répéta le capitaine en faisant la grimace. Quelle comédie ? Je ne vois pas de quoi vous parlez, Macron.

Celui-ci lui jeta un regard intrigué.

Calque souriait.

Avant que le lieutenant n'ait le temps d'insister, son portable sonna. Il se gara sur le bas-côté, décrocha et répondit.

– Oui. Oui. Très bien, oui.

Calque haussa un sourcil.

– Ils ont réussi à décoder le traceur d'Œil noir, monsieur. La voiture de Sabir se trouve dans un parking longue durée, à Arles.

– Ce qui ne nous est pas d'une folle utilité.

– Attendez, il y a autre chose.

– Je vous écoute.

– Il y a eu une bagarre au couteau. Aux Saintes-Maries-de-la-Mer. Devant l'église.

– Et alors ?

– J'ai mis en place un petit système de contrôle après notre petite balade à Gourdon. J'ai noté tous les noms de ceux qu'on interrogeait. Puis j'ai demandé au bureau de m'informer de tous les incidents impliquant de près ou de loin des Gitans. Pour faire une corrélation croisée de tous les noms, en somme.

– Oui, Macron ? Vous m'avez déjà impressionné. J'attends le bouquet final, maintenant.

Le lieutenant remit le moteur en route. *Ne pas sourire*, se dit-il. *Ne pas montrer la moindre émotion.*

– La police recherche un certain Gavril La Roupie, qui aurait un rapport avec cette affaire.

33

Gavril ne pensait plus du tout à Badu et à Stefan. Tout à son excitation à comprendre le complot visant à enlever sainte Sara, il avait négligé le fait que Bazena s'enorgueillissait d'avoir dans sa famille les deux hommes les plus malfaisants de ce côté de la montagne Sainte-Victoire. Les histoires que l'on racontait sur eux étaient légion. Père et fils complotaient toujours ensemble, l'un cherchant en général à attirer l'attention sur lui pendant que l'autre agissait. Leurs bagarres dans les bars étaient légendaires. La rumeur disait qu'ils avaient fait plus de victimes à eux deux que la première bombe atomique.

C'était à cause du trajet vers les Saintes-Maries qu'il avait oublié cette donnée capitale. Les deux hommes se trouvaient alors dans un état d'esprit inhabituellement bienveillant. La fête des Trois Maries était pour eux la grande fête de l'année – c'était l'occasion de régler ses problèmes… et d'en créer de nouveaux. Gavril était si proche d'eux, et sa présence était si évidente, qu'il ne comptait pas. Ils étaient habitués à lui, et il ne leur était pas venu à l'esprit qu'il puisse être assez stupide pour forcer Bazena à mendier dans la rue. Aussi l'avaient-ils entraîné dans leur petit monde vicieux et avaient-ils fait de lui leur complice.

Et voilà que Stefan s'approchait à présent de lui, et qu'il n'avait pour se défendre qu'un Opinel ensanglanté. Lorsque Badu parvint enfin à se débarrasser de sa fille, Gavril sut que c'en était fait de lui. Ils allaient l'étriper.

Il lança son couteau de toutes ses forces en direction de Stefan puis se jeta dans la foule. Il y eut un rugissement derrière lui, auquel il préféra ne pas prêter attention. Il devait filer de là. Il déciderait plus tard de ce qu'il tenterait de faire pour limiter les dégâts. C'était une question de vie ou de mort.

Il zigzagua comme un fou, se faufila au milieu des Tziganes rassemblés, tel un rugbyman cherchant à marquer un essai. D'instinct, il utilisa le clocher de l'église comme point de repère pour courir vers les quais dans le but de voler un bateau. Avec seulement trois routes pour quitter la ville – embouteillées à cause de la fête qui s'annonçait –, la mer était la seule issue possible.

C'est alors qu'à la jonction de la rue Espelly et de l'avenue Van-Gogh, juste devant les arènes, il aperçut Alexi. Et, derrière lui, Bale.

34

Dégoûté par la tournure que prenaient les choses, Alexi avait été sur le point de reposer la statue de sainte Sara sur son socle. Tout cela ne lui semblait qu'une grotesque perte de temps. Comment Sabir pouvait-il penser que des événements survenus des centaines d'années plus tôt pouvaient avoir encore un effet de nos jours ? C'était n'importe quoi.

Pour lui, il était quasiment impossible de s'imaginer vingt ans auparavant, encore moins cent. Les inscriptions que Sabir avait décodées avec tant d'assurance n'étaient pour lui que les verbiages d'un fou. Pourquoi ne pas simplement se parler, dire les choses au lieu de les écrire ? Si tout le monde communiquait au moyen de paroles, la vie aurait certainement un peu plus de sens. Tout serait plus immédiat, plus direct. Comme ça l'était dans le monde d'Alexi. Chaque matin, en se réveillant, il considérait ce qu'il ressentait à l'instant présent. Pas hier. Pas demain. Mais sur le moment.

Il faillit ne pas remarquer l'écorce de résine. Au fil des siècles, celle-ci avait pris, sur le socle peint de la statue, la dureté d'une coquille de noix. Mais avec une consistance différente. Lorsqu'il la testa de la pointe de son couteau, elle se détacha en spirales, sous forme de copeaux de bois plutôt que de sciure. À l'aide de sa lame, il en souleva une partie jusqu'à ce qu'elle cède et se décolle. Et, de ses doigts, il put alors sentir le trou à l'intérieur. Oui, il y avait autre chose en dessous.

Il enfonça son canif dans l'espace et tourna. Pour en sortir une boule d'étoffe, qu'il étala dans sa main avant de l'examiner. Rien. Rien qu'un morceau de tissu mangé par les mites et les vers.

Il regarda alors dans la minuscule cavité qu'il venait de mettre au jour, mais ne vit rien. Intrigué, il frappa vigoureusement la statue contre le sol. Rien. Il insista. Et, soudain, un tube de bambou en sortit. Du bambou ? À l'intérieur d'une statue ?

Alexi s'apprêtait à briser le tube en deux lorsqu'il entendit un bruit de pas provenant de l'escalier qui descendait à la crypte.

Vivement, il effaça les marques de son passage et remit sainte Sara à sa place. Puis il se prosterna devant.

Les pas approchaient. *Malos mengues!* Et si c'était Œil noir ? Il pouvait dire adieu à la vie.

– Qu'est-ce que vous faites ici ?

Il leva les yeux, pour découvrir le gardien qui revenait à son poste.

– D'après vous ? répondit-il sans se démonter. Je prie. Je n'en ai pas l'air ? Je suis bien dans une église, non ?

– Ce n'est pas la peine de prendre la mouche.

De toute évidence, l'homme avait déjà eu par le passé des altercations avec des Tziganes et voulait éviter de recommencer aujourd'hui. Surtout après ce qui venait de se passer sur la place.

– Où sont les autres ? demanda Alexi de l'air le plus innocent du monde.

– Vous voulez dire… vous n'avez rien entendu ?

– Entendu quoi ? J'étais en train de prier.

– Deux Gitans comme vous, qui se disputaient pour une femme. L'un d'eux a lancé son couteau sur l'autre. Il l'a atteint à l'œil. Il y avait du sang partout. Ils disent que l'œil pendait le long de la joue de ce pauvre garçon. Effroyable. Enfin, ça leur apprendra à se battre pendant une fête comme ça. Ils auraient mieux fait de venir se recueillir ici, comme vous.

– Ce n'est pas un couteau dans l'œil qui peut le faire tomber… Vous blaguez, là ?

– Non, non, je vous assure. J'ai vu le sang. Les gens hurlaient autour d'eux. Un des flics a récupéré l'œil dans un Kleenex et essayait même de le lui remettre.

– Sainte Vierge Marie !…

Alexi se demanda si c'était Gavril qui avait perdu un œil. Cela le calmerait peut-être un peu. Sans doute rirait-il moins des difformités des autres, maintenant qu'il lui manquait aussi un organe.

– Est-ce que je peux embrasser les pieds de sainte Sara ?

Il avait aperçu quelques copeaux de résine restés sur le sol ; souffler discrètement dessus les ferait disparaître sous les jupes de la sainte.

Le gardien observa les alentours. La crypte était déserte. Tout le monde était manifestement plus intéressé par ce qui venait de se passer sur la place.

– D'accord, mais faites vite.

35

Bale avait emboîté le pas à Alexi dès que celui-ci était ressorti de l'église. Mais le Gitan semblait particulièrement agité. Ce qu'il avait fait à l'intérieur lui avait clairement procuré une forte décharge d'adrénaline.

Bale s'attendait à le voir retourner tout de suite sur la place pour observer ce qui se passait et retrouver Sabir. Mais, au lieu de cela, il choisit de se précipiter vers la mer. Pourquoi ? Avait-il découvert quelque chose ?

De plus en plus intrigué, il décida de suivre Alexi jusqu'en dehors de la ville. C'était toujours une bonne idée de s'éloigner un peu des zones habitées. L'endroit du meurtre n'aurait après tout guère d'importance pour la police. Ce ne serait qu'une autre bagarre au couteau entre Gitans. Mais, cette fois, il aurait amplement le temps de lui fouiller les poches pour trouver ce qu'il avait volé ou recopié lorsqu'il était dans la crypte. Il accéléra donc le pas, certain de passer inaperçu au milieu de la foule.

C'est alors qu'Alexi le repéra. Bale le comprit instantanément car, sous le choc, le Gitan trébucha et mit un genou à terre. De toute évidence, il n'avait pas l'agilité de Gavril.

Bale se mit à courir. C'était maintenant ou jamais. Il ne pouvait se permettre de laisser filer sa proie. Sa proie qui tenait quelque chose si serré contre sa poitrine que cela la freinait dans sa course. Cet objet avait-il donc tant d'importance ? Dans ce cas, cela devait en avoir autant pour Bale.

Le Gitan se dirigeait à présent vers les arènes. Parfait. Une fois qu'il se retrouverait sur l'esplanade, il serait plus facile de le voir. Plus facile aussi de le repérer au milieu des autres.

Les gens se retournaient en voyant les deux hommes passer en courant.

Bale était athlétique. Une obligation pour lui. Depuis la Légion, il avait compris que la forme physique était aussi importante que la santé. Que le corps vous écoutait. Que l'exercice vous libérait de l'oppression de la gravité. Vous trouviez le bon équilibre et vous pouviez presque voler.

Alexi courait vite mais personne ne pouvait le qualifier d'athlète. En fait, il ne s'était jamais entraîné de sa vie. C'était en toute inconscience qu'il menait une existence saine, en harmonie naturelle avec ses instincts, ce qui l'aidait à se sentir plutôt bien dans sa peau. Les hommes tziganes mouraient jeunes, en général. Le plus souvent d'avoir trop fumé, trop abusé de l'alcool, ou à cause de l'hérédité. Alexi, lui, n'avait jamais fumé. Quant à ses gènes, il n'y pouvait rien. Mais la boisson avait toujours été sa faiblesse, et il sentait encore le contrecoup de sa cuite lors du mariage et de s'être fait tomber dessus par un homme avec une chaise. Celui-là même qui était maintenant à sa poursuite.

Il se sentait peu à peu faiblir. Cinq cents mètres encore avant d'atteindre les chevaux. Pourvu seulement qu'on leur ait laissé leurs selles. S'il connaissait bien la famille de Bouboul, il pouvait être sûr que personne n'aurait touché à ces animaux après que lui, Yola et Sabir étaient arrivés en ville avec, deux heures plus tôt. Les chevaux représentaient pour Alexi sa seule chance de fuite. Il avait eu l'occasion de les essayer tous les trois et il savait que la jument aux quatre balzanes était de loin la plus rapide. Si Œil noir ne le rattrapait pas avant qu'il ait rejoint la maison de Bouboul, il avait encore une chance. Il pouvait même monter à cru en cas d'extrême nécessité.

S'il y avait une chose pour laquelle Alexi était doué, c'était s'entendre avec les chevaux. Il les connaissait depuis sa plus tendre enfance.

Maintenant, il ne lui restait plus qu'à atteindre la plage et prier.

Gavril sentait la fureur de l'homme outragé monter en lui tandis qu'il suivait Bale et Alexi. C'était leur faute s'il avait vécu cette succession de tragédies. S'il ne s'était pas brouillé avec Alexi, jamais il n'aurait rencontré le *gadjé*. Et, si le *gadjé* ne l'avait pas blessé à la cuisse avec son couteau, jamais il n'aurait eu cette prise de bec avec la police. Et, par conséquent, jamais il n'aurait entendu parler de la récompense. Ou alors était-ce l'inverse ? Parfois, son esprit lui échappait et il n'arrivait plus à suivre le cours des choses.

Il serait venu aux Saintes-Maries de toute façon, mais il aurait pu contrôler les événements et non pas se laisser contrôler par eux. Il aurait pu affronter Alexi quand ça l'aurait arrangé, une fois que celui-ci aurait été ivre. Gavril était très doué pour les coups bas – ou pour chercher à épater la galerie. Ce qu'il n'aimait pas, en revanche, c'étaient les changements soudains de situations établies.

Mais peut-être pouvait-il encore se sortir de cette embrouille, après tout. S'il laissait le *gadjé* s'occuper d'Alexi, l'homme finirait peut-être par se déconcentrer et, ainsi, par se rendre vulnérable. Avec ces deux-là sous contrôle, il aurait quelque chose de consistant à vendre à la police. Un simple coup de téléphone suffirait. Puis, après avoir empoché la récompense, il pourrait négocier avec les flics, de sorte que Badu et Stefan n'oseraient plus lui chercher des noises. Tous les Gitans avaient une peur bleue de la prison. Ce serait la seule chose capable de les calmer.

Peut-être pourrait-il encore épouser Yola ? Oui. De cette façon, il n'aurait pas besoin de changer ses plans. Et tout rentrerait dans l'ordre.

Courant après les deux hommes, il se demanda combien d'argent Bazena avait pu arracher aux touristes avant que son père ne vienne la stopper.

36

Sabir cherchait vainement Alexi des yeux. Qu'avait pu faire cet idiot ? La dernière fois qu'il l'avait vu, il se dirigeait vers l'église. Mais, après avoir fini par se rendre lui-même dans la crypte, il n'y avait trouvé personne. Et ce n'était pas comme à Rocamadour. Ici, il n'y avait nulle part où se cacher – à moins qu'il n'ait réussi à se dissimuler sous les nombreux jupons de sainte Sara.

Il retourna à la mairie, comme prévu.

– Tu l'as trouvé ?

Yola secoua la tête.

– Alors, qu'est-ce qu'on fait, maintenant ?

– Peut-être qu'il est retourné au Maset, suggéra-t-elle. Peut-être qu'il a trouvé quelque chose. Tu l'as vraiment vu entrer dans l'église ?

– On ne voyait rien dans ce foutoir.

Dans un même élan, sans se concerter, ils prirent l'avenue Gambetta en direction de la plage des Amphores, vers les chevaux.

Sabir se tourna alors vers Yola et lui déclara :

– Tu as été très bien, au fait. Je voulais juste te le dire. Tu as tout de l'agent provocateur.

– *Agent provocatrice*, corrigea-t-elle. Qui t'a appris le français ?

– Ma mère, répondit-il en riant. Mais ce n'était pas son truc, en fait. Elle voulait faire de moi un parfait petit Américain, comme mon père. Pourtant, j'ai déçu ses espoirs. Je suis plutôt devenu un extrémiste.

– Je ne comprends pas.

– Moi non plus.

Ils avaient atteint la caravane de Bouboul. Le piquet où les trois chevaux auraient dû être attachés était désert.

– Génial, marmonna Sabir. Quelqu'un nous a piqué les chevaux. Ou alors Bouboul les a vendus comme viande pour chiens. Yola, tu es prête à te servir de tes pieds ?

– Attends, voilà Bouboul. Je vais lui demander ce qui s'est passé.

En la regardant traverser la rue au pas de course, Sabir se dit que quelque chose lui échappait. Quelque chose qu'elle avait déjà compris. Il traversa derrière elle.

Bouboul leva les bras au ciel. Il parlait en sinto. L'Américain essaya de suivre mais ne saisit que le sens de l'explication du Gitan : il s'était passé quelque chose de tout à fait inattendu et il tentait en criant presque de s'en disculper.

Finalement, lassé de ne rien saisir de ses paroles, Sabir prit Yola à l'écart et lui souffla :

– Traduis-moi, s'il te plaît. Je ne comprends pas un traître mot de ce qu'il te dit.

– Ce n'est pas bon, Damo. Pas bon du tout.

– Où sont les chevaux ?

– Alexi en a pris un il y a vingt minutes. Il était épuisé. Il courait depuis un bon bout de temps. D'après Bouboul, il était si crevé qu'il a tout juste pu se hisser sur le cheval. Trente secondes plus tard, un autre homme a déboulé en courant. Pas fatigué du tout, celui-là. Il avait des yeux bizarres. Il n'a regardé personne. N'a parlé à personne. Il a simplement pris le deuxième cheval et s'est mis à galoper derrière Alexi.

– Miséricorde, on avait bien besoin de ça. Et Bouboul n'a pas essayé de le retenir ?

– Hé, il n'est pas idiot. Ce n'étaient pas ses chevaux. Ce n'étaient même pas les nôtres. Pourquoi irait-il se mettre en danger pour des animaux qui n'appartiennent à personne ici ?

– C'est vrai ça, pourquoi ? fit Sabir, furieux et songeur à la fois. Où est le troisième cheval ? Et est-ce qu'Alexi transportait quelque chose avec lui ? Demande-lui.

Yola se tourna vers Bouboul. Ils échangèrent quelques brèves paroles en sinto puis elle expliqua :

– C'est pire que ce que je pensais.

– Comment, pire ? Ça ne peut pas être pire. Tu as déjà dit que c'était très mauvais.

– Alexi trimballait quelque chose avec lui. Tu avais raison. Un tube de bambou.

– Un tube de bambou ?

– Oui. Il le serrait contre son cœur comme un bébé.

Lui saisissant le bras, il éructa presque :

– Tu ne comprends pas ce que ça veut dire ? Il a trouvé les prophéties ! Alexi les a trouvées…

– Attends, ce n'est pas tout.

Sabir ferma les yeux.

– Inutile de me le dire. J'ai saisi son prénom pendant que vous parliez, tous les deux. Gavril, c'est ça ?

– Oui, Gavril. Il les suivait, tous les deux. Il est arrivé environ une minute après Œil noir. C'est lui qui a pris le troisième cheval.

37

Gavril avait quitté les Saintes-Maries depuis une vingtaine de minutes quand il se rappela qu'il n'avait pas d'arme. Il avait balancé son couteau sur Stefan, au beau milieu de la bagarre.

Cette pensée le frappa avec une telle force qu'il fit piler son cheval en plein galop et passa une bonne trentaine de secondes à se demander s'il devait ou non faire demi-tour.

Mais penser à Badu et Stefan le persuada finalement de continuer. Tous les deux, c'était sûr, réclamaient sa tête. En ce moment, ils devaient arpenter les rues des Saintes-Maries à sa recherche, ou alors être en train d'affûter leurs couteaux. Au moins, ici, à cheval au milieu des marais, il ne risquait pas de se faire attraper.

Les deux hommes devant lui ne soupçonnaient pas un seul instant qu'il les suivait. En fait, maintenant qu'ils avaient quitté la route, il n'avait pas besoin de les suivre à moins de cinq cents mètres, tant leurs traces restaient visibles sur ces chemins caillouteux. Deux chevaux qui galopaient mordaient la poussière de manière tout à fait satisfaisante, et Gavril savait parfaitement différencier une nouvelle trace d'une ancienne.

Il se contenterait de suivre celles d'Alexi et du *gadjé*, et il verrait ensuite ce qui se passerait. Si le pire survenait et qu'il les perdait, il pouvait toujours chevaucher jusqu'à la périphérie d'Arles et sauter dans un bus. S'éclipser pendant un temps.

Après tout, qu'avait-il à perdre ?

37

[illegible]

38

Alexi commençait à prendre un peu d'avance sur Œil noir, mais pas autant qu'il l'aurait voulu. La jument avait eu assez de temps pour récupérer des dix kilomètres de galopade du matin, mais il suspectait Bouboul de ne l'avoir ni nourrie ni abreuvée, car sa langue pendait de plus en plus sur le côté. S'il continuait à la pousser à ce rythme d'enfer, elle allait s'effondrer.

Il se rassurait en songeant que le hongre que chevauchait Œil noir ne devait pas être en meilleure forme. Cependant, l'idée de se retrouver à pied dans un environnement aussi austère, et poursuivi à travers les marais par un dément armé d'un pistolet, n'était pas des plus réjouissantes.

Jusqu'à maintenant, il suivait à la trace le chemin inverse de celui qu'ils avaient pris le matin même pour rejoindre la maison. Mais Alexi savait qu'il devrait bientôt changer de direction et se lancer dans l'inconnu. Il ne pouvait prendre le risque de mener Œil noir jusqu'à leur base car, lorsque Sabir et Yola découvriraient que les chevaux avaient disparu, ils n'auraient d'autre choix que de retourner au seul endroit où ils seraient sûrs de le voir revenir.

Son seul espoir était d'échapper totalement à son poursuivant. Et sa seule chance d'y parvenir était de rassembler ses esprits. De maîtriser la panique qui commençait à le submerger. Réfléchir de façon constructive, et cela en plein galop.

Sur sa gauche, au-delà de l'étang des Launes, coulait le Petit Rhône. Alexi le connaissait bien pour y avoir pêché toute son enfance avec ses oncles et ses cousins. D'après son souvenir, il n'y avait qu'un ferry qui le traversait, au bac du Sauvage. Sinon, on était forcé de faire tout un tour par la route en remontant la rivière sur dix kilomètres, jusqu'au pont de Sylvéréal. Il n'y avait littéralement pas d'autre chemin pour rejoindre la Petite Camargue.

S'il pouvait attraper le ferry à temps, il lui resterait peut-être une chance de s'en sortir. Le bac faisait la traversée toutes les demi-heures, à heure fixe. Il pouvait aussi bien être positionné sur l'autre berge, prêt à larguer les amarres pour repartir dans l'autre sens – auquel cas Alexi était piégé. Le fleuve, d'après ce qu'il se rappelait, faisait à peu près deux cents mètres de large, à cet endroit, et il y avait bien trop de courant pour y faire nager un cheval épuisé. Et puis il n'avait pas de montre. Devait-il mettre tous ses œufs dans le même panier et tenter le ferry ? Ou alors était-il fou ?

La jument trébucha, retrouva son équilibre, mais Alexi comprit qu'elle n'en pouvait plus. S'il continuait ainsi, son cœur allait exploser, il le savait, on lui avait déjà raconté la chose. Elle tomberait comme une pierre et il se casserait le cou après avoir effectué un vol plané par-dessus ses épaules. Ainsi, au moins, cela éviterait à Œil noir de devoir le torturer pour le faire parler, comme il l'avait manifestement fait avec Babel.

Il lui restait deux minutes de galop avant d'arriver au bac. Il devait tenter sa chance. Il jeta un dernier regard derrière lui. Œil noir le suivait à cinquante mètres et le rattrapait. Peut-être le hongre avait-il eu la chance de boire, chez Bouboul. Peut-être était-ce pour cela qu'il semblait moins fatigué que sa jument.

Les barrières étaient abaissées et le ferry quittait lentement le rivage. La traversée était si courte que personne n'avait jugé utile de descendre de voiture. Seul le receveur de billets vit Alexi arriver.

Il leva une main vers lui et lui cria :

— Non ! Non !

Alexi précipita sa jument sur la barrière, qui était précédée d'une petite pente abrupte. Peut-être les sabots de l'animal auraient-ils assez de prise sur l'asphalte pour décoller et sauter par-dessus. De toute façon, il ne pouvait pas se permettre de ralentir.

Mais, au tout dernier moment, la jument pila et déroba sur la gauche. Ses postérieurs glissèrent sous elle et sa hanche s'affaissa, la pente de la cale ne faisant qu'exagérer le mouvement. Lâchant un hennissement, elle fut emportée par son élan sous la barrière, ses quatre pieds en l'air. Alexi heurta la rambarde sur le dos. Il tenta de se rouler en boule mais n'y parvint pas et s'écrasa contre le métal, ce qui amortit en partie sa chute. Puis il heurta le bitume avec son épaule et sa hanche droites. Ignorant sa douleur, il se jeta de toutes ses forces sur le ferry. S'il ratait la plate-forme métallique, il savait qu'il se noierait. Non seulement il s'était blessé – il ignorait où et avec quelle gravité – mais il ne savait pas nager.

Le receveur avait été témoin de beaucoup de gestes de folie, dans sa vie – quel pilote de bac ne l'avait pas été ? – mais, là, c'était un record. Un homme à cheval essayant de sauter la barrière pour monter à bord ! Ils transportaient des chevaux, parfois. La compagnie du ferry avait même installé un piquet semi-permanent pour les mois d'été – éloigné des voitures de façon que les animaux n'abîment pas les peintures des véhicules si un coup de pied partait par inadvertance. Peut-être cet homme était-il un voleur de chevaux. Quoi qu'il en soit, il avait perdu sa monture. S'il ne se trompait pas, la jument s'était brisé la jambe dans son dérapage. L'homme, lui aussi, avait l'air d'être blessé.

Le receveur se dépêcha de lui lancer la bouée de sauvetage.

— Elle est reliée au bac ! lui cria-t-il. Attrapez-la et accrochez-vous !

Alexi savait que, maintenant que le bateau était en route, il était impossible de stopper la machinerie. Le courant était si fort que le ferry devait être arrimé à une chaîne de guidage qui l'empêchait de tournoyer hors de contrôle et d'être entraîné vers le grau d'Orgon. Une fois le mécanisme lancé, il devenait risqué de le stopper en chargeant ainsi la chaîne du poids mort du ferry, renforcé par la puissance du fleuve. Par fortes pluies, le bac pouvait même briser ses amarres et dériver vers la haute mer.

Alexi agrippa la bouée et la glissa par-dessus sa tête.

– Retournez-vous ! Retournez-vous dans l'eau et laissez-vous tirer !

Il obéit et laissa le ferry l'entraîner à sa suite. Il craignait d'avaler de l'eau et, peut-être, de se noyer comme cela. Aussi courba-t-il la nuque en avant de façon que son menton repose sur sa poitrine et que l'eau circule sur ses épaules comme elle le ferait avec la quille d'un bateau. Se décontractant quelque peu, il se posa soudain la main sur la poitrine pour s'assurer de la présence du tube de bambou. Qui n'était plus là.

Il regarda la cale dont il s'éloignait. L'avait-il perdu là-bas, dans sa chute ? Ou ici, dans l'eau ? Œil noir le trouverait-il et comprendrait-il ce que c'était ?

Alexi aperçut celui-ci en face de lui, sur son cheval, derrière la barrière cassée. Il le regarda sortir son pistolet et abattre la jument. Puis il le vit faire demi-tour en direction de Pont-de-Gau et disparaître dans les hautes herbes.

39

Peut-être était-ce une erreur de faire si peur à votre ennemi qu'il se mettait alors à songer qu'il n'avait plus rien à perdre ? Quelle autre raison pouvait avoir poussé le Gitan à prendre le risque aussi grotesque de faire sauter à un cheval hors d'haleine une barrière faite d'une simple barre ? Tout le monde savait que les chevaux détestaient voir la lumière entre le sol et l'obstacle qu'ils avaient à franchir. Par ailleurs, l'animal savait qu'il se dirigeait ainsi droit dans l'eau profonde. Les chevaux suivaient toujours un entraînement spécial pour ce genre d'exercice. C'était de la folie. De la pure folie.

Néanmoins, Bale ne pouvait qu'admirer le Gitan pour sa tentative. L'homme savait ce qui l'attendait s'il lui tombait entre les mains. Mais quelle tristesse pour le cheval. L'animal s'était brisé un antérieur dans sa chute, et il détestait voir souffrir les bêtes.

Bale laissa les rênes flotter sur l'encolure de son hongre qui, d'instinct, suivit dans l'autre sens le chemin qu'ils avaient emprunté pour arriver. Sa première halte serait chez le Gitan qui avait gardé les chevaux. Il fallait lui soutirer des renseignements. Puis il continuerait jusqu'à la ville pour essayer d'y retrouver le blond. Et, à défaut, sa petite amie.

D'une façon ou d'une autre, il retrouverait quelque part la trace de Sabir. Il le savait. Il le retrouvait toujours.

40

Gavril mit son cheval au pas. L'animal était proche de l'épuisement. Il ne voulait pas risquer de le tuer et de se retrouver coincé à des kilomètres de nulle part, au beau milieu des marais.

À la différence d'Alexi, il n'était pas vraiment un homme de la campagne. Il se sentait plus heureux en traînant en ville, là où c'était vivant. Jusqu'à aujourd'hui, sa distraction principale restait le trafic de téléphones volés. Il ne les dérobait pas lui-même, bien sûr – son visage et ses cheveux étaient bien trop mémorisables pour cela. Il agissait simplement comme intermédiaire, allant d'un café à l'autre, d'un bar à l'autre, les revendant pour quelques euros chacun. Cela lui permettait de se payer des jeans et des bières, sans parler de l'espoir de tomber une *payo*, s'il avait de la chance. Sa blondeur lui garantissait toujours un sujet de conversation. « Comment, tu es gitan, avec cette couleur de cheveux ? » Ce n'était donc pas si mal, après tout.

Presque sans s'en rendre compte, Gavril ralentit puis s'arrêta. Avait-il vraiment envie de poursuivre Alexi et le *gadjé* ? Et puis que ferait-il quand il se retrouverait nez à nez avec eux ? Les forcerait-il à se soumettre ? Peut-être devrait-il simplement considérer le vol d'un cheval comme le seul moyen de se sortir d'une situation impossible. Cela lui assurait au moins que Badu et Stefan ne pourraient pas le poursuivre et lui faire subir la vengeance que leurs esprits tordus lui avaient certainement réservée. Il serait heureux de ne plus jamais les voir, eux et Bazena, lui polluer l'existence.

Et Yola ? La voulait-il réellement ? Il y avait bien d'autres gibiers à chasser. Autant laisser tomber tout cela, s'éclipser pendant un temps. Il allait procurer un peu de repos à son cheval, puis il reprendrait son chemin en remontant vers le nord. Il abandonnerait l'animal quelque part près d'une gare, grimperait dans un train de marchandises en partance pour Toulouse. Il avait de la famille, là-bas, qui l'hébergerait.

Tranquillisé par son nouveau plan, Gavril s'écarta du fleuve et partit vers le Panperdu.

41

Bale choisit d'attendre Gavril derrière une cabane de gardian abandonnée, là où lui et son hongre restaient pratiquement invisibles du chemin.

Bien caché depuis une dizaine de minutes, il regardait Gavril approcher. Une ou deux fois, il avait secoué la tête, amusé par l'aveuglement persistant de cet homme à tout ce qui se passait autour de lui. Le Gitan s'était-il endormi ? Était-ce pour cela qu'il avait si arbitrairement décidé d'abandonner un sentier clairement tracé à travers les hautes herbes des marécages afin que tous le voient ? Bale avait eu une chance incroyable de l'apercevoir quelques instants avant qu'il ne disparaisse pour de bon sous les arbres.

Au tout dernier moment, toujours sur son cheval, il sortit de derrière la cabane. Il défit le mouchoir qu'il avait serré autour de la bouche de l'animal et le remit dans sa poche – une astuce apprise à la Légion au contact des Berbères pour empêcher sa monture de se manifester en entendant l'un des siens approcher.

– Descends, lâcha Bale en menaçant Gavril de son pistolet.

Instinctivement, Gavril porta son regard au-delà de celui qui pointait son arme sur lui, vers le bouquet d'arbres tout proche.

– Non, non, n'y pense pas. Je viens de tuer un cheval, et je n'hésiterai pas à en abattre un autre. Mais je n'ai rien contre cet animal, sache-le ; et devoir le tuer sans raison me mettrait à coup sûr dans une grande colère.

Gavril passa une jambe par-dessus la selle et se laissa glisser à terre. Il garda les rênes dans une main, stupéfait comme un enfant qui vient de recevoir une fessée pour une bêtise qu'il n'a pas commise.

– Vous avez tué Alexi ?

– Pourquoi ferais-je ça ?

Bale s'approcha de Gavril et lui prit les rênes des mains. Il alla attacher le cheval au piquet qui se trouvait au coin de la cabane puis s'empara du lasso enroulé autour du pommeau de la selle et ordonna :

– Couche-toi.

– Qu'est-ce que vous faites ? Qu'est-ce que vous allez me faire ?

– Te ligoter. Couche-toi par terre.

Gavril obtempéra sans ajouter un mot et s'allongea sur le dos.

– Non. Retourne-toi.

– Ah, non, vous n'allez pas recommencer avec votre couteau !

– Non, tu n'y es pas.

Il lui prit les poignets, les amena au-dessus de sa tête et glissa autour le nœud du lasso avant d'en nouer l'autre extrémité au piquet. Il s'avança alors vers sa monture et, de même, défit le lasso qui s'y trouvait. Puis il retourna vers Gavril et lui attacha les pieds ensemble, laissant le bout de la corde traîner sur le sol.

– On est seuls, ici, tu t'en rends bien compte, lui dit-il d'une voix tranquille. Il n'y a que les chevaux, les taureaux et ces foutus flamants roses.

– Mais je ne suis pas une menace pour vous… Je remontais juste vers le nord, pour me débarrasser une bonne fois de vous, de Yola et de Sabir.

– Ah, elle s'appelle Yola ? Je me demandais, justement. Comment s'appelle l'autre Gitan ? Celui dont j'ai tué le cheval ?

– Alexi… Dufontaine.

– Et toi ?

– Gavril… Gavril La Roupie.

Le Tzigane se racla la gorge. Il avait du mal à se concentrer tant son esprit se fixait sur des détails sans aucun rapport avec la situation. Comme l'heure qu'il était, par exemple. Ou la consistance des herbes qui se trouvaient à quelques centimètres de ses yeux.

– Qu'est-ce que vous lui avez fait… à Alexi ?

Bale amena le hongre à l'endroit où se trouvait Gavril.

– Qu'est-ce que je lui ai fait ? Rien. Il est tombé de son cheval. Il a réussi à ramper jusqu'au fleuve et à se faire traîner par le ferry. C'est très dommage pour toi qu'il ait réussi à s'enfuir.

Gavril se mit à geindre. Il ne l'avait pas fait – consciemment, du moins – depuis l'enfance et, maintenant, c'était comme si toutes les misères et les blessures qu'il avait accumulées en lui depuis tout ce temps le submergeaient brutalement.

– S'il vous plaît, laissez-moi partir. Je vous en supplie !

Bale attacha le cheval à l'extrémité de la corde enroulée autour des chevilles de Gavril.

– Impossible, lui répondit-il. Tu m'as vu. Mon visage est imprimé dans ta tête. Et tu m'en veux. Je ne laisse jamais partir quelqu'un qui garde de la rancune contre moi.

– Mais… je n'ai pas de rancune.

– Ta jambe. Je t'ai maltraité la cuisse avec mon couteau, à Gourdon, tu t'en souviens ?

– J'avais déjà oublié…

– Alors, tu me pardonnes ? C'est généreux à toi. Pourquoi m'as-tu suivi, dans ce cas ?

Il alla chercher le cheval de Gavril à son piquet et l'amena jusqu'à lui. Puis il détacha du piquet la corde qui nouait toujours les poignets de Gavril et la fixa au pommeau de la selle du Gitan.

– Qu'est-ce que vous faites ?

Bale vérifia les deux nœuds. Gavril tendait le cou au maximum pour voir ce qui se passait derrière lui. Son tortionnaire s'approcha du marais tout proche et se coupa une poignée de roseaux séchés d'environ un mètre de long. Puis, avec l'un d'eux, il fit une boucle qu'il noua autour des autres brins de façon qu'ils prennent la forme d'un balai. Un des chevaux se mit à souffler nerveusement.

– Tu as dit quelque chose ?

– Je vous demandais… ce que vous faisiez, articula Gavril dans un sanglot.

– Je me fabrique un fouet avec ces roseaux. Du fait main, en quelque sorte.

– Bon sang, vous allez me fouetter ?

– Te fouetter ? Non, pas toi, les chevaux.

Gavril se mit à hululer de terreur. Un cri qu'il avait déjà émis dans sa jeunesse. Un cri que Bale connaissait bien, aussi, pour l'avoir souvent entendu quand les gens se sentaient au bord du gouffre. Comme s'ils essayaient de bloquer la réalité avec cette espèce de plainte macabre.

– Un jour, à l'époque du Moyen Âge, un de mes ancêtres a été pendu, écartelé puis démembré. Tu sais ce que ça veut dire, Gavril ?

Celui-ci hurlait, à présent.

– Ça veut dire être pendu à une potence, avec un nœud coulant autour du cou. Tu es ensuite hissé en l'air, parfois jusqu'à quinze mètres de haut, et exhibé devant la foule. Aussi étonnant que ça puisse paraître, tu en meurs rarement.

Gavril tapait de la tête sur le sol, ce qui semblait inquiéter les chevaux qui devenaient nerveux. L'un d'eux fit même quelques pas en avant, tendant ainsi la corde qui le liait au Gitan.

– Ensuite, on te redescend et on desserre le nœud. On te ranime et le bourreau prend un crochet qui ressemble un peu à un tire-bouchon et te fait une incision dans le ventre. Là.

Il se baissa, tourna Gavril sur le côté et lui enfonça le doigt au-dessus de l'appendice.

– À ce moment-là, tu es déjà à demi étranglé, mais encore capable d'apprécier ce qui t'arrive. On te glisse le crochet dans l'estomac et on t'arrache les intestins comme un vulgaire chapelet de saucisses. Les gens hurlent et applaudissent, heureux sans doute de ne pas se trouver à ta place.

Gavril ne disait plus rien. Son souffle sortait par hoquets, comme s'il avait la coqueluche.

– Et alors, poursuivit Bale, juste avant que tu ne meures, on t'attache à quatre chevaux, chacun placé à l'un des quatre points cardinaux. Un châtiment symbolique, tu l'as certainement compris.

– Qu'est-ce que vous voulez ? articula Gavril d'une voix soudain étonnamment claire.

– Parfait. Je savais bien que tu finirais par entendre raison. Je vais t'avouer une chose : je ne vais pas te pendre. Je ne vais pas non plus t'arracher les intestins. Je n'ai rien contre toi personnellement. La vie a sans doute été dure pour toi. Un réel combat. Je ne veux pas te faire subir une mort interminable et inutilement douloureuse. Je ne t'écartèlerai pas non plus. Il me manque deux chevaux pour ce genre de fioriture.

Il lui tapota la tête et ajouta :

– À la place, je vais te couper en deux. Sauf si tu parles, bien sûr. Tu dois savoir que ces chevaux sont fatigués, et tirer de chaque côté de ton corps leur sera peut-être difficile. Mais c'est étonnant comme un petit coup de fouet peut galvaniser un animal fourbu.

– Quoi ?... Qu'est-ce que vous voulez savoir ?

– Eh bien voilà : je veux savoir où se trouvent Sabir et... Yola, c'est ça ? C'est bien le nom que tu m'as dit ? Je veux savoir où ils se cachent.

– Mais... je n'en sais rien.

– Si, tu le sais. Ils vont se rendre dans un endroit que Yola connaît. Une maison qu'elle et sa famille ont déjà utilisée quand ils viennent dans la région. Un lieu connu de vous, les Gitans, mais auquel personne d'autre ne songera. Pour encourager ton inspiration, je vais faire bouger un peu les chevaux, leur faire goûter un peu au fouet.

– Non, non... Je sais de quoi vous parlez...

– Vraiment ? C'était rapide.

– Oui… La maison… Le père de Yola l'a gagnée aux cartes. C'est toujours là qu'ils viennent. Mais j'ai oublié où c'est. Je… je n'avais pas besoin d'y réfléchir…

– Où est cet endroit ?

– Vous me libérerez, si je vous le dis ?

Bale donna un petit coup de fouet sur la croupe du hongre. L'animal fit un bond en avant, tendant la corde derrière lui. L'autre cheval fut tenté de prendre la même direction, mais Bale le repoussa.

– Aaaaïe ! Arrêtez, arrêtez !

– Où est-ce ?

– Ça s'appelle le Maset du marais.

– Quel marais ?

– Le marais de la Sigoulette.

– Où est-ce ?

– S'il vous plaît… arrêtez-les.

Bale calma les chevaux.

– Alors, tu disais ?

– Au niveau de la D85, celle qui longe le parc départemental. Je ne me rappelle pas le nom. C'est un petit parc, avant d'arriver aux salines.

– Tu sais lire une carte ?

– Oui, oui…

– Alors, montre-moi sur la carte.

Bale s'accroupit à côté de Gavril et ouvrit une carte de la région.

– L'échelle, sur celle-ci, est au 1/500. Ça veut dire que la maison devrait y figurer. C'est dans ton intérêt qu'elle y soit.

– Vous pouvez me détacher ?

– Non.

Gavril se remit à pleurnicher.

– Attends que j'excite de nouveau les chevaux.

– Non, non, attendez ! Je la vois, c'est marqué. Là.

Il indiqua un point avec son coude.

– Il y a des maisons à côté ?

– Je ne suis jamais allé là-bas. J'en ai simplement entendu parler. Tout le monde a entendu parler de cet endroit. On dit que le père de Yola a dû tricher contre Dadul Gavriloff pour avoir gagné le droit de l'utiliser.

– Les racontars ne m'intéressent pas, fit Bale en se relevant. Tu as autre chose à me dire ?

Gavril laissa retomber sa tête sur le sol.

S'éloignant de quelques mètres, Bale alla chercher une pierre de plusieurs kilos. Il la prit entre les mains et retourna auprès de sa victime.

– C'est comme ça que tu es mort. Tu es tombé de ton cheval, avec ton pied coincé dans l'étrier, et tu t'es écrasé la figure sur cette pierre.

Gavril s'était de nouveau retourné pour voir ce que faisait Bale.

Celui-ci précipita alors le caillou sur le visage du Gitan. Il hésita, se demandant s'il devait le faire une deuxième fois, mais le fluide cérébro-spinal s'échappait déjà des narines de sa victime. S'il n'était pas mort, il était certainement mourant. Inutile d'en rajouter et de gâter sa petite mise en scène. Il plaça soigneusement la pierre au bord du chemin.

Il alla ensuite défaire le nœud du lasso et traîna Gavril par un pied vers son cheval avant de coincer fermement le pied dans l'étrier, laissant le malheureux Gitan à demi suspendu au-dessus du sol. Puis il repassa le lasso autour du pommeau.

Le hongre avait commencé à paître, calmé par le rythme tranquille avec lequel Bale effectuait son travail. Celui-ci lui frotta affectueusement les oreilles.

Puis il enfourcha sa monture et s'en alla.

42

Inspectant du regard chaque recoin de la place, le capitaine Calque demanda au gendarme à moto :

– Et vous étiez le premier à arriver sur les lieux ?

– Oui, monsieur. Mon collègue et moi.

– Et qu'avez-vous vu ?

– Pratiquement rien. Les Gitans nous empêchaient délibérément de progresser à travers la foule.

– Typique, commenta Macron en scrutant, lui aussi, les lieux. Je suis surpris qu'ils arrivent à avoir des touristes, ici. Regardez-moi cette saleté partout.

Calque se racla la gorge – une habitude qu'il avait prise depuis peu chaque fois que le lieutenant sortait une remarque plus ou moins insultante en public. Il ne pouvait tout de même pas lui rappeler en permanence ce qu'il fallait dire ou ne pas dire, penser ou ne pas penser.

– Qu'en avez-vous conclu, si vous n'avez rien pu voir ?

– Que l'auteur de l'agression, La Roupie, a jeté son couteau au visage de la victime, Angelo, et qu'il lui a crevé l'œil.

– Alexi Angelo ?

– Non, monsieur. Stefan Angelo. À ma connaissance, aucun Alexi n'était impliqué dans la bagarre.

– Ce M. Angelo a-t-il porté plainte ?

– Non, monsieur. Ces gens-là ne portent jamais plainte contre un des leurs. Ils règlent leurs différends en privé.

– Et, bien sûr, ce M. Angelo n'avait plus son couteau sur lui quand vous êtes arrivés pour lui porter secours. Quelqu'un l'en avait débarrassé, je me trompe ?

– Ça, je ne le sais pas, monsieur. Mais, oui, il est très probable qu'il l'ait glissé dans la main de quelqu'un d'autre.

– Je vous l'avais dit, fit Macron en levant un index devant lui. Je vous avais dit que ça ne nous mènerait nulle part.

Calque regarda du côté de l'église puis demanda :

– Aurait-on noté autre chose ?

– Que voulez-vous dire, monsieur ?

– Quelqu'un aurait-il remarqué quelque chose de particulier qui se serait passé au même moment ? Des voleurs ? Une course-poursuite ? Une autre agression ? En d'autres termes, est-ce que tout ça aurait pu n'être qu'une diversion ?

– Non, monsieur. Je n'ai rien remarqué de tel.

– Très bien. Vous pouvez y aller.

Le gendarme salua le capitaine et retourna vers sa moto.

– Est-ce qu'on doit aller interroger Angelo ? demanda Macron. Il est encore à l'hôpital.

– Non, inutile. Ça n'aurait aucun poids dans l'enquête.

Le lieutenant fit la grimace.

– Comment allez-vous faire, dans ce cas ?

Il semblait déçu que ses intuitions quant aux agissements de La Roupie n'aient mené nulle part.

Mais l'attention de Calque était déjà ailleurs.

– Qu'est-ce qui se passe là-bas ?

– Pardon, monsieur ?

– Pourquoi les Gitans sont-ils tous rassemblés ici ? Maintenant ? À cette minute précise ? Qu'est-ce qui se passe ? Ne me dites pas que c'est encore un mariage.

– C'est la fête annuelle en l'honneur de sainte Sara, monsieur. Elle débute demain. Les Gitans accompagnent la statue de leur sainte patronne jusqu'à la mer, où elle est ensuite immergée dans l'eau. Une tradition qu'ils observent depuis des années.

– Une statue ? Quelle statue ?

— Elle est dans l'église, monsieur. C'est…

Il hésita.

— Elle est noire, Macron ? Est-ce que cette statue est noire ?

Ah, ça faisait longtemps, songea celui-ci. *Il va encore me traiter d'inculte. Pourquoi est-ce que je ne sais pas penser latéralement, comme lui ? Pourquoi vais-je toujours directement aux choses ?*

— J'allais vous le dire, monsieur. J'allais vous suggérer d'aller regarder la statue pour voir si elle aurait un lien avec ce que cherche Sabir.

Calque se hâtait déjà vers l'église.

— Bien pensé, Macron. Ça me fait plaisir de savoir que je peux compter sur vous. Deux esprits, c'est toujours mieux qu'un seul, non ?

La crypte était emplie de fidèles, et d'incessants murmures de prières se mêlaient à la fumée des cierges et de l'encens.

Calque balaya rapidement l'endroit du regard puis déclara :

— Là-bas, c'est bien un gars de la sécurité ? Avec un costume gris et une étiquette sur la poitrine ?

— Je pense, monsieur. Je vais m'en assurer.

Le capitaine se glissa sur un des côtés de la crypte pendant que Macron continuait d'avancer tout droit en fendant la foule. À la lueur des flammes vacillantes, sainte Sara paraissait presque désincarnée sous les nombreuses robes qui l'habillaient. Il était pratiquement impossible de l'atteindre dans ces conditions. Une centaine de paires d'yeux restaient fixées sur elle en permanence. L'homme de la sécurité était un grand costaud qui ne semblait pas près de s'en laisser conter. Si quelqu'un avait la témérité de chercher à molester la sainte, il se verrait sans doute lynché sur place.

Macron revint avec le gardien auprès du capitaine. Tous deux échangèrent quelques précisions sur leurs identités respectives puis Calque lui demanda de l'accompagner dans l'église elle-même.

– Je ne peux pas quitter les lieux, lui répliqua le gardien. Nous devrons rester ici.

– Vous ne vous éloignez jamais ?

– Jamais pendant la fête. Nous prenons chacun quatre heures de garde.

– Et vous êtes combien à surveiller les lieux ?

– Deux, monsieur. On se relaie. Avec un remplaçant en cas d'empêchement.

– Vous étiez là, au moment de la bagarre au couteau, sur la place ?

– Oui, monsieur.

– Qu'avez-vous vu ?

– Je n'ai rien vu. J'étais ici, dans la crypte.

– Comment ? Rien du tout ? Vous n'êtes pas remonté voir ce qui se passait ?

– Ce n'est pas mon travail, monsieur. Je suis resté ici.

– Et les fidèles ? Ils sont tous restés ?

Devant l'hésitation du gardien, Calque s'insurgea d'une voix étouffée :

– Ne me dites pas qu'avec l'émeute qu'il y a eue là-haut sur la place tout le monde est resté ici à prier !

– Non, monsieur. Ils sont presque tous sortis, au contraire.

– Presque tous ?

– Oui, enfin… tous.

– Et vous avez suivi, bien sûr.

Silence.

Calque eut un soupir las.

– Écoutez, monsieur…

– Alberti.

– Monsieur Alberti, je ne vous fais aucun reproche. Je ne suis pas non plus votre employeur. Ce que vous me direz ne sortira pas d'ici.

Alberti hésita un instant puis lâcha d'un air résigné :

– D'accord… Quand la crypte s'est vidée, je suis monté pour jeter un coup d'œil sur ce qui se passait. Je suis resté juste devant la porte de l'église, si bien que personne n'a pu passer sans que je le voie. Je pensais que, étant là pour assurer la sécurité, c'était ce que je devais faire ; qu'il fallait que j'aille voir, moi aussi.

– Et vous avez eu raison. Cela regardait la sécurité, effectivement. J'aurais fait la même chose.

Alberti ne semblait cependant pas convaincu.

– Et, quand vous êtes redescendu, la crypte était toujours vide ?

Le gardien parut chercher ses mots.

Calque lui offrit une cigarette.

– On ne peut pas fumer ici, monsieur. C'est une église.

Le capitaine considéra d'un œil négatif la fumée qui s'élevait des cierges vers le plafond surbaissé de la chapelle.

– Répondez à ma question, alors. Cette crypte était-elle toujours vide quand vous y êtes redescendu ?

– Oui. Il y avait juste un homme, prosterné devant la statue de sainte Sara. En train de prier.

– Un homme, vous dites ? Et vous ne l'aviez pas vu quand vous êtes sorti ?

– Non, monsieur. Il avait échappé à mon regard.

– Très bien. Macron, restez ici avec monsieur pendant que j'inspecte la statue.

– Vous ne pouvez pas, monsieur. C'est une fête religieuse. Personne ne touche la statue avant demain.

Mais, déjà, Calque se frayait un chemin parmi la masse des pénitents agglutinés devant la sainte.

43

Le capitaine se tenait devant l'église, clignant des yeux dans le soleil de fin d'après-midi.

– Je veux six inspecteurs. Faites-les venir de Marseille.

– Mais ça va prendre du temps, monsieur.

– Je me fiche du temps que ça prendra ou de ce qu'on pourra dire de nous. Il faut rendre visite à tous les chefs de famille de ces Gitans et les interroger. Il faut inspecter chaque caravane, chaque appentis, chaque tente, jusqu'au moindre cabanon.

Il inscrivit quelques mots sur un bout de papier qu'il tendit à Macron avant d'ajouter :

– Voilà les questions que je voudrais qu'on leur pose.

– Qu'est-ce que vous avez trouvé, monsieur ? demanda le lieutenant en regardant rapidement le papier.

– J'ai trouvé un trou à la base de la statue. Et des copeaux frais éparpillés autour. Et aussi ce morceau d'étoffe. Vous voyez comme il rebique quand on le laisse pendre ? Pas étonnant quand on sait qu'il est resté fourré à l'intérieur d'une statue pendant cinq cents ans pour servir de bouchon.

Macron laissa échapper un sifflement.

– Ainsi donc, Sabir a fini par trouver ce qu'il cherchait ?

– Et ce que cherche aussi Œil noir. Oui, presque certainement.

– Est-ce qu'il va entrer en contact avec vous, monsieur ?

Macron fut incapable de réprimer le sarcasme qui affleurait dans sa voix.

– Bien sûr que non. Il n'a aucune idée de la menace que représente l'homme qui lui fait concurrence.

– Et nous ?

– On commence à se faire une petite idée, Macron. On commence…

Le lieutenant se dirigea vers la voiture.

– Macron ?

– Oui, monsieur ?

– Vous vouliez savoir ce que je faisais ? Avec la comtesse, au domaine de Seyème ?

– Oui, c'est vrai.

Mal à l'aise, il devinait que quelque chose lui échappait. Quelque chose que son chef avait réussi à lui cacher et que lui n'avait tout bêtement pas saisi.

– Dites aux petits malins à Paris que j'ai un test pour eux. S'ils le réussissent, je reconnaîtrai que les ordinateurs peuvent avoir parfois une utilité. J'accepterai même de trimballer avec moi un téléphone portable pendant le boulot.

– Et quel test voulez-vous leur faire passer, monsieur ?

– Je voudrais qu'ils localisent le fils aîné de la comtesse. Bale. Ou de Bale, c'est selon. D'abord, en allant rendre visite aux bonnes sœurs de l'orphelinat, ce qui ne devrait pas être trop difficile. Le gamin avait douze ans quand il a été adopté. Ensuite, je voudrais qu'ils me fassent un récapitulatif complet de sa carrière dans la Légion étrangère, avec une description physique précise, et en s'attardant tout particulièrement sur ses yeux. J'aimerais aussi que quelqu'un aille s'entretenir personnellement avec celui qui était son commandant à la Légion et qu'il lui demande – non, qu'il lui ordonne – de nous donner accès à son passé militaire. Tout autant qu'à son dossier personnel.

– Mais, monsieur…

– Et il n'est pas question qu'ils refusent, coupa Calque. C'est une enquête criminelle. Je veux savoir s'ils sont rigoureux quant à la sécurité à la Légion, et aussi quel genre de promesses ils font ou ne font pas à ceux qui s'engagent.

– Vous aurez de la chance s'ils y arrivent, monsieur. Je sais qu'ils ne partagent jamais leurs dossiers avec personne. Je viens de Marseille, souvenez-vous ; les histoires au sujet de la Légion ont bercé mon enfance.

– Continuez.

– Leur QG est à Aubagne, à seulement quinze kilomètres de là où vivent mes parents. Mon cousin lui-même est devenu légionnaire à sa sortie de prison. Il m'a dit qu'ils violaient parfois les règles et laissaient des Français rejoindre leurs rangs sous une fausse nationalité. Ils changent même le patronyme des hommes, quand ils s'engagent. Ceux-ci obtiennent un nouveau nom, qui leur reste pendant tout leur temps là-bas. Puis, s'ils ne sont pas tués au combat, ce qui les fait devenir français par le sang versé, ou s'ils ne profitent pas du droit de devenir citoyens français après trois ans de service, leur vrai nom disparaît à tout jamais, on ne retrouve plus sa trace. Notre Bale est donc peut-être même devenu français une deuxième fois, mais sous une nouvelle identité.

– Je ne pense pas, Macron. Leur vrai nom ne disparaît pas à tout jamais. Il doit rester dans leur dossier. On est en France. La Légion est comme toutes les autres bureaucraties. Elle croule sous la paperasse.

– Si vous le dites.

– Écoutez, Macron, je sais que vous n'êtes pas d'accord avec certaines de mes méthodes. Ou certaines de mes décisions. C'est inévitable. C'est pour ça qu'il y a des hiérarchies. Mais vous êtes lieutenant et je suis capitaine. Donc, que vous soyez d'accord avec moi ou pas, ça n'a pas d'importance. Il faut retrouver Sabir et les deux Gitans. Rien d'autre ne compte. Si on ne les localise pas, Œil noir les tuera. C'est aussi simple – et aussi fondamental – que ça.

44

Le receveur de tickets du ferry considéra Alexi comme s'il avait devant lui un animal blessé. Il fut bientôt rejoint par le pilote et les occupants d'un monospace et de deux voitures. Les deux autres véhicules ayant fait la traversée s'étaient empressés de débarquer, préférant sans doute éviter la scène. Le pilote, quant à lui, s'apprêtait déjà à utiliser son mobile.

Alexi se débarrassa de la bouée et la jeta sur le pont. Penché en avant, il se prit les côtes et articula :

– S'il vous plaît, n'appelez pas la police.

L'homme hésita, son téléphone collé à l'oreille.

– Ce n'est pas la police dont vous avez besoin, mon gars. C'est d'une ambulance, un lit d'hôpital et un peu de morphine. Et peut-être des vêtements secs.

– Non, je n'ai pas besoin d'ambulance non plus.

– Expliquez-vous.

– Est-ce que vous pouvez me ramener de l'autre côté ?

– De l'autre côté ?

– Oui, j'ai laissé quelque chose.

– Vous parlez de votre cheval ?

Les deux hommes éclatèrent de rire.

Alexi sentait que, s'il s'en tenait aux faits réels, il serait plus crédible et parviendrait à obtenir d'eux qu'ils le croient – en les poussant à oublier la tragédie qui venait d'avoir lieu et en faisant de cet accident une plaisanterie qui avait mal tourné.

– Ne vous inquiétez pas, je m'arrangerai pour faire enlever sa carcasse. Ça fait beaucoup de viande fraîche, et je connais des gens aux Saintes-Maries qui seront ravis de venir la chercher.

– Et la barrière ?

– Je vous donnerai tout ce que j'obtiendrai avec la vente de la viande. Vous pourrez dire à vos employeurs que quelqu'un l'a défoncée avec sa voiture et a pris la fuite.

Le pilote échangea un regard avec le receveur. Déjà, trois véhicules attendaient d'embarquer sur le ferry pour le retour. Les deux hommes devaient reconnaître que la barrière se faisait emboutir trois ou quatre fois par an, au moins - le plus souvent par des ivrognes. Ou par des étrangers au volant de voitures louées. La société de maintenance avait un contrat permanent avec celle du bac.

Le conducteur du monospace et les occupants des deux voitures, voyant que la tension retombait, poursuivirent leur voyage. Le blessé n'était après tout qu'un stupide bohémien. Et les bohémiens étaient des marginaux, non ? Ils n'avaient pas la même façon de vivre.

– Gardez votre argent, on vous ramène de l'autre côté. Mais débarrassez-nous de cette carcasse, surtout. Je ne veux pas la voir pourrir et embaumer l'embarcadère pendant deux semaines.

– Je les appelle tout de suite. Je peux vous emprunter votre téléphone ?

– Oui, mais pas d'appel international, attention.

Le pilote tendit son mobile à Alexi et ajouta :

– Je continue à penser que vous avez tort de ne pas vouloir vous faire examiner. Vous avez certainement des côtes fêlées, après votre chute. Je ne parle même pas d'une commotion cérébrale.

– On a nos propres docteurs, vous savez. On n'aime pas aller à l'hôpital.

L'autre haussa les épaules, tandis que le receveur faisait signe à ses nouveaux clients d'embarquer.

Le Tzigane pianota sur le clavier un numéro au hasard et prétendit s'arranger à propos du cheval.

Alexi n'avait jamais autant souffert de sa vie. Des côtes fêlées ? Une commotion cérébrale ? Il avait l'impression d'avoir eu les poumons transpercés à l'aide d'un poinçon puis martelés sur une enclume. Chaque respiration était pour lui une agonie. Chaque pas qu'il faisait lui vrillait la hanche et l'épaule droites aussi puissamment qu'un choc électrique.

Il se laissa choir sur le bitume de la cale et se lança à la recherche du tube de bambou. Les gens lui jetaient des regards curieux en passant près de lui avec leurs voitures. *Si Œil noir survient maintenant*, songea-t-il, *je me couche par terre et je me rends. Il pourra faire de moi ce qu'il veut.* O Del, *je vous en supplie, ôtez-moi cette douleur. S'il vous plaît, laissez-moi souffler.*

Le tube était introuvable. Alexi se mit debout avec peine. Le ferry était plein et repartait une fois encore pour sa traversée. Le Gitan quitta la cale et se mit à suivre la rive, les yeux fixés sur la berge. Le bambou était peut-être parti au gré du courant. Ou alors, avec un peu de chance, il s'était pris dans les herbes qui poussaient au bord de l'eau.

Ou alors encore, il avait coulé. Dans ce cas, les prophéties seraient fichues. Quand il casserait le tube pour l'ouvrir, il en sortirait un morceau de papier trempé et maculé d'encre. À ce moment-là, ce ne serait plus Œil noir qu'il aurait à redouter, mais Sabir et Yola… qui se feraient un plaisir de le massacrer.

Depuis quelques instants, il commençait à sentir une douleur sourde au niveau de son mollet droit. Il avait jusque-là préféré l'ignorer, supposant que cet inconfort n'était dû qu'au choc de sa chute, mais, là, il n'en pouvait plus. Il s'arrêta donc et remonta son pantalon. Peut-être avait-il quelque chose de cassé… la cheville, ou le tibia.

Un objet émergeait de l'ouverture de ses bottes western. Alexi y glissa la main et en sortit le tube de bambou… qu'il avait un peu plus tôt passé sous sa ceinture. Avec la force de l'eau, celui-ci s'était engouffré dans la jambe de son jean puis dans sa botte. Le cachet de cire qui retenait les deux moitiés ensemble était toujours en place et intact, Dieu merci.

Levant les yeux au ciel, Alexi éclata de rire. Pour aussitôt gémir de douleur tant ses côtes le faisaient souffrir.

Les mains sur le ventre, il s'extirpa des herbes hautes et reprit lentement la direction du Maset du marais.

45

Au bout de trente minutes de marche, il aperçut le cheval sellé qui broutait près d'une cabane de gardian.

Aussitôt, il bondit se cacher derrière un arbre. De la sueur perlait sur son front et lui brûlait les yeux. Il était tombé droit dans le piège. Jamais il n'aurait imaginé qu'Œil noir puisse l'attendre sur ce côté de la rive. Quelles avaient été les chances qu'il retraverse le fleuve après s'être échappé sur le ferry ? Une sur un million ? Cet homme n'était pas normal.

Alexi hasarda un regard vers la cabane. Il y avait quelque chose d'étrange avec ce cheval.

Il plissa les yeux face au soleil couchant. Quelle était cette masse sombre, par terre près de l'animal ? Une silhouette humaine ? Œil noir était-il tombé de sa monture pour se retrouver inconscient sur le sol ? Ou était-ce un piège, et l'homme attendait-il simplement de voir Alexi s'y laisser prendre avant d'en finir avec lui ?

Il hésita, réfléchit. Puis il s'accroupit et enterra le tube de bambou au pied de l'arbre. Il s'éloigna de quelques pas et se retourna pour s'assurer de bien se remémorer l'endroit. Pas de problème. C'était un cyprès. Visible à des kilomètres.

Il s'avança avec prudence vers l'animal puis s'arrêta, fouillant dans sa poche comme s'il y cherchait quelque chose. Le cheval hennit doucement en tournant la tête vers lui. La silhouette à ses pieds ne broncha pas. Peut-être Œil noir s'était-il rompu le cou. Peut-être *O Del* avait-il entendu sa prière et avait-il anéanti pour de bon ce salaud.

Avec mille précautions, Alexi poursuivit sa progression, parlant doucement au cheval pour ne pas l'effrayer. Il voyait que le pied de la silhouette était tordu et coincé dans l'étrier. Si l'animal marchait vers lui et sentait tout à coup le poids mort derrière lui le freiner, il risquait de paniquer. Et Alexi avait besoin de cette monture. Sinon, il n'arriverait jamais au Maset; cela, il l'avait compris une vingtaine de minutes plus tôt.

À chaque pas qu'il effectuait, il se sentait plus faible et désespéré. Ses vêtements avaient séché sur lui, raidissant ses blessures. Son épaule avait doublé de volume et il ne pouvait pas lever le bras plus haut que ses hanches. Dans l'état où il était, il ne se sentait même pas capable de dépasser une tortue.

Arrivé à la hauteur du hongre, Alexi le laissa le renifler. De toute évidence il était gêné par la présence du corps, mais le pacage l'avait un peu calmé. Lentement, le Gitan saisit les rênes et s'agenouilla près de l'homme à terre. Il savait déjà, à ses habits, à qui il avait affaire. Personne ne portait de ceinture aussi grande, ornée d'une boucle aussi clinquante. Gavril... Seigneur Dieu ! Il avait dû tenter de le suivre, tomber de son cheval et se heurter la tête contre un caillou. Ou alors il s'était retrouvé nez à nez avec Œil noir qui revenait de l'embarcadère, et celui-ci s'était dit que le blond en savait plus que lui. Saisi d'un haut-le-cœur, Alexi cracha l'excès de salive qui lui était monté à la bouche. Déjà, des mouches s'agglutinaient autour des narines de Gavril et de la plaie béante qu'il avait à la tempe. C'était ce qui s'appelait se trouver au mauvais moment au mauvais endroit.

Alexi dégagea de l'étrier le pied de Gavril. Il attacha le cheval au piquet et chercha autour de lui ce qui avait pu lui provoquer une telle blessure. Gêné par le poids du corps de Gavril, le hongre n'avait pas pu le tirer sur une longue distance.

C'est alors qu'il trébucha sur une grosse pierre. Oui. Elle était couverte de sang et de cheveux. Il la prit dans ses mains en ne la touchant qu'avec ses manches – surtout, ne pas laisser d'empreintes. Puis il se tourna vers Gavril et plaça le caillou près de sa tête. Il fut un instant tenté de fouiller ses poches à la recherche de quelques pièces, mais se ravisa. Il ne voulait pas fournir à la police un faux motif de meurtre.

Satisfait de sa mise en scène, Alexi se hissa non sans mal sur le hongre. Il vacilla un peu sur la selle, le sang lui battant violemment aux tempes.

À coup sûr, Œil noir était responsable de cette mort. La coïncidence était trop énorme. Il avait dû tomber sur Gavril sur le chemin du retour. L'interroger. Le tuer. Auquel cas, il y avait une chance pour qu'il sache où se trouvait le Maset, car Gavril, comme tous les Gitans de son âge qui se rendaient régulièrement en Camargue, devait être au courant du fameux jeu de cartes qui avait opposé Dadul Gavriloff et Aristeo Samana, le père de Yola. Il ne savait peut-être pas où se trouvait la maison, mais il connaissait son existence.

Pendant un court instant d'incertitude, Alexi fut tenté de retourner vers l'arbre pour déterrer le tube de bambou. Mais la prudence fut la plus forte. Alors, lui laissant les rênes flottantes, il poussa le cheval à suivre tranquillement son chemin vers le Maset.

46

Yola avait trouvé un bon moyen de faire du stop. Elle attendait de voir approcher un véhicule ressemblant à ceux des Gitans, ondoyait de la main gauche avant d'exécuter un signe de croix, puis s'avançait jusqu'au milieu de la route, de façon à se trouver au niveau de la fenêtre du conducteur. Les voitures ne manquaient jamais de s'arrêter.

Elle se penchait alors et disait au chauffeur où elle espérait aller. S'il roulait dans une autre direction – ou s'il n'allait pas assez loin –, d'un geste impatient, elle lui indiquait de continuer sa route.

Le quatrième véhicule qu'elle repéra était le bon.

Tel Clark Gable avec Claudette Colbert, Sabir grimpa avec elle à l'arrière de la bétaillère. Il devait admettre que même voyager à bord d'une camionnette puante était mieux que de marcher. Il avait d'abord tenté de persuader Yola de prendre un taxi pour retourner au Maset, mais elle avait insisté sur le fait que, en stop, ils ne laisseraient aucune trace tangible derrière eux. Comme d'habitude, elle se montrait plus prévoyante que lui.

Sabir se cala contre la paroi lattée et joua avec le canif Aitor qu'il gardait dans sa poche. Vingt minutes plus tôt, il l'avait acheté à Bouboul pour cinquante euros. Il était muni d'une lame de onze centimètres qui, à la moindre pression, émergeait du manche en laissant entendre un clic rassurant. C'était de toute évidence un couteau de combat car il possédait une échancrure pour le pouce juste derrière la lame – ce qui, selon Sabir, permettait à celle-ci de s'enfoncer dans le corps de l'adversaire sans qu'on risque de se couper un doigt au passage.

Après avoir hésité à se séparer de ce couteau – qu'il avait dû acheter dix fois moins cher trente ans plus tôt –, Bouboul avait fini par le lui céder en se disant qu'il ferait peut-être bien de s'écraser car Yola, qui n'avait pas la langue dans sa poche, le tenait certainement pour responsable de la perte des chevaux. Et puis, selon la jeune femme, il était bien trop vieux pour porter une telle arme sur lui. S'il voulait ne pas finir comme Stefan, avec un œil pendant devant la joue, il ferait mieux de s'en débarrasser.

L'après-midi touchait à sa fin lorsque Yola et Sabir atteignirent le Maset. Comme ils s'y attendaient, ils trouvèrent l'endroit vide.

– Qu'est-ce qu'on fait, maintenant, Damo ?

– On attend.

– Mais comment saura-t-on si Œil noir attrape Alexi ? Une fois qu'il aura mis la main sur les prophéties, il partira. On ne saura jamais ce qui s'est passé.

– Que veux-tu que je fasse, Yola ? M'aventurer dans les marais et hurler le nom d'Alexi ? Je me perdrais en moins de temps qu'il n'en faut pour le dire. Il y a trois cents kilomètres carrés de rase campagne derrière ces arbres.

– Tu pourrais voler un autre cheval. C'est ce qu'Alexi ferait.

Sabir se sentit rougir malgré lui. Yola semblait comprendre mieux que lui comment les hommes devaient se comporter dans des situations extrêmes.

– Et toi, tu es prête à attendre seule ici ? Sans t'aventurer dehors, histoire que je ne me retrouve pas avec deux personnes à aller chercher ?

– Oui, j'attendrai ici. Alexi peut revenir à tout moment. Il peut avoir besoin de moi. Je vais faire de la soupe.

– De la soupe ?

Elle le considéra d'un air étonné.

– Les hommes oublient toujours que les gens ont besoin de manger. Alexi cavale depuis ce matin. S'il parvient à revenir ici vivant, il aura faim. Il faut qu'on ait quelque chose à lui proposer.

Sans mot dire, Sabir sortit faire le tour de la maison pour voir s'il pouvait trouver une autre selle, une corde et quelque chose ressemblant à un harnachement. En voyant Yola d'une telle humeur, il comprenait parfaitement ce qu'Alexi pouvait penser du mariage.

Après un quart d'heure passé à essayer d'attraper un cheval, Sabir comprit qu'il n'aboutirait à rien. Il n'avait pas, comme Alexi, l'habitude du lasso, et les chevaux devenaient plus capricieux à mesure que l'obscurité tombait. Chaque fois qu'il en avisait un, l'animal le laissait approcher d'un air confiant, puis, sans lui laisser le temps de lui passer la corde autour de l'encolure, il se retournait, lui présentait sa croupe et décampait au triple galop, en bottant et ruant comme un beau diable.

Sabir abandonna la selle et la bride à l'entrée de l'enclos et, dégoûté, fit demi-tour. Lorsqu'il rejoignit le croisement censé le remettre sur le chemin de la maison, il hésita puis prit à gauche sur la petite route qu'ils avaient empruntée le matin pour se rendre aux Saintes-Maries.

Il se faisait un sang d'encre pour Alexi, tout en sachant cependant que le Gitan saurait parfaitement se débrouiller, livré à lui-même en pleine nature. Il était vrai aussi que, aux dires de Bouboul, Œil noir n'avait qu'une minute de retard sur Alexi quand ils avaient quitté la ville au galop. Mais une minute à cheval, c'était long, et, ce matin, Sabir avait vu comment Alexi s'entendait avec les animaux et, surtout, la façon dont il montait… C'était tout simplement chez lui un sixième sens. De plus, il connaissait les marais comme sa poche. Si le cheval d'Œil noir traînait un peu, Sabir pouvait parier qu'Alexi n'aurait aucun mal à lui filer entre les doigts.

Voilà pourquoi l'Américain se disait que le Gitan ne tarderait pas à apparaître sur le chemin, brandissant triomphalement les prophéties dans sa main. Il s'installerait alors dans un coin tranquille – de préférence près d'un bon restaurant – pour les traduire, pendant que la police ferait ce pour quoi elle était payée : pourchasser Œil noir et le retrouver.

En temps utile, Sabir contacterait son éditeur. Ils mettraient les prophéties en adjudication. L'argent coulerait à flots – qu'il partagerait, bien entendu, avec Yola et Alexi.

Et, alors, le cauchemar prendrait fin.

47

Achor Bale décida d'approcher la maison par l'est, par un ancien fossé d'évacuation qui courait le long d'un champ non entretenu. Sabir et la fille devaient être sur le qui-vive, en train d'attendre le retour d'Alexi. Peut-être y avait-il même un fusil à l'intérieur. Ou une vieille carabine. Pourquoi prendre des risques inutiles ?

Il fut un moment tenté de retourner récupérer son cheval, qu'il avait laissé brouter à une centaine de mètres derrière la propriété. L'animal le suivrait sans problème le long du fossé, et le bruit de ses sabots pourrait même masquer son approche. Peut-être que Sabir et Yola sortiraient alors de la maison, pensant qu'Alexi était rentré. Mais non. Pourquoi compliquer inutilement les choses ?

Car Alexi allait bien sûr revenir. Bale en était certain. Il avait vu le Gitan risquer sa vie pour la fille, à Espalion, quand elle s'était effondrée sur la route. Si elle se trouvait dans le Maset, il se jetterait sur elle comme une guêpe sur un pot de miel. Il n'avait donc qu'à tuer Sabir, utiliser la fille comme appât et trouver un moyen agréable de passer le temps.

Il s'approcha d'une des fenêtres. L'obscurité tombait nettement, à présent. On avait allumé une lampe à pétrole et quelques bougies dans la pièce du bas. Des rais de lumière ténus s'échappaient des volets fermés. Bale sourit. Avec une si faible lueur, il n'y avait aucune chance qu'on le repère de l'intérieur, même si l'on se collait à la vitre.

Il tendit l'oreille dans l'espoir de percevoir des bruits de voix, mais c'était le grand silence. Il s'approcha de la fenêtre de la cuisine. Elle aussi était close. Gavril avait donc raison. Si cette maison avait été normalement occupée, il n'y aurait eu aucune raison pour que les volets soient fermés si tôt dans la soirée. Il suffisait de regarder les alentours pour voir que cette bâtisse était à l'abandon depuis des années. Inutile de se demander pourquoi les Gitans lui accordaient tant de valeur. C'était pour eux comme un hôtel gratuit.

L'espace d'un instant, il eut envie d'entrer par la porte principale. Si Sabir et la fille agissaient à leur façon habituelle, elle ne devrait pas être verrouillée. Parfois, Bale était presque irrité du manque de professionnalisme de ses adversaires. Le Remington, par exemple… Pourquoi Sabir avait-il accepté de le lui rendre ? C'était un geste fou. Croyait-il vraiment que Bale allait lui tirer dessus avec le Redhawk, à la périphérie d'une ville qui ne possédait que deux routes d'accès ? Et ceci avant d'avoir inspecté la Vierge noire ? Par cette décision, Sabir les avait laissés tous les trois désarmés et sans le moindre indice sur l'identité de Bale, qui avait commis une erreur impardonnable – mais, heureusement, très vite corrigée – avec le numéro de série. De la mollesse d'esprit, voilà ce que c'était. Monsieur, son père, aurait certainement trouvé à redire là-dessus.

Car Monsieur avait toujours détesté la mollesse d'esprit. Il punissait à coups de badine ceux qui étaient affligés de ce travers. Il y avait des jours où il battait l'un après l'autre ses treize enfants, en commençant par le plus grand. Si bien que, lorsqu'il arrivait au petit dernier – et à cause de son âge avancé et de son état de santé –, il était fatigué, et les coups ne faisaient pas aussi mal. Voilà ce qu'on pouvait appeler de la considération.

Madame, sa mère, n'était pas aussi attentionnée. Avec elle, les punitions ne s'effectuaient qu'en tête à tête. C'est pourquoi, après la mort de Monsieur, son père, Bale avait fui la maison pour s'engager dans la Légion. Plus tard, ce geste devait s'avérer étonnamment utile, et elle avait fini par lui pardonner.

Mais pendant deux ans ils ne s'étaient pas adressé la parole, et il avait été forcé d'accomplir seul les devoirs du Corpus maleficus, sans aide ni guide. Durant cette époque anarchique, il avait développé des goûts que Madame, sa mère, avait estimé par la suite être en désaccord avec les objectifs du mouvement. C'est pourquoi il continuait de lui cacher certaines choses. Des détails malheureux. Des morts inévitables. Des choses de ce genre.

Non pas que Bale aimât causer du chagrin ou de la douleur. Le cheval, devant le ferry, par exemple ; il ne supportait pas de voir souffrir un animal. Un animal n'avait pas la possibilité de se protéger. Il ne réfléchissait pas. Un humain, lui, le pouvait. Lorsque Bale posait des questions, il s'attendait à ce qu'on lui réponde. Il n'était peut-être pas bien né, en termes de lignée, mais il était bien né en termes de caractère. Il était fier de l'ancien titre de noblesse que Monsieur, son père, lui avait légué. Fier du passé de sa famille, de ce qu'elle avait accompli en anticipant – et donc en contrecarrant – le travail du diable.

Car le Corpus maleficus avait une longue et noble histoire. Il comptait parmi ses principaux adeptes les inquisiteurs Conrad de Marbourg et Hugo de Beniols, le prince Vlad III l'Empaleur, le marquis de Sade, le prince Carlo Gesualdo, le tsar Ivan le Terrible, Nicolas Machiavel, Rodrigue, Lucrèce et César Borgia, le comte Alessandro di Cagliostro, Gregor Raspoutine, le maréchal Gilles de Rais, Giacomo Casanova et la comtesse Erzsébet Báthory. Tous grossièrement mésestimés par des générations d'historiens.

Selon Bale – imprégné par des heures et des heures d'histoire apprise sur l'ordre de Monsieur et Madame, ses parents –, Marbourg et Beniols avaient été à tort traités de sadiques persécuteurs d'innocents alors qu'ils avaient simplement obéi aux ordres de Notre Sainte Mère l'Église. Vlad l'Empaleur avait été, lui aussi à tort, accusé de faire de la torture un art, alors qu'en réalité il défendait – d'une manière qui, à l'époque, était considérée comme appropriée – sa chère Valachie contre l'effroyable invasion ottomane. Le marquis de Sade avait été injustement accusé par ses détracteurs de libertinage et d'avoir fomenté une anarchie sexuelle là où, aux yeux du Corpus, il promulguait simplement une philosophie avancée d'extrême liberté et de tolérance destinée à libérer le monde de la tyrannie morale. Le compositeur Gesualdo avait été accusé d'avoir tué sa femme et son enfant, au simple prétexte qu'il avait défendu la sainteté de son foyer contre une ingérence non désirée. L'histoire avait fait du tsar Ivan IV de Russie un «tyran infanticide», allant même jusqu'à le surnommer «Ivan le Terrible» là où, pour bon nombre de ses compatriotes, et toujours selon le Corpus, il avait été le sauveur de la Russie slavonne. Nicolas Machiavel, lui, avait été décrit comme un théologien absolutiste, responsable d'une politique de terreur, ceci dans le but d'occulter le fait qu'il était aussi brillant diplomate, poète, dramaturge et philosophe politique de talent. Toute la famille Borgia était considérée comme criminelle, corrompue et malsaine, alors que pour le Corpus elle avait éclairé les papes et de puissants hommes de loi, avait inspiré les amoureux des arts et favorisé la gloire de la Renaissance italienne. Le comte Alessandro di Cagliostro s'était vu traité à la fois de charlatan et de faussaire alors que c'était un alchimiste et un cabaliste de premier ordre, prêt à tout pour éclairer les profondeurs jusqu'alors inexplorées de l'occultisme. Guérisseur et visionnaire mystique, Gregor Raspoutine était décrit comme un moine fou et lubrique, responsable à lui seul de la chute de la monarchie russe – mais qui, selon Bale, pouvait le lui reprocher ? Et qui oserait, aujourd'hui, lui jeter la pierre ? Le maréchal Gilles de Rais était qualifié de pédophile, cannibale, bourreau d'enfants, mais il avait aussi été l'un des premiers à soutenir Jeanne d'Arc. C'était un brillant soldat et un mécène de théâtre éclairé dont les passe-temps ont pu choquer quelques personnes de peu d'importance mais faut-il pour autant oublier ses autres accomplissements ? Le reste de sa vie ? Non. Bien sûr que non. Giacomo Casanova était considéré par la postérité comme spirituellement et éthiquement dégénéré, alors que c'était en réalité un libre penseur, un historien inspiré et un chroniqueur de génie. Et la comtesse Erzsébet Báthory, vue par ses pairs comme une tueuse en série vampirique, était en fait une femme cultivée, polyglotte, qui avait non seulement défendu le château de son mari pendant la guerre de 1593-1606, mais était aussi fréquemment intervenue au nom des femmes destituées qui avaient été capturées et violées par les Turcs – le fait qu'elle ait plus tard vidé de leur sang certaines de ses élèves fut accepté par le Corpus comme une nécessité empirique pour la propagation de la cosmétologie, aujourd'hui plus effrénée que jamais.

Tous ces gens avaient été initiés par leurs parents, grands-parents, professeurs ou conseillers à la cabale hermétique du Corpus – une cabale destinée à protéger le monde de ses mauvais instincts. Comme le disait Monsieur, son père : « Dans un monde noir et blanc, c'est le diable qui règne. Peignez ce monde en gris – couvrez de boue les frontières de la moralité admise – et le diable n'a plus aucune emprise sur lui. »

Plus tard, ceux que Monsieur, son père, appelait les adeptes « naturels » étaient venus. Ils étaient porteurs d'un gène naturellement destructeur, mais n'auraient pas forcément reconnu qu'ils faisaient partie intégrante d'un tout ; des hommes et des femmes tels que Catherine de Médicis, Oliver Cromwell, Napoléon Bonaparte, la reine Ranavalona, l'empereur Guillaume II, Vladimir Lénine, Adolf Hitler, Joseph Staline, Benito Mussolini, Mao Tsé-Toung, Idi Amin Dada ou Pol Pot. Chacun, à sa manière, avait aidé à changer l'ordre des choses, en défiant les préceptes moraux, en secouant l'arbre de la civilisation, en remplissant les objectifs du Corpus selon un agenda qui leur était propre.

De tels tyrans attiraient les acolytes à eux comme du papier tue-mouches. Ils recrutaient les faibles, les éclopés, les déments – la catégorie de personnes dont le Corpus avait besoin pour réaliser ses objectifs. Et les plus grands et les plus populaires – du moins jusqu'à aujourd'hui – avaient été les deux premiers Antéchrists annoncés dans l'Apocalypse : Napoléon Bonaparte et Adolf Hitler. À la différence de leurs prédécesseurs, ces deux hommes avaient agi globalement et non pas simplement au niveau national. Ils avaient fonctionné comme les catalyseurs d'un mal encore plus grand, destinés à apaiser le diable et à l'empêcher d'investir de façon permanente la terre avec ses incubes et ses succubes.

Bale savait d'instinct que le troisième Antéchrist annoncé dans l'Apocalypse – Celui qui doit venir – dépasserait aisément ses prédécesseurs par la grandeur de ses accomplissements. Car le chaos, d'après le Corpus, était dans l'intérêt de tous, en ce sens qu'il forçait les gens à conspirer contre lui. Pour agir de concert et avec une créativité dynamique. Toutes les plus grandes inventions étaient survenues durant les périodes de changement. La terre avait besoin du dionysiaque et devait battre froid l'apollinien. Tout autre chemin ne menait qu'à la damnation et au détournement de Dieu.

Qu'avait écrit Jean dans l'Apocalypse, après que l'empereur Néron l'eut envoyé en exil dans l'île de Patmos ?

Puis je vis un ange descendre du ciel, ayant en main la clé de l'abîme, ainsi qu'une énorme chaîne. Il maîtrisa le dragon, l'antique serpent (c'est le diable, Satan), et l'enchaîna pour mille ans. Il le jeta dans l'abîme, tira sur lui les verrous, apposa des scellés afin qu'il cessât de fourvoyer les nations jusqu'à l'achèvement des mille années. Après quoi il devra être relâché pour un peu de temps… Les mille ans écoulés, Satan, relâché de sa prison, s'en ira séduire les nations des quatre coins de la terre, Gog et Magog, et les rassemblera pour la guerre, aussi nombreuses que le sable de la mer.

APRÈS QUOI IL DEVRA ÊTRE RELÂCHÉ POUR UN PEU DE TEMPS…

Il était dommage que la somme numérologique du nom d'Achor Bale donnât le chiffre cabalistique deux. Cela lui donnait un caractère tranquille et équilibré, mais assurait aussi qu'il resterait toujours secondaire et fragile – un perpétuel acolyte plutôt qu'un leader. Certains fous le considéraient même comme le chiffre du mal, qui se fondait avec le côté négatif féminin, et portait ses adhérents vers le doute, l'hésitation et l'incertitude.

À moins bien sûr que le caractère de ceux-ci ne soit renforcé par une foi inébranlable depuis leur jeune âge.

Bale sentait qu'il devait cet aspect positif de sa nature, tout à fait apte à le racheter, à l'influence de Monsieur, son père. S'il ne pouvait pas être un instigateur, il serait un disciple. Un disciple loyal. Un rouage qui jouerait un rôle crucial dans la maîtrise et la domination de la machine infernale.

Maintenant qu'il avait arraché le nom de la fille à cet imbécile de Gavril, il se disait qu'il pourrait être amusant d'essayer sur elle le test cabalistique, et aussi sur le Gitan Alexi Dufontaine. Cela l'aiderait à mieux les appréhender, à pénétrer leurs caractères comme jamais il n'aurait pu le faire, sinon.

Il fit un rapide calcul mental. Tous deux portaient en eux le chiffre huit. Un chiffre d'ordinaire prometteur et, d'une certaine manière, lié au sien. Mais si les détenteurs de ce huit persistaient à agir en faisant preuve de résistance ou d'entêtement, ce chiffre devenait alors négatif et vouait son possesseur à l'échec. Et Bale avait dans l'idée que ce devait être le cas des Gitans.

Quel était le chiffre de Sabir ? songea-t-il alors. Il serait certainement intéressant de le calculer. Fermant les yeux, il réfléchit. A. D. A. M. S. A. B. I. R. Qu'est-ce que cela donnait en numérologie cabalistique ? Un, quatre, un, quatre, trois, un, deux, un, deux. Ce qui faisait dix-neuf. On ajoutait alors un et neuf, ce qui donnait dix. C'est-à-dire un plus zéro. Ce qui signifiait que Sabir était porteur du numéro un. Puissant. Ambitieux. Dominant. Qui se liait facilement d'amitié et se montrait influent. La personnalité d'un « homme juste ». Quelqu'un, en d'autres termes, qui n'admettait jamais être dans son tort. Un mâle alpha.

Bale sourit. Il allait prendre une extrême jouissance à torturer et tuer Sabir. Cela serait un tel choc pour lui.

Car Sabir avait bu sa chance jusqu'à la lie. Et il était temps d'y mettre définitivement fin.

48

Lorsque Sabir perçut les pas du cheval d'Alexi, il refusa d'abord d'en croire ses oreilles. Ce devait être un animal errant, venu du domaine voisin.

Il se cacha derrière un bouquet d'acacias, imaginant que les branches et l'obscurité naissante allaient dissimuler sa silhouette. Prudemment, il tira le couteau de sa poche et en sortit la lame, ce qui, malgré ses efforts, laissa entendre un léger déclic.

– Qui est là ?

Sabir ne s'était même pas rendu compte qu'il était en apnée depuis plusieurs secondes. Il relâcha brusquement sa respiration.

– Alexi ? C'est moi. Damo… Dieu merci, tu vas bien.

Le Gitan se balança sur sa selle.

– Je t'avais pris pour Œil noir. Quand j'ai entendu ce clic, j'ai cru ma dernière heure arrivée. J'ai pensé que tu allais me tirer dessus.

Sabir grimpa sur la butte où se tenait le cavalier et s'accrocha à son étrier.

– Alors, tu les as ? Tu as les prophéties ?

– Je crois, oui.

– Tu… tu n'es pas sûr ?

– Je les ai enterrées. Œil noir…

Il passa une jambe par-dessus l'encolure du hongre et se laissa mollement glisser à terre.

L'Américain était si pressé de découvrir les prophéties qu'il ne lui était pas venu à l'idée de s'enquérir de la santé d'Alexi. Il dut le recueillir entre ses bras pour l'empêcher de s'effondrer.

– Qu'est-ce qu'il y a ? Tu es blessé ?

Le Gitan se roula en boule sur le sol et articula :

– Je suis tombé… Salement… Contre une barrière, avant d'atterrir sur le bitume. Tout ça pour échapper à Œil noir. Et ça a empiré… pendant la dernière demi-heure. Je ne crois pas que je serai capable d'arriver jusqu'à la maison.

– Où est-il ? Où est Œil noir ?

– Je ne sais pas, Damo. J'ai perdu sa trace. Mais il a tué Gavril. Il lui a fracassé la tête avec une pierre et s'est arrangé pour que ça ait l'air d'un accident. J'ai tout remis en place… que ça serve au moins à l'incriminer. J'ai pris le cheval de Gavril ; le mien a été tué. Maintenant, tu dois retourner à la maison. Œil noir connaît peut-être le Maset.

– Comment le connaîtrait-il ? C'est impossible.

– Non, pas impossible. Gavril lui a peut-être raconté des choses, sous la menace. Cet idiot nous a suivis. Œil noir l'a rattrapé. Mais je te l'ai déjà dit. Je suis trop fatigué pour répéter. Écoute-moi, Damo. Laisse-moi ici. Prends le cheval, retourne au Maset et ne reviens qu'avec Yola. Demain, quand j'irai mieux, je te montrerai où sont les prophéties.

– Les prophéties… Tu les as vues ?

– Vas-y, Damo, insista Alexi. Prends le cheval et va chercher Yola. Les prophéties n'ont plus d'importance. Tu comprends ? Ce n'est que du papier. Ça ne vaut pas la vie de quelqu'un.

49

Bale repéra le volet cassé – celui que l'on trouvait toujours dans les vieilles maisons si on se donnait la peine de le chercher. Il l'ouvrit en douceur, sans forcer, puis inséra son couteau dans le cadre de bois déformé du châssis et le fit bouger de haut en bas. La fenêtre s'ouvrit avec un grincement étouffé.

S'immobilisant, Bale tendit l'oreille. La maison était aussi silencieuse qu'une tombe. Il laissa un instant ses yeux s'habituer à l'obscurité puis inspecta la pièce. L'endroit sentait la poussière, l'humidité et le cadavre de rongeur pourri.

Il s'aventura dans le couloir, en direction de la cuisine. C'était sans doute là qu'il avait vu les bougies allumées. Étrange qu'il n'y ait aucun bruit de voix. D'après son expérience, les gens parlaient toujours fort dans les maisons abandonnées – une façon de tenir les goules en respect. Ou de tordre le cou au silence.

Arrivé devant la cuisine, il jeta un coup d'œil à l'intérieur. Rien. Il remua une narine. De la soupe ? Oui, il sentait une odeur de soupe. Il y avait donc au moins la fille, ici. Était-elle sortie utiliser les toilettes, dehors ? Auquel cas, il avait eu une chance folle de ne pas tomber sur elle et risquer ensuite de la perdre dans le noir.

Ou peut-être l'avait-elle entendu. Et prévenu Sabir. Et tous deux l'attendaient maintenant quelque part dans la maison. Un fin sourire se dessina sur son visage. Cela rendrait les choses un petit peu plus amusantes, leur donnerait un peu plus de relief.

– Votre soupe est en train de déborder !

Sa voix résonna comme dans une cathédrale.

Était-ce un bruissement qu'il venait d'entendre au fond du salon ? Là-bas, derrière la bergère ? Là où pendaient les vieux rideaux fatigués ? Bale saisit un bibelot en bronze et le lança contre la porte d'entrée. Le bruit ainsi créé parut assourdissant dans cette maison trop silencieuse.

Une silhouette bondit de derrière le canapé et se mit à tirer sauvagement sur les volets. Bale s'empara d'une autre statuette et la précipita sur l'ombre qui s'agitait devant lui. Il y eut un cri, et l'ombre s'effondra.

Bale resta où il se trouvait, écouta, en respirant à peine. Quelqu'un d'autre avait-il fait du bruit ? Ou n'y avait-il vraiment qu'une seule personne dans cette maison ? La fille, certainement. Il sentait que c'était la fille.

Il retourna dans la cuisine et prit la lampe à pétrole. La tenant devant lui, il s'approcha de la plus grande fenêtre. La fille était couchée sur le sol, en position fœtale. L'avait-il tuée ? Ce serait fâcheux. Il avait bien jeté la statuette de bronze aussi fort qu'il le pouvait, mais sa cible aurait pu être Sabir. Il ne pouvait se permettre de risquer quoi que ce soit, à ce stade du jeu.

Comme il se baissait vers elle, la fille lui échappa soudain et bondit en direction du corridor.

L'avait-elle entendu forcer l'entrée de la maison ? Se dirigeait-elle à présent vers la fenêtre de derrière ? Bale se précipita dans la direction opposée, ouvrit la porte d'entrée, bondit à l'extérieur et se rua vers l'arrière de la maison.

Il ralentit en approchant de la fenêtre. C'était bien ce qu'il pensait. Voilà qu'apparaissait son pied sur l'appui en ciment. Et la fille tout entière, à présent.

Bale l'attrapa à bras-le-corps et l'arracha de la fenêtre avant de la laisser choir par terre. Il la frappa à la tête, et elle s'immobilisa. Alors il se redressa et écouta. Rien. Pas un bruit. Elle était seule dans la maison.

Il s'accroupit devant elle, chercha un couteau ou une autre arme dissimulés sous ses vêtements ou entre ses jambes. Lorsqu'il fut certain qu'elle n'était pas armée, il la souleva comme un vulgaire sac de pommes de terre, la hissa sur ses épaules et repartit vers le salon.

50

Bale se servit un peu de soupe. Dieu, que c'était bon ! Il n'avait rien mangé depuis douze heures. Il sentait la richesse du bouillon lui redonner de la puissance, lui rendre un peu de l'énergie qu'il avait perdue.

Il but du vin, aussi, et mangea un morceau de pain. Mais, le trouvant rassis, il fut obligé de le tremper dans la soupe pour le rendre plus savoureux. Bien, on ne pouvait pas tout avoir.

– Tu es fatiguée, ma jolie ? demanda-t-il alors en se tournant vers la fille.

Elle était debout sur un tabouret à trois pieds, au centre de la pièce, avec un sac de toile sur la tête et, autour du cou, un nœud coulant que Bale avait fabriqué à l'aide d'un bout de lasso. Le siège était juste assez large pour lui permettre de tenir debout, mais le coup qu'elle avait reçu sur la tête l'avait visiblement affaiblie et, de temps à autre, elle oscillait dangereusement en tendant la corde qui, par la force des choses, lui soutenait la nuque.

– Pourquoi faites-vous ça ? Je n'ai rien pour vous. Je ne sais rien de ce que vous voulez savoir.

Un peu plus tôt, Bale avait ouvert en grand les volets du salon ainsi que la porte d'entrée du Maset. Il avait aussi entouré le tabouret de bougies et de lampes à pétrole, si bien que la fille était éclairée de toute part… et visible à cinquante mètres dans toutes les directions sauf au nord.

À présent, il était allongé sur un divan, la casserole de soupe sur les genoux, les contours de son corps perdus dans l'obscurité à l'écart des bougies, totalement caché de celui qui s'approcherait par la porte ou une des fenêtres. À sa droite se trouvait son arme à feu, la crosse bien dirigée vers sa main.

Il avait choisi ce tabouret car un seul tir du Redhawk suffirait à faire basculer la fille dans les airs. Il n'avait qu'à briser l'un des trois pieds pour cela. Il était vrai qu'elle gesticulerait durant une minute ou deux car sa chute ne serait pas assez sèche pour lui briser le cou – mais elle finirait néanmoins par s'asphyxier, laissant à Bale assez de temps pour s'enfuir par la fenêtre de derrière pendant que Sabir et le Gitan seraient occupés à tenter de lui sauver la vie.

Rien de tout cela ne serait nécessaire, bien sûr, si Sabir acceptait de discuter. Et Bale espérait que la vue de la fille lui occuperait l'esprit juste ce qu'il fallait. Un simple transfert des prophéties ferait l'affaire. Puis il partirait. Sabir et le Gitan pourraient hériter de la malheureuse. Elle serait toute à eux. Pour Bale, un marché était un marché.

Dans l'éventualité, peu probable, qu'ils se lancent à sa poursuite, cependant, il les tuerait – mais il était certain que Sabir capitulerait. Qu'avait-il à perdre ? Un peu d'argent et une petite renommée fugace. Et à gagner ? Tout.

51

— Redis-moi à quelle heure il est parti.

Yola gémit. Elle était perchée sur le tabouret depuis plus d'une heure, maintenant, et sa blouse était trempée de sueur. Elle avait l'impression que ses jambes grouillaient de parasites qui lui dévoraient peu à peu les cuisses et les mollets. Les mains liées dans le dos, il ne lui restait que son menton pour contrôler un tant soit peu son équilibre. Lorsqu'elle se sentait vaciller, elle parvenait, en tournant la tête, à tendre la corde contre son épaule par la seule force de sa mâchoire, et comptait sur la tension du lasso pour la maintenir droite.

Depuis un moment, elle se demandait si elle avait intérêt à tester Œil noir en se laissant délibérément tomber. De toute évidence, il attendait le retour de Sabir et Alexi. Donc, s'ils n'étaient pas là pour la voir s'étrangler, Œil noir déciderait-il de la détacher pour lui garder un peu la vie sauve ? Lui déferait-il ses liens pendant qu'elle récupérerait, avant de se servir à nouveau d'elle comme appât ? Et, alors, relâcherait-il son attention quelques instants, ce qui lui donnerait une chance de s'échapper ? Mais ce serait un risque terrible à prendre.

Peut-être s'amuserait-il simplement à la regarder mourir. Puis il la rattacherait, se servirait du nœud et de la corde pour donner l'impression qu'elle se tenait assise, et, de loin, personne ne se rendrait compte qu'elle était déjà morte.

– Je t'ai posé une question. À quelle heure Sabir est-il parti ?

– Je n'ai pas de montre. Je ne regarde jamais l'heure.

– Est-ce que c'était loin de la nuit tombée ?

Yola ne voulait pas le contrarier. Il l'avait déjà frappée une fois, après l'avoir violemment arrachée à la fenêtre. Elle avait peur de lui. Peur de ce qu'il était capable de faire. Peur qu'il se rappelle ce dont il l'avait menacée, la première fois qu'ils s'étaient vus, et qu'il réitère cette menace rien que pour s'amuser. Elle était à peu près sûre que les renseignements qu'elle lui donnait ne faisaient que confirmer ce qu'il savait déjà, qu'elle ne lui apportait rien de nouveau ; rien qui puisse compromettre les chances de survie d'Alexi et de Damo.

– Il y a une heure, environ. Je l'ai envoyé chercher un autre cheval. Il a dû partir avec à la rencontre d'Alexi.

– Alexi devrait revenir ici ?

– Oui, sûrement.

– Et il sait se diriger dans les marais ? Il les connaît assez pour retrouver son chemin jusqu'ici dans la nuit ?

– Oui, il les connaît très bien.

Bale hocha la tête. C'était évident. Et cela faisait toute la différence. Si Alexi s'était aventuré dans la région à l'aveuglette, il l'aurait capturé. S'il n'avait pas eu connaissance de ce ferry, cette comédie n'aurait pas été nécessaire. Bale aurait pu rapporter les prophéties à Madame, sa mère, et être accueilli en héros. Le Corpus maleficus l'aurait honoré. Il aurait pu se voir personnellement chargé de protéger le prochain Antéchrist. Ou d'éradiquer la lignée du Nouveau Messie avant son avènement. Il était doué pour ce genre de choses. Son esprit fonctionnait de façon très méthodique. On lui donnait un but et il faisait ce qu'il fallait pour l'atteindre, avec minutie, comme il l'avait fait pour les prophéties durant ces dernières semaines.

– Vous allez les tuer ?

– Pardon ? répondit Bale en levant soudain les yeux. Qu'est-ce que tu dis ?

– Est-ce que vous allez les tuer ?

Il sourit.

– Peut-être. Peut-être pas. Tout dépend de la façon dont ils réagissent à l'image que j'ai créée de toi, suspendue au bout d'une corde. Il vaut mieux espérer qu'ils comprennent exactement ce que j'essaie de leur dire par le biais de ma petite mise en scène. Qu'ils entrent ici de leur propre volonté. Qu'ils ne me forcent pas à tirer sur l'un de ces trois pieds.

– Pourquoi faites-vous tout ça ?

– Quoi, « tout ça » ?

– Vous savez très bien ce que je veux dire. Torturer les gens. Les pourchasser. Les tuer.

Il laissa échapper un grognement amusé.

– Parce que c'est mon devoir de le faire. Ça ne t'intéressera peut-être pas de savoir qu'au XIIIe siècle ma famille, comme toute la corporation à laquelle elle appartient, s'est vu confier une tâche par Louis IX.

Bale fit un signe de croix à l'envers, qu'il commença au niveau de son entrejambe pour l'achever derrière sa tête.

– Je parle de saint Louis, *rex Francorum et rex christianissimus*, lieutenant de Dieu sur terre.

Il dessina alors le pentacle à six côtés, de nouveau en partant du bas pour terminer vers le haut.

– La tâche qu'il nous a confiée devait être la nôtre pour l'éternité et consistait, assez simplement, à protéger les Français des machinations du démon – ou Satan, Azazel, Typhon, Ahriman, Angra Mainyu, Asmodaï, Lucifer, Bélial, Belzébuth, Iblis, Sheitan, Alichino, Barbariccia, Calcabrina, Cagnazzo, Ciriatto sannuto, Draghignazzo, Farfarello, Graffiacan, Libicocco, Rubicante, Scarmiglione, ou n'importe quel autre nom stupide dont les gens ont choisi de l'affubler. Nous avons accompli notre tâche pendant plus de neuf siècles – souvent aux dépens de nos vies. Et nous l'accomplirons encore jusqu'au Ragnarök – jusqu'à la fin des temps et la venue de Vidar et Vali.

– Et pourquoi devez-vous nous protéger, en fait ?

– Je refuse de répondre à ta question.

– Alors pourquoi avez-vous tué mon frère ?

– Qui t'a mis dans la tête l'idée que j'avais tué ton frère ?

– On l'a trouvé pendu à une cage de lit. Vous lui avez troué la joue avec votre couteau. Vous lui avez brisé le cou.

– La blessure au couteau, le trou dans la joue, c'était moi. Je l'admets. Samana ne voulait pas prendre mes menaces au sérieux. Je devais lui montrer que je ne plaisantais pas. Mais c'est ton frère qui s'est tué lui-même.

– Comment ? C'est impossible.

– Je le pensais aussi. Mais je lui ai demandé quelque chose – quelque chose qui m'aurait mené directement à toi. Je pense qu'il a compris, tout au fond de son cœur, qu'il finirait par parler. Tout le monde finit par parler. L'esprit humain ne peut concevoir quel châtiment le corps est capable de supporter en réalité. L'esprit intervient avant, il pioche dans ce qu'il connaît et saute sur des conclusions. Il ne sait pas que – à moins qu'un organe vital ne soit endommagé – un corps peut récupérer quasiment toutes ses fonctions physiques. Mais l'idée de tous ces dommages qui peuvent lui être infligés agit comme un catalyseur momentané. L'esprit abandonne tout espoir – et, alors, alors seulement, la mort devient préférable à la vie. C'est le moment crucial pour le persécuteur, lorsque ce point est atteint.

Dans son enthousiasme, Bale se pencha en avant pour continuer :

– J'ai bien étudié la chose, vois-tu. Les plus grands persécuteurs – les inquisiteurs, comme le bourreau de Dreissigacker, ou Henrich Institoris et Jacob Sprenger ; les maîtres chinois, comme Zhou Xing et Suo Yuanli –, tous ont amené nombre de gens à renoncer, à revenir sur leurs convictions. Je vois bien à ta posture que tu ne me crois pas. Mais je vais te lire quelque chose, histoire de passer le temps, car cela doit être très inconfortable pour toi d'osciller ainsi sur ton tabouret. C'est une coupure de journal que j'ai toujours sur moi. Je l'ai lue à beaucoup de mes…

Bale s'interrompit, comme s'il était sur le point de dire quelque chose de maladroit.

– Oserai-je les appeler mes clients ? Cela concerne le premier homme que je t'ai mentionné dans ma liste de persécuteurs. On l'appelait le bourreau de Dreissigacker. Un adepte pur et dur de l'art de la douleur. Je t'assure que tu seras impressionnée.

– Vous me rendez malade. Vous me donnez la nausée. Je préférerais que vous me tuiez tout de suite.

– Non, non. Écoute ça. C'est tout à fait extraordinaire.

Yola entendit qu'on dépliait une feuille de papier. Elle essaya de fermer ses oreilles, de rester imperméable à la voix d'Œil noir, mais cela ne fit que renforcer les battements du sang dans son cerveau, si bien que la voix du monstre s'intensifia en elle, pour vibrer aussi fort que les claquements de milliers de mains.

– Essaie d'imaginer que nous sommes en 1631, à l'époque de l'Inquisition. Avec la tête enfermée dans ce sac, tu ne dois pas avoir trop de difficultés à t'évader mentalement, j'imagine. C'est donc l'histoire d'une femme enceinte qui vient d'être accusée de sorcellerie par l'Église – avec, contre elle, le cadavre d'un homme ajouté au poids de la religion et de lois séculaires. Elle va être interrogée – une procédure logique, étant donné les circonstances, tu me diras. C'est le tout premier jour de son procès, et ce que je vais te lire, c'est la façon dont le grand humaniste, B. Emil König, décrit le déroulement d'une investigation menée par l'Inquisition.

Tout d'abord, le maître bourreau ligota la femme, qui était enceinte, et la coucha sur le chevalet. Puis il la tortura jusqu'à ce que son cœur menace de lâcher, sans la moindre compassion. Comme elle refusait de parler, il répéta la torture. Puis il lui lia les mains, lui coupa les cheveux, lui versa de l'eau-de-vie sur la tête et y mit le feu. Il lui mit aussi du soufre sous les bras et le brûla également. Puis on lui passa les mains dans le dos et on la hissa jusqu'au plafond avant de brusquement la laisser retomber. Ces sévices se répétèrent des heures durant, jusqu'à ce que le persécuteur et ses aides s'en aillent dîner. Lorsqu'ils revinrent, le maître bourreau lui noua ensemble les mains et les pieds dans le dos, on lui versa de l'eau-de-vie sur le dos et on la brûla. Puis des poids furent placés sur ses reins et, de nouveau, on la hissa en l'air. Après quoi elle fut une fois encore couchée sur le chevalet. Un panneau hérissé de piques fut placé sur son dos, et elle fut une nouvelle fois hissée jusqu'au plafond. Le maître bourreau lui fixa alors sur les pieds un poids de cinquante livres, ce qui lui fit croire que son cœur allait exploser. Mais ce ne fut pas assez. Le persécuteur lui détacha les pieds et lui fixa les jambes dans un étau, dont il serra les mâchoires jusqu'à ce que du sang lui perle entre les orteils. Mais, là encore, ce ne fut pas suffisant. C'est pourquoi la femme fut étirée et pincée de toutes les manières possibles. Puis le bourreau de Dreissigacker commença le troisième degré de torture. Lorsqu'il plaça la femme sur le chevalet et lui passa la chemise en forme de I, il déclara : «Je ne te prends pas pour un, deux, trois ou huit jours, ni pour quelques semaines, mais pour six mois, un an ou ta vie entière, jusqu'à ce que tu avoues. Et si tu refuses d'avouer, je te torturerai jusqu'à ce que mort s'ensuive, après quoi je te brûlerai.» Le gendre du bourreau la hissa alors jusqu'au plafond, par les mains, cette fois, et le bourreau la fouetta avec une cravache. Elle fut ensuite placée dans un étau, où elle demeura six heures. Après quoi elle fut de nouveau fouettée sans pitié. Cela résume ce qui lui fut infligé le premier jour.

Un silence pesant régnait dans la pièce. Dehors, le vent murmurait dans les arbres. Une chouette hulula au loin, et une réponse lui fut lancée de l'une des granges voisines de la maison.

Bale se racla la gorge. Yola l'entendit replier le papier avant de le glisser dans sa poche.

—J'ai mal interprété qui était ton frère, lui dit-il. Je n'avais pas saisi à quel point il t'était dévoué, à quel point il craignait de perdre la face devant ceux de sa communauté. De nos jours, peu de gens profitent des bienfaits de la communauté, vois-tu. Ils ne pensent qu'à eux ou qu'à leur famille proche. Les rationalisations sont possibles. Les raccourcis sont une tentation. Mais, quand une communion plus large est en jeu, d'autres facteurs apparaissent. Le martyre est une option. Les gens sont de nouveau prêts à mourir pour un idéal. En ce sens, ton frère était un idéaliste. Il a mis à profit la situation dans laquelle je l'avais placé – la gravité que j'avais créée en l'attachant debout à ce lit – pour se rompre le cou. Jamais je n'avais vu pareille chose. C'était pour le moins impressionnant, je l'avoue. À la fin de son premier jour d'interrogatoire, cette femme, de toute évidence innocente, dont je viens de te décrire les tortures, aurait sans doute volontiers vendu son âme au diable en échange simplement du secret pour se donner la mort.

Bale jeta un bref coup d'œil sur la silhouette de Yola puis poursuivit :

– Un homme sur un million serait capable d'une prouesse physique aussi magnifique que celle de se donner la mort alors qu'il est ligoté et suspendu. Eh bien, ton frère était cet homme. Est-ce que ma réponse te satisfait ?

Yola demeura silencieuse sur son tabouret. Son visage étant invisible sous le sac qui lui recouvrait la tête, il était impossible de savoir ce qu'elle pensait.

52

— Pas question de te laisser seul ici. Si tu te lèves et que tu prends appui sur moi, j'essaierai de te hisser sur le cheval. Quand on sera au Maset, tu pourras te reposer. Yola nous a fait de la soupe.

– Damo, tu ne m'écoutes pas.

– Je t'écoute, Alexi. Mais je ne crois pas qu'Œil noir soit un genre d'être surnaturel. Je crois surtout que Gavril est tombé de son cheval et qu'il s'est malencontreusement cogné la tête sur cette pierre.

– Il avait des traces de ligature sur les mains et sur les pieds.

– Il avait quoi ?

– Œil noir l'a attaché avant de lui écraser la tête. C'est lui qui lui a infligé cette blessure. C'est du moins ce que je crois, moi. La police découvrira ce qui s'est passé, si toi tu ne veux pas le voir.

– Depuis quand es-tu devenu aussi fan de la police, dis-moi ?

– La police analyse les faits. Et, parfois, les faits sont vrais. Je ne suis pas ignorant au point de ne pas le comprendre.

Avec l'aide de Sabir, Alexi se mit debout et parvint à se hisser sur la selle. Puis il se pencha en avant et prit appui sur le pommeau.

– Je ne sais pas ce qui t'est arrivé ces derniers temps, Damo. Les prophéties semblent t'avoir hypnotisé. J'aurais préféré ne jamais les trouver, en fait. Comme ça, tu te rappellerais que ton frère et ta sœur existent.

Saisissant les rênes, Sabir guida le hongre vers la maison. Ses sabots résonnaient étrangement sur le sable humide de rosée. À part cela et le bourdonnement des moustiques, les deux hommes étaient enveloppés du silence des marais.

Alexi lâcha un juron de souffrance. Il tendit la main et toucha l'épaule de Sabir.

– Je suis désolé, Damo. Désolé de ce que je viens de dire. Je suis crevé et j'ai mal partout. S'il m'arrive quelque chose, bien sûr que je veux que tu saches où sont enterrées les prophéties.

– Il ne va rien t'arriver, Alexi. Tu es en sécurité, maintenant. Et puis au diable ces prophéties !

– Non, fit le Gitan en se redressant péniblement. C'est important. J'ai eu tort de te dire toutes ces choses, Damo. J'ai peur pour Yola et ça me fait dire n'importe quoi. Il y a un proverbe tzigane qui dit : « Chacun ne voit que sa propre assiette. »

– Alors, maintenant, tu vois Yola comme une assiette ?

– Tu fais exprès de ne pas comprendre, Damo. Peut-être que cette expression t'aidera à mieux piger ce que je veux dire : « Quand on te donne, mange. Quand on te bat, fuis. »

– Je comprends très bien ce que tu veux dire, Alexi. Je ne cherche pas à interpréter tes paroles de travers.

– L'idée qu'il puisse lui arriver quelque chose me rend malade de trouille, tu sais. Je rêve même d'elle ; je rêve que je l'extirpe d'endroits maléfiques, de trous pleins de boue ou de sables mouvants qui cherchent à me la prendre. Les rêves sont importants, Damo. Les Manouches ont toujours cru au *cacipen* – la vérité des rêves.

– Il ne va rien lui arriver de mal, lui assura Sabir.

– Damo, écoute-moi. Écoute bien, sinon je te fais sur la tête.

– Ne me dis pas… C'est encore un de vos dictons tziganes.

Les yeux d'Alexi étaient rivés sur la nuque de Sabir. Cela l'aidait à ne pas tourner de l'œil.

– Pour retrouver les prophéties, tu dois aller là où j'ai trouvé Gavril. C'est à vingt minutes de cheval au nord du ferry. Juste avant d'arriver au Panperdu. Il y a une cabane de gardian, à cet endroit. Elle aussi tourne le dos au nord pour se protéger du mistral. Tu ne peux pas la rater. Elle est sans fenêtres, avec juste une porte. Devant, il y a un piquet pour attacher les chevaux, et, derrière, un mât où peuvent monter les gardians pour surveiller les marais.

– En plus, d'après ce que tu racontes, ça va devenir une scène de crime. Avec des flics en train de fouiller partout avec leurs chiens renifleurs, leurs détecteurs de métaux et leurs combinaisons en plastique.

– Pas d'importance. Personne ne te verra quand tu déterreras les prophéties.

– Comment ça ?

– Tu seras caché. Tu fais comme si tu te trouvais devant la cabane et tu te tournes vers le sud. Tu verras un cyprès tout seul, pas loin d'un petit bois. Les prophéties sont enterrées juste derrière, à cinquante ou soixante centimètres du pied. Pas très profond… j'étais déjà trop faible pour creuser beaucoup. Mais assez profond quand même pour les cacher. Tu repéreras vite là où la terre a été remuée.

– Elles vont pourrir, là-dedans. Avec la première pluie elles vont pourrir. Elles seront illisibles. Et on aura fait tout ça pour rien.

– Non, Damo. Elles sont enfermées dans un tube de bambou. Ce tube est scellé avec de la cire. Ou de la résine. Quelque chose de ce genre… Rien ne peut les atteindre.

Un cheval inconnu hennit soudain devant eux, le bruit de son hennissement se répercutant à travers les marais comme une complainte pour les morts. Leur hongre s'apprêtait à répondre à cet appel lorsque l'instinct de survie de Sabir lui fit plaquer la main sur les narines de l'animal pour l'empêcher de prendre son souffle. Il attendit ainsi, la paume sur le nez du cheval, et écouta.

– Je te l'avais dit, murmura Alexi, c'est Œil noir. Je t'ai dit qu'il avait torturé Gavril. C'est par lui qu'il a su où se trouvait le Maset.

– Je vois de la lumière derrière les arbres. C'est Œil noir qui aurait allumé toutes ces lampes ? Pourquoi ? Ça n'a aucun sens. Ça doit plutôt être Yola qui a reçu la visite d'une de ses amies de la ville. Tout le monde connaît cet endroit ; c'est toi qui me l'as dit.

Malgré son apparente confiance, Sabir ôta sa chemise et en enveloppa soigneusement le nez du cheval. Puis il le guida à travers le taillis d'osiers vers l'arrière de la maison.

– Regarde, les portes et les fenêtres sont grandes ouvertes. C'est éclairé comme dans une cathédrale. Yola est devenue folle ou quoi ? Ou alors elle cherche à nous guider jusque-là.

– Je te dis que c'est Œil noir, Damo. Pourquoi est-ce que tu ne me crois pas ? Écoute-moi, ne va pas vers les lumières. Il faut d'abord inspecter l'endroit de l'extérieur. Peut-être que Yola a eu le temps de s'enfuir. Sinon, elle est à l'intérieur… avec lui.

Sabir leva les yeux vers son compagnon.

– Tu parles sérieusement ?

– Tu as entendu son cheval.

– Ça peut être n'importe quel autre cheval.

– Il ne restait que celui de Gavril et le sien. Moi, j'ai celui de Gavril. Le troisième est mort. Les chevaux se connaissent, Damo. Ils reconnaissent entre eux le bruit de leurs sabots, leurs hennissements. Et il n'y a pas d'autres chevaux à moins de cinq cents mètres d'ici.

Sabir attacha les rênes à un buisson.

– D'accord, Alexi, je te crois. Alors, attends-moi ici et ne bouge pas. Je vais aller faire un petit tour de reconnaissance.

53

— Qu'est-ce que vous êtes en train de brûler ? Je sens une odeur de fumée.

Instinctivement, elle se détourna de la lumière.

– Pas d'inquiétude, je ne mets pas le feu à la maison, et je ne suis pas en train de faire chauffer les pinces, comme le bourreau de Dreissigacker. Je ne fais que brûler du liège, pour me noircir le visage.

Yola se sentait proche de l'épuisement. Elle ignorait combien de temps elle pourrait encore tenir dans cette position.

– Je vais tomber…

– Non, tu ne vas pas tomber.

– S'il vous plaît… vous devez m'aider.

– Si tu me demandes ça encore une fois, je taille en pointe le manche d'un balai et je te le fourre dans le cul. Ça te forcera à te tenir droite.

Yola laissa tomber sa tête. Impossible d'émouvoir cet homme. Elle avait toujours su manipuler et, donc, dominer les hommes. Les Tziganes étaient du gibier facile, pour elle. Si vous disiez ce que vous aviez à dire avec assez de conviction, ils finissaient en général par céder. Leurs mères les avaient bien éduqués. Mais celui-là était froid comme un glaçon. Irrécupérable pour la gent féminine. Elle en concluait qu'il devait y avoir une femme très mauvaise dans son existence pour le rendre ainsi.

– Pourquoi est-ce que vous haïssez les femmes ?

– Je ne hais pas les femmes. Je hais tous ceux qui se mettent sur mon chemin quand j'entreprends quelque chose.

– Si vous avez une mère, elle doit avoir honte de vous.

– Madame, ma mère, est très fière de moi. Elle me l'a dit.

– Alors elle doit être mauvaise aussi.

Pendant un moment, un silence de mort régna dans la pièce. Puis, sentant du mouvement autour d'elle, Yola se demanda un instant si elle n'était pas allée trop loin. S'il s'approchait d'elle pour la punir.

Mais Bale ne faisait que mettre de côté la casserole de soupe afin d'être plus libre de ses mouvements.

– Si tu parles encore, je te fouette les mollets avec ma ceinture.

– Dans ce cas, Alexi et Damo vont vous voir.

– Je m'en moque. Ils n'ont pas d'armes.

– Ils ont des couteaux. Alexi peut jeter un couteau avec plus de précision que n'importe qui.

Un hennissement retentit au loin. Bale hésita un instant, tendit l'oreille. Puis, constatant qu'il s'agissait de son cheval et qu'aucun autre ne lui répondait, il reprit leur conversation.

– Il a raté Sabir, l'autre fois, dans la clairière.

– Vous… vous avez vu ça ?

– Je vois tout.

Allait-elle lui dire qu'Alexi avait fait exprès de rater sa cible ? Non. Qu'il continue donc à sous-estimer ses adversaires. Tout était bon à prendre, pour Damo et Alexi.

– Pourquoi voulez-vous absolument ces écrits ? Ces prophéties ?

Bale resta un instant songeur. Tout d'abord, elle crut qu'il allait ignorer sa question, mais il sembla soudain être en train de réfléchir à quelque chose. Son ton changea alors imperceptiblement. Du fait de la sensation oppressante du sac autour de sa tête, elle était devenue extrêmement sensible à la moindre nuance de sa voix. Ce fut à ce moment précis qu'elle acquit la certitude qu'il avait l'intention de la tuer, quelle que soit l'issue de l'affaire qui les opposait.

– Je veux ces prophéties car elles annoncent des événements à venir. Des événements importants. Qui vont changer le monde. L'homme qui les a écrites a prouvé à de nombreuses occasions qu'il disait vrai. Il y a des codes, des secrets dissimulés dans ce qu'il écrit. Mes collègues et moi-même savons comment déchiffrer ces codes. Nous essayons depuis des siècles de mettre la main sur ces prophéties manquantes. Nous avons suivi tant de fausses pistes. Et enfin, grâce à toi et à ton frère, nous sommes tombés sur la bonne.

– Si j'avais ces prophéties, je les détruirais.

– Mais tu ne les as pas. Et, bientôt, tu seras morte. Donc tout ceci n'a plus aucune importance pour toi.

54

Couché sur le ventre derrière le bosquet d'arbres, Sabir observait. Il sentait l'horreur de la situation lui pénétrer le corps comme un cancer.

Yola était debout sur un tabouret à trois pieds. Un sac de toile lui recouvrait la tête, et un nœud coulant était passé autour de son cou. À ses vêtements, au timbre de sa voix, Sabir pouvait certifier que c'était elle. Elle s'adressait à quelqu'un, et cette personne lui répondait – mais d'une voix plus profonde, et plus puissante aussi. Non pas chantante, comme celle d'une femme, mais plate, monocorde. Comme celle d'un prêtre récitant une litanie.

Inutile d'être un génie pour comprendre qu'Œil noir se servait d'elle comme d'un appât afin de capturer dans ses filets Alexi ou lui-même. Pour comprendre aussi que, dès l'instant où ils se montreraient ou s'approcheraient, c'en serait fini d'eux – et de Yola, par la même occasion. Le fait qu'Œil noir puisse ainsi perdre la meilleure chance qu'il avait jamais eue de découvrir l'endroit où étaient cachées les prophéties faisait partie de ces petites ironies que vous réserve l'existence.

Sabir prit sa décision. Il repartit à travers les sous-bois, vers Alexi. Cette fois, il ne gafferait pas en mettant la vie de tout le monde en danger. Cette fois, il ferait marcher sa cervelle.

55

Lorsque le mobile de Macron sonna, il était en train d'interroger trois Gitans récalcitrants qui venaient de traverser la frontière catalane, ce matin, près de Perpignan. Ils n'avaient manifestement jamais entendu parler de Sabir, d'Alexi ni de Yola, et ne voyaient aucune objection à le prouver. L'un d'eux, devinant l'hostilité à peine dissimulée du lieutenant, fit même mine de le repousser du bras, comme s'il avait le « mauvais œil ». En temps normal, Macron aurait ignoré l'insulte. Mais, aujourd'hui, il ne se sentait pas d'humeur à laisser passer ce genre de chose, les croyances superstitieuses de sa mère lui revenant subitement en mémoire et refaisant surface malgré lui.

Pour être franc, il n'avait pas le moral et se sentait terriblement las. Il avait l'impression que toutes ses blessures se mêlaient en une douleur unique, mais quasi insupportable. Et pour couronner le tout, Calque avait l'air de lui préférer l'un des nouveaux inspecteurs, à qui il semblait sur le point de confier la vraie direction de leur enquête. Macron se sentait humilié, mis à l'écart ; d'autant plus qu'il se considérait comme un gars du pays, alors que les six hommes que le capitaine avait fait venir de Marseille – sa propre ville, bon sang ! – continuaient à le traiter comme un paria. À le traiter comme un marin qui aurait abandonné son bateau pour nager vers l'ennemi en espérant se vendre contre un traitement de faveur. À le traiter comme un Parisien.

– Oui ? répondit-il, son portable collé à l'oreille.

À cinq cents mètres du Maset, Sabir remercia d'un signe de tête l'automobiliste qui lui avait prêté son téléphone. Cinq minutes plus tôt, il avait bondi devant sa voiture en lui faisant des gestes désespérés. L'homme ne s'était pas arrêté mais avait fait un écart vers le bas-côté, manquant de le renverser. Une cinquantaine de mètres plus loin, cependant, il avait changé d'avis et stoppé sa voiture, imaginant sans doute qu'il y avait eu un accident quelque part dans les marais. Sabir ne pouvait bien sûr le blâmer. Dans sa panique, il avait oublié sa chemise, toujours enroulée autour de la bouche du hongre, et il comprenait que le voir bondir torse nu des fourrés, sur une petite route et en pleine obscurité, avait dû faire un choc au conducteur du véhicule.

– C'est Sabir, annonça-t-il platement à Macron.

– Vous voulez rire ?

– Qui est-ce ?

– Lieutenant Macron. L'assistant du capitaine Calque. On ne se connaît pas, mais je sais tout de vous. Vous nous baladez allègrement aux quatre coins de la France, vous et vos deux Manouches.

– Passez-moi Calque, s'il vous plaît. Je dois lui parler. C'est urgent.

– Le capitaine est en plein interrogatoire. Dites-moi où vous êtes et on vous envoie une limo. Ça vous va, comme hors-d'œuvre ?

– Je sais où se trouve Œil noir.

– Quoi ?

– Il se terre dans une maison, à environ cinq cents mètres de là où je suis en ce moment. Il a un otage : Yola Samana. Il la maintient debout sur un tabouret avec un nœud coulant autour du cou. Elle est éclairée comme en plein jour. Œil noir est vraisemblablement caché dans un coin avec un pistolet, et il attend qu'Alexi et moi, on se montre. Pour vous préciser notre armement, on a un couteau à deux. On n'a pas une seule chance contre lui. Si votre précieux capitaine Calque peut envoyer quelques hommes sur place, et s'il peut me garantir qu'il donnera la priorité à la sécurité de Yola et non à la capture d'Œil noir, je vous dirai où je suis. Sinon, vous pouvez tous les deux aller vous faire voir. Je me débrouillerai sans vous.

– Non, non, arrêtez ! Attendez… Vous êtes toujours en Camargue ?

– Oui. Ça, je veux bien vous le dire. Alors, c'est d'accord ? Sinon, je raccroche tout de suite.

– C'est d'accord. Je vais chercher Calque. Il y a des CRS en stand-by permanent à Marseille. On peut les déployer tout de suite. Par hélicoptère, si nécessaire. Ça ne prendra pas plus d'une heure.

– Trop long.

– Moins. Moins d'une heure. Si vous pouvez nous préciser votre position. Donnez-moi vos coordonnées exactes. Les CRS vont devoir trouver où faire atterrir l'hélico sans trahir leur présence. Et, ensuite, tenter une approche à pied.

– L'homme à qui j'ai emprunté le téléphone a peut-être une carte. Allez chercher Calque. Je reste en ligne.

– Non, non. On ne peut pas risquer de mettre la batterie à plat. J'ai votre numéro. Dès que j'aurai eu Calque, je vous rappelle. Trouvez-moi sur la carte vos coordonnées.

Tout en courant prévenir Calque dans la salle d'interrogatoire, Macron appela leur QG à Paris.

– André, c'est Paul. J'ai un numéro de mobile à te donner. J'ai besoin de ses coordonnées GPS de toute urgence. Code 1.

– Code 1 ? Tu plaisantes ?

– Il y a un otage. Celui qui le retient, c'est celui qui a descendu le vigile, à Rocamadour. Trouve-moi ces coordonnées GPS en vitesse. On est en Camargue. Si c'est une autre région de France qui apparaît sur ton truc, c'est que tu as une interférence ou un dysfonctionnement. Trouve-moi la position exacte de ce foutu mobile. À cinq mètres près. Et dans cinq minutes. Je ne peux pas me permettre de rater ça.

Trente secondes à peine après que Macron lui eut expliqué la situation, Calque était au téléphone avec Marseille.

– C'est une priorité code 1, annonça-t-il. Je m'identifie.

Il lut le numéro de sa carte.

– Vous verrez apparaître un code à dix chiffres quand vous entrerez mon nom dans l'ordinateur. C'est celui-ci : HKL481GYP7. Vous l'avez ? Est-ce qu'il correspond au code de la base de données nationale ? Oui ? Parfait. Passez-moi immédiatement votre responsable.

Calque passa cinq minutes fiévreuses à parler au téléphone. Puis il se tourna vers Macron.

– Paris est revenu vers vous avec l'adresse GPS de Sabir ?

– Oui, monsieur.

– Bien. Appelez-le, maintenant. On va comparer cette adresse avec les coordonnées qu'il vous donne.

Macron reprit contact avec Sabir.

– Vous avez des coordonnées pour nous ? Oui ? Donnez-les-moi.

Il les inscrivit sur son calepin puis courut les montrer à Calque.

– Ça correspond. Dites-lui de vous attendre à l'endroit exact où il se trouve. Puis rendez-vous sur place et décrivez-moi la situation en m'appelant à ce numéro.

Il nota quelques chiffres sur le carnet de Macron.

– C'est celui de la gendarmerie locale. Je vais me baser là-bas, coordonner les opérations entre Paris, Marseille et les Saintes-Maries. On m'a informé que ça allait prendre au moins cinquante minutes de faire venir les CRS sur place. Vous, vous pouvez être au Maset en trente minutes. Vingt-cinq, même. Empêchez Sabir et le Gitan de paniquer ou de tenter de précipiter les choses. S'il semble que la fille se trouve en danger immédiat, intervenez. Sinon, profil bas. Vous avez un pistolet ?

– Oui, monsieur.

– Prenez avec vous tous les inspecteurs que vous trouverez. S'il n'y a personne, allez-y seul. Je me chargerai de vous en envoyer.

– Oui, monsieur.

– Et… Macron ?

– Oui, monsieur ?

– Pas d'héroïsme inutile. Il y a des vies en jeu.

56

Macron était parti depuis six minutes à peine qu'une idée lumineuse lui traversa l'esprit. Une idée qui allait tout changer et qui paraissait tellement simple – et tellement logique – qu'il fut tenté d'arrêter la voiture au bord de la route pour s'offrir le temps de la considérer de plus près.

Pourquoi ne pas penser autrement, sortir des sentiers battus, pour une fois ? Prendre des initiatives ? Profiter de l'ignorance d'Œil noir quant à l'entente secrète entre Sabir et la police ? C'était la seule prise qu'ils avaient sur lui. Ne s'attendait-il pas à ne voir arriver que Sabir et Alexi pour sauver la fille ? Pourquoi, dans ce cas, ne pas se servir de cela afin de lui tendre une embuscade ?

Macron n'avait assisté qu'à une seule intervention de police de ce genre au cours de sa carrière. Il avait alors tout juste vingt ans et venait d'effectuer sa première semaine en tant que policier. Des voisins avaient téléphoné pour signaler qu'un homme menaçait sa femme d'une arme à feu. Un immeuble du XIIIe arrondissement avait été bouclé, et tous avaient totalement oublié l'existence du débutant qu'il était. Son mentor, à l'époque, était un médiateur expérimenté, que l'on avait dépêché au dernier moment pour désamorcer la situation. Macron avait demandé s'il pouvait l'accompagner en tant qu'observateur, et l'homme avait accepté, du moment qu'il n'entravait pas son action. Qu'il se tienne le plus éloigné possible.

Cinq minutes après l'intervention de la police, les négociations s'étaient interrompues. La femme avait dit quelque chose à son mari qui l'avait mis hors de lui. Il l'avait tuée, avait abattu le négociateur dans la foulée et fini par se donner la mort.

C'était la première fois que Macron voyait et comprenait la faillibilité naturelle de la machine policière, qui n'était pas meilleure que les rouages qui la composaient. Si l'un des pignons sautait une crémaillère, la machine entière s'enrayait. Et coulait plus vite que le Titanic.

Il avait bien aimé son mentor. Il avait compté sur cet homme pour le former et promouvoir sa carrière. Pour le guider au travers des méandres de son tout nouveau métier.

Après cette intervention, on l'avait oublié une deuxième fois. Pour ne pas dire abandonné. Et, là, plus de mentor. Plus de main tendue. Et voilà que le même événement se produisait aujourd'hui. Les inspecteurs marseillais allaient débouler et agir à sa place. S'entendre avec Calque et l'écarter, lui. Récolter tous les mérites qui lui revenaient.

Œil noir l'avait sérieusement blessé. Une fois, personnellement, à Montserrat, et une autre fois, professionnellement, sur la route de Millau. L'homme était assis, maintenant, tel un pigeon planqué, dans une pièce à peine éclairée, attendant de diriger les débats pour la troisième fois.

Mais Macron serait le pignon qui ferait sauter l'engrenage. Il avait une arme. Il avait pour lui l'élément de surprise. Œil noir s'était, sans le savoir, transformé en gibier. Qui saurait, dans le chaos d'une fusillade, qui l'avait réellement abattu ?

S'il tuait Œil noir, sa carrière était assurée. Il resterait à tout jamais l'homme qui avait mis un terme à l'affaire du Gitan de Paris. Le Gitan lui-même n'avait pas grande importance. Mais un vigile, c'était quelqu'un de la police – du moins lorsqu'il venait à se faire tuer. Macron imaginait déjà la jalousie de ses collègues, l'admiration de sa fiancée, le respect formulé du bout des lèvres par un père toujours distant, la revanche triomphante d'une mère opprimée, qui s'était battue bec et ongles pour le laisser quitter la boulangerie familiale et entrer à l'école de police.

Oui, le moment de vérité était arrivé pour Paul Macron.

57

Sabir se tenait, comme prévu, au bord de la route. Le lieutenant le reconnut immédiatement d'après la photo qu'il avait de lui dans son téléphone. L'Américain avait perdu du poids, dans l'intervalle, et son expression manquait de cette assurance un peu guindée qu'il montrait sur les photos affichées sur son site Internet. Ce soir, il paraissait lessivé sous l'éclairage jaune des phares de la vieille Simca garée sur le bas-côté. Le genre de visage qu'on trouvait dans les aéroports, celui d'un homme en transit permanent.

L'imbécile était même torse nu. Pourquoi l'autre voiture s'était-elle arrêtée ? Si Macron en civil était tombé sur un homme à demi nu, au bord d'une petite route déserte, la nuit, il se serait dépêché de continuer son chemin. Ou aurait appelé la police. Il n'aurait pas risqué de se faire agresser ou voler son véhicule en le prenant à bord. Les gens étaient bizarres, parfois.

Macron s'approcha de la Simca, scrutant l'obscurité à la recherche d'un piège éventuel. À ce stade, il ne fallait rien négliger et s'attendre à tout de la part d'Œil noir. Il était capable de monter une embuscade en utilisant Sabir comme appât, histoire de se procurer un otage chez les flics.

– Vous êtes seul ? Il n'y a que vous deux, ici ? Où est l'autre Gitan ?

– Vous voulez dire Alexi ? Alexi Dufontaine ? Il est blessé. Il m'attend plus loin, avec le cheval.

– Le cheval ?

– On est arrivés à cheval. Alexi, du moins, est arrivé à cheval.

Macron laissa échapper un petit sifflement puis demanda :

– Et vous, monsieur ? C'est vous qui avez prêté votre téléphone à cet homme ?

Le fermier hocha la tête.

– Oui, oui. Il était là, sur la route, agitant les bras. J'ai failli l'accrocher avec ma voiture. Il m'a dit qu'il devait appeler la police… Vous êtes de la police ? Qu'est-ce qui se passe, bon sang ?

Macron lui montra sa carte et déclara :

– Je vais entrer vos nom et adresse sur mon portable, et je vais prendre une photo de vous. Avec votre permission, bien sûr. Et vous pourrez partir. On vous contactera plus tard, s'il le faut.

– Mais qu'est-ce qui se passe ?

– Votre nom, monsieur ?

Une fois les formalités achevées, Sabir et Macron regardèrent la Simca s'éloigner pour disparaître dans l'obscurité.

L'Américain se tourna alors vers le policier.

– Le capitaine Calque, quand est-ce qu'il arrive ?

– Il ne vient pas. Il coordonne les opérations depuis la gendarmerie des Saintes-Maries. Les CRS seront là dans deux heures.

– Comment ça ? Vous m'aviez dit cinquante minutes. Vous êtes fous, ou quoi ? Œil noir tient Yola en otage, perchée debout depuis Dieu sait combien de temps sur un tabouret, avec un nœud coulant autour du cou et un sac sur la tête ! Elle doit être terrorisée… elle va tomber… merde ! Il nous faut une ambulance, et ce foutu hélicoptère que vous m'avez promis, vous m'entendez ?

– Calmez-vous, Sabir. On a un autre problème, à Marseille. Le détachement de CRS qu'on avait prévu de vous envoyer est sur une autre affaire, en ce moment. On a dû s'adresser à Montpellier. Il a fallu envoyer les autorisations, vérifier les identités. Tout ça, ça prend du temps.

Macron était surpris de voir comment les mensonges lui sortaient facilement de la bouche.

– Qu'est-ce qu'on va faire, alors ? Attendre ? Elle ne va jamais tenir le coup. Et Alexi non plus. Il va craquer et finir par se précipiter dans la maison. Et moi aussi. S'il y va, j'y vais.

– Pas question, fit Macron en tapotant sur son blouson. J'ai un pistolet. S'il le faut, je vous menotte tous les deux à ma voiture et je laisse mes collègues vous retrouver. Vous, Sabir, vous êtes toujours recherché pour meurtre. Et j'ai toutes les raisons de croire que vos petits compagnons – Dufontaine et cette fille – squattent cette maison de façon illégale. Vous savez au moins à qui elle appartient ?

Sabir ignora sa question et indiqua le semblant de chemin qui menait au Maset.

– Quand arrivent vos collègues ? Il va vous falloir traverser tout ce merdier, encercler l'endroit et vous dépêcher d'entrer en contact avec Œil noir. Plus vite vous commencerez à lui mettre la pression, mieux ce sera. Faites-lui comprendre qu'il n'a aucun intérêt à faire du mal à Yola. C'était le marché qu'on avait conclu avec votre chef.

– Mes collègues seront là dans une quinzaine de minutes. Vingt au maximum. Ils savent exactement où ils doivent aller et ce qu'ils ont à faire. Expliquez-moi la situation, Sabir. Dites-moi comment vous avez réussi à vous fourrer dans un tel guêpier. Après, on verra ce qu'on peut faire pour vous sortir de là.

58

Le plan de Macron était au point. Il était absurdement simple. Il avait repéré la maison et parfaitement saisi la situation. Une fenêtre ouvrait sur l'arrière du Maset. Il attendrait que Sabir et Alexi se montrent puis il entrerait par là, comptant sur leurs voix – et sur le fait qu'ils attireraient l'attention d'Œil noir – pour masquer le bruit de ses pas. Dès qu'il aurait l'homme dans son champ de vision, il tirerait – une balle dans l'épaule devrait suffire.

Car Macron voulait son heure de gloire dans un tribunal. Simplement tuer cet homme ne lui suffirait pas, il voulait voir ce salaud souffrir. Comme il avait lui-même souffert avec ses pieds, avec son dos, avec son cou. Et le muscle en haut des fesses, écrasé par le siège de la voiture, qui ne cessait de se rappeler à son bon souvenir, surtout lorsqu'il essayait de s'endormir.

Il voulait qu'Œil noir subisse toutes les petites humiliations de la procédure bureaucratique que lui, Macron, avait dû endurer de par sa position de jeune policier. Les multiples obstacles, les messes basses, les mortifications de toutes sortes… Il voulait voir cet homme moisir trente ans dans une cellule de trois mètres sur deux et en sortir vieilli, sans amis, sans avenir, le corps en vrille.

Sabir disait la vérité, finalement. C'était grave. La fille était à bout. Elle oscillait comme une poupée de chiffon, sous une épée de Damoclès. Elle ne tiendrait pas les vingt-cinq minutes nécessaires aux CRS pour faire atterrir un hélico à au moins un kilomètre du Maset, à cause du bruit, et se ruer ensuite sur les lieux.

C'était à lui de jouer, maintenant. Il était l'homme de la situation, le seul sur place. Une hésitation et c'était le carnage.

Macron s'accroupit à côté de Sabir et d'Alexi. Il s'assura que son pistolet était chargé, goûtant avec délice le sentiment de puissance sur les deux autres qu'il lui donnait.

– Donnez-moi trois minutes pour me positionner à l'arrière de la maison et montrez-vous. Mais ne vous placez pas dans la ligne de tir d'Œil noir. Restez près des arbres et provoquez-le. Faites-le sortir. Je le veux bien en vue dans l'encadrement de la porte.

– Si vous le voyez, vous le mettrez hors d'état de nuire ? Sans hésiter ? Ce gars est un psychopathe, vous savez. Il descendra Yola sans aucun état d'âme. Dieu seul sait ce qu'il lui a déjà fait endurer.

– Je tirerai. Je l'ai déjà fait. Ça ne sera pas la première fois. On n'est pas dans une pouponnière, à Paris. Il y a des fusillades tous les jours.

Les paroles de Macron sonnaient étrangement faux aux oreilles de Sabir, qui avait du mal à le croire. Il y avait quelque chose de fiévreux chez cet homme, qui ne le rassurait pas. Comme s'il n'était en fait qu'un civil qui avait assisté à quelques opérations de police et avait subitement décidé de jouer le rôle d'un flic juste pour s'offrir le grand frisson.

– Vous êtes sûr que le capitaine Calque est d'accord avec tout ça ?

– Je viens de l'appeler. Je lui ai expliqué qu'une attente plus longue serait fatale. Mes renforts sont encore à un bon quart d'heure d'ici, et tout peut arriver dans l'intervalle. Vous êtes avec moi ou pas ?

– Moi, je dirais qu'on y aille tout de suite, intervint Alexi en se redressant sur ses genoux. Regardez-la. Je ne supporte plus de la voir comme ça.

En l'entendant parler ainsi et devant l'urgence de la situation, Sabir décida de faire fi des doutes qui commençaient à le tarauder.

– D'accord, on va faire ce que vous dites.

– Trois minutes. Donnez-moi trois minutes.

Macron se faufila dans les fourrés, en direction du Maset.

59

À l'instant où il entendit la voix de Sabir, Bale vida l'extincteur sur les bougies et les lampes à pétrole qui entouraient Yola. Il avait repéré la bombonne en allant chercher la soupe dans la cuisine et avait aussitôt su ce qu'il allait en faire. Il ferma alors les yeux et attendit qu'ils se fassent à l'obscurité.

– Qu'est-ce que c'était ? demanda Yola, saisie de terreur. Qu'est-ce que vous avez fait ? Pourquoi est-ce qu'il n'y a plus de lumière ?

– Je suis heureux de vous voir enfin, Sabir, lança Œil noir. Cette fille se plaint de ses jambes. Vous avez les prophéties avec vous ? Si c'est non, c'est la balançoire pour elle.

– Oui, oui. On a les prophéties. Je les ai sur moi.

– Apportez-moi ça.

– Non. Relâchez d'abord la fille. Après, vous les aurez.

Bale repoussa le tabouret d'un brusque coup de pied.

– Voilà, elle se balance. Je vous avais prévenu. Vous avez trente secondes avant que sa trachée ne soit complètement écrasée. Après quoi, vous pourrez toujours essayer la trachéotomie. J'ai même un crayon à vous prêter pour lui ouvrir la gorge.

Sabir sentit plus qu'il ne vit Alexi se glisser devant lui. Cinq secondes plus tôt, il était encore à genoux à ses côtés. Et voilà qu'il courait à présent vers l'entrée du Maset.

– Alexi, non ! Il va te tuer !

Un flash de lumière étincela soudain dans la maison, éclairant, l'espace d'une fraction de seconde, la silhouette d'Alexi en train de courir. Puis ce fut de nouveau l'obscurité.

Sabir se jeta en avant. Il se moquait bien de mourir. Il devait sauver Yola. Alexi lui avait fait honte de démarrer le premier. Et, maintenant, il était peut-être mort.

Tout en courant, l'Américain extirpa le couteau de sa poche et en sortit la lame. Il y eut d'autres flashes dans le Maset. Grands dieux !

Dès qu'il perçut la voix de Sabir, Macron plongea dans l'ouverture de la fenêtre. Il comptait sur la lueur de la pièce de devant pour le guider – il n'avait pas le choix. Mais, alors qu'il avançait à tâtons dans le couloir, la lumière disparut tout à coup.

La voix de Bale résonna à gauche de la porte ouverte puis commença à se déplacer. Macron ne distinguait qu'une silhouette plus sombre, qui se dessinait dans l'encadrement de la porte contre la faible lueur de l'extérieur.

Il tira une fois. Plaise à Dieu qu'il n'ait pas atteint la fille. Le flash de lumière soudain suffit à lui montrer la barricade de chaises et de tables que Bale avait érigée face au corridor. Le lieutenant trébucha sur l'une d'elles, perdit l'équilibre et tenta un coup de pied désespéré pour se redresser. Mais tout ce qu'il parvint à faire fut de s'étaler dans l'échafaudage de bois.

Bien qu'il ait réussi à garder son pistolet à la main, il se retrouvait à présent couché sur le dos, tel un cafard en train de se débattre. Il tira au hasard par-dessus sa tête, dans l'espoir de forcer Bale à baisser la sienne jusqu'à ce qu'il puisse au moins se dégager.

Sans succès.

La dernière vision que Macron eut sur cette terre fut celle de Bale en train de s'agenouiller sur sa main armée et lui ouvrir la bouche de force pour lui glisser un canon sur la langue.

Bale s'était instantanément écarté de la fille après avoir fait valser le tabouret. La Légion lui avait appris à ne jamais rester trop longtemps au même endroit durant une fusillade. Combien de fois son instructeur lui avait-il martelé qu'il fallait bouger sans cesse sur un champ de bataille, par une série de bonds se répétant toutes les quatre secondes ? Et cela au rythme de mots précis que l'on se scandait mentalement : *Tu cours – Ils te voient – Ils visent – Tu te laisses tomber.* Une simple et vieille discipline qui vous sauvait la vie.

Le coup tiré par Macron traversa l'épaule de Bale, lui perforant au passage le trapèze, manquant de justesse l'artère sous-clavière et lui explosant la clavicule. Aussitôt, il sentit son bras gauche s'engourdir.

Il se tourna pour faire face au danger et leva devant lui sa main armée.

Un fracas subit résonna derrière lui tandis que celui qui faisait irruption dans la pièce se prenait de plein fouet l'échafaudage de chaises. Puis un second coup atterrit dans le plafond au-dessus de lui, le couvrant aussitôt de poussière blanche.

Enragé par l'adrénaline, Bale se rua sur le tireur. Il avait entraperçu la silhouette masculine au flash du coup de feu. Il savait où était sa tête. Il savait dans quel pétrin l'autre venait de se jeter en rencontrant l'édifice de chaises et de tables. Il savait ce que son pistolet allait instinctivement viser.

De son genou, il bloqua le bras armé de l'intrus, lui ouvrit la bouche avec le canon de son Redhawk et tira.

Un flic. Ce gars devait être un flic. Qui d'autre pouvait se promener avec un pistolet ?

Bale courut vers la fenêtre de derrière, son bras gauche pendant contre sa hanche. En civil… Le type était en civil. Ce n'était donc pas une attaque de police.

Il se hissa sur le rebord de la fenêtre et tomba de l'autre côté en lâchant un juron. Du sang lui dégoulinait sur la chemise. Si la balle lui avait atteint la carotide, il était fini.

Une fois dehors, il coupa sur la droite, vers le bouquet d'arbres où il avait attaché son cheval.

Il n'y avait pas d'autre issue. Aucun autre moyen de fuir.

60

Alexi soutenait Yola comme il le pouvait, supportant dans ses bras la quasi-totalité de son poids et lui évitant ainsi une mort certaine.

À l'aveuglette, Sabir passa les mains dans l'espace au-dessus de la tête de la jeune femme, jusqu'à ce que ses doigts rencontrent le lasso que Bale lui avait passé autour du cou. Il laissa ses doigts descendre lentement le long de la corde et défit le nœud qui lui enserrait la gorge. Elle lâcha un long souffle rauque, le son de la vie qui revenait après un grand traumatisme.

Où était Bale ? Et Macron ? Ils ne s'étaient tout de même pas entre-tués ? Sabir s'attendait presque à entendre siffler une quatrième balle.

Il aida Alexi à étendre Yola sur le sol. Il sentit son souffle tiède contre sa paume. Et il perçut les sanglots de douleur du Gitan.

S'allongeant auprès de Yola, Alexi lui prit la tête et la posa doucement sur sa poitrine.

Sabir se fraya alors un chemin jusqu'à la cheminée. Il se rappelait avoir vu une boîte d'allumettes sur la gauche, près de la pince à tisons. En tâtonnant, il finit par la trouver, la saisit et tendit l'oreille. Il n'y avait plus le moindre bruit dans la maison. Seuls les murmures d'Alexi brisaient le silence.

Sabir gratta une allumette, qui s'enflamma aussitôt. Il put alors scruter le reste de la pièce. Elle était vide.

Il s'approcha du tabouret tombé à terre, sécha une ou deux bougies trempées par la mousse de l'extincteur et les alluma. Des ombres se mirent à jouer sur les murs autour de lui, et il dut faire un effort surhumain pour maîtriser la panique qui le gagnait et le poussait à fuir dans l'obscurité rassurante de l'extérieur.

– Amenons-la près de la cheminée, on va lui faire un feu, dit-il à Alexi. Elle est trempée. Je vais lui chercher une couverture et des serviettes dans la première chambre que je trouverai.

Il avait une assez bonne idée de ce qu'il risquait de trouver dans le couloir. Il avait vu beaucoup de sang, près du tabouret. De grosses gouttes de sang. Comme si Œil noir s'était fait transpercer une artère. Il suivit les taches jusqu'à atteindre la barricade de chaises encerclant le corps de Macron.

Le haut de sa tête avait littéralement explosé. Un lambeau de peau lui recouvrait l'œil qui lui restait. Avec un haut-le-cœur, Sabir lui tira lentement le pistolet de la main. Puis, évitant de regarder le corps inerte et ensanglanté, il chercha le téléphone qu'il savait être dans la poche intérieure de son blouson. Il se redressa alors et continua le long du corridor. Il resta un instant à observer les traces de sang toutes fraîches qui partaient maintenant en direction de la fenêtre de derrière, passaient sur le rebord de ciment et disparaissaient à l'extérieur.

Il baissa les yeux sur l'écran du téléphone et entra dans la première chambre qu'il trouva pour y prendre quelques couvertures.

61

— Je le prends, dit Calque en tendant la main vers le pistolet de Macron.

Sabir le lui remit et répondit :

– On dirait que je vous passe une arme chaque fois qu'on se rencontre.

– Le portable, aussi.

Le capitaine empocha les deux objets et se dirigea vers le corridor. Puis il se retourna et lança :

– Quelqu'un peut appeler pour qu'on nous remette l'électricité ? Ou alors qu'on installe un générateur. On n'y voit goutte et ça m'empêche de penser.

Il demeura un instant devant le corps de Macron, promenant le faisceau de sa lampe sur ce qui restait de son visage.

Lorsque Sabir s'approcha, il lui ordonna :

– Non, ne venez pas là. C'est une scène de crime, maintenant. Je veux que vos amis restent près de la cheminée aussi. Qu'ils ne se lavent pas les mains. Qu'ils ne touchent à rien et ne piétinent rien. Vous, Sabir, venez avec moi dehors. Vous avez quelques explications à me donner.

L'Américain suivit Calque à l'extérieur, devant la porte d'entrée. Des projecteurs avaient été installés, donnant à l'endroit l'allure d'un terrain de football avant un match en soirée.

– Je suis désolé… pour votre assistant.

Calque considéra sans les voir les arbres qui les entouraient et lâcha un profond soupir. Il chercha dans sa poche une cigarette, et, comme il n'en trouvait pas, il prit un air désespéré

– comme si le manque de tabac le tourmentait davantage que la perte de son partenaire.

– C'est drôle, articula-t-il alors, je ne l'aimais pas beaucoup. Mais, maintenant qu'il est mort, je le regrette. Quoi qu'il ait pu faire – quoi qu'il ait pu être –, il était à moi, il était mon problème. Vous comprenez ?

Le visage de Calque était figé en un masque impossible à déchiffrer.

Un CRS qui passait remarqua qu'il cherchait une cigarette et lui en offrit une. À la lueur du briquet, Sabir vit un éclair de colère passer dans les yeux du capitaine – une colère qui s'effaça aussitôt. Remarquant son expression, l'homme lui jeta un regard embarrassé puis s'éloigna.

Vaguement gêné par ce qu'il allait dire, Sabir haussa les épaules comme pour en atténuer l'effet.

– Macron a fait ça de sa propre initiative, n'est-ce pas ? Vos hommes étaient là dix minutes à peine après qu'il est entré dans la maison. Il aurait dû attendre, non ? Il nous a dit qu'il leur faudrait deux heures pour arriver ; qu'ils devaient venir de Montpellier, pas de Marseille. Il mentait, n'est-ce pas ?

Calque se détourna et tira longuement sur sa cigarette.

– La fille est vivante. Mon assistant lui a sauvé la vie au prix de la sienne.

Se retournant vers Sabir, il ajouta :

– Il a blessé Œil noir, qui est à cheval, maintenant, en train de pisser le sang, dans une région délimitée par deux routes à peine fréquentées et une rivière. Dès qu'il fera jour, il sera aussi visible qu'une fourmi sur une feuille de papier. Il va se faire capturer, au sol ou par air. Le périmètre est déjà bouclé à quatre-vingt-dix pour cent. Dans une heure, on l'aura bouclé à cent pour cent.

– Je le sais bien, mais…

– Mon assistant est mort, monsieur Sabir. Il s'est sacrifié pour vous et la fille. Dès demain matin, je vais devoir annoncer son décès à sa famille. Je vais devoir leur expliquer comment c'est arrivé sous ma surveillance. Comment j'ai laissé ça arriver… Vous êtes sûr de l'avoir bien entendu ? À propos de Montpellier, je veux dire ? Et des deux heures ?

Sabir soutint un instant le regard de Calque puis regarda du côté de la maison. Le bruit distant d'une ambulance s'éleva dans la nuit comme une longue plainte.

– Vous avez raison, capitaine. C'est vrai que je suis américain. Mon français est un peu rouillé. Montpellier… Marseille… C'est un peu la même consonance pour moi.

62

— Je ne vais pas à l'hôpital, lâcha Yola avec méfiance à l'adresse de Sabir. Et Alexi non plus.

Elle ne savait pas jusqu'où elle pouvait aller avec lui – à quel point il était imprégné de son état de *gadjé*. C'était pour cela qu'elle l'avait pris à part. Mais elle se demandait maintenant si sa fierté blessée de mâle ne le rendrait pas plus difficile à convaincre.

– Comment, tu ne vas pas à l'hôpital ? Tu as failli mourir étranglée, je te rappelle. Et Alexi est tombé de son cheval pour atterrir sur une barrière métallique avant de s'écraser sur de l'asphalte. Il aurait pu avoir une hémorragie interne ou je ne sais quoi d'autre. Il vous faut à tous les deux un examen médical complet… et du repos. Dans un hôpital ; pas une caravane.

Jouant consciemment de sa féminité et de l'affection qu'elle savait que Sabir lui portait, Yola modula le ton de sa voix et déclara :

– Je connais un homme, aux Saintes-Maries… un *curandero*. Un Gitan, comme nous. Il nous examinera et nous soignera mieux qu'un docteur *gadjé*.

– Attends… c'est encore un cousin, c'est ça ? Et il soigne avec des plantes, non ?

– C'est le cousin de mon père, oui. Et il soigne avec plus que des plantes : avec le *cacipen*. Il utilise la science de la guérison qui lui a été transmise en rêve.

– Oh, dans ce cas, tout va bien, conclut Sabir non sans sarcasme.

Il regarda une femme vêtue d'une combinaison blanche qui photographiait l'intérieur du Maset, puis ajouta :

– Alors, si j'ai bien compris, tu veux que je convainque Calque de te laisser entre les mains de cet homme. Pour sauver Alexi des chirurgiens, c'est ça ?

– Tu n'as pas encore parlé de Gavril aux policiers, n'est-ce pas ?

Sabir rougit.

– Je croyais qu'Alexi était malade. Je ne savais pas qu'il t'avait déjà mise au courant.

– Alexi me dit tout.

Il porta son regard sur les hommes qui s'affairaient autour de la maison et observa :

– Oui, eh bien je crois que Calque a largement de quoi s'occuper pour l'instant. Gavril, ça peut attendre. Il n'ira nulle part, de toute façon.

– Damo, le capitaine va vite te reprocher de ne lui avoir rien dit, tu le sais très bien. Et il fera des reproches à Alexi également quand il saura que c'est lui qui a découvert le corps.

– Et comment le saurait-il ? Il n'y a que nous trois au courant. Et je suis sûr qu'Alexi n'ira pas le dire à la police. Tu connais son amour pour les flics.

Se plantant fermement devant lui, Yola lui déclara tout à trac :

– Tu ne lui as rien dit parce que tu veux d'abord récupérer les prophéties.

– Et qu'est-ce qu'il y a de mal à ça ? rétorqua-t-il sur le ton de la vertu outragée. Ce serait de la folie de les abandonner… au point où on en est.

– Quand même, Damo, tu dois parler au capitaine. Maintenant. Gavril a une mère qui est toujours vivante. Une gentille femme. Ce n'est pas sa faute si son fils n'était pas quelqu'un de bien. Quoi qu'il ait pu faire, il ne doit pas rester comme ça, sans personne pour le pleurer, comme un animal.

Les Manouches croient que la mort d'un homme annule ses mauvaises actions. Pour nous, l'enfer n'existe pas pour les âmes des morts. Gavril était l'un des nôtres, ce ne serait pas bien de le laisser comme ça. Fais-le, Damo, et j'irai moi-même chercher ces prophéties. En secret. Pendant que le policier sera occupé avec toi et Alexi.

Sabir rejeta la tête en arrière et leva les yeux au ciel.

– Tu es folle, Yola ! Œil noir se balade encore dans le coin. Comment peux-tu ne serait-ce que penser à faire une chose pareille ?

La jeune femme s'approcha encore de lui, si bien qu'il lui était impossible de l'ignorer, de faire semblant de regarder ailleurs.

– Je le connais bien, maintenant, Damo. Œil noir m'a révélé des choses personnelles qui en disent long sur lui. Je peux le combattre. En allant chercher ces prophéties, j'emporterai avec moi un secret qui a été transmis au *curandero* il y a plusieurs mères de ça, par Lilith, une femme serpent, quand elle a donné aux élus de notre famille le don de double vue.

– Pour l'amour du Ciel, Yola ! C'est la mort qui anéantira Œil noir, pas le don de double vue.

– Et c'est justement la mort que j'emporterai avec moi.

63

Attaché à un arbre, le cheval tressaillit en reniflant l'odeur du sang. À l'approche de Bale, il rejeta violemment la tête en arrière et se mit à tirer au renard. Les rênes qui le retenaient se brisèrent dans un claquement sec, il fit un brusque demi-tour sur ses hanches, ses jambes fléchirent un instant sous lui comme s'il hésitait sur la direction à prendre, puis il se lança dans un galop effréné vers la route.

Bale jeta un regard vers la maison. L'indicible douleur qu'il ressentait à la nuque et au bras effaçait les bruits de la nuit. Il se vidait de son sang. Sans le cheval, il savait qu'il serait pris en moins d'une heure. Ils pouvaient survenir d'un instant à l'autre, maintenant, avec leurs hélicoptères, leurs lampes torches, leurs lunettes à infrarouge. Ils allaient le salir. Le souiller avec leurs doigts et leurs mains.

Se collant le bras contre le flanc pour éviter qu'il se balance, Bale fit la seule chose qui lui était encore possible.

Il retourna sur ses pas en direction du Maset.

64

Sabir regarda la voiture de police emmener Yola et Alexi. C'était un marché qu'il avait conclu à contrecœur avec Calque. Des mots tels que « rat » et « piège » continuaient de s'interposer entre lui et la satisfaction qu'il aurait pu en tirer.

Le seul avantage qu'il avait eu face à la colère noire qui avait saisi le capitaine lorsqu'il avait appris ce qui était arrivé à Gavril était son accord tacite de ne rien révéler de l'impétuosité criminelle de Macron.

Grâce à cela, il restait utile au policier et se réservait un minimum de liberté de mouvement. Si Yola faisait ce qu'elle avait promis, ils garderaient une petite avance. Si les gouttes de sang, dans le salon du Maset, devaient mener quelque part, il ne se passerait sans doute plus beaucoup de temps avant que la police française ne mette la main sur Œil noir et, soit le tue, soit le mette sous les verrous.

– Grimpez dans la voiture, ordonna Calque à Sabir.

Il obtempéra et s'assit aux côtés d'un CRS vêtu d'un gilet pare-balles. Il lui sourit, mais l'homme refusa de lui répondre. Ils se rendaient sur une scène de crime ; l'instant était grave.

Sabir se prit à songer que, étonnamment, il était encore considéré comme suspect aux yeux de tous. Responsable de la mort violente d'un collègue, même s'il n'était pas le meurtrier.

Calque s'installa à l'avant de la voiture et déclara :

– Dites-moi si j'ai bien compris : le corps de La Roupie se trouve devant une cabane de gardian, à vingt minutes au nord du ferry, juste avant d'arriver au Panperdu. C'est bien ce que vous m'avez dit ? C'est là que vous êtes tombé sur lui, alors que vous étiez parti à la recherche du Gitan Dufontaine ?

– Alexi Dufontaine, oui.

– Vous avez un problème avec le mot « gitan » ?

– Utilisé comme ça, oui.

Calque devait reconnaître que Sabir avait raison en un sens mais se garda bien de l'admettre devant lui.

– Vous êtes loyal envers vos amis, n'est-ce pas, monsieur Sabir ?

– Ils m'ont sauvé la vie. Ils ont cru en moi, à la différence de tout le monde. Je suis loyal avec eux ? Oui. Ça vous surprend ?

Calque, cette fois, se retourna sur son siège.

– Si je vous demande ça, c'est que j'ai du mal à faire concorder ce que vous venez de me dire quant à la découverte du corps de La Roupie avec le fait que vous avez déclaré clairement, quand je vous ai interrogé un peu plus tôt, que vous étiez parti chercher Dufontaine à pied. Les distances que ça implique me paraissent tout à fait irréalistes.

Il fit signe au conducteur, qui démarra et s'engagea sur le chemin poussiéreux.

– Jetez un coup d'œil sur cette carte, voulez-vous ? Je suis sûr que vous me donnerez raison.

Sabir prit la carte en gardant une expression parfaitement neutre.

– Vous verrez, signalée dessus, la seule cabane dont il est possible que vous parliez. Je l'ai entourée d'un cercle rouge. Ici. Vous la voyez ? On est d'accord sur l'endroit ?

Le CRS qui ne voulait pas sourire tendit le bras et alluma le plafonnier.

Sabir étudia un instant la carte puis répondit :

– Oui. On dirait bien que c'est celle-là.

– Vous êtes un sprinter olympique, monsieur ?

Sabir éteignit lui-même la lampe et lâcha :

– S'il vous plaît, capitaine, sortez-moi une bonne fois ce que vous avez sur le cœur. Cette atmosphère est… mortelle.

Calque récupéra la carte et fit signe au conducteur qui mit la sirène en marche.

– Je n'ai qu'une chose à vous dire, monsieur Sabir. Si Dufontaine joue les filles de l'air avant que j'aie l'occasion de l'interroger et de recueillir sa déposition, c'est vous et la fille que je mettrai à sa place en garde à vue – en tant que complices dans la préparation du crime – aussi longtemps que je le jugerai nécessaire. Vous me comprenez ? Ou dois-je donner l'ordre par radio à celui qui conduit vos deux Gitans chez le *curandero* des Saintes-Maries de faire demi-tour pour aller directement au poste ?

65

Trois minutes après avoir tiré son dernier coup de feu, Bale était de retour au Maset. Il se glissa dans la maison par la fenêtre de derrière. Pour l'instant tout allait bien. Il n'y aurait pas de nouvelles traces de sang pour le trahir car il s'efforçait tout simplement de repasser sur les siennes.

Cependant, à partir d'ici, il devait se montrer très prudent. La cavalerie pouvait arriver d'un instant à l'autre, et l'endroit redeviendrait un champ de bataille. Il devait trouver quelque part où s'allonger et soigner son épaule avant qu'ils n'arrivent. S'il se faisait prendre à l'extérieur, aux premières lueurs de l'aube, il n'aurait plus qu'à jouer ses dernières cartes.

Le bras bloqué contre lui, Bale entra dans l'une des chambres du rez-de-chaussée. Il allait ôter le couvre-lit quand il perçut un bruit de pas dans le corridor.

Il jeta autour de lui un regard fiévreux. Ses yeux avaient eu le temps de se faire à l'obscurité ambiante et il parvint à distinguer le contour de chacun des meubles de la pièce. Pas un instant il ne fut tenté de tendre une embuscade à celui qui approchait. Le principal était d'éviter la police. Le reste viendrait plus tard.

Il se cacha derrière la porte ouverte et la tira fermement contre lui. Un homme pénétra dans la chambre immédiatement après lui. C'était Sabir. Les sens en alerte, Bale parvint presque à le sentir.

Il entendit des bruissements de tissu. Sabir était-il en train de prendre des couvertures sur le lit ? Oui. Pour couvrir la fille, bien sûr.

Et maintenant, il ouvrait un téléphone. Bale reconnut le timbre particulier de l'Américain. Le français tranquille où l'on percevait une pointe d'accent d'outre-Atlantique. Sabir parlait à un policier. Il lui expliquait ce qu'il pensait être arrivé, le meurtre qui avait eu lieu.

Quelqu'un appelé « Œil noir » était apparemment en fuite. *Œil noir*, se répéta Bale en souriant. Oui, cela avait un sens, même s'ils étaient à côté de la plaque… et cela lui confirmait au moins que la police ne connaissait pas encore son nom. Ce qui signifiait aussi que la maison de Madame, sa mère, représentait toujours un endroit sûr où trouver refuge. Le seul problème était d'arriver là-bas.

Sabir retourna vers la porte derrière laquelle se cachait Bale. L'espace d'une seconde, celui-ci fut tenté de lui rabattre violemment le battant sur le visage. Même avec un seul bras, il faisait encore largement le poids face à l'Américain.

Mais sa perte de sang l'avait affaibli. Et l'autre Gitan était toujours là – celui qui avait fait irruption dans la maison juste après qu'il avait envoyé valser le tabouret sous la fille. Il fallait avoir les couilles pour ça. Si le flic en civil ne lui avait pas troué la base de la nuque, Bale aurait intercepté le Gitan vingt mètres avant qu'il atteigne sa cible. Ce type devait avoir un putain d'ange gardien.

Bale attendit que les bruits de pas de Sabir diminuent dans le couloir – il y eut l'hésitation prévisible devant le corps du policier, puis la manœuvre autour de l'assemblage de chaises. Sabir devait essayer d'éviter de marcher dans les flaques de sang. C'était un gringo, après tout. Bien trop impressionnable.

Respirant à peine, Bale se glissa à son tour dans le corridor.

Dans le salon, il montait une lueur rouge à mesure que le feu prenait. À présent, Sabir allumait d'autres bougies. Très bien. Personne ne remarquerait Bale en dehors de la zone éclairée.

Gardant le dos contre le mur, il s'avança vers l'escalier puis se baissa pour en effleurer les marches. Parfait. Elles étaient en pierre et ne laisseraient donc pas entendre de craquements.

Une goutte de sang tomba à ses pieds. Il se baissa de nouveau et la nettoya du revers de sa manche. Il fallait faire vite car n'importe quel imbécile pourrait suivre sa trace s'il laissait des traînées de sang.

Arrivé en haut de l'escalier, il estima être assez en sécurité pour allumer sa lampe de poche. Rabattant le faisceau de ses doigts, il en balaya le corridor puis remonta vers le plafond. Il cherchait un grenier ou un espace sous le toit.

Rien. Il continua dans la première chambre. Remplie de bric-à-brac. Quand donc cette maison avait-elle été habitée ?

Il essaya une nouvelle fois le plafond. Toujours rien.

Deux chambres plus loin, il trouva ce qu'il cherchait. Une entrée dans le grenier, qui consistait en un simple trou recouvert d'une planche. Une trappe… Mais pas d'échelle.

Bale promena le faisceau de sa lampe dans la pièce. Une chaise. Une commode. Une table. Un lit, sur lequel gisait un pauvre couvre-lit mangé par les mites. Cela ferait l'affaire.

Il plaça la chaise sous l'ouverture, fixa le couvre-lit autour du dossier puis en passa l'autre extrémité sous sa ceinture.

Il testa la solidité de la chaise. Elle tiendrait.

Il se hissa alors dessus et, de son bras valide, saisit la planche. De la sueur lui dégoulinait du front. L'espace d'une seconde, il se sentit partir et se vit même en train de tomber, mais refusa aussitôt cette éventualité. Il laissa retomber son bras et souffla longuement, à plusieurs reprises, jusqu'à se sentir à nouveau dans son état normal.

Il comprit à cet instant qu'il devrait agir d'un seul coup, dans un seul effort, sinon ses forces le quitteraient et il ne pourrait jamais atteindre son but.

Il ferma les yeux et, de nouveau, régula sa respiration. Il commença d'abord par dire à son corps que tout allait bien. Que les traumatismes qu'il avait subis n'étaient rien. Que cela ne valait pas la peine de les compenser par de la faiblesse.

Lorsqu'il sentit le rythme de son cœur revenir à la normale, il fit glisser la planche de côté et, de son bras valide, saisit le bord de l'ouverture. Prenant appui sur la chaise, il se balança vers le haut en s'efforçant de reporter le maximum de son poids sur ce même bras. Il n'aurait qu'une chance, il le savait. Il avait donc tout intérêt à réussir.

Tout en se hissant, Bale balança une jambe, puis l'autre, dans l'espace vide. Durant un instant, il resta ainsi en équilibre, son bras blessé pendant sous lui, ses jambes et la moitié de son corps avalés par le trou au-dessus de lui. Alors, donnant un violent coup de reins, il parvint à ramener la cuisse jusque sur le plancher du grenier.

Il était maintenant à demi suspendu entre deux étages, le couvre-lit pendant de sa ceinture et toujours attaché à la chaise. D'un nouveau coup de reins, il réussit à se hisser complètement à l'intérieur, roula sur le ventre, se traîna sur quelques centimètres et s'abandonna enfin sur la surface de bois, non sans lâcher un juron silencieux à travers ses dents serrées.

Lorsqu'il eut repris le total contrôle de lui-même, Bale ôta de sa ceinture le coin du couvre-lit et tira la chaise à lui.

Durant un instant de panique, il crut avoir mal estimé la taille de l'ouverture, et se dit que la chaise ne passerait jamais. Mais il parvint à la hisser à ses côtés, hors de vue de celui qui oserait s'aventurer dans la pièce après lui.

Il alluma sa torche pour vérifier qu'il n'avait pas laissé de sang derrière lui. Rien. Il n'y en avait que sur la chaise. Au matin, toutes les autres taches éventuelles auraient séché et seraient quasiment indécelables sur la crasse qui recouvrait le parquet.

Bale fit glisser la planche sur l'ouverture, détacha le couvre-lit de la chaise et s'effondra.

66

Il se réveilla, taraudé par une douleur insoutenable à l'épaule gauche. La lumière du jour s'était frayé un passage par les multiples interstices du toit, et un rayon qui se faufilait par une tuile manquante lui inondait le visage.

De l'extérieur de la maison lui parvenaient des voix – des cris, des ordres… – et des bruits divers. On hissait de lourdes charges, on démarrait des moteurs.

Bale s'éloigna de la lumière en rampant et en traînant le couvre-lit derrière lui. Il allait devoir s'occuper de son épaule. La douleur de sa clavicule fracassée devenait intolérable, et il ne voulait pas perdre conscience de peur de crier dans son délire, ce qui alerterait la police juste en dessous.

Il se trouva un coin isolé, loin des boîtes et du bric-à-brac qu'il risquerait de bousculer ou de faire tomber. Le moindre bruit, la moindre chute inattendue, et l'ennemi le retrouverait.

Avec le couvre-lit, il se fabriqua une sorte d'écharpe, qu'il se fit passer sous l'aisselle avant de la nouer derrière les omoplates. Ensuite, il s'allongea à plat sur le plancher, les jambes tendues, les bras le long du corps.

Lentement, il prit de longues inspirations, de plus en plus profondes, se répétant à chaque fois : « Dors, dors, dors. » Une fois qu'il eut atteint un rythme satisfaisant, il ouvrit les yeux et les écarquilla au maximum pour les rouler vers l'arrière, bien au-delà de son front. Puis, une fois qu'il les eut fixés dans cette position, il amplifia sa respiration tout en maintenant le rythme de sa mélopée d'endormissement.

Quand il se sentit en état préhypnotique, il commença l'autosuggestion. Il se donna des ordres, comme : « Dans trente respirations, tu vas t'endormir », suivi par « Dans trente respirations, tu vas faire exactement ce que je te dis » et, plus tard encore, « Dans trente respirations, tu ne sentiras plus aucune douleur », et enfin « Dans trente respirations, ta clavicule va commencer à se guérir d'elle-même et tu retrouveras tes forces. »

Bale était conscient des lacunes potentielles de l'autohypnose. Mais il savait aussi que c'était la seule façon qu'il avait de remettre son corps en état de fonctionner presque normalement.

S'il devait rester dans ce grenier, sans nourriture ni aide médicale, durant un jour ou deux, le temps que la police achève ses recherches, il lui faudrait concentrer toutes ses ressources sur les énergies essentielles.

Il ne possédait rien d'autre que ce qu'il portait sur lui. D'heure en heure, il s'affaiblirait, risquant l'infection.

67

Le corps de Gavril reposait à l'endroit exact indiqué par Alexi. Sabir jeta un coup d'œil rapide vers les bois – oui, il y voyait bien le cyprès solitaire que lui avait décrit Alexi. Mais pour le moment, il aurait tout aussi bien pu se trouver sur Mars. Cela ne lui servait à rien.

Calque semblait prendre un malin plaisir à retourner le couteau dans la plaie de Sabir.

– C'est bien là que ça s'est passé, hier après-midi ?

Pour lui échapper, Sabir se demanda s'il pourrait éventuellement feindre d'aller se soulager. Mais, vu les circonstances, une balade de cinquante mètres vers les bois aurait paru suspecte.

Quand il devint évident que Sabir ne répondrait pas à ses questions, Calque tenta une approche différente.

– Vous pouvez me rappeler comment Dufontaine a perdu les prophéties ?

– En échappant à Œil noir. Sur le bac. Il les a perdues dans l'eau. Vous pouvez faire confirmer son histoire par le pilote et le receveur.

– Oh, faites-moi confiance, monsieur Sabir, je n'y manquerai pas.

Son ton était sec. Sans doute lui en voulait-il d'avoir rompu leur accord… et pour la mort de son assistant.

– Vous ne semblez pas vraiment déçu de la disparition des prophéties. Si j'étais écrivain, je serais furieux contre mon ami d'avoir perdu une telle mine d'or potentielle.

Sabir haussa les épaules, comme si la perte de quelques millions n'était qu'un incident mineur.

– Si vous le permettez, capitaine, j'aimerais retourner aux Saintes-Maries pour voir comment vont mes amis. Dormir un peu ne me ferait pas de mal non plus.

Calque fit semblant d'évaluer les requêtes de Sabir. En réalité, il avait déjà décidé de la stratégie à adopter.

– Le sergent Spola repartira avec vous et gardera l'œil en permanence sur vous et Dufontaine. Je n'en ai pas encore fini avec vous deux.

– Et Mlle Samana ?

Il fit une grimace.

– Elle peut vivre sa vie. À dire vrai, j'aimerais la surveiller, elle aussi. Malheureusement, je n'ai aucun motif pour le faire. Mais je pourrais en trouver un, si vous et Dufontaine deviez donner du fil à retordre à mon subordonné. Il faut tout de même qu'elle reste dans les alentours de la ville. Suis-je assez clair ?

– Parfaitement clair.

– On a donc un accord ?

– Absolument.

Calque lança un regard entendu à Sabir, puis se tourna vers Spola.

– Raccompagnez M. Sabir en ville. Puis trouvez Dufontaine. Restez avec eux. Ne perdez ni l'un ni l'autre de vue ne serait-ce qu'une seule seconde. S'il y en a un qui veut aller aux toilettes, ils y vont tous les deux. Et vous restez posté à côté, sans lâcher leur main libre. Vous m'avez compris ?

– Oui, monsieur.

Calque fronça les sourcils. Quelque chose continuait à le chiffonner quant au rôle que Sabir avait pu jouer, mais il était incapable de mettre le doigt dessus. Toutefois, avec Œil noir toujours en liberté, ce léger doute pouvait attendre. Vingt minutes plus tôt, on avait retrouvé le cheval du meurtrier à moins de cinq kilomètres de la route de Port-Saint-Louis, couvert d'écume. Œil noir avait-il pu s'échapper aussi facilement ? Avec la balle de Macron toujours dans le corps ?

Calque demanda son téléphone portable à l'un de ses hommes puis composa un numéro en suivant des yeux Sabir qui s'éloignait. L'Américain ne lui avait pas tout dit, c'était évident. Mais pourquoi ? Dans quel but ? Personne ne l'accusait de quoi que ce soit. Et il n'avait pas l'air d'être le genre de type à se laisser consumer par des envies de vengeance.

– Qui a trouvé le cheval ?

Calque pencha la tête en avant, vers la terre, comme si un tel mouvement allait améliorer la réception des ondes, rapprochant le portable de son cousin filaire, bien plus efficace.

– Bon, alors, passez-le-moi !

Il attendit en se régalant du paysage baigné des premières lueurs de l'aube.

– Michelot ? C'est vous ? Je veux que vous me décriviez l'état du cheval. Avec exactitude. Y avait-il du sang sur ses flancs ? Ou sur la selle ?

Il émit un léger sifflement, puis continua :

– Vous n'avez rien remarqué d'autre ? Rien du tout ? Les rênes, par exemple ? Vous dites qu'elles étaient cassées ? Est-ce qu'elles auraient pu être piétinées par le cheval une fois qu'il a été abandonné ?

Il marqua une pause.

– Comment ça, « c'est impossible à dire » ? C'est simple, pourtant ! Si elles sont cassées à l'extrémité, c'est que le cheval a pu les piétiner ; si c'est près de la tête ou du mors, à un endroit usé, c'est sans doute parce que le cheval s'est sauvé, et dans ce cas ce bâtard d'Œil noir est encore dans nos filets. Vous avez vérifié ça ? Non ? Alors, allez-y tout de suite. Et que ça saute !

68

Le sergent Spola n'était encore jamais monté dans une caravane de Gitan. Même si celle-ci était mécanisée, il regarda soigneusement autour de lui, comme s'il était entré par hasard dans un vaisseau spatial extraterrestre, en route pour une planète où l'on allait faire subir à sa petite personne des expériences très intimes.

Alexi était allongé sur le grand lit, la chemise ouverte. Penché sur lui, le *curandero* psalmodiait, une poignée de brindilles allumées à la main. La pièce était envahie par une odeur de sauge et de romarin brûlé.

Spola plissa les yeux pour se protéger de la fumée âcre.

– Qu'est-ce qu'il fait ?

Yola, assise sur une chaise à côté du lit, posa un doigt sur ses lèvres.

Spola eut la bonne grâce de s'excuser d'un mouvement d'épaules avant de ressortir.

Sabir s'accroupit aux pieds de la jeune femme. Il l'interrogea du regard, mais elle ne se concentrait que sur Alexi. Sans se tourner vers lui, d'un geste de la main, elle lui fit comprendre qu'elle travaillait avec le *curandero.* Par télépathie ?

Il décida de la laisser continuer, mais Alexi avait l'air bien mal en point. Une fois ce charabia terminé, il tenterait par tous les moyens de la persuader de le faire soigner à l'hôpital.

Le guérisseur posa les brindilles sur une assiette, prit la tête d'Alexi entre ses mains et resta silencieux, les yeux clos, dans une attitude de concentration intense.

Sabir, qui n'avait pas l'habitude d'être accroupi, commençait à sentir ses cuisses se crisper, mais il n'osa pas bouger, de peur d'interrompre la transe du *curandero.* Il se tourna vers Yola, espérant un signe de sa part, mais elle continuait de fixer le patient et son soigneur.

Pour finir, Sabir se laissa glisser sur le sol, le dos contre la paroi, de façon à étendre ses jambes sous le lit. Personne ne le remarqua, et il recommença à respirer plus librement. C'est alors qu'une crampe le saisit.

S'agrippant la cuisse à deux mains, il la serra de toutes ses forces. Il avait envie de hurler de douleur mais n'osa pas déranger le rituel qui se déroulait sous ses yeux. Une grimace de souffrance lui nouait les mâchoires. C'était insoutenable.

Faisant fi de ce que pouvaient penser les autres, il se retourna sur le ventre et rampa comme une limace, sa jambe endolorie à la traîne, vers la porte derrière laquelle devait toujours attendre le sergent Spola.

– Je suis désolé. Je ne voulais pas interrompre votre rituel. J'ai seulement été pris d'une crampe atroce.

Yola s'assit à côté de lui et se mit à lui masser la jambe. Sabir était maintenant tellement imprégné des coutumes gitanes qu'il regarda autour de lui d'un air coupable. L'une des amies de Yola pourrait les voir et être choquée de ce contact avec un *gadjé.*

– Ne t'en fais pas. Le *curandero* est très content. Tu as retiré une grande partie de la douleur d'Alexi.

– J'ai retiré la douleur d'Alexi ? Tu plaisantes ?

– Pas du tout. Sous les mains du *curandero*, elle s'est transférée sur toi. Tu dois te sentir très proche d'Alexi. Je pensais qu'elle se transférerait sur moi, plutôt.

Sabir avait encore bien trop mal pour envisager de rire.

– Combien de temps dure cette douleur transférée ?

– Oh, seulement quelques minutes. Tu es un…

– OK, j'ai compris. Un canal, c'est ça ? Un canal qui sert à envoyer la douleur d'un endroit vers un autre ?

– Euh… oui, c'est un peu ça. Tu es un canal. Si la douleur ne trouve aucun autre support, elle reste fixée sur Alexi. C'est pour ça que je suis venue l'aider. Pour détourner la douleur. Mais elle ne m'a pas trouvée et, si elle était retournée sur Alexi, elle aurait été tellement violente qu'il aurait pu en mourir. Le *curandero* est très content de toi.

– Oh, c'est trop gentil de sa part !

– Non, ne ris pas, Damo. Le *curandero* est un homme sage. C'est mon professeur. D'ailleurs, il dit que toi aussi, tu pourrais être un *curandero.* Un chamane. Tu en as la capacité en toi. Tu manques seulement de volonté.

– Et je ne pige pas un traître mot de ce qu'il raconte.

Yola sourit. Elle commençait à comprendre sa réserve de *gadjé* et lui en tenait moins rigueur.

– Quand il aura fini avec Alexi, il veut te voir pour te remettre quelque chose.

– Me remettre quelque chose ?

– Oui. Je lui ai expliqué ce qui s'est passé avec Œil noir, et il est très inquiet pour nous deux. Il a retiré le mal qu'Œil noir a laissé en moi. Il m'en a lavée.

– Quoi ? De la même manière qu'il lavait Alexi ?

– Oui. Les Espagnols appellent cela *una limpia* – un lavage. Nous n'avons pas vraiment de mot pour cela, puisque aucun Gitan ne peut être purifié de son propre mal. Mais le mal qui a été introduit en nous par quelqu'un d'autre peut être ôté.

– Et Œil noir a introduit le mal en toi ?

– Non. Mais son mal à lui était si puissant que son lien avec moi – la relation qui s'est forgée entre nous pendant que je me tenais debout sur le tabouret en attendant d'être pendue – était suffisant pour que je sois souillée.

Sabir secouait la tête, incrédule.

– Écoute, Damo. À ce moment-là, Œil noir me lisait une histoire. L'histoire d'une femme torturée par l'Inquisition. C'était atroce à écouter. Le mal s'est déposé sur moi comme de la poussière. Je le sentais passer à travers le sac qui me recouvrait la tête et venir se poser sur mes épaules. Je le sentais ronger mon âme et la couvrir de noirceur. Si j'étais morte immédiatement après avoir entendu cette histoire, comme l'avait prévu Œil noir, ma *lacha* aurait été ternie et mon âme aurait été souillée aux yeux de Dieu.

– Yola, comment quelqu'un d'autre peut-il te faire une chose pareille ? Ton âme t'appartient.

– Oh, non, Damo. Non. Personne ne possède son âme. Elle appartient à Dieu. Et nous la lui rendons quand nous mourons, et la lui offrons en sacrifice. Puis nous sommes jugés sur la force de cette âme. C'est pour ça que le *curandero* devait me nettoyer. Dieu agit par son biais, sans que le *curandero* sache comment et pourquoi cela se fait, ni pourquoi il a été choisi. Tout comme Dieu a agi à travers Nostradamus, qui a pu voir des choses que les autres hommes ne pouvaient pas voir. Il est arrivé la même chose avec ta crampe. Dieu a choisi de retirer la douleur d'Alexi. Il va se sentir mieux, maintenant. Tu n'as plus besoin de t'inquiéter.

Sabir la suivit des yeux tandis qu'elle retournait vers la caravane.

Un jour, certainement, il comprendrait tout cela. Un jour, il atteindrait de nouveau la simplicité qu'il avait perdue durant l'enfance. La simplicité que ces gens qu'il appréciait semblaient brandir face à chaque difficulté que la vie mettait sur leur chemin.

69

Le *curandero* voyageait encore dans une roulotte tirée par un cheval. Il avait établi son camp dans une écurie, à environ deux kilomètres de la sortie de la ville, sur la rive droite de l'étang des Launes. Dans le corral, sa monture dessinait comme une balafre brune sur le blanc dominant des chevaux camarguais.

Lorsque Sabir s'approcha, le guérisseur lui montra le sol au pied des marches menant à sa porte. Yola était déjà accroupie là, le visage tourné vers lui, en attente.

Sabir secoua vigoureusement la tête tout en gardant un œil braqué sur Spola qui rôdait autour de sa voiture, au bord de la route.

– Pas question que je m'accroupisse où que ce soit ! Croyez-moi, je n'ai jamais eu de crampe comme ça de ma vie. Et je ne veux plus recommencer.

Le *curandero* sourit d'un air hésitant, comme s'il ne comprenait pas le jargon de Sabir. Puis il disparut dans sa roulotte.

– Il comprend le français, non ? chuchota Sabir.

– Il parle le sinto, le calo, l'espagnol et le rom. Le français n'est que sa cinquième langue.

Yola semblait gênée, comme si discuter les capacités de compréhension du guérisseur était hors de propos.

– Comment s'appelle-t-il ?

– On ne prononce jamais son nom. Les gens l'appellent simplement *curandero*. En devenant chamane, il a perdu son nom, sa famille et tout ce qui le liait à la tribu.

– Tu ne m'avais pas dit que c'était le cousin de ton père, pourtant ?

– C'est le cousin de mon père. Il l'était avant de devenir chamane. Et mon père est mort. Il est donc toujours le cousin de mon père. Avant, ils l'appelaient Alfego. Alfego Zenavir. Maintenant, il est simplement le *curandero.*

Sabir fut tiré de sa perplexité par le retour du guérisseur brandissant un tabouret.

– Assis. Assis dessus. Pas de crampe. Ha, ha !

Sabir considéra le tabouret d'un air dubitatif.

– Oui, pas de crampe. Crampe mauvaise chose.

– Mauvaise chose ? Non. Bonne chose. Vous avez pris douleur d'Alexi. Très bien. Crampe ne vous fait pas de mal. Vous jeune. Bientôt fini.

– Bientôt fini, oui.

Sabir ne semblait pas convaincu. Il s'installa en tendant la jambe devant lui comme un malade de la goutte.

– Vous, déjà marié ?

Ne comprenant pas vraiment où le sage voulait en venir, il lança un regard vers Yola. Mais la jeune femme lui faisait de nouveau le coup de la grande concentration, refusant de manière flagrante de remarquer ses tentatives pour attirer son attention.

– Non. Pas marié.

– Bien. Bien. Ça, bien. Un chamane doit pas se marier.

– Mais je ne suis pas un chamane.

– Pas encore. Pas encore. Ho, ho.

Sabir commençait à se demander si le *curandero* ne travaillait pas un peu du chapeau – mais l'expression grave du visage de Yola le fit changer d'avis.

Après un bref moment de prière, le sage tira une amulette de la poche de sa chemise et l'attacha autour du cou de Yola. Il toucha la raie de ses cheveux du bout du doigt et lui adressa quelques mots en sinto.

Puis le *curandero* se tourna vers Sabir. Après une autre pause pour la prière, il tira une seconde amulette de sa poche, l'attacha au cou de l'Américain et lui prit la tête entre les mains. Très vite, Sabir sentit ses paupières se fermer et une obscurité plutôt réconfortante l'entourer.

Sans effort apparent, il se retrouva soudain en train de regarder l'arrière de ses propres yeux. Dans un premier temps, l'obscurité prit une nuance rosâtre, comme de l'eau mélangée à du sang. Puis un petit visage sembla se former très loin de lui, avant de commencer à lentement s'approcher, devenant de plus en plus précis, jusqu'à ce que Sabir reconnaisse ses propres traits. Le visage continua de s'approcher, traversa la tête de Sabir et poursuivit son chemin derrière lui.

Le *curandero* s'écarta alors et hocha la tête avec satisfaction.

Sabir écarquilla les yeux. Il fut tenté un instant de s'étirer, comme un cormoran étendant ses ailes pour les sécher. Cependant, pour une raison inconnue, il éprouva une espèce de timidité devant le *curandero* et dut se contenter d'une série de petits mouvements circulaires des épaules.

– J'ai vu mon propre visage s'approcher de moi. Puis il a carrément eu l'air de me traverser. C'est normal ?

Le guérisseur hocha de nouveau la tête, comme si les paroles de Sabir ne le surprenaient pas. Mais il ne semblait pas d'humeur à parler.

Sabir désigna l'amulette reposant juste au-dessus de son sternum.

– Qu'est-ce que c'est ?

– La fille de Samana vous dira. Je suis fatigué. Je vais dormir.

Le *curandero* leva la main en guise d'adieu et se courba en avant pour pénétrer dans sa roulotte.

Sabir se tourna vers Yola pour voir quel effet le comportement étrange du *curandero* avait eu sur elle. À son grand étonnement, elle pleurait.

– Qu'est-ce qu'il y a ? Qu'est-ce qu'il t'a dit ?

Yola secoua la tête et s'essuya les yeux avec les mains, comme une enfant.

– Allez, dis-le-moi. Je suis complètement paumé, là. Tu as dû t'en rendre compte.

Elle soupira et prit une profonde inspiration.

– Le *curandero* m'a dit que je ne serai jamais une *shamanka.* Que Dieu a choisi une autre voie pour moi – une voie plus difficile à accepter, qui demande beaucoup d'humilité, et sans certitude de réussite. Que je ne devais en aucun cas remettre en question cette voie. Que je devais simplement la suivre.

– Qu'est-ce qu'il en sait ? Pourquoi te dirait-il une chose pareille ? Qu'est-ce qui lui en donne le droit ?

Yola le dévisagea d'un air choqué.

– Oh, le *curandero* sait. Dans ses rêves, il est emporté par un esprit animal. On lui montre beaucoup de choses. Il ne peut pas influencer les événements, mais seulement préparer les gens à les accepter. C'est sa fonction.

Sabir cacha sa stupéfaction avec une question.

– Pourquoi est-ce qu'il t'a touchée comme ça ? Le long de la raie des cheveux ? Ça avait l'air de signifier quelque chose pour lui.

– Il collait les deux moitiés de mon corps ensemble.

– Comment ?

– Si je veux réussir ce que je suis appelée à accomplir, les deux moitiés de mon corps ne doivent pas être séparées.

– Désolé, Yola, mais je ne comprends toujours pas.

Elle se leva, jeta un regard incertain vers Spola, puis chuchota :

– Nous sommes tous composés de deux moitiés, Damo. Quand Dieu nous a cuits dans son four, Il a fusionné les deux parties ensemble dans un seul moule. Mais chaque partie continuait à regarder dans sa propre direction, l'une vers le passé et l'autre vers l'avenir. Quand les deux parties sont retournées et rassemblées, par la maladie, peut-être, ou par l'intervention d'un *curandero*, alors cette personne ne regarde plus que le présent. Elle ne vit plus, à partir de ce moment, que dans le présent.

Yola chercha les mots justes.

– Cette personne soudée est alors prête à entrer en fonction. Oui, c'est cela. Elle est prête à servir.

Sentant qu'ils s'étaient de nouveau rendu compte de sa présence de l'autre côté de la route, le sergent Spola, toujours aussi courtois, haussa les épaules d'un air interrogateur. Il était conscient d'être complètement perdu avec ces Gitans, mais, avec l'heure qui avançait, il craignait l'inévitable coup de fil de Calque au sujet de ses protégés.

Un peu trop tard, il avait compris que jamais il ne pourrait expliquer son laxisme de manière satisfaisante. Comment avait-il pu laisser la jeune femme le persuader d'abandonner Alexi sur son lit de malade pendant cette visite au *curandero* ? Lui-même ne parvenait pas à se l'expliquer.

Debout à côté de la voiture, il voulait que les Gitans se dépêchent de revenir. Il avait hâte de retourner à la caravane pour vérifier que son autre protégé était toujours là, au cas où, profitant de sa bonne nature, on aurait prévu de lui faire un coup tordu.

Sabir leva une main conciliante, puis reporta son attention sur Yola.

– Et ces trucs autour de notre cou ?

– C'est pour se suicider.

– Quoi ?

– Le *curandero* craint pour nos vies à cause d'Œil noir. Il a peur qu'il nous fasse du mal, juste par colère, si on tombe entre ses mains. Dans cette fiole, il y a du venin distillé de couleuvre de Montpellier. C'est un serpent venimeux qui vit dans le sud de la France. Injecté dans le circuit sanguin, son poison tue en une minute. Pris par la gorge…

– Pris par la gorge ?

– Avalé. Bu comme un liquide. Ça prend quinze minutes.

– Tu n'es pas sérieuse ? Tu es vraiment en train de me dire que le *curandero* nous a donné un poison ? Comme ceux qu'on donnait aux espions qui risquaient d'être torturés par la Gestapo ?

– Je ne sais pas qui est la Gestapo, Damo, mais je ne crois pas qu'elle soit aussi terrible qu'Œil noir. S'il me reprend, je boirai ça. J'arriverai devant Dieu intacte, avec une *lacha* sans tache. Tu dois me promettre de faire la même chose.

70

Joris Calque était un homme profondément malheureux. Une seule fois dans sa vie, il avait dû annoncer à des parents que leur fils unique était mort, et il l'avait fait à la place d'un autre agent, blessé dans la même attaque. Il n'avait eu aucune responsabilité dans cette histoire.

Cette fois, il en allait autrement. La proximité de Marseille, dont Macron était originaire, et le fait qu'il soit mort violemment, des mains d'un assassin, rendait sa tâche encore plus difficile. Pour lui, c'était devenu une espèce de priorité d'annoncer la nouvelle en personne.

Au milieu de l'après-midi du deuxième jour, il était devenu évident qu'Œil noir avait trouvé le moyen de passer entre les mailles du filet. Des hélicoptères et des avions de surveillance avaient entièrement quadrillé le sud de la N572, y compris la région délimitée par le parc régional de Camargue. Ils n'avaient rien trouvé. Œil noir était un spectre. Les unités de CRS avaient inspecté chaque bâtiment, chaque bergerie, chaque ruine. Ils avaient arrêté toutes les voitures entrant ou sortant du parc. C'était un endroit facile à boucler. La mer d'un côté, les marais de l'autre. Peu de routes, et celles qui passaient étaient planes, avec une visibilité sur des kilomètres dans chaque direction. Un jeu d'enfant, normalement. Au lieu de cela, Calque pouvait voir son poste de coordinateur en chef de l'enquête devenir plus précaire de minute en minute.

La famille de Macron l'attendait à la boulangerie familiale. Un agent de police les avait tous réunis là, mais n'avait pas été autorisé à leur communiquer la raison exacte de leur convocation. C'était la méthode traditionnelle. L'anxiété, par conséquent, enveloppait l'atmosphère comme de l'éther.

Calque fut très surpris de voir non seulement le père, la mère et la sœur de Macron, mais aussi une ribambelle de tantes, d'oncles, de cousins et même trois de ses quatre grands-parents. Dans l'esprit de Calque, le doux parfum du pain fraîchement cuit allait à jamais rester associé aux images de la mort de Macron.

– Je vous suis reconnaissant de tous être venus. Cela rendra ce que j'ai à vous dire plus facile à supporter.

– Notre fils… il est mort, lâcha alors l'un des hommes.

C'était le père de Macron. Il portait encore sa tenue de boulanger. En parlant, il avait retiré son filet à cheveux, comme s'il le trouvait irrespectueux dans ces circonstances.

– Oui. Il a été tué hier soir, tard.

Calque marqua une pause. Il avait terriblement besoin d'une cigarette. Il aurait aimé pouvoir se pencher en avant et l'allumer, se servir de ce geste pour ne plus voir l'océan de visages qui le fixaient avec l'avidité du chagrin anticipé.

– Il a été tué par un assassin qui tenait une femme en otage. Paul est arrivé un peu plus tôt que le reste des renforts. La femme était en danger immédiat. Elle avait une corde autour du cou et son ravisseur menaçait de la pendre. Paul savait que l'homme avait déjà tué. Un agent de sécurité à Rocamadour. Et un autre homme. À Paris. C'est pour cette raison qu'il a décidé d'intervenir.

– Et le meurtrier de Paul ? Vous l'avez pris ? demanda l'un des cousins.

Calque comprit qu'il avait parlé dans le vide. La famille de Macron avait forcément entendu parler de la mort d'un policier à la radio ou à la télévision. Quand la police nationale les avait convoqués, ils en avaient tiré leurs propres conclusions. Ils n'avaient pas eu besoin de son speech officiel. Vu les circonstances, il ne lui restait donc qu'à leur fournir les informations dont ils avaient besoin, puis les abandonner à leur travail de deuil.

Inutile de compter sur eux pour soulager sa conscience.

– Non, nous ne l'avons pas encore. Mais ça ne saurait tarder. Avant de mourir, Paul a pu tirer deux coups de revolver. Ça ne se sait pas encore – et nous aimerions que vous n'en parliez pas – mais le tueur a été grièvement blessé par l'une des balles de Paul. Il est en cavale, quelque part dans le parc régional. Toute la zone est bouclée. Pendant que nous parlons, plus de cent policiers sont à sa recherche.

Calque essayait désespérément de ne pas voir les visages devant lui, de se concentrer sur les questions dont le bombardaient les membres de la famille éloignée. Mais il était incapable de détacher ses yeux de la mère de Macron.

Elle ressemblait à son fils de manière troublante. Après avoir entendu la confirmation de la mort de son garçon, elle s'était aussitôt tournée vers son mari pour chercher du réconfort, et maintenant elle restait accrochée à sa taille, pleurant en silence, le visage comme blanchi à la chaux à cause de la poussière de farine de son tablier.

Quand le capitaine put enfin se retirer, l'un des proches de Macron le suivit dans la rue. Il se retourna pour l'affronter, prêt à se faire agresser physiquement. Le type avait l'air dur et râblé. Ses cheveux très courts étaient coiffés en brosse. De ses manches sortaient les extrémités de tatouages indéfinissables qui venaient courir sur ses mains comme des varices.

Calque regretta que le policier soit resté dans la boulangerie avec le reste de la famille. La présence d'un uniforme aurait peut-être arrondi les angles.

Mais l'homme ne l'approcha pas de manière agressive.

– Paul m'a appelé, hier. Vous le saviez ? Mais je n'étais pas chez moi. C'est ma mère qui a pris le message. Je suis menuisier, maintenant. Je bosse beaucoup.

– Ah, vous êtes menuisier, maintenant ? répéta-t-il, sans trop savoir que dire. Un très beau métier…

– Il a dit que vous cherchiez un type de la Légion. Un tueur. Que vous pensiez que ceux de la Légion feraient de la rétention d'informations dont vous aviez besoin. Qu'ils vous obligeraient à passer par ces putains de formalités administratives, comme ils le font d'habitude pour protéger leurs hommes. Voilà ce qu'il a dit.

Calque hocha la tête. Cela lui rappelait une conversation avec Macron.

– Paul m'avait parlé de vous. Vous êtes le cousin qui était dans la Légion, n'est-ce pas ? J'aurais dû m'en douter.

Il allait ajouter : *Parce que vous, les légionnaires, vous avez une gueule à part, que vous ressemblez à un tonneau ambulant de testostérone, et que vous ponctuez toutes vos phrases de « putain »*… Mais il réussit à se contrôler.

– Vous avez aussi fait de la prison, pas vrai ?

Le type se détourna et regarda la rue. Quelque chose semblait l'agacer. Puis il finit par revenir à Calque. Il enfonça ses mains dans les poches de son jean serré, comme si le tissu pouvait les retenir, les empêcher de se rebeller. Malgré cela, elles continuaient de s'agiter, pour s'échapper et rosser Calque, peut-être.

– Je vais faire comme si je n'avais rien entendu. Et oublier que vous êtes un putain de flic. J'ai horreur des putains de flics. Dans l'ensemble, ils ne valent pas mieux que les connards qu'ils dégomment.

Il cracha sur l'asphalte et reprit :

– Paul était mon cousin, même si c'était un putain de flic. Vous dites que ce fils de pute l'a tué ? J'ai passé vingt putains d'années dans la Légion. Vous voulez me demander des tuyaux ou vous préférez retourner d'abord à votre petit bureau pour vérifier mes putains d'antécédents ?

La décision de Calque fut instantanée.

– Je veux vous demander des tuyaux.

Le visage du type changea, devint plus lumineux, plus engageant.

– Alors allez-y !

– Vous vous souvenez d'un type avec des yeux bizarres ? Des yeux sans le blanc ?

– Continuez.

– Il se peut qu'il soit français. Mais il peut aussi avoir prétendu être un étranger pour entrer dans les rangs de la Légion en tant que soldat et non pas comme officier.

– Donnez-m'en plus.

– Je sais que les gens changent de nom quand ils entrent dans la Légion. Mais cet homme était un comte. Il a été élevé comme un aristocrate. Dans une maison avec des domestiques et de l'argent. Son nom d'origine était peut-être Bale. Rocha de Bale. Il ne se serait pas facilement intégré comme soldat de base. Il se serait fait remarquer. Pas seulement à cause de ses yeux, mais aussi à cause de son attitude. Il a l'habitude de commander, pas d'être commandé. De donner des ordres, pas d'en recevoir.

Calque rentra la tête dans les épaules, comme une tortue, et ajouta :

– Vous le connaissez, pas vrai ?

L'homme acquiesça.

– Oubliez Rocha de Bale. Et oubliez le commandement. Ce connard se faisait appeler Achor Bale. Et c'était un solitaire. Il prononçait son nom comme le ferait un Anglais. On n'a jamais su d'où il venait. Il était dingue. Mieux valait ne pas se frotter à lui. On est des durs, dans la Légion. C'est normal. Mais il était bien plus dur. Je ne croyais pas avoir à repenser un jour à ce fils de pute.

– Comment ça ?

– Au Tchad, dans les années 1980, ce crétin a provoqué une émeute. Je dirais qu'il l'a fait exprès. Mais les autorités l'ont disculpé parce que personne n'osait témoigner contre lui. Un de mes amis a été tué au cours de cette bagarre. Moi, j'aurais témoigné. Mais je n'étais pas là. J'étais au baisodrome, en train de bouffer ma solde. Ils n'auraient donc pas voulu m'écouter, ces cons. Mais je savais. Il était mauvais, ce bâtard.

Ça tournait pas rond dans son crâne. Il s'intéressait trop aux armes et à la tuerie. C'était excessif, même pour un soldat.

Calque rangea son calepin.

– Et les yeux ? C'est vrai qu'il n'a pas de blanc dans les yeux ?

Le cousin de Macron tourna les talons et entra dans la boulangerie.

71

Bale se réveilla en frissonnant. Il avait rêvé et, dans son rêve, Madame, sa mère, le frappait aux épaules avec un cintre pour une effronterie imaginaire. Il ne cessait de crier : « Non, Madame, non ! », mais elle continuait à le frapper.

Il faisait très sombre. Il n'y avait pas de bruit dans la maison.

Bale se traîna en arrière afin de pouvoir se lever en s'aidant d'une poutre. Il avait mal au poignet qu'il avait utilisé pour se protéger des coups imaginaires de sa mère. Son cou et son épaule lui donnaient l'impression d'être écorchés, comme si on les avait ébouillantés avant de les frotter avec une toile émeri.

Il alluma sa lampe de poche et inspecta le grenier. Peut-être pourrait-il tuer un rat ou un écureuil pour le manger ? Impossible. Handicapé ainsi, il ne serait pas assez leste.

Il savait qu'il ne devait pas encore s'aventurer au rez-de-chaussée pour vérifier s'il restait dans la cuisine quelque chose à se mettre sous la dent, ou pour boire un peu d'eau. Les flics avaient peut-être laissé un planton pour protéger les lieux contre les goules et les chapardeurs. Il était réconfortant de penser qu'il existait encore ce genre de faune et que tout, dans cette vie, n'avait pas encore été normalisé dans la médiocrité généralisée.

Mais il avait vraiment besoin d'eau. C'était urgent. Il avait bu son urine à trois reprises et avait utilisé le reste pour désinfecter ses plaies. Il savait cependant, grâce à sa formation de légionnaire, qu'il serait fou de continuer ainsi. Il contribuerait à sa propre mort. Inéluctablement.

Depuis combien d'heures se planquait-il ici ? Depuis combien de jours ? Bale avait perdu toute notion du temps.

Pourquoi était-il ici ? Ah, oui. Il devait trouver les prophéties.

Il laissa sa tête retomber sur sa poitrine. Le couvre-lit dont il s'était servi pour faire pression sur l'hémorragie était maintenant collé à la plaie. S'il l'arrachait, le sang se remettrait à gicler.

Pour la première fois depuis de nombreuses années, il avait envie de rentrer à la maison. Il voulait retrouver le confort de sa chambre, loin des hôtels anonymes dans lesquels il avait été obligé de vivre depuis si longtemps. Il voulait le respect et l'appui des frères et sœurs avec lesquels il avait grandi. Et il voulait que Madame, sa mère, reconnaisse publiquement ses prouesses pour le compte du Corpus maleficus, et qu'elle lui donne enfin son dû.

Bale était fatigué. Il avait besoin de repos. Et de soins pour sa blessure. Il en avait plus qu'assez de jouer au dur, de vivre comme un loup. Assez d'être pourchassé par des gens qui n'étaient même pas dignes de lui lacer les chaussures.

Il roula sur le ventre et se traîna jusqu'à la trappe. S'il ne bougeait pas maintenant, il mourrait. C'était aussi simple que cela.

Car il venait soudain de se rendre compte qu'il avait halluciné. Que sa vulnérabilité temporaire n'était en fait qu'une autre stratégie du diable pour l'émasculer, l'affaiblir.

Il tira la trappe de côté et se pencha sur la chambre vide.

Les fenêtres étaient ouvertes et il faisait nuit. Il n'y avait aucune lumière nulle part. La police était partie. À coup sûr, les flics avaient déguerpi.

Malgré le vrombissement du sang qui circulait dans sa tête, il guetta le moindre bruit suspect.

Rien.

Prudemment, il s'assit sur le rebord de la trappe, les jambes dans le vide, et alluma sa lampe de poche pour évaluer la hauteur.

Près de trois mètres. Assez pour se briser une jambe ou se fouler une cheville.

Mais il ne lui restait pas assez de force pour se suspendre par les bras et se laisser doucement glisser.

Alors il éteignit la lampe de poche et se laissa tomber dans le vide.

72

De sa cachette, à la lisière du bois, Yola observait les deux policiers. À l'abri dans la cabane du gardian, ils bavardaient en fumant. Voilà donc ce que les flics appelaient faire des recherches, pensa-t-elle. Pas étonnant qu'Œil noir n'ait pas encore été retrouvé. Satisfaite d'être invisible pour les deux hommes, elle s'installa pour attendre une bonne vingtaine de minutes que la nuit soit complètement tombée.

Une demi-heure plus tôt, Bouboul l'avait laissée au bac, puis il avait continué vers Arles avec son gendre Reszo afin de récupérer l'Audi de Sabir. Plus tard, Reszo reviendrait la chercher avec la voiture.

Sabir lui avait d'abord interdit de partir chercher les prophéties. C'était bien trop dangereux. C'était à lui qu'incombait cette tâche. Maintenant, c'était lui le chef de famille. Sa parole devrait avoir du poids. Mais l'incontournable présence de l'impassible sergent Spola en avait décidé autrement – désormais il était hors de question que Sabir se rende où que ce soit sans son aval.

En revanche, la nuit tombée, ce serait différent. Le gars allait forcément dormir un peu, alors Sabir pourrait lui fausser compagnie. Bouboul avait accepté de reconduire l'Américain jusqu'au Maset, où Yola et Reszo s'arrangeraient pour le retrouver avec les prophéties. Là, il aurait alors le temps de les traduire en toute discrétion.

Avant l'aube, Reszo reviendrait avec la voiture pour prendre Sabir, afin de le ramener à la caravane, juste à temps pour le réveil de Spola. C'était en tout cas le plan. Il avait l'avantage d'être simple, de protéger les prophéties tout en maintenant la police hors du coup.

L'enquête avait progressé et le Maset serait vide. Le sergent Spola était homme à dorloter son estomac. Yola lui avait servi un ragoût de sanglier avec des pommes dauphine pour le déjeuner au lieu de son habituel sandwich au poulet. Après cela, le policier s'était montré particulièrement aimable – surtout que le sanglier avait été accompagné d'un litre et demi de costières-de-nîmes, suivi d'un bon cognac. Il lui avait confirmé que maintenant, un jour et demi après l'attaque, le Maset serait verrouillé et scellé, et cela jusqu'à nouvel ordre. Toutes les recrues allaient devoir se concentrer sur la recherche d'Œil noir. Qu'est-ce qu'elle s'imaginait ? Que la police laissait des hommes éparpillés dans la nature pour surveiller d'anciennes scènes de crime ?

Les deux flics dans le cabanon se levèrent et s'étirèrent. L'un d'eux s'éloigna de quelques mètres, ouvrit sa braguette et se soulagea. L'autre balaya les environs du faisceau de sa lampe torche, s'attardant sur le cordon de sécurité laissé par la police pour marquer l'endroit où Gavril avait été trouvé.

– Tu crois vraiment que les assassins reviennent sur les lieux où ils ont zigouillé quelqu'un ?

– Merde, sûrement pas ! Et encore moins quand ils ont une balle dans le buffet, la dalle et des chiens renifleurs aux fesses. Le salaud est probablement déjà mort, derrière un buisson. À moins qu'il soit tombé de son cheval et se soit noyé dans les marais. C'est pour ça qu'on n'arrive pas à le retrouver. Les sangliers lui ont peut-être fait la peau. En moins d'une heure, ces bestioles te dévorent un mec, y compris ses dents. Tu savais ça ? L'assassin, s'il veut être dévoré en entier, il faut juste qu'il se débarrasse de sa rate avant. J'ignore pourquoi, mais les sangliers ont horreur de ça.

– Des conneries, tout ça.

– Oui, c'est aussi ce que je me suis dit.

Yola était arrivée par le petit chemin décrit par Alexi, laissant derrière elle des bandelettes de papier blanc tous les cinq mètres afin de pouvoir revenir jusqu'à la route dans l'obscurité. Elle avait gravé dans sa mémoire l'emplacement du cyprès solitaire sous lequel étaient enterrées les prophéties. Cependant, si les policiers restaient à l'endroit où ils se trouvaient, elle ne pourrait jamais les atteindre sans se faire repérer, même en se servant des sous-bois pour se cacher. Le cyprès était bien trop exposé.

– Est-ce qu'on organise des tours de garde pour la forêt ?

– Putain, laisse tomber ! On retourne au cabanon. Fais plutôt un feu, j'ai oublié mes gants et il commence à cailler.

Yola put voir leurs silhouettes approcher. Qu'est-ce qu'ils cherchaient ? Du bois ? Comment expliquerait-elle sa présence s'ils tombaient sur elle ? Ces types avaient tellement envie que Calque leur décerne des petites étoiles dorées qu'ils la coffreraient immédiatement dans leur poulailler ambulant. N'est-ce pas ainsi qu'Alexi appelait leur panier à salade ? Et Calque n'était pas idiot. Il se méfierait aussitôt. Il ne mettrait pas longtemps avant de comprendre qu'elle était venue récupérer les prophéties… qui n'étaient pas perdues du tout.

Quand les policiers approchèrent, elle s'écrasa de son mieux sur le sol et se mit à prier.

Le premier homme s'arrêta à moins d'un mètre d'elle.

– Tu vois des arbres morts, toi ?

Le deuxième alluma sa lampe torche et balaya l'air au-dessus de leurs têtes. À cet instant, son mobile sonna. Il jeta la lampe à son compagnon et tâta ses poches en quête du téléphone. Quand le faisceau de lumière passa sur elle, Yola se raidit, certaine d'avoir été découverte.

– Quoi ? Qu'est-ce que tu racontes ? Il faut qu'on se tire d'ici ? Mais de quoi tu parles ?

Il tendait l'oreille pour entendre son interlocuteur à l'autre bout de la ligne. De temps à autre, il grommelait et Yola pouvait presque l'imaginer en train de jeter un coup d'œil à son collègue qui tenait la lampe pointée vers l'ourlet de son pantalon.

Agacé, il finit par refermer son portable.

– Ce capitaine parisien qu'ils nous ont collé sur le dos pense avoir trouvé l'endroit où vit ce gars. D'après lui, s'il a réussi à passer entre les mailles du filet, c'est sûrement là-bas qu'il est allé se planquer. Ils veulent qu'on y aille tous. Cette fois, tout ce qu'on aura à faire, ce sera de boucler toute la péninsule de Saint-Tropez, de la sortie de Cavalaire-sur-Mer, via La Croix-Valmer et Cogolin, jusqu'à Port-Grimaud. Tu te rends compte ? Ça fait soixante putains de kilomètres !

– Plutôt trente.

– Qu'est-ce qu'on s'en fout ! Tout ce que je sais, c'est qu'on ne dormira pas cette nuit.

Quand les policiers s'éloignèrent enfin, Yola roula sur le dos et fixa, émerveillée, la première étoile du soir.

73

À sa grande surprise, en traversant de nouveau la cour menant à la résidence de la comtesse de Bale, Calque regretta l'absence de Macron. Il ne se considérait pas comme un homme sentimental et, après tout, le lieutenant avait tout fait pour être tué. Mais il y avait quelque chose de terriblement irritant chez cet homme, et cette irritation avait fini, d'une certaine manière, par nourrir l'indéniable ego de Calque. Oui, Macron avait agi comme une espèce de faire-valoir à son iconoclastie, et il regrettait de ne plus avoir d'excuse pour se montrer grognon.

Le capitaine se rappela aussi avec délectation le moment où Macron s'était interposé pour prendre sa défense lorsque la comtesse avait mis en doute ses connaissances au sujet des pairs de France et de la noblesse française. Il fallait bien l'admettre : cet homme était peut-être intolérant mais jamais prévisible.

L'impeccable secrétaire personnelle, toujours en twin-set de tweed et cachemire, émergea de la maison pour l'accueillir. Cette fois, cependant, elle portait une robe en soie lie-de-vin, et avait encore plus l'allure d'une comtesse que la comtesse elle-même. Calque fouilla dans sa mémoire pour retrouver son nom.

– Madame Mastigou ?

– Capitaine Calque.

Les yeux de la jeune femme s'arrêtèrent sur le détachement de huit agents de police qui se tenaient derrière lui.

– Et où est votre assistant ? demanda-t-elle.

– Mort, madame. Tué par le fils adoptif de votre patronne.

Mme Mastigou recula involontairement d'un pas.

– Je suis sûre que c'est impossible.

– Moi aussi, j'espère avoir été mal informé. Cependant, j'ai un mandat de perquisition pour cette maison et j'ai bien l'intention de l'utiliser sur-le-champ. Ces agents vont m'accompagner. Bien entendu, ils respecteront la propriété et l'intimité de la comtesse. Mais je dois m'assurer que personne ne viendra interférer dans l'accomplissement de leur tâche.

– Il faut que j'aille prévenir madame la comtesse.

– Je vous accompagne.

Elle hésita.

– Puis-je voir le mandat ?

– Mais certainement.

Calque sortit le document de sa poche et le lui tendit.

– Puis-je le photocopier ?

– Non, madame. Une copie sera mise à la disposition des avocats de la comtesse dès qu'ils en feront la demande.

– Très bien, dans ce cas. Si vous voulez me suivre.

Calque fit un signe de tête aux agents qui se déployèrent dans la cour. Quatre d'entre eux attendirent patiemment au pied de l'escalier que Calque et Mme Mastigou entrent dans la maison avant de leur emboîter le pas pour commencer la fouille.

– Avez-vous sérieusement l'intention d'impliquer le comte dans le meurtre de votre assistant ?

– Quand avez-vous vu le comte pour la dernière fois, madame ?

Mme Mastigou réfléchit un instant puis répondit :

– Cela fait quelques années, maintenant.

– Alors, croyez-en ma parole, il a changé.

– Je vois que vous n'avez plus votre bras en écharpe, capitaine Calque. Et votre nez, je vois qu'il guérit. Un grand progrès.

– C'est gentil à vous de le remarquer, madame la comtesse.

Elle s'assit. Mme Mastigou saisit une chaise et la plaça à côté de celle de sa patronne, légèrement en retrait. Puis elle s'installa avec une certaine retenue, les genoux serrés, les chevilles ramenées sous elle et légèrement croisées. *Pensionnat de jeunes filles*, songea Calque. *En Suisse, probablement. Elle s'asseoit exactement comme la reine d'Angleterre.*

Cette fois, la comtesse se contenta de renvoyer le valet sans se donner la peine de lui demander du café.

– C'est ridicule, bien sûr, de soupçonner mon fils de violence.

– Je ne soupçonne pas votre fils de violence, madame. Je l'en accuse officiellement. Nous avons des témoins. En fait, j'en suis un moi-même. Grâce à la particularité de ses yeux, il se démarque dans la foule, n'est-ce pas ?

Il pencha légèrement la tête de côté, dans une attente polie. Comme il ne recevait pas de réponse, il insista :

– La question que je dois vous poser – la question qui me turlupine – n'est pas s'il l'a fait ou non. C'est *pourquoi* il l'a fait.

– Quoi qu'il ait fait, il a fait au mieux.

Calque se redressa sur son siège, les antennes aux aguets.

– Vous n'êtes pas sérieuse, madame. Il a torturé et tué un Gitan à Paris. Il a grièvement blessé trois personnes – un policier espagnol et deux passants. Il a tué un vigile devant l'autel, à Rocamadour. Torturé et tué un autre Gitan en Camargue. Et il y a deux jours, il a tué d'une balle mon assistant durant un siège au cours duquel il menaçait de pendre la sœur de l'homme qu'il avait tué à Paris. Et tout cela pour découvrir des prophéties qui peuvent être vraies ou fausses, avoir été écrites ou non par le prophète Nostradamus. Je vous soupçonne, madame, de ne pas être aussi ignorante que vous voulez le faire croire des véritables raisons de cette épouvantable suite d'événements.

– Est-ce une autre de vos accusations formelles, capitaine ? Si c'est le cas, je vous rappelle que nous sommes en présence d'un témoin.

– Ce n'était pas une accusation formelle, madame. Les accusations formelles sont réservées aux tribunaux. Je mène une enquête. Je dois arrêter votre fils avant qu'il ne commette encore plus de dégâts.

– Ce que vous dites au sujet de mon fils est grotesque. Vos accusations ne sont absolument pas fondées.

– Et vous, madame Mastigou ? Avez-vous quelque chose à ajouter ?

– Rien, capitaine. Madame la comtesse ne se sent pas bien. Je trouve d'un goût détestable le fait que vous poursuiviez cette enquête dans de telles conditions.

La comtesse se leva.

– J'ai décidé de ce que j'allais faire, Mathilde. Je vais téléphoner au ministre de l'Intérieur. C'est un cousin de mon amie, Babette de Montmorigny. Nous allons au plus vite rectifier cet état de choses.

Calque se leva à son tour.

– Faites comme bon vous semblera, madame.

L'un des agents choisit cet instant pour faire irruption dans la pièce.

– Capitaine, je pense que vous devriez venir voir ça.

Calque le fusilla du regard.

– Voir quoi ? Je suis en plein interrogatoire.

– Une pièce, monsieur. Une pièce secrète. Monceau l'a trouvée par hasard en fouillant la bibliothèque.

Les yeux soudain pétillants, Calque se tourna vers la comtesse.

– Ce n'est pas une pièce secrète, capitaine Calque. Tout le monde dans cette maison la connaît. Si vous me l'aviez demandé, je vous y aurais conduit.

– Bien sûr, madame. Je le comprends bien.

Les mains croisées dans le dos, Calque suivit son subalterne.

74

On entrait dans la pièce par un passage discret, habilement dissimulé dans les étagères de la bibliothèque.

– Qui a découvert ça ?

– C'est moi, monsieur.

– Comment est-ce que ça s'ouvre ?

L'agent ferma la porte, qui vint s'encastrer en douceur dans les rayonnages. Puis il appuya sur la tranche de trois livres situés près du sol. Le battant se rouvrit aussitôt.

– Comment saviez-vous sur lesquels de ces livres il fallait appuyer ?

– J'ai surveillé le valet, monsieur. Il est entré ici en pensant qu'on ne regardait pas et a tripoté le loquet. J'imagine qu'il essayait de le verrouiller pour que personne ne puisse faire fonctionner le mécanisme par inadvertance. C'est du moins ce qu'il m'a dit.

– Vous voulez dire qu'il était inquiet pour notre sécurité ? Que la porte pouvait s'ouvrir et blesser l'un de nous ?

– Sans doute, oui, monsieur.

Calque sourit. S'il avait correctement décrypté la personnalité de la comtesse, ce valet était bon pour se faire passer un savon. C'était toujours intéressant d'avoir un employé insatisfait dans les parages. On pouvait en tirer des informations utiles. Des coups de poignard dans le dos, c'était si vite arrivé.

Calque se pencha pour s'introduire dans le passage. En arrivant dans la pièce, il se redressa et laissa échapper un sifflement admiratif.

Une grande table rectangulaire, entourée de treize chaises, occupait le centre. Sur le mur, derrière chaque chaise, un blason. Calque en reconnut quelques-uns, mais ce n'étaient pas ceux des pairs de France, comme on aurait pu s'y attendre.

– Cette pièce n'a pas été ouverte depuis la mort de mon époux. Il n'y a rien qui puisse intéresser vos hommes.

Calque passa la main sur la table.

– Pas de poussière, cependant. Quelqu'un a dû venir ici tout récemment.

– Mon valet, bien sûr. Faire le ménage dans cette pièce fait partie de ses tâches.

– Tout comme en verrouiller l'entrée dès qu'arrivent des étrangers ?

La comtesse détourna la tête. Mme Mastigou tenta de lui prendre la main mais fut aussitôt repoussée.

– Lavigny, je veux qu'on photographie ces blasons.

– Je préférerais que vous ne le fassiez pas, capitaine. Ils n'ont rien à voir avec votre enquête, hasarda la comtesse.

– Bien au contraire, madame. Je pense qu'ils ont tout à voir avec cette enquête.

– Cette pièce est un endroit privé. Un club. Un endroit où des esprits semblables avaient l'habitude de se retrouver pour discuter de sujets sérieux, dans un environnement discret et propice. Comme je vous l'ai dit, elle n'a pas été utilisée depuis le décès de mon époux. Certaines des familles auxquelles appartiennent ces blasons ignorent même leur présence en ce lieu. Je vous serais reconnaissante si cela pouvait demeurer ainsi.

– Je ne vois pas de table de billard. Ni de bar. C'est un club bizarre. Et ça, par exemple ? Qu'est-ce que c'est ?

Calque désignait un calice, enfermé dans son tabernacle.

– Et ces initiales gravées dessus ? CM.

La comtesse eut l'air d'avoir été mordue par une vipère.

– Monsieur ?

– Oui.

– Il y a un rouleau de parchemin, ici. Avec des sceaux apposés dessus. C'est lourd comme du bois.

Calque fit signe d'étaler le parchemin sur la table.

– Je vous en prie, ne touchez pas à cela, capitaine. C'est très précieux.

– J'ai un mandat de perquisition, madame. Je peux toucher à ce que je veux. Cependant, je vais prendre soin de ne pas le tacher avec mes doigts.

Calque se pencha sur la table et examina minutieusement le document.

La comtesse et Mme Mastigou restaient figées contre la paroi du sanctuaire.

– Lavigny, raccompagnez aimablement la comtesse et Mme Mastigou à l'extérieur. Tout ça risque de prendre un peu de temps. Et trouvez-moi une loupe.

75

La première chose que fit Sabir, une fois que Bouboul l'eut déposé au Maset, fut d'allumer un feu. La nuit était fraîche, et un frisson indéfinissable parcourut son corps quand il jeta un coup d'œil vers le couloir où Macron était mort. Puis il secoua la tête avec dégoût pour chasser sa sensiblerie et se mit en quête de bougies.

La vieille maison semblait faire écho à ses pas quand il se déplaçait dans la pièce, si bien qu'il n'eut pas envie de s'engager dans le couloir pour se rendre à la cuisine. Après cinq minutes de recherches, il fut soulagé de trouver trois bougies sur le sol, à l'endroit même où elles avaient été renversées quand Œil noir s'était servi de l'extincteur, deux nuits plus tôt.

Lorsqu'elles furent allumées, Sabir vit son ombre se refléter sur les murs comme une danse macabre. Une fois de plus, il se demanda pourquoi il avait laissé Yola le persuader de revenir s'installer au Maset. Bien sûr, il y avait une certaine logique dans son raisonnement. Les Saintes-Maries restaient bouclées par la police toujours à la recherche d'Œil noir, et s'il était relativement facile de sortir de la ville, y entrer ne se faisait que sous un étroit contrôle.

Depuis son dernier passage, cependant, le Maset semblait être devenu un lieu sinistre. Sabir ressentait maintenant un profond malaise à s'installer à l'endroit même où avait été commis un meurtre qui risquait de l'entraîner dans une direction peu engageante. Cela lui rappela, une fois de plus, que la manière dont les Manouches considéraient la mort était bien différente de la sienne, plutôt sentimentale, un brin victorienne.

C'était bien joli de rester assis là, à divaguer au sujet de la nature des prophéties. En réalité, il y avait de fortes chances que le tube de bambou ne les contienne pas et ne soit rempli que de poussière. Et si les charançons s'y étaient introduits ? Quatre cent cinquante ans, cela faisait un sacré bout de temps. Peu de choses résistaient aussi longtemps, alors un parchemin…

Il s'installa sur le canapé et posa les affaires qu'il avait apportées avec lui : un dictionnaire, un crayon et du papier. Bouboul lui avait prêté une montre tape-à-l'œil, à grand écran, et Sabir la mit également sur la table, à côté des autres accessoires. Le tic-tac régulier lui apporta un certain réconfort.

Furtivement, il jeta un coup d'œil derrière lui, vers le couloir. Le feu avait bien pris et il commençait à se sentir un peu plus en sécurité dans son isolement. Si quelqu'un pouvait trouver les prophéties, c'était bien Yola. Dès qu'elle arriverait au Maset, il prendrait le document et la renverrait immédiatement aux Saintes-Maries avec Reszo. Il serait bien, ici, tout seul. Il aurait toute la nuit pour recopier les prophéties et les traduire. Dès l'instant où il les aurait entre les mains, il ne les quitterait plus des yeux.

Au matin, il enverrait par coursier les originaux à son éditeur. Ensuite, il travaillerait sur les copies pour en tirer le maximum de sens possible. En intercalant intelligemment les prophéties avec l'histoire de leur découverte, il tiendrait à coup sûr un best-seller, qui lui rapporterait assez d'argent pour faire d'eux des gens riches. Alexi pourrait épouser Yola et devenir Bulibasha, et Sabir pourrait choisir sa propre voie.

Encore vingt minutes. Cela ne pouvait pas prendre plus longtemps. Et il aurait à sa portée l'un des plus grands secrets jamais dévoilés.

Soudain, un fracas se fit entendre à l'étage. Puis ce fut le silence.

Sabir bondit sur ses pieds. Sur sa nuque, le duvet se dressait comme les poils sur le dos d'un chien effrayé. Bon sang ! Qu'est-ce que c'était ? Il tendit l'oreille, mais ne détecta que du silence. Puis, au loin, il perçut l'approche d'une voiture.

Après un rapide coup d'œil derrière lui, Sabir se précipita dehors. C'était sans doute la porte d'une armoire. Un policier avait pu déplacer un paravent qui avait fini par perdre l'équilibre à cause d'un courant d'air et tomber sur le vieux parquet. À moins que le bruit ne soit venu de l'extérieur de la maison ? Ou du toit, peut-être ?

En attendant que l'Audi remonte le chemin, il leva les yeux vers le toit. Et puis il y avait encore un autre problème. Tôt ou tard, il allait devoir affronter son ami John Tone au sujet du vol de sa voiture.

Sabir plissa les yeux en direction des phares. Oui, c'était bien la silhouette de Yola sur le siège passager. Et celle du gendre de Bouboul derrière le volant. Alexi dormait en toute sécurité dans son lit aux Saintes-Maries, avec Sabir dans la chambre d'amis contiguë. Du moins, c'est ce que le sergent Spola était censé croire.

Il s'approcha de la voiture. Il sentait le vent du soir jouer dans ses cheveux. D'un geste de la main, il fit comprendre à Reszo qu'il devait éteindre ses phares. Il restait sans doute des policiers éparpillés dans les marais, et il voulait éviter d'attirer leur attention vers le Maset.

– Tu les as ?

Yola plongea la main sous son manteau. Dans la lumière de la lampe torche de Sabir, son visage semblait petit et vulnérable. Elle lui tendit le tube de bambou. Puis elle tourna le regard vers la maison et frissonna.

– Tu n'as pas eu de problème ?

– Deux flics. Ils s'étaient abrités dans la cabane. Ils ont failli me trouver. Mais au dernier moment, ils ont été rappelés.

– Rappelés ?

– J'ai entendu l'un d'entre eux parler au téléphone. Calque sait où Œil noir s'est réfugié. Il se trouve quelque part vers

Saint-Tropez. Tous les policiers vont aller là-bas, maintenant. Ici, ça ne les intéresse plus.

– Ouf, Dieu merci.

– Veux-tu que j'entre avec toi ?

– Non. J'ai fait un feu et allumé quelques bougies. Ce sera parfait.

– Bouboul passera te chercher peu avant l'aube. Tu es certain de ne pas vouloir revenir avec nous tout de suite ?

– C'est trop dangereux. Spola pourrait se douter de quelque chose. Il n'est pas aussi stupide qu'il en a l'air.

– Oh, que si !

Sabir éclata de rire.

Yola jeta encore un coup d'œil vers la maison puis remonta dans la voiture.

– Je n'aime pas cet endroit. Je n'aurais jamais dû le proposer comme point de rendez-vous.

– Où aurions-nous pu aller ? C'est encore ce qu'il y a de plus pratique.

– Sans doute.

Puis, levant une main, elle ajouta :

– Tu es sûr de ne pas vouloir changer d'avis ?

Sabir secoua la tête.

Reszo fit marche arrière et, en arrivant sur la route, ralluma les phares.

Après avoir suivi du regard la voiture qui s'éloignait, Sabir tourna les talons et se dirigea vers la maison.

76

Le capitaine Calque se laissa aller contre le dossier de son siège. Le document étalé devant lui ne voulait strictement rien dire.

Il se voulait écrit sur l'ordre exprès du roi de France Louis IX – et était en effet daté de 1228, juste deux ans après que Louis avait accédé au trône à l'âge de onze ans. Le roi aurait donc eu alors treize ou quatorze ans. Les sceaux étaient toutefois bien ceux de Louis IX lui-même et de sa mère, Blanche de Castille. À cette époque, pour la falsification d'un sceau royal, on vous pendait, écartelait, noyait, brûlait et on fabriquait du savon avec vos cendres.

Trois autres signatures étaient apposées à côté de celles du roi et de sa mère : celles de Jean de Joinville, le conseiller du roi (et, aux côtés de Villehardouin et Froissart, l'un des plus grands historiens de France), Geoffroy de Beaulieu, le confesseur du roi, et Guillaume de Chartres, son aumônier. Calque secoua la tête. À l'université, il avait étudié l'*Histoire de saint Louis* de Joinville, et il savait avec certitude que l'historien ne devait avoir que quatre ans en 1228. Quant aux autres, eh bien, il trouverait facilement l'âge qu'ils avaient à cette époque. Mais cela suggérait que le document – qui semblait donner une charte et une reconnaissance officielle à une association appelée Corpus maleficus – avait été, dans un sens, antédaté.

C'est à cet instant que le capitaine se rappela le calice enfermé dans le tabernacle, avec ses initiales CM. Une coïncidence lui semblait improbable, en particulier dans cette pièce cachée, avec tout ce qu'elle recelait de secrets, de complots, de cabales. Il se pencha de nouveau sur le parchemin étalé devant lui.

Laissant échapper un petit grognement, il retourna le document et observa minutieusement le verso à la loupe. Oui, exactement comme il l'avait pressenti, il y avait de légères traces d'écriture au dos. Une écriture à l'envers. Celle que produirait un gaucher si on lui demandait d'écrire comme un Arabe – c'est-à-dire de la droite vers la gauche. Calque savait qu'au Moyen Âge la gauche était considérée comme étant le côté du diable. Sinistre, du latin *senestre*… Cette notion remontait aux augures grecs, qui croyaient que les signes vus par-dessus l'épaule gauche annonçaient de mauvais présages.

Calque approcha le document de la lumière. Puis, frustré, il le leva pour le regarder en transparence. Pas de chance. L'écriture était indéchiffrable – il faudrait un microscope électronique pour y comprendre quelque chose.

Il se remémora alors les paroles de la comtesse lors de leur premier entretien. Calque lui avait demandé ce que le treizième pair de France aurait porté durant le couronnement, et elle avait répondu :

– Il n'aurait rien porté, capitaine. Sa fonction était de protéger le roi.

– Protéger le roi ? Le protéger de qui ?

La comtesse lui avait adressé un sourire énigmatique.

– Du démon, bien sûr, capitaine.

Mais comment un simple mortel pouvait-il protéger du diable la Couronne de France ?

Calque sentait que les choses se mettaient doucement en place. Le Corpus maleficus. Qu'est-ce que cela pouvait signifier ? Il fit appel à son latin scolaire. *Corpus* voulait dire corps. Cela pouvait également désigner un groupe de personnes, vouées à un même dessein. Et *maleficus* ? Malfaisant. Mauvais. Faisant le mal.

Un corps, un groupe voué au mal ? Impossible. Certainement pas sous l'égide de saint Louis, un homme si pieux qu'il avait l'impression d'avoir perdu sa journée s'il n'avait pas assisté à deux messes complètes (en plus de tous les offices), et qui se donnait la peine de sortir de son lit à minuit afin de s'habiller pour les matines.

Alors s'agissait-il d'une association d'individus appelés à combattre le diable ? Mais comment pouvait-on réussir une telle chose ? Sûrement pas de manière homéopathique.

Calque se leva. Il était temps d'avoir un nouvel entretien avec la comtesse.

77

Achor Bale resta allongé à l'endroit même où il était tombé. Sa blessure s'était rouverte et il sentait le sang couler le long de son cou. Dans un instant, il bougerait. Il trouverait peut-être quelque chose dans la cuisine qui lui permettrait d'arrêter ce saignement. Sinon, il pourrait toujours sortir dans les marais pour y ramasser un peu de tourbe. Mais, pour l'instant, il attendrait là, sur le sol, de récupérer un peu. Il n'était pas pressé. Personne ne le savait réfugié ici. Personne ne l'attendait.

De l'extérieur lui parvint un bruit de voiture.

La police. Ils avaient fini par envoyer quelqu'un monter la garde. Ils allaient forcément inspecter toutes les pièces avant de s'installer pour la nuit. Les hommes faisaient ce genre de chose. Une espèce de superstition. Un rite initiatique. Un héritage des ancêtres des cavernes.

Il rampa vers le lit. Il se cacherait dessous. Celui qui aurait hérité de l'inspection du premier étage se contenterait certainement de balayer la pièce du faisceau de sa lampe torche et ne se donnerait pas la peine de chercher plus loin. Pourquoi le ferait-il ? Ce n'était qu'une scène de crime abandonnée.

Bale tira le Redhawk de son étui. Peut-être n'y aurait-il qu'un seul homme. Dans ce cas, il lui tendrait une embuscade et prendrait la voiture. Le Maset était tellement isolé que personne n'entendrait le coup de feu.

Il passa la main sur le portable dissimulé dans la poche intérieure de sa veste. S'il ne s'était pas cassé lors de sa chute, peut-être resterait-il encore un peu de jus. Devrait-il téléphoner à Madame, sa mère ? Lui dire qu'il allait rentrer à la maison ?

À moins que les flics ne l'aient mise sur écoute. Avaient-ils pu le faire ? Probablement pas. D'ailleurs, ils n'avaient aucune raison de suspecter Madame, sa mère.

Aucun bruit ne provenait du rez-de-chaussée. Les flics étaient toujours dehors. Sans doute en train d'inspecter les environs.

Bale composa le numéro et attendit la sonnerie.

On décrocha.

– Qui est à l'appareil ?

– C'est le comte, Milouins. Il faut que je parle à la comtesse. C'est urgent.

– La police, monsieur. Ils savent qui vous êtes. Ils sont ici.

Bale ferma les yeux. S'était-il attendu à cela ? Un djinn fataliste lui chuchota à l'oreille que oui, il s'y attendait.

– Vous a-t-elle laissé un message pour moi ? Au cas où j'appellerais ?

– Un seul mot, monsieur. *Fertigmachen.*

– *Fertigmachen* ?

– Elle a dit que vous comprendriez, monsieur. Il faut que je raccroche, maintenant. Ils arrivent.

78

Après cela, Bale dormit un moment. Il flottait entre conscience et inconscience, comme un homme à qui on aurait administré trop peu de chloroforme avant une intervention.

Un instant, il crut avoir entendu des bruits de pas montant l'escalier. Il se glissa jusqu'au bord du lit et attendit durant cinq interminables minutes, son pistolet à portée de main. Puis il reperdit conscience.

Ce fut un incroyable raffut dans la cuisine qui le réveilla. Cette fois, il n'y avait aucun doute. Des casseroles s'entre-choquaient. Quelqu'un se faisait du café. Bale put presque entendre le tip-tip de la gazinière, sentir l'odeur du café moulu.

Il fallait impérativement qu'il mange. Qu'il boive. Les bruits dans la cuisine masqueraient celui de ses pas. S'ils étaient deux, tant pis. Il les tuerait tous les deux. L'effet de surprise jouerait en sa faveur. Apparemment, les flics le croyaient parti en direction du cap Camarat. Fort bien. Ils s'imaginaient sans doute qu'il avait pu traverser leur cordon de sécurité. Ils devaient être sur les dents.

S'il débarquait dans une voiture de flics, ils seraient estomaqués. Il enfilerait un de leurs uniformes et porterait des lunettes de soleil…

Au beau milieu de la nuit ?

Bale secoua lentement la tête. Pourquoi ne ressentait-il plus aucune énergie ? Pourquoi avait-il tellement sommeil ?

De l'eau. Il avait besoin d'eau. Sans eau, il mourrait. La perte de sang n'arrangeait rien à l'affaire.

Il se força à se lever. Puis, le Redhawk à la main, le bras le long de sa hanche, il descendit l'escalier en titubant.

79

Sabir souleva le tube de bambou et brisa le scellé en cire. Une odeur bizarre assaillit aussitôt ses narines, et il laissa à son esprit le temps de l'analyser. Une odeur douceâtre, suave, avec une note de terre. De l'encens ? Oui, c'était bien cela. Il approcha le tube de son nez et prit une profonde inspiration. Incroyable. Comment ce parfum était-il resté enfermé dans ce tube aussi longtemps ?

Il tapa le tube contre la table et un peu de résine s'en échappa. Il se sentit gagné par les premiers picotements de l'anxiété. L'encens avait-il pu être utilisé comme agent conservateur ? À moins que le tube ne soit qu'un récipient contenant de l'encens ? Sabir tapa de nouveau le tube sur la table, un peu plus fort cette fois, avec plus d'inquiétude aussi. Un fin rouleau de parchemin lui tomba alors sur les genoux.

Il le déroula et l'étala hâtivement devant lui, sur la table. Il devait mesurer environ quinze centimètres sur vingt, et quelque chose était inscrit sur les deux faces. En groupes de quatre lignes. C'étaient bien les quatrains.

Il se mit à compter. Vingt-six quatrains sur le recto. Vingt-six autres sur le verso. La tension dans sa poitrine grandissait.

Saisissant une feuille de papier, il recopia scrupuleusement le premier quatrain. Puis il se lança dans sa traduction.

80

Calque considéra la comtesse. Comme celle-ci l'avait exigé quand il avait demandé l'entretien, ils étaient seuls dans la pièce.

– Ainsi, votre fils veut revenir à la maison ?

Elle agita la main d'un air agacé, comme pour disperser une odeur nauséabonde.

– Je ne vois pas de quoi vous voulez parler.

– Mes hommes ont intercepté un appel téléphonique, madame. Entre votre fils et votre valet Milouins. Ce même valet surpris en train de verrouiller votre salle de réunion secrète. Votre fils l'a appelé par son nom, nous sommes donc sûrs du fait.

– Comment savez-vous que c'était mon fils ? Milouins peut recevoir des appels de qui bon lui semble. Je suis extrêmement tolérante avec mon personnel. Contrairement à certaines personnes que je connais.

– Votre fils s'est présenté en disant qu'il était le comte.

Les yeux de la comtesse se voilèrent.

– Je n'ai jamais entendu une telle absurdité. Cela fait des années que mon fils n'a pas appelé ici. Je vous l'ai dit. Il est parti s'engager dans la Légion. Et j'ajouterai qu'il l'a fait en dépit de mes instructions pourtant claires. Je ne comprends pas pourquoi vous nous harcelez ainsi.

– Milouins a transmis un message à votre fils.

– Ne soyez pas ridicule.

– Ce message se résumait en un mot. Un mot allemand. *Fertigmachen.*

– Je ne parle pas l'allemand. Milouins non plus, je crois.

– *Fertigmachen* signifie terminer quelque chose. Ou achever quelqu'un.

– Vraiment ?

– Oui. Ça peut également vouloir dire se suicider.

– M'accusez-vous de demander à mon fils de se suicider ? Je vous en prie, capitaine. Laissez-moi une once d'amour maternel.

– En fait, je pense que vous demandiez à votre fils de tuer quelqu'un. Un certain Sabir. De tuer Sabir et de mettre un terme à cette affaire. Je dois vous informer que ce M. Sabir est sous notre protection. Si votre fils tente de le tuer, il se fera prendre.

– Vous avez dit : « Tuer Sabir et mettre un terme à cette affaire. » À quelle affaire faites-vous donc allusion ?

– Je suis au courant pour le Corpus maleficus, madame. J'ai lu le document que vous conservez dans le cabinet secret.

– Vous ne savez rien au sujet du Corpus maleficus, capitaine. Et vous n'avez pas lu le document que vous citez. Il est crypté. Vous essayez de me bluffer et je ne le tolérerai pas.

– Les agissements de votre fils ne vous inquiètent-ils pas ?

– Si, énormément, capitaine ! Est-ce la réponse que vous attendez de moi ? Je suis profondément inquiète.

– Nos experts en codage vont décrypter le parchemin.

– Cela m'étonnerait.

– Vous savez ce qu'il contient ?

– Bien sûr. Mon époux me l'a dit mot pour mot au début de notre mariage. Il est écrit dans un langage connu d'un cercle fermé d'adeptes choisis. Mais je suis une vieille femme, maintenant. J'en ai totalement oublié le contenu et le langage. Tout comme j'ai déjà oublié cette conversation, d'ailleurs.

– Je pense que vous êtes une femme diabolique, madame. Je pense que vous êtes derrière les manigances de votre fils, et que cela ne vous dérange pas de le livrer au diable, si cela satisfait vos intérêts ou ceux de votre société secrète.

– Ce que vous dites n'a pas de sens, capitaine. Vous vous fourvoyez complètement. Tout ceci n'est que pure spéculation. Au tribunal, vous seriez la risée du jury.

Calque se leva.

Une expression étrange passa sur le visage de la comtesse.

– Et vous vous trompez également sur un autre point. Jamais je ne livrerais mon fils au diable. Jamais au diable, je peux vous l'assurer.

81

Bale trouva interminable l'escalier en pierre qui menait au rez-de-chaussée. Lorsqu'il atteignit enfin la dernière marche, il glissa et alla se fracasser contre le mur. Quand son épaule blessée cogna brutalement contre la rampe, le choc fut si violent qu'il lui arracha un gémissement de douleur.

Sabir se redressa sur sa chaise. La police. Ils avaient dû laisser quelqu'un tout de même. Le type était peut-être monté au premier faire un petit somme ? Quel imbécile il avait été de ne pas inspecter toute la maison avant de s'installer pour travailler !

Il rassembla ses papiers et se leva, le dos au feu. Il était trop tard pour se ruer vers la porte. Mieux valait y aller au bluff. Il pourrait toujours prétendre qu'il avait dû revenir pour récupérer des affaires. Le dictionnaire et les feuilles en témoigneraient.

Comme une apparition surgie tout droit d'un tombeau, Bale se dressait sur le pas de la porte du salon. Son visage était terriblement pâle et, à la lumière des bougies, ses yeux de jais ressemblaient à ceux d'un démon. Il était couvert de sang, et des traînées rouges couraient sur sa nuque et son épaule. Sa main droite brandissait un pistolet et, sous le regard horrifié de Sabir, il le pointa dans sa direction.

Sans doute pour la seule et unique fois de sa vie, Sabir réagit d'instinct. Il lança le dictionnaire sur Bale et, dans un même mouvement, s'agenouilla pour faire face à la cheminée. Une fraction de seconde avant le coup de feu, il réussit à jeter le parchemin original et sa copie dans les flammes.

82

En se réveillant, Sabir n'avait pas la moindre idée de l'endroit où il se trouvait. Une odeur inquiétante assaillit ses narines. Il tenta de libérer ses bras, mais ils étaient plongés dans une espèce de boue. Cette boue lui arrivait un peu au-dessus des clavicules, laissant sa tête à l'air. Avec l'énergie du désespoir, il tenta de se dégager, mais ne réussit qu'à s'enfoncer davantage.

– Je ne ferais pas ça, si j'étais toi !

Il leva les yeux.

Bale était accroupi à une vingtaine de centimètres au-dessus de lui, au bord d'un trou ayant à peine la largeur d'un homme. Il agitait la porte de la trappe qui fermait normalement l'orifice, et dirigeait le faisceau de sa lampe de poche directement sur le visage de sa victime.

– Tu es plongé dans une fosse d'aisances. Cette maison n'a apparemment jamais été raccordée à l'égout. J'ai mis du temps à la trouver. Mais tu dois admettre qu'elle est géniale, non ? Il y a trente centimètres entre le niveau de la merde et le haut de la fosse. C'est à peu près la hauteur de ta tête, Sabir. Avec une dizaine de centimètres de rab. Quand je refermerai et verrouillerai cette trappe, il te restera assez d'air pour… disons, une demi-heure. Et encore… si le monoxyde de carbone provenant de la décomposition de la matière organique ne te tue pas avant.

Sabir ressentit une douleur à la tempe droite. Il aurait aimé lever la main pour évaluer les dégâts, mais en fut incapable.

– Qu'est-ce que tu m'as fait ?

– Rien du tout. Pas encore. La blessure sur ton visage vient d'un ricochet. La balle a touché la cheminée au moment où tu t'es tourné pour détruire les prophéties. Elle a rebondi et t'a arraché une partie de l'oreille. Ça t'a également assommé. Désolé.

Sabir commençait à se sentir gagné par la claustrophobie. Il s'efforça de respirer normalement, mais dut vite admettre que cela ne l'aiderait en rien. Impossible de se contrôler. Il fut pris d'une quinte de toux, comme un asthmatique.

Du canon de son arme, Bale lui assena une petite tape sur l'arête du nez.

– Tout doux. Ce n'est pas le moment de faire l'hystérique. Je veux que tu m'écoutes. Que tu m'écoutes avec attention. Tu es déjà un homme mort. Quoi qu'il arrive, je vais te tuer. Tu vas mourir ici. Personne ne te retrouvera jamais.

Le nez de Sabir s'était mis à saigner. Il tenta de détourner la tête pour éviter un éventuel deuxième coup, mais le mélange de sang et d'excréments lui donna envie de vomir. Il mit quelques instants avant d'arriver à contrôler ses haut-le-cœur. Finalement, une fois la crise passée, il leva la tête aussi haut qu'il put pour inspirer quelques goulées d'air plus supportable.

– Pourquoi est-ce que tu continues à me parler ? Qu'est-ce que tu attends pour aller au bout de tes intentions ?

Bale fit une grimace.

– Patience, Sabir. Patience. Je continue à te parler parce que tu as une faiblesse. Une faiblesse mortelle que j'ai envie d'utiliser contre toi. J'étais là quand ils t'ont mis dans le coffre en bois, à Samois. Et j'ai vu ton état quand ils t'en ont ressorti. La claustration, c'est ce que tu crains le plus au monde. Alors je te l'offre. Dans exactement soixante secondes, je vais verrouiller et sceller cette trappe, et te laisser pourrir ici. Mais tu as une chance de racheter la vie de la fille. Celle de la fille, pas la tienne. Tu peux me dicter tout ce que tu sais sur les prophéties. Non, ne prétends pas que tu ne sais pas de quoi je parle. Tu as eu largement le temps de copier ces quatrains et de les traduire. J'ai trouvé le dictionnaire que tu as jeté sur moi. J'ai entendu l'arrivée de ta voiture. J'ai évalué le temps que tu as passé dans le salon. Des heures. Dicte-moi ce que tu sais et je te tirerai généreusement une balle dans la tête. Ça t'évitera de mourir d'asphyxie. Et je te promets d'épargner la fille.

– Je n'ai… Je n'ai pas…

– Si, tu as ! J'ai récupéré le bloc sur lequel tu écrivais. On peut voir que tu as écrit beaucoup de lignes. Oui, tu as traduit de nombreuses lignes. Plus tard, je vais faire analyser ce bloc-notes. Mais, d'abord, tu vas me donner ce que je veux. Sinon, je vais trouver la fille et lui faire subir exactement ce qui a été infligé à la femme enceinte par le bourreau de Dreissigacker. Jusqu'au tout dernier cran, jusqu'à la dernière dent de la crémaillère. Elle t'a raconté tout ça, n'est-ce pas, la jolie Yola ? La petite histoire que je lui ai narrée pendant qu'elle attendait de mourir ? À voir ta tête, je sais qu'elle l'a fait. C'est obsédant, pas vrai ? Tu peux lui éviter ça, Sabir. Tu peux mourir en héros.

Bale se leva et ajouta :

– Réfléchis-y !

La trappe se referma, replongeant la fosse dans l'obscurité totale.

83

Sabir se mit à hurler. Ce n'était pas un cri rationnel, dû à son envie de sortir, mais un cri bestial, provenant d'un recoin obscur au plus profond de son être. Un recoin où l'espoir n'avait plus droit de cité.

Il y eut un bruit au-dessus de lui, puis le frottement de quelque chose de lourd traîné sur la trappe. Sabir se tut, comme un animal sauvage sentant l'approche des rabatteurs. L'obscurité autour de lui était absolue. Tellement noire, en fait, qu'elle semblait presque violette à ses yeux grands ouverts.

Il fut de nouveau saisi d'une envie de vomir et sentit son cœur se crisper dans sa poitrine à chaque expectoration explosive. Il tenta de concentrer son esprit sur le monde au-dehors. De s'évader mentalement de cette fosse et de ses ténèbres qui menaçaient de le rendre fou, de l'avaler. Mais il était si terrifié qu'il ne parvenait plus à contrôler ses propres pensées.

Puis il essaya de remonter ses bras. Étaient-ils attachés ? Bale était-il allé jusqu'à lui infliger cela ?

À chaque mouvement, il s'enfonçait davantage dans la fange. Maintenant, elle lui remontait jusqu'au menton et menaçait d'envahir sa bouche. Il se mit à gémir, les bras battant comme des ailes de poulet dans le liquide visqueux qui l'entourait.

Bale reviendrait. Il avait dit qu'il le ferait. Il reviendrait l'interroger sur les prophéties. Cela donnerait à Sabir le moyen de pression dont il avait besoin. Il le persuaderait de le sortir de la fosse afin qu'il puisse écrire tout ce qu'il savait. Ensuite, il le vaincrait. Rien ni personne sur cette terre ne pourrait renvoyer Sabir dans ce trou abject une fois qu'il en serait sorti. Plutôt mourir. Plutôt se suicider.

C'est alors qu'il se souvint du bras gauche invalide de Bale. Il lui serait physiquement impossible de le sortir de là. Il avait réussi à le traîner, à faire glisser un homme inconscient dans ce trou immonde. Il avait suffi de tirer le corps inerte par le col, de le faire basculer, et la gravité avait fait le reste. Mais il était parfaitement impossible que Bale parvienne à le hisser hors de cette fosse.

Peu à peu, les gaz commençaient à faire effet. Sabir se sentait tiré vers le haut, mû par une incontrôlable force extérieure. Dans un premier temps, tout son corps sembla pressé contre la trappe scellée de la fosse, comme un homme aspiré contre le hublot d'un avion dépressurisé. Puis il fut brutalement expulsé par la trappe, le corps en forme de U à cause de la force centrifuge. Il écarta les bras du mieux qu'il put et son corps prit la forme d'un C, comme un parachutiste en chute libre. Pourtant, la force et la vitesse de son ascension ne causèrent aucun effet apparent sur lui.

Avec un détachement sublime, il regarda la terre s'éloigner sous lui, comme si cet exode expulsif n'avait rien à voir avec sa propre expérience.

Puis, au plus profond de son hallucination, son corps se désintégra graduellement. D'abord, ses bras furent arrachés – il les vit s'éloigner de lui en tournoyant dans un courant d'air. Ensuite ce fut au tour de ses jambes.

Sabir se mit à geindre.

Dans un mouvement violent, le bas de son torse s'arracha du reste de son corps, entraînant derrière lui intestins, foie et vessie. Sa poitrine explosa, et son cœur, ses poumons et ses côtes se morcelèrent. Il tenta de les rattraper au vol, mais il n'avait pas de bras. Il était impuissant, incapable de maîtriser la liquéfaction de son corps, et, bientôt, il ne lui resta plus que la tête. Tout comme dans son rêve chamanique, celle-ci s'approchait de lui, visage face à lui, les yeux morts.

Alors la bouche s'ouvrit et il en sortit un serpent, un gros python, avec des écailles de poisson et des yeux qui le fixaient. La bouche s'ouvrit de plus en plus grand. Le python se retourna et avala la tête de Sabir qui pouvait maintenant la voir descendre le long du corps du serpent, poussée par ses muscles pleins de myosine.

Quand le python se retourna de nouveau, sa face était devenue le visage de Sabir, dans le moindre détail, jusqu'à son oreille fraîchement massacrée. Le visage tenta de parler mais fut incapable de produire le moindre son. C'était comme si Sabir était simultanément à l'intérieur et à l'extérieur du corps du serpent. Et pourtant, son incapacité de parler et d'entendre provenait de sa tête, celle qui était à l'intérieur du serpent, tirée comme par des forceps à travers le losange que formait le corps du reptile.

C'est comme une naissance, songea Sabir. *C'est comme cette longue descente dans le noir avant l'arrivée à l'air libre. C'est pour ça que je suis claustrophobe. C'est sans doute lié à ma naissance.*

Maintenant, Sabir pouvait voir par les yeux du serpent, sentir par la peau du serpent. Il était le serpent et le serpent était lui.

Sa main sortit de la fange à côté de son visage. Il sentit cette main le prendre par le cou, comme si elle ne faisait toujours pas partie de son corps.

Et pourtant, il était toujours le serpent. Il n'avait pas de main.

La main se dirigea vers l'amulette que lui avait donnée le chamane.

Du serpent. L'amulette contenait du serpent.

Du poison. Il y avait du poison dans l'amulette.

Il devait prendre ce poison. Se tuer. C'était sûrement ce que lui dictait son rêve.

Soudain, il se retrouva dans la réalité de la fosse d'aisances. Il entendit un grattement au-dessus de lui. Dans un instant, Bale ouvrirait la trappe…

De sa main libérée, Sabir arracha un bout de tissu de l'avant de sa chemise et le fourra dans sa bouche, le poussa dans sa gorge, bloquant tout accès vers sa trachée.

Il eut un haut-le-cœur, mais l'ignora.

Du bruit. Bale actionnait le verrou de la trappe.

Sabir ouvrit la fiole de poison et la versa dans sa bouche. Maintenant, il ne respirait plus que par le nez et pouvait sentir le poison posé sur sa langue. Il le sentait s'étaler sur son palais. S'immiscer dans ses sinus.

Quand la trappe s'ouvrit enfin, Sabir fit le mort. Au moment même où la lumière atteignit la fosse, il laissa sa tête tomber en avant, reposer à la surface de la fange, afin que Bale s'imagine qu'il s'était noyé.

Celui-ci émit un grognement de fureur. Il plongea un bras dans la fosse pour relever la tête de Sabir.

De sa main libre, l'Américain agrippa le col de son geôlier et tira dessus pour le déséquilibrer. Quand la tête de l'homme passa à sa hauteur, les yeux de Sabir furent attirés par la blessure ouverte et sanglante qu'il avait à la base du cou et il y enfonça aussitôt les dents, fouillant la plaie de sa langue afin d'envoyer le maximum de poison dans les veines de Bale.

Puis il recracha ce qui restait dans la fange qui l'entourait, et se prépara à mourir.

84

L'entretien de Joris Calque avec la comtesse ressemblait fort à un *coïtus reservatus* – en d'autres termes, il avait repoussé la conclusion tellement longtemps que l'effet final avait été à peine plus satisfaisant qu'une éjaculation nocturne.

Avant l'entretien, il s'était persuadé que c'était lui qui menait le jeu. La comtesse serait certainement sur la défensive. C'était une vieille femme. Pourquoi ne passait-elle pas simplement aux aveux pour en finir avec cette histoire ? Il n'y avait plus de peine de mort en France. Le comte serait probablement envoyé dans un asile, où il pourrait jouer tout son soûl à ses petits jeux de dynastie, avec la certitude que quinze ou vingt ans plus tard il serait rejeté dans le système avec un écriteau « inoffensif » accroché autour du cou.

Au lieu de cela, Calque s'était retrouvé face à l'équivalent humain d'un mur de briques. Au cours de sa carrière, il avait rarement rencontré personne aussi sûre de la justification morale de ses actes. Calque savait que la comtesse téléguidait le comportement de son fils. Il le savait, mais il était incapable de le prouver.

– C'est vous, Spola ? demanda-t-il en tenant le portable à quinze centimètres de sa bouche comme si c'était un micro. Où sont Sabir et Dufontaine, maintenant ?

– Ils dorment, monsieur. Il est six heures du matin.

– Avez-vous vérifié récemment ? Au cours de la dernière heure, par exemple ?

– Non, monsieur.

– Alors faites-le tout de suite !

– Voulez-vous que je vous rappelle ?

– Non. Prenez le téléphone avec vous. C'est fait pour ça, non ?

Spola se leva tant bien que mal du siège arrière du panier à salade. Avec quelques couvertures empruntées et un coussin que Yola lui avait prêté, il s'était installé un nid confortable. Mais à quoi pensait Calque ? On était au beau milieu de la nuit. Pourquoi Sabir ou le Gitan voudraient-ils aller quelque part ? Ils n'étaient accusés de rien. Si le capitaine lui demandait son avis, il lui dirait que c'était ridicule de gâcher toutes ces forces de police à filer des non-suspects alors que ceux-ci jouissaient de leurs droits les plus légitimes à lui. Spola avait une gentille petite femme qui l'attendait à la maison. Et un lit douillet. C'étaient là ses droits légitimes. Et, de toute évidence, ils allaient être violés.

– Bon, je suis en train de jeter un coup d'œil au Gitan. Il dort profondément.

– Allez voir Sabir.

– Oui, monsieur.

Spola ouvrit la porte intérieure de la caravane. C'était vraiment n'importe quoi !

– Il est dans son lit. Il…

Le sergent s'interrompit, fit un pas de plus dans la pièce, alluma la lumière et bredouilla :

– Euh… il est parti, monsieur. Ils ont rempli son lit de coussins pour faire comme s'il dormait. Je suis désolé, monsieur.

– Où est la fille ?

– Elle dort avec les femmes, monsieur. De l'autre côté de la rue.

– Allez la chercher.

– Mais je ne peux pas, monsieur. Vous savez comment sont ces Gitanes. Si je mets les pieds là-dedans…

– Allez-y et passez-la-moi au téléphone.

85

À travers le pare-brise, Spola regardait défiler les arbres en plissant les yeux. Il avait commencé à pleuvoir et les phares de la camionnette se reflétaient sur la route, rendant l'évaluation des distances difficile.

À côté de lui, Yola se trémoussait nerveusement, le visage tendu sous le reflet des lumières.

Spola mit en route l'essuie-glace arrière.

– C'est vraiment un tour pourri que vous m'avez joué là, vous savez. Je peux perdre mon boulot à cause de ça.

– On n'aurait jamais dû vous demander de nous surveiller, pour commencer. C'est seulement parce qu'on est des Gitans. Vous nous traitez comme des moins que rien.

Spola se redressa sur son siège.

– Ce n'est pas vrai. J'ai essayé de me montrer compréhensif avec vous. De vous laisser un peu de liberté. Je vous ai même permis d'aller voir le *curandero* avec Sabir. C'est d'ailleurs ce qui m'a mis dans ces sales draps.

Yola jeta un coup d'œil vers lui.

– Vous avez raison. Ce sont les autres qui me rendent malade.

– Oui. Il y a des gens qui ont des préjugés injustifiables. Je ne le nie pas. Mais moi, je ne suis pas comme eux.

Il tendit le bras pour essuyer du revers de sa manche la buée sur le pare-brise.

– Si seulement ils nous filaient des voitures avec l'air conditionné, maugréa-t-il. On verrait où on va. On y arrive bientôt ?

– C'est là. Tournez à gauche. Vous verrez la maison dans quelques instants.

Spola engagea le véhicule dans le chemin défoncé et jeta un coup d'œil à l'horloge du tableau de bord. Calque mettrait au moins une heure pour arriver jusqu'ici. À moins qu'il ne détourne un hélicoptère de la police. Encore une nuit de sommeil fichue.

Il arrêta la voiture devant le Maset.

– Alors, c'est ici que tout est arrivé ?

Yola descendit et se précipita vers la porte d'entrée. Elle n'avait aucune raison de s'inquiéter, mais l'appel de Calque, la prévenant qu'Œil noir était toujours aux trousses de Sabir, avait troublé sa sérénité. Elle avait cru que ce monstre était sorti pour de bon de leur vie. Et voilà qu'en pleine nuit elle aidait la police et lui obéissait.

– Damo ?

Elle balaya la pièce des yeux. Le feu était presque éteint. Une bougie vacillait et une autre était à dix minutes de l'extinction. On n'y voyait presque rien, surtout pour transcrire en détail un texte. Elle se tourna vers Spola.

– Vous avez une lampe de poche ?

Il l'alluma.

– Il est peut-être dans la cuisine.

Yola secoua la tête. Sous la lumière artificielle, son visage semblait tendu, inquiet. Elle se précipita dans le couloir.

– Damo ?

Arrivée à l'endroit où Macron avait été tué, elle hésita un instant.

– Damo ?

Avait-elle entendu un bruit ? Une main sur le cœur, elle fit un pas en avant.

Le son d'un coup de feu résonna dans le bâtiment vide. Yola poussa un cri.

Spola courut vers elle.

– Qu'est-ce que c'était ? Vous avez entendu un coup de feu ?

– C'était en bas, dans la cave.

Sa voix était étranglée.

Spola laissa échapper un juron et tira le pistolet de son étui. Il n'était pas du genre physique. Les armes, ce n'était pas sa tasse de thé. En trente ans de carrière dans la police, il n'avait jamais eu besoin de faire appel à la violence.

– Restez là, mademoiselle. Si vous entendez d'autres coups de feu, courez à la voiture de police et partez. Vous m'entendez ?

– Je ne sais pas conduire.

Spola lui tendit le portable.

– J'ai composé le numéro du capitaine Calque. Expliquez-lui ce qui se passe. Dites-lui d'appeler une ambulance. Il faut que j'y aille, maintenant.

Spola courut derrière la maison en direction de l'entrée de la cave. Sa lampe torche projetait des ombres sauvages sur les murs. Sans prendre le temps de penser, il ouvrit brutalement la porte de la cave et se campa bruyamment sur ses deux jambes, le pistolet dans une main, la torche dans l'autre.

Des pieds d'homme sortaient de ce qui semblait être la bouche d'une vieille citerne d'eau ou d'une fosse septique. Pendant que Spola regardait, les pieds glissèrent dans la fosse. Des bruits on ne peut plus bizarres provenaient de l'intérieur de la fange, et Spola demeura planté là, à fixer l'orifice avec consternation. Puis il s'en approcha en rampant et braqua le faisceau de sa lampe sur la fosse.

Sabir tenait sa tête en arrière et sa bouche était ouverte, dans une espèce de rictus silencieux. Dans une main, il tenait le poing de Bale, le Redhawk emprisonné entre leurs doigts. Le visage de Bale émergeait de la fosse, avec des globes oculaires noirs et révulsés comme il n'en avait jamais vu. L'arme fit un mouvement brusque en avant et il y eut un éclair.

Spola tomba à genoux. Un engourdissement se propagea dans sa poitrine, descendant vers le ventre et l'aine. Il tenta de pointer son pistolet mais en fut incapable. Il toussa puis tomba sur le flanc.

Une silhouette passa en trombe à côté de lui. Il sentit qu'on lui arrachait l'arme, puis ce fut le tour de la lampe torche. Libérées, ses mains se plaquèrent sur son ventre. Il eut soudain une vision exquise : sa femme allongée sur leur lit, en train de l'attendre, ses yeux brûlant de désir fixés sur lui.

Des éclairs jaillirent de l'arme, illuminant la cave comme au cours d'un orage violent. Spola sentit qu'il y avait du mouvement loin devant lui. Très loin. Puis quelqu'un sépara doucement ses mains. Était-ce sa femme ? L'avaient-ils amenée pour qu'elle s'occupe de lui ? Spola essaya de lui parler, mais le masque à oxygène étouffa ses mots.

86

— Vous devez la vie à cette fille.

— Oui, je sais.

Sabir tourna la tête pour regarder le faîte des sapins que l'on apercevait de la fenêtre de sa chambre d'hôpital et ajouta :

— À vrai dire, je lui dois plus que ça.

Calque ne releva pas sa remarque. Il se concentrait sur autre chose.

— Comment savait-elle que vous aviez pris du poison ? Comment savait-elle qu'il vous fallait un vomitif ?

— Quel vomitif ?

— Elle vous a fait avaler de la moutarde et de l'eau salée jusqu'à ce que vous rendiez ce qui restait du poison. Elle a également sauvé la vie de Spola. Œil noir lui a tiré dessus. Si les victimes qui ont reçu une balle s'endorment, elles meurent. Elle a longuement parlé avec lui, allongée par terre, avec en même temps une main dans la fosse pour vous maintenir la tête droite, hors de la fange. Sans elle, vous vous seriez noyé.

— Je vous avais bien dit que cette fille était spéciale. Mais, comme tous les autres, vous ne faites pas confiance aux Gitans. Une attitude qui n'est pas très rationnelle. Vous devriez avoir honte.

— Je ne suis pas venu ici pour m'entendre faire la morale.

— Alors pourquoi êtes-vous venu ?

Calque se cala dans le fauteuil. Il tâta ses poches en quête d'une cigarette puis se rappela qu'il se trouvait dans un hôpital.

— Pour avoir des réponses, je suppose.

– Que voulez-vous savoir ? On était traqués par un cinglé. Il est mort. Maintenant, on doit poursuivre nos vies.

– Ce n'est pas suffisant.

– Que voulez-vous dire ?

– Je veux savoir à quoi ça rime, tout ça. Pourquoi Paul Macron a été tué. Et les autres. Bale n'était pas cinglé. C'était le plus sain d'esprit de nous tous. Il savait exactement ce qu'il voulait et pourquoi il le voulait.

– Demandez à sa mère.

– Je l'ai fait. C'est un peu comme pisser dans un violon. Elle nie tout. Le manuscrit que nous avons trouvé dans son cabinet secret est indéchiffrable, et mon supérieur hiérarchique estime que c'est une perte de temps pour la police de continuer l'enquête. La comtesse s'en est tirée en toute impunité. Elle et sa bande d'aristocrates, adeptes du diable.

– Que voulez-vous de moi, alors ?

– Yola a admis devant Spola que les prophéties n'étaient pas perdues. Que vous les aviez mises en lieu sûr et que vous les traduisiez au Maset. Je crois qu'elle a un petit faible pour le sergent.

– Et vous voulez savoir ce qu'il y avait dans les prophéties ?

– Oui.

– Et si je les publiais ?

– Personne n'écouterait. Vous seriez comme la fille du roi Priam, Cassandre, à qui son soupirant Apollon avait donné le don de prophétie. Quand elle a refusé de coucher avec lui, il a transformé ce don pour que personne ne la croie jamais, même si les prophéties étaient vraies.

Calque brandit trois doigts pour faire taire Sabir qui n'allait pas manquer de riposter. Il commença à énumérer les points qu'il souhaitait soulever en tapant chaque doigt contre la paume de sa main libre.

– Un : vous n'avez pas les originaux. Deux : vous n'avez même pas une copie des originaux. Vous avez tout brûlé. Nous avons trouvé les cendres dans la cheminée. Pour cinq millions de dollars de cendres. Trois : ce sera simplement votre parole contre celle du reste du monde. N'importe qui pourrait prétendre avoir trouvé les prophéties. Ce que vous avez n'a aucune valeur, Sabir.

– Alors pourquoi le voulez-vous ?

– Parce qu'il faut que je sache.

Sabir ferma les yeux.

– Et pourquoi vous le dirais-je ?

Calque haussa les épaules.

– Je ne peux pas répondre à ça. Mais si j'étais à votre place, ajouta-t-il en se penchant vers lui, j'aimerais en parler à quelqu'un. Je ne voudrais pas emporter dans la tombe tout ce que je sais. J'aimerais vider mon sac.

– Et pourquoi *vous*, en particulier ?

– Bon sang, Sabir !

Calque fit mine de se lever puis se ravisa.

– Vous me le devez. Et vous le devez à Macron. Vous m'avez pris pour un con alors que je vous faisais confiance.

– Vous n'auriez pas dû me faire confiance.

Calque esquissa un sourire.

– D'ailleurs, je ne vous ai pas fait confiance. Il y avait deux mouchards dans la voiture. On savait que, si on en perdait un, on pourrait toujours vous retrouver avec le second. Je suis un flic, Sabir. Pas une assistante sociale.

L'Américain secoua tristement la tête. Il considérait Calque de ses yeux sombres qui contrastaient avec le blanc du pansement qui protégeait un côté de son visage.

– Quelque chose m'est arrivé là-bas, capitaine.

– Je sais.

– Non. Pas ce que vous croyez. Autre chose. C'était comme une transformation. J'ai changé. Je suis devenu autre chose. Le *curandero* m'a prévenu que ça arrive quand on est près de devenir un chamane. Un guérisseur.

– Je ne vois fichtrement pas de quoi vous parlez.

– Moi non plus.

Calque se rassit.

– Vous vous en souvenez ? En partie, au moins, ou est-ce que je suis simplement en train de perdre mon temps ?

– Je me souviens de tout.

Le corps de Calque se figea comme celui d'un chien à l'affût de sa proie.

– Vous vous fichez de moi ?

– Je vous ai dit que certains changements s'étaient opérés en moi. Une métamorphose. Je ne sais pas ce que c'était ni pourquoi c'est arrivé. Mais, même maintenant, je peux me rappeler chaque mot du texte en français. C'est comme une photographie. Il suffit que je ferme les yeux pour que ça me revienne. J'ai passé six heures dans cette maison, capitaine. À lire et relire ces quatrains. À les traduire. À essayer de comprendre leur signification.

– Vous les avez écrits quelque part ?

– Je n'ai pas besoin de le faire. Et je ne le veux pas.

Calque se leva.

– Bien. C'était idiot de ma part de poser la question. Pourquoi me le diriez-vous ? Que puis-je y faire, de toute façon ? Je suis vieux. Je devrais prendre ma retraite. Mais je m'incruste dans la police parce que je n'ai rien d'autre à faire dans la vie. Voilà, c'est à peu près tout. Au revoir, monsieur Sabir. Je suis content que ce salaud n'ait pas eu votre peau.

Sabir le suivit des yeux tandis qu'il se dirigeait lentement vers la porte. Il y avait quelque chose, chez cet homme, de l'intégrité, peut-être, qui le plaçait au-dessus des gens ordinaires. Pendant l'enquête, Calque s'était montré fidèle à ses propres principes. Il avait laissé à Sabir beaucoup plus de liberté qu'il n'aurait dû le faire. Et il ne l'avait pas blâmé pour la mort de Macron, ni pour la blessure du sergent Spola. Non. Il avait tout endossé, tout pris sur lui.

– Attendez, Calque.

– Pourquoi ?

Sabir soutint son regard.

– Asseyez-vous, capitaine. Je vais vous raconter une partie de l'histoire. La partie qui ne compromettra personne d'autre. Ça vous conviendra ?

Calque retourna vers son fauteuil et s'installa avec des gestes lents.

– Il le faudra bien, non ? Si c'est tout ce que vous pensez pouvoir me confier.

– Secret de la confession ? demanda Sabir en penchant la tête sur le côté.

– Secret de la confession, soupira Calque.

87

— Il n'y avait que cinquante-deux quatrains sur le parchemin que j'ai tiré du tube de bambou. Au début, je pensais qu'il y en aurait cinquante-huit, parce que c'est le nombre exact de quatrains qui manquent pour terminer la dixième centurie de Nostradamus. Mais il en manque toujours six. Maintenant, je pense qu'ils sont tous éparpillés, comme ceux de Rocamadour et de Montserrat, et qu'ils doivent servir d'indices pour l'ensemble.

– Continuez.

– D'après ce que j'ai pu comprendre, chacun de ces cinquante-deux quatrains décrit une année en particulier. Une année dans le décompte jusqu'au Jugement dernier. L'Apocalypse, le Ragnarök, le Grand Changement maya… peu importe comment vous l'appelez.

– Que voulez-vous dire par « décrit une année » ?

– Chacun est comme une indication, décrivant un événement qui se produira au cours de cette année-là. Et chaque événement a de l'importance d'une manière ou d'une autre.

– La fin n'est donc pas datée ?

– Ce n'est pas nécessaire. Même Nostradamus ne connaissait pas la date exacte de l'Apocalypse. Il savait seulement ce qui la précéderait. La date devient donc plus évidente à mesure qu'on s'en approche.

– Je ne comprends toujours pas.

Sabir se redressa sur son lit.

– C’est simple. Nostradamus voulait que l’humanité échappe au dernier holocauste. Il avait l’impression que, si le monde pouvait changer son comportement en reconnaissant le Second Avènement, en rejetant le troisième Antéchrist, alors nous devrions avoir une faible chance d’éviter l’annihilation. C’est pour ça qu’il nous a donné des indices, année après année, événement après événement. À nous de faire la corrélation entre les quatrains et les événements. Quand chaque événement se produit tel que Nostradamus l’a prédit, ces quatrains prennent toute leur signification et on peut les cocher. Plus on s’approchera de l’Apocalypse, plus le jour du commencement et celui de la fin seront évidents, pour la simple raison que les événements prédits pour les dernières années précédant le Jugement dernier ne se sont pas encore produits. Alors seulement, les gens vont commencer à croire. Et peut-être changer leur comportement. À toutes fins utiles, Nostradamus nous a donné un avertissement de cinquante-deux ans.

Calque fit une grimace, incrédule.

– Regardez le premier indice, dans ce que je crois être le premier quatrain, et qui dit :

Le désert africain fondra pour devenir du verre
De fausses libertés tourmenteront les Français
Le grand empire des îles rétrécira
Ses mains, ses pieds et ses coudes fuiront la tête

– Ça ne veut rien dire. Ça ne nous mène nulle part.

– Au contraire. Regardez de nouveau. *Le désert africain fondra pour devenir du verre.* En 1960, les Français ont mené leur premier essai nucléaire en Algérie du Sud-Ouest. Dans le désert du Sahara. Ils l’ont appelé « Gerboise bleue ».

– Vous allez un peu loin, Sabir.

– Alors essayez la ligne suivante : *De fausses libertés tourmenteront les Français.* En 1960, la France a accordé, ou a été obligée d’accorder, l’indépendance au Cameroun, au Togo, à

Madagascar, au Dahomey, au Burkina Faso, à la Haute-Volta, à la Côte d'Ivoire, au Tchad, à la République centrafricaine, au Congo-Brazzaville, au Gabon, au Mali, au Niger, au Sénégal et à la Mauritanie. Et malgré ça, les Français ont persisté avec leur guerre en Algérie. La *fausse liberté*, c'est quand on donne d'une main pour reprendre de l'autre. Maintenant les lignes trois et quatre : *Le grand empire des îles rétrécira. Ses mains, ses pieds et ses coudes fuiront la tête.* Pour Nostradamus, la Grande-Bretagne a toujours été le « grand empire des îles ». Il se sert de cette image en de nombreuses occasions, et c'est toujours pour parler spécifiquement de l'Angleterre. En 1960, les Anglais ont accordé l'indépendance à Chypre, à la Somalie, au Ghana, au Nigeria. Ce sont les extrémités. La reine Élisabeth était la tête. Avec l'indépendance, ils s'en sont éloignés.

– Ce n'est pas suffisant.

– Alors essayez le quatrain suivant :

L'Allemagne se fera étrangler et l'Afrique sera reprise
Un jeune chef apparaîtra, il conservera sa jeunesse
Les hommes lèveront les yeux vers le champ de bataille
Une étoile brillera sans être une étoile

– D'après votre théorie, Sabir, ce quatrain devrait faire référence à 1961. C'est bien ça ? Je ne vois pas comment.

– Pourquoi pas ? Prenez la première moitié de la première ligne : *L'Allemagne se fera étrangler.* Nostradamus utilise les mots *se fera étrangler.* En d'autres termes, il y a ordre d'étrangler. Et que s'est-il passé en 1961 ? La frontière entre Berlin-Est et Berlin-Ouest a été mise en place, le mur édifié. Une façon bien concrète de diviser et étrangler l'Allemagne. Et maintenant la deuxième partie de cette première ligne : *et l'Afrique sera reprise.* Le 21 avril 1961, les rebelles de l'OAS ont pris Alger, dans un effort pour empêcher le général de Gaulle d'accorder l'indépendance aux Algériens. Vous vous souvenez de cela, n'est-ce pas, Calque ? Vous étiez sans doute encore en train de vous faire les dents en tant que pandore.

– Pfff !…

– *Les hommes lèveront les yeux vers le champ de bataille.* Ça vous rappelle quelque chose ? Le 12 avril 1961, Youri Gagarine est devenu le premier homme à entrer dans l'espace – dans Vostok 1 –, déclenchant la guerre de l'espace, aggravant de ce fait la guerre froide entre les États-Unis, l'OTAN et l'Union soviétique. *Une étoile brillera sans être une étoile.* Voilà une fichtrement bonne description d'un vaisseau spatial en orbite, non ? Surtout quand on pense que Nostradamus écrivait ça quatre cent cinquante ans avant qu'une telle chose soit ne serait-ce qu'envisagée.

– Et *un jeune chef apparaîtra, il conservera sa jeunesse* ? Vous allez me dire qu'il s'agit de John F. Kennedy.

– C'est évident. Kennedy a pris ses fonctions de président des États-Unis le 20 janvier 1961. Il était très jeune quand il est pratiquement devenu le souverain du monde occidental. *Il conservera sa jeunesse* : rappelez-vous qu'il a été assassiné deux ans plus tard, le 22 novembre 1963.

– Je suppose que Nostradamus en parle aussi.

– Oui. Sous la forme suivante : *L'équipage blême du jeune roi devient noir*, et le deuxième vers dit : *La reine pleurera, la couronne du roi sera brisée.* Kennedy a été tué par une balle dans la tête le 22 novembre 1963, à Dallas, au Texas. Robert McClelland, un médecin, a décrit la blessure dans sa déposition au Parkland, devant Arlen Specter, le 21 mars 1964. Il a dit que la cervelle était sortie par le haut du crâne du président. J'ai imprimé son témoignage trouvé sur Internet. Permettez-moi de vous le lire : *J'ai pu examiner la plaie crânienne de très près et j'ai noté que la portion postérieure droite du crâne avait carrément éclaté, déchirant le cuir chevelu, laissant apparaître l'intérieur de la boîte crânienne, montrant qu'une partie du cerveau et même du cervelet ont été éjectés lors de l'impact…* D'après moi, cela concorde clairement avec *la couronne du roi sera brisée,* vous ne trouvez pas ?

– Personne ne prendra ça au sérieux. En êtes-vous conscient ?

– Personne n'aura l'occasion de le prendre au sérieux. Parce que je ne vais pas rendre publiques ces prophéties. Vous-même avez fait référence à Cassandre. Je n'ai plus les originaux. Personne ne me croira. Et il y a des choses là-dedans que le Corpus maleficus veut encore savoir.

– Mais Bale est mort.

– En effet.

– Il y a autre chose, n'est-ce pas ?

– Vous voulez des preuves ? Ce sera pour l'année prochaine. Et l'année d'après, et ainsi de suite.

– Que voulez-vous dire ?

– Réfléchissez, Calque. Nous avons la date du commencement du compte à rebours : 1960. C'est clair. Même vous, vous ne pouvez pas le nier. Et j'ai quarante-huit quatrains partant de cette date, décrivant un événement ou plusieurs événements pour chaque année suivante, indiquant que cette année fait partie du cycle. Ils ne sont pas tous dans l'ordre, mais quand on les organise un peu, ils coïncident. J'ai la défaite des États-Unis au Vietnam. La Révolution culturelle chinoise. La guerre des Six-Jours entre les Arabes et les Israéliens. Le génocide cambodgien. Le tremblement de terre de Mexico. Les première et seconde guerres du Golfe. Le 11-Septembre. Les inondations de la Nouvelle-Orléans. Le tsunami dans l'océan Indien. Et ce n'est là que la partie visible de l'iceberg. Il y a des douzaines d'événements moins importants qui semblent corroborer tout ça. Rien à voir avec le hasard.

– Qu'essayez-vous de me dire ?

– Que les Mayas avaient raison. Selon leur calendrier long, le Grand Changement aurait lieu en 2012. Le 21 décembre, pour être précis. Soit 5 126 années – c'est-à-dire treize baktuns, chacun comprenant vingt katuns – après le début de leur calendrier. Ça concorde exactement avec les dates de Nostradamus. Sauf que lui commence en 1960, au début de l'ère du Verseau. Et il nous donne cinquante-deux quatrains, et cinquante-deux ans d'avertissement. Ça tombe aussi sur 2012.

– Et vous avez les prophéties pour les années suivantes ?

– Oui. Je les ai isolées par défaut. Ce sont ces prophéties-là que Bale voulait si désespérément. L'une décrit le troisième Antéchrist, qui entraînera le monde à sa perte. Une autre décrit le Second Avènement. Et une autre encore indique le lieu d'apparition d'un nouveau visionnaire. Il confirmera, ou non, la date. Il pourra voir dans l'avenir et canaliser l'information. Seule cette personne pourra nous dire ce qui nous attend, renaissance ou apocalypse. Mais finalement, tout dépendra si nous serons prêts à reconnaître le Second Avènement. À le reconnaître de manière universelle. À le voir comme quelque chose au-delà de la religion. En d'autres termes, comme un bienfait universel. Nostradamus croit que c'est uniquement en rassemblant le monde – dans le culte collectif d'une seule entité – que nous serons sauvés.

– Vous n'êtes pas sérieux.

– Oh, que si !

– Le troisième Antéchrist, alors ? Qui est-il ?

Sabir se détourna.

– Il est déjà parmi nous. Il est né sous le chiffre sept. Dix, sept, dix, sept. Il a pour nom la Grande Putain. Il détient déjà un poste élevé. Il ira encore plus haut. Son chiffre en numérologie est le un, indiquant un caractère impitoyable et un désir de pouvoir obsédant. Nostradamus l'appelle le « scorpion ascendant ». C'est tout ce que je peux vous dire.

– Mais ça n'est rien !

– Détrompez-vous.

Calque le regarda d'un air interrogateur.

– Vous connaissez donc son nom ?

– Oui. Tout comme vous.

Le capitaine haussa les épaules. Mais, sous son bronzage temporaire de Camarguais, il avait blêmi.

– Ne croyez pas que je ne tenterai pas de le découvrir. Je suis inspecteur. Même moi, j'ai quelques notions en numérologie.

– Je n'en doute pas un instant.

– Et le Second Avènement ?

—Je n'en parlerai à personne. C'était le véritable but du cadeau de Nostradamus à sa fille. Un secret pour lequel des hommes et des femmes seraient prêts à mourir. Un secret qui pourrait changer le monde. Vous êtes la seule personne au monde à savoir que je le détiens. Je serais heureux qu'il en demeure ainsi. Et vous ?

Calque considéra Sabir en silence pendant quelques minutes, puis il se leva avec difficulté et hocha la tête.

Postscript

Alexi enleva Yola au beau milieu de l'été. Ils s'enfuirent en Corse, et le Gitan la déflora sur la plage, près de Cargèse. Tandis qu'il lui faisait l'amour pour la première fois, une formation de canards les survola, qui projetèrent leur ombre sur le couple enlacé. Quand il se retira d'elle, Yola s'assit et lui annonça qu'elle était enceinte.

– C'est impossible. Comment peux-tu savoir ?

– Je sais.

Alexi ne doutait jamais d'elle. À ses yeux, Yola possédait une compréhension mystérieuse des secrets qui dépassait son entendement. Cela lui convenait tout à fait, puisqu'il fallait bien que quelqu'un sache ce genre de chose, et en porte le poids, afin qu'Alexi puisse vivre sa vie dans le présent, sans jamais regarder en avant ni en arrière.

Dès que Sabir eut vent de l'enlèvement de Yola, il prit un avion pour l'Europe et attendit le couple au camp de Samois. Il était le nouveau frère de Yola et le titulaire de l'autorité familiale, et il était inconcevable que la jeune femme se marie sans sa présence et son consentement. Il savait que c'était la dernière chose qu'il devait faire pour elle, et que son apparition à son mariage la nettoierait enfin de la souillure de la mort de son frère.

Yola avait gardé la serviette sur laquelle elle était allongée sur la plage de Cargèse et, quand celle-ci fut déployée devant les invités du mariage, Sabir admit officiellement qu'elle était vierge avant son enlèvement, et que sa *lacha* n'était pas entachée. Il accepta de verser sa dot à Alexi.

Plus tard, quand la cérémonie fut terminée, Yola lui annonça qu'elle était enceinte et lui demanda s'il voudrait être le *kirvo* de son fils.

– Tu sais que c'est un garçon ?

– Quand Alexi m'a pris les yeux, un chien mâle a couru vers nous sur la plage et m'a léché la main.

Sabir secoua la tête.

– C'est un peu dingue… mais je te crois.

– Tu fais bien. Le *curandero* avait raison. Tu es devenu un homme plus sage. Quelque chose t'est arrivé pendant que tu étais en train de mourir. Je ne veux pas savoir ce que c'était. Mais je sens que tu peux voir des choses, parfois. Tout comme moi, depuis qu'Œil noir m'a infligé mes deux demi-morts. Es-tu un chamane, maintenant ?

Sabir secoua la tête.

– Je ne suis rien. Rien n'a changé. Je suis simplement heureux d'être là et de te voir mariée. Et, bien sûr, je serai le *kirvo* de ton fils.

Yola le considéra pendant un instant, espérant sans doute une suite. Puis son visage exprima une soudaine compréhension.

– Tu sais, n'est-ce pas, Damo ? Ce que le *curandero* m'a dit au sujet de mon fils ? Au sujet de la *parousia* ? Tout était écrit sur les pages que tu as brûlées. C'est à cause de ça que le secret des prophéties a été confié à ma famille ? C'est pour ça que tu les as brûlées au risque de ta vie ?

– Oui, c'était écrit.

Yola posa les mains sur son ventre.

– Y avait-il autre chose d'écrit ? Des choses que je devrais savoir ? Des choses que je devrais craindre pour mon fils ?

Sabir sourit.

– Rien d'autre n'était écrit, Yola. Ce qui doit être sera. Les dés sont jetés et l'avenir n'est écrit que dans les étoiles.

ACTUELLEMENT EN LIBRAIRIE

La Trilogie Nostradamus : tome 2
L'Hérésie maya

dont voici un avant-goût avec le premier chapitre.

Château de Montfaucon
Montargis, France
25 octobre 1228

Le jeune roi s'agenouilla et récita une courte prière avant la chasse – après tout, Dieu était à ses côtés. Puis, dans un vacarme de claquements de sabots, lui et les cinquante cavaliers qui l'entouraient quittèrent le château de Montfaucon pour pénétrer dans la forêt domaniale.

Les violentes bourrasques qui accompagnaient cette journée d'automne faisaient bruisser les feuilles jaunies, tandis qu'une pluie fine et tenace trempait les visages des hommes. Les douze moines cisterciens qui suivaient toujours le roi à cheval avaient de plus en plus de peine à chanter les heures par-dessus les hurlements du vent. Le roi se tournait de temps à autre vers eux, irrité par ces voix qui oscillaient entre le *crescendo* et le *diminuendo.*

– Vous pouvez tous rebrousser chemin. Je suis las de vos miaulements dont je ne saisis pas les moindres paroles.

Les moines, habitués aux caprices de leur maître, s'écartèrent du cortège des chasseurs, se délectant à l'avance de retrouver plus tôt que prévu leur couvent et son feu ronronnant, ainsi que le copieux déjeuner qui les y attendait.

Louis se tourna vers son écuyer, Amaury de Bale.

– Lorsque tu évoquais ce sanglier, hier, lors de notre discussion… Tu prétendais que c'était aussi un symbole du Christ… Tu disais vrai ?

De Bale jubila intérieurement. La graine qu'il avait si soigneusement plantée avait fini par germer.

– Oui, sire. Dans l'Allemagne teutonique, le sanglier, *Sus scrofa*, a pour nom *der Eber.* Je crois savoir que le mot *Eber* remonte directement à Ibri, l'ancêtre des Hébreux.

Via une fausse étymologie qui s'avère particulièrement commode, ajouta de Bale pour lui-même.

Louis frappa du poing le pommeau de sa selle.

– Qui se nommaient eux-mêmes les Ibrim. Bien sûr !

De Bale sourit. En privé, il remercia les phalanges de tuteurs qui avaient tout fait pour que Louis reçoive une meilleure éducation encore que celle dispensée à son décadent de grand-père sodomite, Philippe II Auguste.

– Comme vous le savez, sire, dans la Grèce antique, le sanglier était l'animal emblématique des déesses Déméter et Atalante. Et, à Rome, celui du dieu Mars. Ici, en France, cet animal pourrait vous représenter, sire, dans le sens où il symbolise à la fois le vaillant courage et le refus du renoncement.

Les yeux de Louis brillaient d'enthousiasme. Sa voix perça le souffle rageur du vent.

– Aujourd'hui, de ma hache, je tuerai un sanglier. Comme Hercule sur le mont Érymanthe. Dieu m'a parlé, ce matin, et m'a dit que, si j'agissais de la sorte, la bête me transmettrait ses attributs et que mon règne verrait l'annexion permanente de Jérusalem, de Nazareth et de Bethléem par notre sainte mère l'Église.

De Bale haussa des sourcils étonnés.

– Par le saint empereur romain, vous voulez dire ?

– Par moi, en vérité.

De Bale demeura un instant sans voix. C'était de mieux en mieux. Le roi en avait fait lui-même la suggestion. Il regarda les cavaliers qui l'entouraient – oui, eux aussi avaient bien entendu leur souverain. Il devina même la furtive contraction de leurs sphincters tandis qu'ils comprenaient qu'aujourd'hui ce n'était pas un cerf qu'ils allaient chasser, mais un sanglier.

Il se tourna de nouveau vers le roi. Dans sa seizième année, âgé d'un an de plus que Louis, il avait déjà atteint toute sa puissance physique, alors que le roi, à quinze ans, était à peine pubère. De par la taille, toutefois, Louis dépassait son écuyer d'une tête, et il montait son cheval avec toute l'assurance d'une jeunesse éclatante.

– *Dente timetur*, déclara de Bale.

– *Rex non potest peccare*, riposta le roi.

Des paroles qui lui attirèrent les applaudissements spontanés de son entourage. De Bale lui-même ne put qu'admirer l'élégant jeu d'esprit de son monarque et le gratifia d'un profond salut. Il cherchait simplement à protéger ses arrières – *dente timetur* était une expression latine bien connue qui signifiait « soyez sur vos gardes ». Son maître lui avait cependant répliqué par un percutant : « Le roi ne peut pécher. » Mais, par une très subtile hésitation entre *potest* et *peccare*, Louis avait tourné la phrase en un féroce : « Tu ne feras pas trembler le roi, cochon sauvage. »

Le jeu de mots était si magnifique que de Bale fut un instant tenté d'ignorer ses ordres et d'épargner la vie du roi – où ailleurs qu'en France voyait-on un souverain de quinze ans doté de l'esprit d'un Abélard ? Mais, en homme de raison, il réfléchit à deux fois avant de contrarier un parent aussi puissant que Pierre Mauclerc, duc de Bretagne. Car un dilemme ne cessait de le tourmenter : il était constamment tiraillé entre Plantagenêts et Capétiens.

Poussant son cheval vers celui du roi, il jeta un discret regard derrière lui pour s'assurer que les autres écuyers appréciaient sa façon de capter l'attention de leur souverain.

– Je sais où vous pouvez en trouver un, sire. Un véritable monstre. Le plus énorme mâle adulte de tout l'Orléanais. Il pèse au moins quatre cents livres.

– Comment ?... Que dis-tu ?...

Ce fou est encore en prière, se dit de Bale. Il aurait dû naître prêtre et non roi.

S'il continuait ainsi, ils allaient devoir le sanctifier. Ou alors il finirait comme le tyran le plus assoiffé de sang, le plus orgueilleux, le plus imbu de sa personne depuis Néron.

Comme en écho à ses terreurs secrètes, une tout autre prière lui traversa l'esprit : *Seigneur, faites que, suite à ce que je m'apprête à faire, ce bâtard ne finisse pas en martyr, et moi en régicide éviscéré, écartelé et démembré.*

Un sourire de convenance sur les lèvres, de Bale se courba pour offrir enfin une réponse à la question de son roi.

– Je me le réservais à moi-même, sire. Ma domesticité...

– Comment oses-tu prétendre te le réserver ? Un sanglier n'appartient qu'au roi. Pour qui te prends-tu ?

De Bale devint écarlate. Dieu, protégez-moi de ceux qui sont mes maîtres, marmonna-t-il entre ses dents. Il était déjà redevable à Mauclerc, et voici qu'il croisait le fer avec son autre suzerain, Louis IX, que ce même Mauclerc voulait voir mort. De Bale bouillonnait intérieurement. Il chercha la meilleure approche, le meilleur moment pour plonger.

– L'animal est loin de la forêt royale, sire, et m'appartient donc légalement. Mais je ne l'ai pas encore tué. J'ai tout juste demandé à mes gens de construire une barrière d'osier autour de son territoire, et de le maintenir en place en l'affolant par du tapage. Je sais qu'il est là ; je ne l'ai simplement pas vu. J'allais le consacrer à Notre-Dame puis l'abattre. On dit qu'il possède des défenses d'au moins douze pouces.

– Douze pouces ? Impossible.

De Bale connaissait le personnage. Il haussa les épaules, se détourna et regarda au loin.

– Alors ce n'est pas un sanglier, c'est le démon, poursuivit le roi. Quatre cents livres, dis-tu ? Et des défenses de douze pouces ? C'est un imposteur. Il est inconcevable que Notre-Seigneur Jésus-Christ se reflète dans un tel monstre.

De Bale avança alors son dernier pion :

– C'est possible, sire. Vous avez raison, sans l'ombre d'un doute.

Il se signa d'un geste théâtral, un peu comme s'il aspergeait d'eau bénite une assemblée invisible.

– Quel meilleur adversaire pour un roi chrétien, dans ce cas ?

Les papiers utilisés dans cet ouvrage
sont issus de forêts responsablement gérées.

Mis en pages par Soft Office – Eybens (38)
Imprimé en France par Normandie Roto Impression s.a.s.
Dépôt légal : septembre 2013
N° d'édition : 02887 – N° d'impression : 133017
ISBN 978-2-7491-2887-0